大鱼文化传媒 大鱼文学

可惜没有如果 ②

云上
作品

河北出版传媒集团
花山文艺出版社

图书在版编目（CIP）数据

可惜没有如果. 2/ 云上著. --石家庄：花山文艺出版社，2016.8

ISBN 978-7-5511-2961-9

Ⅰ. ①可… Ⅱ. ①云… Ⅲ. ①长篇小说－中国－当代 Ⅳ. ①I247.5

中国版本图书馆CIP数据核字(2015)第063140号

书　　名：可惜没有如果. 2

著　　者：云　上

策　　划：张采鑫

责任编辑：郝卫国

特约编辑：廖晓霞

美术编辑：许宝坤

责任校对：齐　欣

封面设计：刘　艳

内文设计：昆　词

出版发行：花山文艺出版社（邮政编码：050061）

（河北省石家庄市友谊北大街330号）

销售热线：0311-88643221/29/35/26

传　　真：0311-88643225

印　　刷：长沙超峰印刷有限公司

经　　销：新华书店

开　　本：710×1100 1/16

印　　张：18

字　　数：485千字

版　　次：2016年11月第1版

2016年11月第1次印刷

书　　号：ISBN 978-7-5511-2961-9

定　　价：29.80元

目录

可惜
没有如果2

目录

第一章

我从来不曾抗拒你的魅力

米白色的窗帘被轻轻拉开一条细缝，窗外没有霓虹闪烁，也没有车水马龙，只有几盏亮着的昏黄路灯，连浅淡稀疏的风声都那么清晰。

这是J市老城区的夜景，黑暗又沉寂。

时容细致地拉好窗帘，回身扑到床上，拿出放在抽屉里的手机，打开短信，开始打字。

“晚安。”如此简洁，她将短信发出去。

她从来没有收到过回信，也从来没有期待过收到回信。

早上洗漱之后，时容匆匆赶往电视台，她是JNTV电视台新闻频道的记者。

刚到台里还没坐稳，时容就被叫去了主管办公室。

主管翻着手里的资料，连头都没抬，懒洋洋地说：“对了，昨天忘记和你说，你被调到体育频道去了。”

时容惊了一下，她在新闻频道待得好好的，怎么会突然有这种调令？

“什么时候？”

“今天。”主管说，不耐烦地甩甩手，“去吧。”

“可是，为什么？”时容往前站一步，并不服气，“是我哪里做得不好吗？”

“你难道还不服从命令？”主管瞪她一眼。其实也没什么特别原因，体育频道来借人，时容专业能力强，可性子太过刚强，老是捅娄子，他想都不用想就直接把她给推了出去。

时容当然不可能不服从命令，她还要在电视台继续混下去，只能不情不愿地出了门，给傅倾城打国际长途抱怨。

傅倾城是她的好闺密，这会儿正在大马士当战地记者，忍受枪林弹雨。

“我被调到体育频道去了，呜呜，青青，等你回来我们就不是一个组的了……”她靠在窗边和傅倾城吐槽，手指在蒙尘的窗户上画来画去，指尖沾染了一层薄薄的灰。

说完之后才发现时间已经不早，她放下了手机想去体育频道，没想到一转身就看到傅北易在身后。

她一惊，背脊立刻挺得笔直，眨了眨眼睛，笑得尴尬：“傅主播……”

“调到体育频道去了？”他居然问了一句。

“啊？啊，对，今、今天调过去的。”时容一向伶牙俐齿，面对傅北易却连话都说不清楚。

“也好，那边比这里要轻松一些。”傅北易淡淡地说了句，“我还有事，先走了。”

“好，好，傅主播您慢走。”她站在原地，呆呆地看着他走远，这才恋恋不舍地收回了视线。

她的双手依旧揪在一起，心脏还跳得不像话，她用力敲了一下自己的脑袋。

居然傻成这个样子！几乎每天都能见到还这么不会说话！

可是怎么办呢？一向天不怕地不怕的时容，偏偏有一个克星。

这个克星就是傅北易。

不是害怕他，她只是太喜欢他了，而且是偷偷地喜欢着。

俗称：暗恋。

时容长长地吐出一口气，转身走了，不满又能怎样，她还是得到体育频道报到去。

只是时容怎么也没想到她竟然被指派去跟韩成永。

说起韩成永，别说是J市，就算是全国全世界都知道这个名字，他是中国甚至于亚洲都难得一见的短跑天才，打破了亚洲短跑落后的历史。他不仅是运动员，更是体育明星。

这么厉害的韩成永，坏脾气也是众所周知的，冷淡自我，从来不把别人放在眼里。

之前她还曾经遇到过跟他的小记者躲在厕所里哭，没想到这份头彩居然落到她身上了。

她能拒绝吗？

当然是不行的，所以她只能灰溜溜地答应下来。

世界性的赛事已经结束一段时间，这会儿韩成永正在秘密训练，时容要去的就是韩成永训练的地方。

训练的地方不在J市，在隔壁市的山区，略有些偏远，时容准备好了东西就和同事一起赶了过去。

实在是不好找，时容和同事李哥都差点儿迷路，是韩成永的经纪人华司出来接他们。华司一向八面玲珑，迎上来笑：“你们来了，成永还在训练哪，你们是今天就开始拍摄，还是明天再开始？”

“看韩先生什么时候方便吧，我们都可以的。”时容带着无懈可击的笑，看起来很专业的样子。

华司笑：“那就等下看看成永的心情，你们也知道，成永一向都……嗯，不怎么喜欢和外人交涉，刚和他接触的人可能会有点儿不适应，久了就好了，你们可别介意。”

时容暗想她介意有用吗？她可不会和上一任一样，被他气到哭，然后灰溜溜地躲回电视台去！

她眯着眼睛笑：“嗯，不会的，我们怎么会介意呢？韩先生可是鼎鼎大名的运动健将，有点儿脾气也在所难免嘛。”

到训练场的时候，时容一眼便看到有一个衣着清凉的男人正在田径场跑步。

站在外沿，华司给她介绍：“喏，成永在训练哪，他在负重跑。”

负重跑……

时容定睛看去，这才发现只穿背心短裤的韩成永的腿上和脚踝上绑着东西，可他却跑得很轻松。

其实说实在话，韩成永长得很不错，拾掇拾掇绝对能当个明星，可谁让他短跑太出色，所以就走上了体育这条路。

韩成永已经跑完了，正在终点处休息，华司就带着他们过去。

“成永，新的记者已经过来了。”

韩成永背对着他们，听到声音缓缓地回过头来，看到时容，眼神淡淡瞥过，眉心微蹙：“我说过，不要在我训练的时候打扰我。”

时容不傻，自然不会在这种时候凑上去，站在一旁做乖巧恭敬状。

华司拉了韩成永去一旁：“成永，别闹脾气，我们合同早就签好了，你不能半途而废，就当他们不存在，是透明人还不行吗？”

韩成永瞪了他一眼。

华司讨好地笑："成永，不然你让我怎么办？求你了。"

韩成永哼一声，却没有再反对。华司松一口气，和时容说："好了，拍摄还是明天开始吧，今天成永心情不好。"

呵呵，时容撇撇嘴，他哪天心情好过了？

她记得他就算是得了冠军，别人都激动地落泪，他也一直保持着这张面瘫脸吧。

时容也乐得轻松，笑着应下来之后就先去房间休息。

来到这里赶了不少山路，颠得她浑身都疼，她这会儿只想在床上躺上一整天！

不过这里偏远，住宿条件也不好，房子又破又简陋，只有一张床一张桌子和简易的衣橱。

时容也并不在意，这样的条件在她看来不算糟到透顶，直接把东西一扔就躺下了，眼睛一闭居然睡到了晚上。

她是被饿醒的，肚子咕噜咕噜叫，猛地坐起来还没反应过来是在哪里。

时容呆呆地坐在床上，窗帘没拉好，山里的月光很亮，淌进来就像是波动的清澈湖水，她眨眨眼睛，终于醒过神来，抓了把头发。

房间里没有厕所，公共厕所在走廊的最里面，她跑出去上厕所顺便洗个脸清醒下。

已经十一点多了，该睡的都已经睡下，她轻手轻脚地走，走廊里只有一盏闪烁着的灯，还发出吱吱的声响。

时容一向独立自强，就是有些怕黑，幸好灯没坏，冲了一把脸之后清醒了不少，她拍拍脸，走出来，刚刚把厕所的灯关掉，就听到外面的灯发出"啪"的一声响。

灯骤然暗掉。

眼前瞬间黑漆漆一片，她吓得赶紧往外冲，却不知道撞到了什么，脸被撞得生疼。

还以为是碰到墙，她刚想挪开一些，却不想手腕被一股灼热的温度圈住，她心脏狂跳，蓦然抬起头来。

她已经逐渐适应周边的环境，隐约能看清楚一些。

她猛一抬头，出现在眼前的是一双闪着光亮的眼睛，与噩梦中曾经出现过的眼神就这样重叠在了一起……

她连叫都叫不出来，疯狂地推他，打他，踢他，咬他，吓到浑身冷汗，眼泪都已经从眼角滑下来。

灯在一瞬间亮起来，是厕所的节能灯，其实并不算亮，但这会儿显得这样刺眼。

时容大口地喘着气，眼泪不断地掉，呜咽着哭："放开我……"

"呵……"忽然有人冷哼，"发什么疯……"

时容满脸都是泪，仓皇失措地抬头，看到了一张不算熟悉，却也不陌生的脸。

那是，韩成永……

时容逐渐从方才的惊吓中缓过神来，满脸的泪痕，发现他早就在不知道什么时候松开了她的手。

她的手腕上还有滚烫的温度，是他手心的灼热。

这个初始印象实在是有些太糟糕。

时容抬手捂住了脸，拭去脸上的眼泪，同时闷声道："对不起……"

他没有言语，只是侧身进了厕所。

时容抹了一把脸，在只有微弱光芒的走廊上狂奔，总算跑回了房间。

关上门之后，她的背脊抵着门背，粗粗地喘着，刚刚的后遗症还在，她实在是被吓到了。

不一会儿，她便听到了有脚步声在走廊上响起，一声又一声，慢慢地靠近，却有十分有力。

那是韩成永的脚步声。

时容吐吐舌头，将方才发生的一切抛在脑后。

她没有别的优点，就是比较容易忘事，说得好听一点儿就是豁达，毕竟人生在世总会遇到各种各样不如意的事情，一件一件都记着的话，这日子还过得下去吗？

她将行李打开来翻找，这个时间点也就只能吃自己带来的东西充饥了。

来之前就了解过这里的环境，所以时容十分有先见之明地带了各种各样的吃食，带得最多的就是泡面。

好在房间里还是有电热水壶的。她烧了水，拿出一碗泡面，她并不怎么在意已经半夜不能吃垃圾食品的事情，反正她工作忙碌，到半夜饿起来大吃一通的事情也是时常发生的。

几分钟之后香气便传出来，她深深吸了一口，越发饿起来，端起来坐在窗边的桌子边大吃起来。

窗子外面就是田径场，月光又好，就算没有路灯都看得一清二楚。

所以时容一眼就望见了正在田径场慢跑的某人。

这个时间段还在跑步的人，除了韩成永还能是谁？

她吸了一口面，嘴巴里鼓鼓囊囊的，边嚼边看出去，他比下午看到的那会儿跑得慢了许多，依旧穿得很单薄，山里的夜晚很凉，也不知道他冷不冷。

她把嘴巴里的东西吞了下去，所以说这个世界上没有无缘无故的成功，看他在人前拽了吧唧的，人后还是很努力的。

时容的窗就对着田径场的弯道处，她低头吃了个面，抬起头来就看到他已经跑到了近处。

他也不知道为什么忽然抬起头来，正好就和她的眼神对上了。

她嘴边还有几根面，呆呆愣愣的，她知道他肯定看得见自己，格外窘迫，脸腾地一下红起来，急忙把泡面给吸了进去，然后探身一把将窗帘给拉上了。

呼……

她吁出一口气，喝了口热汤压压惊。

吃完东西之后便没了睡意，她拿出笔记资料开始前期准备工作，毕竟到这里是来工作而不是玩的。

凌晨才睡着，她不过就躺了两三个小时就起床了。

拉开窗帘就有大片阳光洒进来，她眯着眼睛伸了个懒腰，然后定睛看去，没想到昨天跑到半夜的某人居然还在跑。

她撇撇嘴，不再去管，转身出去。

宿舍里有专门的食堂，环境不怎么样但是食物倒是不错，她和摄影李哥吃了早饭，而后便开始准备今天的拍摄内容。

韩成永虽然脾气不怎么好，但既然已经谈好了，倒也没有什么别的麻烦，也或者说是因为她比较……能忽略他的找麻烦吧。

因为晚饭的时候李哥便和她吐槽：“那个韩成永的脾气可真大，这也不能拍，那也不能拍的。”

时容便呵呵笑：“人家是大牌嘛。”

因为韩成永的训练有些千篇一律，所以其实还蛮轻松的。

晚上睡觉之前，她再次拿出放在行李箱的手机，发出“晚安”的信息，昨晚上错过了时间没来得及发，今天可不能再漏掉。

隔了一天，没什么要拍的，时容便打算去山里走一走。

这座山不是风景名胜，所以平常来的人不多，山里也还保持着原生态，时容一向喜欢运动，到了这种地方自然想要爬爬山。

一大早她便换上早就准备好的运动服，匆匆就出去了，离开的时候她还看了眼田径场，奇怪的是今天韩成永居然不在训练。她耸耸肩，对于韩成永的行踪也不好奇。

山里早上有点儿凉，她穿得有点儿少，哆嗦了下。

她的体力很好，爬山原本并不算费力，但是这座山根本没有路……

时容觉得有点儿失策，没有好好了解过这里，山脚倒还好，越往上走就越发崎岖，根本就得攀着路边的树才能上去。

时容一向倔强，越是走不了的路，她就越想走。

一步一步往上，她倒是走得越发起劲了，可得意就容易出事，脚下一滑就差点儿摔下去，幸好她抓着树枝，好不容易才站稳，刚想继续上去，却听到树枝的断裂声……

她惊叫一声，能做的只有护住自己的头，而后就从山坡上滚了下去……

山坡有些陡，杂草树枝石块也不少，她骨碌骨碌摔下去，撞到了石头才停住，背脊都被撞得生疼，原本背着的包也不知道掉到哪里去了，她忍着疼坐起来，神志都有些模糊。

这种地方当然不能久待，时容也很清楚，所以在醒过神来之后，她便想要起身找路下去，可她浑身都疼，最疼的就是她的腿。

时容简直哭笑不得，要不要这么倒霉？这种喝凉水都能塞到牙缝的小概率事件，也能轮上她？

一般来说，这种剧情发展下去，不就该是有人来英雄救美了吗？可这山里空空荡荡的，除了风吹树叶的声音，鸟叫的清脆声音之外，根本就没有半点儿人声……

“有人吗？”她不甘心，叫了一声。

回应她的是一只大鸟从树丛间飞起来，扑棱扑棱飞走的声音。

她苦笑，只能先休息一会儿，等到能走路了再说。

这会儿还是中午，她总不至于会在这边留在晚上，只要在晚上之前能回去就可以了，就算回不去，李哥知道她上山了，至少也该出来找她吧。

她靠在石头上，脑袋有些发晕，也不知道是不是刚刚撞到了的关系。

时间逐渐过去，她又累又饿，想要试着起来，可是才走了一步就感觉到了一股巨疼，重新跌坐下来，总不至于今天就被困在这里了吧？

早知道就把手机带着了，可她想着山里也没什么信号就没带出来，吃的东西都放在包里，包也不知道掉到哪里去了。

耳边忽然传来一阵嘶嘶声，她愣怔一秒，马上反应过来，侧身看去。

果然，离她不过几步的距离外，有一条蛇正从树上挂下来，吐着猩红的芯子。

时容第一怕黑，第二就是怕没有毛的软体动物……

她爆发出比刚刚更惊人的叫声，眼见着那条蛇越来越近。

她还是有点儿常识的，在无法控制的惊叫声之后便哆哆嗦嗦地不敢出声，也不敢乱动，生怕它再靠近一步，她第一次和一条蛇大眼瞪小眼，互相盯着看了许久，心里都发毛。

好在它没有再过来，不一会儿就游走了。

她的警戒心越来越重，稍微有点儿风吹草动就心惊肉跳。

好不容易平静下来，身后却又忽然传来树枝刮动的声音，她吓得不行，行动比脑子更快一步，捡起手边的一块石头就砸了过去。

她闭着眼睛，不知道有没有砸空，也不知道身后究竟是什么……

只是下一秒，身后就传来一阵冷哼，这声音实在是太过熟悉，她一瞬间就警醒过来。

时容转过头去看，脸上带着尴尬，无奈又惊喜地笑："你好，韩先生，呃，很高兴遇见你。"

她的确是高兴的，尽管她和这个冷得像冰块一样的男人不甚熟悉，但毕竟在这荒山野岭出现了一个活人，终于可以将她解救出去了。

韩成永居高临下，没什么表情地扫了她一眼。

她被看得更加尴尬，想着要不要解释一下自己目前的情况，可又觉着他肯定能看得出来，就干脆不说话了。

可没想到韩成永看了那一眼之后，居然就这么走开了！

走开了！

时容急了，尽管知道韩成永这人比较冷淡，但也不至于见死不救吧，慌忙张口叫："喂！"

一急，她连基本的礼貌都忘记了。平常一直挂在嘴边的"韩先生"，现在已经被她扔得远远的，不见踪影了。

韩成永顿了下，回身看了她一眼，讥诮地一笑。

时容也不管别的了，自身的安危最重要：“你……我……你能不能帮帮我？”说着露出一个可怜巴巴的模样来。

这男人也不至于这么铁石心肠吧？

她都这样求他了！

可没想到韩成永默默地转头，继续走下山去。

时容这会儿不是急了，她是怒了：“喂！韩成永！你这人怎么这么铁石心肠啊！帮帮我能要了你的命吗？怎么说我们现在也算是同事！”说着又怕自己惹毛了他，呜咽着，“求你帮帮我吧……”

韩成永总算是肯开尊口：“我去找人。”

找人？

时容欲哭无泪，她虽说不是瘦得像竹竿一样吧，但也不重呀？顶多也就九十来斤，他稍微扶一下难道也扶不动吗？

“可是……”时容看着他已经转身的背影，“等会儿天黑了……”

他下去一趟再找人上来，那会儿天肯定已经黑了，她本来就怕黑，在有人住的房子里尚且那样，更何况是在这种地方……

“我怕黑，求你帮帮我……”时容难得这样服软，可这会儿实在是没有别的办法。

韩成永没有再走下去，却也没有转身上来，在原地停着……

时容胆战心惊地看他，生怕他就这样走掉了。

好在他还不至于那么没人性，总算还是转身朝着她走过来了，她舒出一口气：“谢谢你。”

韩成永走到她身边，犹豫一下，蹲下身来抓住她的胳膊，想把她给拽起来，他一点儿都没把她当女人，拽得她胳膊生疼，可她又不敢说话，知道他是唯一一个可以帮她的人，可不敢把他给赶走了。

他略微扶着，她稍微能站一下，可走了两步依旧觉得脚踝痛，根本没法走，更何况胳膊也被他扯得那么疼，终于忍不住轻哼出声。

他顿了顿，侧头看她一眼。

她忙摆手：“我，我没事，我……”她虽然这样说，但苍白的脸色和额上豆大的汗珠还是出卖了她的痛苦。

韩成永稍稍松了下手，没想到她居然就支撑不住，直接瘫坐在了地上。

时容有些难堪：“我……”

韩成永略一犹豫，蹲在了她面前。

时容一时没反应过来，不知道她所想的是不是就是他想要表达的意思。

韩成永等了一会儿没等到，不免轻蹙着眉心转过头去看了一眼，正好看到了她纠结的面容。

时容的确是在纠结，她在想要不要爬上他的背脊，万一她会错意了怎么办？所以当她看到韩成永那不耐的神色时，她瞬间就领悟了，他真的是在等她！

她也没办法顾忌什么别的，顿时张开手臂就靠上了他的背脊。

这会儿是初夏，虽然山里凉，穿得略微多了些，但又能有多厚？

身体相触，总能够感觉到对方的身体，时容有些难堪，在他起身之后忙挺直了腰背，不敢碰到他的背脊。

韩成永也算是个君子，他放在她腿两侧的手握成了拳，没有半点儿碰到她。

她挺着腰有些累，犹豫了一会儿之后便稍稍靠过去一些，用胳膊隔开了自己的胸口，她将脸靠在了他的肩膀上。

韩成永经常运动，可身上却没有半点儿汗味，闻起来很舒服，像是草木般的清淡味道。

时容忍不住深吸了一口，和傅北易身上的味道不一样，傅北易身上总是带着淡淡的香水味，那是一种醇厚的、成熟的，让人欲罢不能的味道。

她微微低头轻笑，这两天太过忙碌，都没来得及看他播报的新闻，等回去了要一一补回来。

时容唇边的笑容未散，就看到韩成永忽然侧头……

她来不及收起笑容，被他看了个正着，她十分尴尬，干脆咧嘴笑了下："谢谢你。"

韩成永没什么表情，重新看向前路，慢慢地走下山去。

时容摸了摸鼻子，不知道该说什么，也就什么都不说了，乖乖地待在他背上，一动不动。

路很难走，方才时容上来的时候，走得很累，可这会儿韩成永还背了个人，却一点儿都不觉得吃力，脚下轻松得很。

时容暗暗想着果然男人和女人不一样。

总算快到训练基地，老远就看到了等在门口的李哥，她忙抬起手喊："李哥！"

她这一松手，另外一只手撑不住，整个上半身就直接靠在了韩成永背上……

他的背脊很坚硬，方才就感觉到了上面的遒劲肌肉，这会儿撞上去，她的胸口被撞得闷闷地疼，脸也顿时红起来，慌忙挺直腰。

李哥迎过来：“哎，你怎么了？我就说你怎么去了一整天，再不回来我就要去找你了。”说着还和韩成永打了个招呼，“韩先生。”

时容不好意思：“我不小心在山里摔了一跤，正好碰到了韩先生，他好心帮了我一把。”

瞧她这话说得多漂亮，哪里是他好心帮她，是她求了那么多次，他才肯搭把手的！

韩成永“嗬”了一声，时容嘿嘿笑了下。

见李哥在身后，韩成永颠了一下身上的时容，一下子就把她给扔到李哥身上去了，李哥没准备好，慌忙伸出手来，幸好没让她摔下去。

时容觉得难堪，又不敢伸手去抓李哥，呵呵笑了两声：“韩先生还有事要忙吧，今天谢谢你了。”

韩成永继续“嗬”一声，转身走了。

时容看着他大步离开，比方才更加轻松，她咂了两下嘴，在心里叹一声：这男人可真是……

等他走远了，李哥才啧一声：“时容你没事吧？没想到他居然还愿意帮你，真是出乎意料了。”

时容咧嘴笑了两下：“李哥你放我下来吧。”

李哥没放她下来：“我送你回去吧，我看你脚踝都肿起来了，应该伤得很重，等会儿问人要点儿药。”

时容也不推辞，只笑着说了声谢谢。

回到房间，时容刚被李哥放着坐下来，就听到开着的门被敲了两声，是华司的声音：“时记者？”

时容探出头去：“华先生。”

华司拿着医药箱走进来：“叫我华司就可以了。你受伤了是吗？我把医药箱拿过来了。”

“啊，谢谢你。”时容连忙道谢。

“对了，这山里毒虫毒蛇不少，路也难走，你一个人还是不要随便乱闯，成永他是对这里比较熟，来了也不止一次两次，所以才不会有事，我都不敢随便乱逛呢。”华司笑着说。

时容点点头：“好，我知道了，谢谢你啊。”

“没什么，那你好好休息，我先走了。”

李哥把医药箱拿过来：“华司人倒是不错，你自己能行吗？要不要帮你？”

李哥比她大了不少，儿子都快上初中，平常也就算了，擦药这种事情还是不好麻烦他，时容马上摇头：“不用不用，我自己来就行了。”

李哥也明白，笑着出去了：“那你好好休息，明天虽然有拍摄，但是延迟一天也不是不可以，你就休养一天吧。”

“好的，谢谢李哥。”

等房间里只剩下自己，时容便将医药箱拿了过来，其实就是脚崴了而已，没什么问题。

左腿还能行动，右腿伤得比较严重，坐着休息了一下之后她便觉得浑身难受，刚刚在山里滚了一圈，不洗一洗实在是有点儿不舒服。

她又不好意思让人给自己倒水，所以稍等了一会儿之后便自己扶着墙，单单用左腿，慢慢地挪到了卫生间。

时容也没办法洗澡，所以就想稍微拿水擦一下，靠在水池边，她拧了毛巾擦了一下身体之后，便想冲洗一下腿，她好不容易把右腿掰上来，踩在水池里，用毛巾擦洗。

她换了一件宽松的短裤，正好连大腿也稍微擦了一下。

刚想把腿放下来，卫生间的门忽然被人推开。

她一怔，意识到了洗手台这边是男女共用，刚刚她一时忘记了，竟然没把门给锁上！

她动作不利索，一时之间没法把腿放下来。

进来的不是别人，正是韩成永。

他瞥见这个情况便要转头离开，可视线忽然在她的某个部位顿住，一时之间没有移开。

时容觉得羞窘，红着脸低着头，等他出去。

可好一会儿都没等到什么关门的动静，一抬头，居然看到他正盯着自己看。

她顺着他的视线看过来，他看的居然是她的大腿内侧！

她轻叫一声，急忙侧身挡住！

天哪，原本还以为韩成永虽然冷淡，但至少是个君子，可没想到他居然会盯着她那种地方看！

虽然说要是夏天，她也会这样穿着出门，但被一个人盯着看的感觉实在是太诡异，简直浑身都发毛！

韩成永听到她的轻叫声才缓过神来，立刻低头，尴尬地轻咳一声，转身出去，还顺便替她关上了门。

时容依旧十分尴尬，脸上的红也没褪下去，她低头看了一下自己右腿内侧，又没什么不同，不就是有一块红色的胎记吗？

他怎么就能盯着一直看，都不知道移开眼睛了呢？

时容无法解释韩成永的行为，稍微擦了一下便扶着墙壁慢慢出去。

旋开门出去，她原本以为韩成永肯定已经走了，却没想到他居然就靠在门边。

她吓了一跳，有些不自在，随便点点头就绕过他走了。

走了老远，她都依旧能感觉到他灼热的视线正在自己身上游移，她浑身哆嗦了一下，恨不得马上回到房间。

因为她的腿脚不便，晚饭是李哥给她打包带回来的，他看了看她的脚踝说："没事儿，我儿子以前也因为贪玩崴伤过，我看你这应该也不严重，过两天就好了。"

"希望这样啊。"时容说。

因为在这里的拍摄内容其实不是很多，韩成永的训练内容又几乎是千篇一律的，应该说是每周都在重复上一周做的事情，所以其实只要拍下一周的训练情况，剪辑一下就好。

时容早点儿伤好，早点儿拍摄完，也就能早点儿回J市了。

不是因为吃不了苦，只是因为她想回J市，想要见到那个人。思念成疾，大概也就是这个意思吧？不过几天没见，汹涌的想念就快将她整个人都湮没了。

睡觉前，时容又拿出了被她藏好的手机，看了看时间，觉得差不多就发了个信息过去，照旧是"晚安"。

单单就这两个字，已经足够让她觉得温暖而喜悦。

没错，短信是发给傅北易的。

傅北易有两部手机，一部是对外的，通常都是放在经纪人那边，而另外一部自己私人用的手机，却是时时刻刻放在身上的。

时容发短信的那个号码，就是傅北易的私人号码。

她是从傅北易的妹妹，也是她的好闺密傅倾城那边要来的，可是要来也不敢打电话，甚至连发条信息都不敢。

想了好多天，她居然是又去买了部破手机，然后专门每天给他道一句晚安。

短信发过去，照旧是石沉大海，没有回应，可她却一点儿都不觉得难过。

原本就只是暗恋而已，她就这样喜欢他就够了，她从来都不期待任何回应，从来都没有过。

她将手机放回抽屉，闭眼入睡，希望今晚又可以梦见他。

时容已经很久都没有做过噩梦了。

自从大学毕业进入 JNTV 之后，她就没有做过噩梦，她总把这个原因归结在傅北易身上。

他一直都是她的神，解救她于水深火热之中的神。

可今天晚上却格外奇怪，梦中漆黑一片，想要梦见的傅北易却没有踪影，她有些慌，害怕这黑暗，害怕这孤独。

她像是被困在了这里，无论怎么逃都逃不脱，她怕得不行，拼命地叫着让人来救她。

可是没有一个人来，她哭喊得嗓子都哑了。

黑暗中忽然浮现出一张脸，她连看都没看清楚就喊："傅北易……"

可那张脸却不是傅北易的。

傅北易的脸清俊，瘦削，可那张脸却方正坚毅，带着力量。

他不是傅北易，而是韩成永。

可她顾不得别的什么，顾不得他生性冷淡爱耍酷，只知道现在只有他可以救自己，所以她叫他："韩成永，救我！"

他看着她，那双眼睛一眨不眨地看着她，可他没有上前走，哪怕是只有一步。

周身的黑暗越发厚重，她快要被整个吞噬掉。

"韩成永……"她带了泪水，失声哭喊。

可他依旧没有上前，他只是默默地垂下了眼睛，而后转身离开，将她一个人抛弃在了这无边的黑暗之中……

她失魂落魄地瘫坐在地上，周边逐渐变得一丝光线都看不到，连自己，都看不到了……

时容猛地从床上坐起来，浑身冷汗，连脸上都是豆大的汗珠。

喘气声依旧没停，她大口地吸着气。时容慌忙将灯打开，方才那种阴冷可怖终于逐渐从身上消失了。

稍稍反应过来，她便拿过手机看了一眼，只不过是凌晨三点，她居然因为噩梦惊醒了，她的噩梦里，居然会有韩成永。

她苦笑，怎么会梦到他？

拿纸巾擦了一把脸，她重新躺下去，却难以入睡，整个人虚弱无力，好像所有的精气神都在刚刚的噩梦中被消耗掉了。

都说梦由心生，时容笑了下，以为过去那么久的事情，怎么会在这种时候又突然入梦？偏偏韩成永还参与进来了。

真不是个好现象。

她想，回去之后怎么着也得和上级打个报告，不管是跟谁，她也不想再跟韩成永了。

虽然睡不着，但她也眯了一会儿，到了早上七点才起来，脚踝已经比昨天好了许多，只是依旧不能用力踩下去。

去卫生间的时候她依旧是扶着墙壁过去的，站在洗手台旁边，她不禁又想到了昨天他盯着自己看的样子，摇摇头，啧了两声把那些画面全都扫出脑袋。

拍摄果然又推迟了一天，时容坐在田径场旁边的树荫底下看着别人训练。

在这里训练的不止韩成永一个人，也有别的年轻男孩子，性格比韩成永好多了，教练不在的时候还会过来唠几句嗑。

她看着那些小男孩儿，脑袋里浮现出来的是自家弟弟时誉，头疼了一下，也不知道他最近有没有闯祸。

这回出差她都没来得及和他说，其实也不是没来得及，是因为她根本就没见到他，不过一个高中生，整天神出鬼没，也不知道忙什么，总有一天要出事。

到底是自己亲弟弟，时容还是拿出手机给他打了个电话过去。

嘟嘟嘟响了许久，那边才接，时誉懒洋洋的："干什么？"

"最近没闯祸？"

"嘀，我能闯什么祸！"他冷笑一声，"你不在家吗？我昨天晚上过去，敲门没人应，我就说让你配把钥匙给我，真是的。"

"我出差了。再说凭什么我的房子要配钥匙给你？算了，不和你说了，记得不要闯祸。"她和他也说不上几句，再说下去大概又要吵起来，急忙挂了电话。

她撇撇嘴。

人生在世，总要背负各种各样的债。

她的债，大概就是时誉那个浑蛋弟弟了吧。

她抬起头，刚想起来，却见韩成永居然就站在不远处，也不说话，就那样看着她。这种眼神让人很有压力，时容慌了神，不想和他的视线对上，垂下了眼眸。

可想了想，她又没做错什么，凭什么怕他看？

所以时容抬起了视线，光明正大地和他对上了。

韩成永也不知道是脸皮厚还是真的就这样面无表情。

反正对视了有几分钟，最终还是时容忍不住低下了头，算了，她认输，干吗和自己过不去。

那道灼热的视线忽然消失了，她有些惊讶地偷偷瞟过去，他居然已经转身走了。

他穿了单薄的运动衫，走路的时候能看出他结实的身体。

她不喜欢那种浑身肌肉的感觉，“啧”一声，也移开了视线，刚刚他大概是在发疯吧。

时容要回去，走路有些晃悠，居然还有年轻的男生主动过来问她：“要不要扶你回去？”

她有些受宠若惊，看着那些和时誉年纪差不多的男生，再想想时誉，简直是一口血都要喷出来，怎么她的弟弟没有这么乖巧懂事呢？

当然她也不好意思受人恩惠，笑着摆摆手：“没事，我好多了，自己过去就行了。”

有个小男生看上去才十八九岁的模样，长得很清秀，身上却很多肌肉，人也最热心，扶住了她的胳膊说：“还是我扶你过去吧，就当偷一下懒。”

小男生用他的脸来迷惑她，她没办法拒绝，便点头应了。

小男生不仅热心，还很会说话，扶住她便开始说话：“我之前在新闻里看到过你，你在电视里就很漂亮，没想到本人更漂亮。”

嘴那么甜，时容忍不住呵呵笑着：“啊，是吗？你肯定是在哄我，是不是觉得我比电视上老很多？”

“当然不是在哄你。”小男生满脸诚恳，“而且你的声音真好听，你会不会唱歌啊？”

“你可真会夸人！要不是我比你大上那么多，真想追你。”

“真的吗？”小男生眼睛亮了亮，“那我要是想追你的话，行不行啊？”

时容愣了一下，咳嗽起来。小男生居然还轻拍着她的背脊，她有些尴尬，连忙躲了躲：“不要开玩笑了，我都多大了，乖。”

小男生泪眼蒙眬的模样：“我可没有开玩笑。”

时容有些不知道说什么好，尴尬到不行：“姐姐我比你大那么多，我弟弟都和你差不多年纪呢。”

小男生还想说话，忽然有个身影挡在了两人面前。

两个人都愣了一下，抬头去看，挡住他们去路的居然是韩成永。

他身形健壮，挡在面前就像是一堵墙，而且是超厚的墙。

时容既庆幸，又有点儿尴尬，只能呵呵笑了两声。

小男生的反应比较夸张，顿时站直叫了一声：“师兄！”

“不去练习？”他说话，声音低沉冷冽，带着一股莫名的凶狠。

那个小男生不甘心地看了时容一眼，又看了韩成永一眼，挣扎了一下之后觉得还是不要抵抗大师兄了，于是乎，他灰溜溜地跑走了。

时容看着小男生走掉，舒出一口气，刚刚要是再继续下去，她都不知道怎么收场了。

可她当然不觉得韩成永是来为她解围的，所以朝他点点头就想走，没想到他居然直直地立在她身前不动弹。

她诧异，莫名地看他。他的眼神闪动几下，也不说话，忽然抬起一只胳膊放在了她面前。

哎？

她越发莫名其妙。

他把自己的胳膊往她那边又伸了伸。

时容忽然开窍，他不会是让自己扶着吧？不对啊，他什么时候这么好心了？

昨天让他帮忙的时候，他还想下山找别人上去帮她呢，怎么这会儿……

这么主动？

不过他也不动，时容只能试探着伸出了手，抓住了他那遒劲有力的胳膊。他的手臂也是硬邦邦的，带着热度，她抓得有些尴尬，他却没有甩开她，证明她没有理解错误。

只是时容不理解啊，怎么过了一夜，他就有了这么大的变化？

他开始在前面慢慢地走，虽然和刚刚的小男生比起来，他一点儿都不温柔，但她却觉得舒坦一些，毕竟韩成永不会和她说什么要追她的话是不是？

到了宿舍前面，有两步台阶，时容本想直接跳上去。

没想到还来不及动，他就突然走到了她的身后。

他要干什么？时容刚要抬头，就感觉到自己身体忽然悬空！她倒抽一口气，吓得眼睛都瞪大了，只觉得肩臂上有些压迫。

等安全到了上面，她才意识过来，刚刚……好像……

是韩成永直接将她抓住，提起来了。

虽然说她不重，但也不轻吧。

她早就知道他力气不小，毕竟背着她，他也能轻松地在山里如履平地，可她真的没想到他居然能这么轻易就把她给提起来了！

时容满头黑线的时候，已经被他轻轻地放到了地面上，她有种吞了块石头的感觉。

不过韩成永一句话都没有说，只是继续把胳膊放到了她身前，她愣愣地抓住，然后由着他扶着来到了房间。

她以为他肯定会就这样不说话直接离开，可他在走到门口的时候忽然回头，叫她：“时容？”

她“哎”一声，抬起头来看他。

他却没有再说话，深深地看她一眼之后转身离开。

时容有些莫名其妙，不过很快就不放在心上，管他想干什么呢，反正这次之后就不会再和他有什么关系！

到了第二天她的脚伤又好了不少，拍摄继续进行，等休息的时候那个昨天说要追她的小男生就又凑过来，赖在她身边不走。

时容有些尴尬：“小弟弟，我真的不喜欢姐弟恋。”

“你又没试过怎么知道？”

“那个……”

“试试呗，我年纪小，但其实我挺成熟的，真的！”小男生眨巴眨巴眼睛。

“……”

“你没有男朋友吧？没有的话就……”

时容找到托词，忙说：“我有喜欢的人了，我已经喜欢他很多年了。”

她吁出一口气，觉得自己反应真快。

可下一秒，小男生居然站了起来，对着她身后恭恭敬敬地叫了一声：“师兄！”

而后就是时容熟悉的那个声音：“又偷懒？”

小男生尴尬地摸摸后脑勺儿：“我马上去。”顿了下，小声对时容说，“我不会放弃的！”

时容都已经这样说了，没想到小男生居然还这么……顽固不化！

可现在最关键的不是这个，最关键的是韩成永听到了她说的话，听到她说，她有个喜欢很多年的人了。

天哪！她的脸要往哪里放？

“呵呵！”她讪笑着回身，“现在的小男孩儿真是……”

韩成永连一个笑脸都不给她，直接转身走了。

时容摸不着头脑，不知道他是偶遇，还是故意过来，再次帮她解围的。

时容是更倾向于第一种答案，韩成永怎么会那么闲，还帮区区一个她解围？！

拍摄的内容总算快要结束，距离时容回到J市的时间也更近了一点儿。

在这里的这段时间，除了住宿条件差一些，韩成永的冷气强了些，小男生太殷勤了些之外，其实都还是不错的。

所以在临走的前一天，时容还跑去和教练还有厨房商量，晚上可不可以搞个烧烤Party。

这边的训练辛苦又枯燥，时容原本觉得肯定不会同意，没想到居然没人反对，一路绿灯！

既然是她提出来的，她自然包揽了大部分的工作，烧烤地点就放在田径场，她把东西全都准备好之后，那群洗好澡的“狼”也就过来了。

小男生还是没放弃，凑过来笑嘻嘻的：“时容姐，你真的明天就要走了吗？我会舍不得你的。”

时容和他待得久了，也就不怎么忌讳，直接将他的脑袋推开：“你够了，小孩子还是好好学习比较好！谈什么恋爱！”

小男生撇撇嘴：“居然和师兄说得一模一样。”

听他说到韩成永，时容就忍不住抬头寻了一下，居然没有看到他的踪迹。

他居然没过来？

时容在微微一怔之后便醒过神来。

他不来岂不是更好吗？

你看这气氛这么棒，他这么块人形冰块跑过来一站，岂不是把所有的氛围全都给冻住了？

她嘻嘻笑着，却在开始烧烤的时候不经意地问小男生：“哎，你师兄呢？”

小男生正在翻烧烤的手顿了顿：“师兄怎么会参加这种聚会嘛，而且要是他来了，这气氛还能像这样融洽吗？”

“啧，你居然这么公然说你师兄的坏话，你就不怕我和你师兄说？”时容挑着眉眼说道。

“我认识的时容姐才不是这种会告密的人呢，对吧？”小男生蹭上来，脸颊在她的肩膀上磨蹭了下。

时容忍不住伸手把他给推开：“说就说，别动手动脚的，不然我真告密去了。”

小男生搓搓手，把烤好的鸡翅递给她：“来，时容姐，吃鸡翅，这可是我专门为你烤的！”

她把鸡翅拿过来，放在嘴里咬了一口，烤得不错，香嫩多汁，她吃了一半抬起头来，嘴边都是油，小男生看到了便抬起手来要替她擦。

她稍稍挪了一下，躲开了。小男生还要凑过来，她忽然看到远处走过来的一个人，一时愣怔，竟然没有躲开。

小男生得逞，得意扬扬地笑。

时容回过神来，踹了他一脚：“又动手动脚，瞧，谁来了？”

“骗我师兄来了吗？”小男生笑，“我才不会被你骗到呢。”

时容又踹他一脚：“谁骗你啊，真的来了。”

“怎么可能吗，师兄怎么可能……”

小男生笑着转头去看，笑容定格在脸上，顿时站直身体，对着已经近在眼前的韩成永说：“师兄好！”

韩成永淡淡地点头，视线落到了小男生那油腻腻的手上。

小男生尴尬地笑了笑：“那什么，师兄，我给你去烤鸡翅膀！”他跑开了，就只剩下了韩成永和时容站在原地。

时容的鸡翅才吃了一半，这会儿有些食不下咽。她可真是乌鸦嘴，刚刚还在问他怎么没来，这会儿他居然就出现在了她面前。

韩成永也不说话，就这样淡定地站在那边。

时容把剩下的鸡翅塞到嘴里，看到还有一只没啃过的，犹犹豫豫地送上去：“要不要来一口？”

当然就是客气客气了，时容可不会让。

可是……

哎？怎么回事？

韩成永怎么会把鸡翅拿过去咬在嘴巴里了！

他居然吃了！居然真的吃了！

时容眼睁睁地看着韩成永把那只鸡翅全都塞到了嘴里，嘴巴嚅动几下，就有两根骨头吐了出来……

他这技术……

时容满头黑线，忽然觉得周身的气压都低了不少，觉得不能再在他身边继续待下去，说了声“我也去烤东西”就匆匆跑开了。

她吃了一些之后就觉得饱了，忍不住抬头看了一下周围，韩成永居然又不见了。

不过，不见了多好！

时容正觉得轻松，忽然见小男生拿着一个碟子走了过来，上面放着好些烤串。

她还以为是给自己的，正想着要怎么拒绝，忽然听到他说：“哎？时容姐你看到师兄没？”

“没啊。”时容摇摇头，往嘴巴里塞了一片土豆，“谁知道他呀，神出鬼没的。”

“我都给他烤好了呢，这些是他最爱吃的。”小男生有些闷闷的，忽然声音又高了起来，“啊，他在那边。”

时容顺着他的视线看过去，就看到了看台上的角落里那个不大的身影。

小男生看了一眼，忽然转身看向时容：“时容姐，要不，你送过去？”

时容皱眉：“我才不要，你为什么不自己去？”

“时容姐，求你了，你也知道我很怕师兄的，你明天就走了，他肯定不会拿你怎么样的！”小男生眨眨眼睛，可怜兮兮的。

时容最受不了别人撒娇，而且还是这么可爱的小男生……

他说的也是，反正她明天就走了，就把东西送过去，应该也没有什么问题吧？

她叹一声，摇头：“谁让我这人就是好心呢，拿过来吧。”

小男生捏着时容的肩膀：“嘿，我就说时容姐最好了，谢谢你啦！”

时容端过东西，转身走了过去。

看台那边没什么灯光，有些暗，她觉得心惊胆战，心脏都快要跳出来，有一瞬间，她都想要直接逃走了。

可因为想着那边还有韩成永在,至少不是她孤身一人,这才壮了壮胆,继续走过去。

韩成永当然听到了她一点儿都不轻的脚步声，抬起头来，朝她看去。

走近了，时容才看到了他那双如狮子一般的眼眸，有些凛冽，有些凉意，她浑身哆嗦了一下，忽然站在原地不敢动了。

韩成永站起来，大步朝她走过来，直接停在了她面前。

她抬头看他。他面容沉静，眼眸淡然，看她的时候像是在看一件物品。

这种视线让她觉得不舒服，想要躲开，所以微微垂头。

“那谁给你烤的，让我拿过来。”

韩成永没接，只是一直这么盯着她。

时容被看得脸色发红，幸好天色暗，他看不出来，原以为他看个几秒钟也就算了，居然一看就看了几分钟。

时容忍不住怒了，猛地抬起头：“你看够了没？”

她吼出声来才觉得不妥，更加尴尬，把东西往他怀里一塞，感觉到他拿住了，马上就转身走开了。

韩成永呆呆地看着她走远，没想到她忽然叫一声，扑倒在了地上。

时容简直快要在他面前丢尽脸面了！

本来想要潇潇洒洒地走人，没想到这里太黑，没看清楚地上的石块，居然就这么傻傻地摔倒了。

她觉得最理智的做法就是，利索地站起来，拍拍身上的灰尘，然后挥一挥衣袖，不带走一片云彩……

可是，她才好没多久的脚踝又痛了啊！她根本不能利索地站起来。

时容还没扶着墙站起来，韩成永已经出现在了她面前，一只手端着放烤串的碟子，另外一只手，放到了她面前……

她要抓吗？为什么不抓？不抓白不抓！她这不也是因为他才摔倒的嘛！

所以她十分淡定，像是根本没有出过丑一样，抓住了他的手。

他稍稍用力，她便觉得异常轻松地站了起来。

嘁！莽夫！

时容想，要是在古代，韩成永这样的人，大概就是不学无术、一身武功的莽夫吧！

可现在，这个莽夫一只手拎着她放到了看台的座椅上坐下，那碟子烤串被他放在了她的腿上，他居然就这么蹲了下来。

他就这样蹲在她面前，把她的脚拿了起来，为她脱下了鞋子。

他的手很大，掌心带着热度，虽然隔着一层薄薄的袜子，但还是让她觉得不适和焦灼，忍不住动了下。

他就只是这样握着看了一下，扭动了下，而后将她的脚放下，径自坐在她身旁，拿过她腿上的碟子，自顾自地吃了起来。

时容撇撇嘴，这会儿脚踝还有些疼，想休息一下，也就没急着走。

韩成永就坐在她身边，默不作声地吃东西，不一会儿就将碟子里的东西吃光了。

时容忍不住偶尔瞥他一眼，又不敢认真看，怕被他发现自己偷偷看他。

她伸手撑着座椅，往下看去，因为在高处，视线空旷，底下田径场里热闹不已，有烟雾冉冉升起，逐渐在黑夜里消失无踪……

山里的夜空很美，美得不像话。

时容已经好久都没有看过这么美的夜空，像是黑色的幕布上镶嵌着颗颗璀璨无比的钻石，那样耀眼，月亮又圆又大，几乎能看到那表面的凹凸不平。她忽然勾唇轻轻一笑，这是在城市里看不到的风景。

她差点儿就忘记了身边还有一块冰块存在，微微眯了眼睛，感受着微凉的风迎面抚在脸上。

“你……”耳边忽然有声音响起，她睁眼看去，只见韩成永在说话，“明天走？”

时容有些讶异，收回张大的嘴巴，默默地点点头：“嗯。”

韩成永便安静下来。

时容总以为他还会说些什么，可是等了许久都没等到什么话。她瘪嘴，倒也没有意外，反正他就是这样一个人，难道还能瞬间变成话痨？

脚踝上的疼痛好了不少，她便要下去，撑着座椅轻轻地站在了地上，有些微疼，不是不能忍受。

只是依旧有些尴尬，她哼了一声：“那我，就先下去了？”

见他手里还拿着那个碟子，忍不住问了一句：“要不要帮你带下去？”

她真的就只是随口问了一句而已，觉得这样好像礼貌一点儿，没想到他居然真的把碟子放到了她手上。时容尽管已经见怪不怪，依旧有些说不上来的感觉。

她笑了两声：“那我下去了，你慢慢……呃，欣赏风景吧。”

她这话也没有说错，坐在这里欣赏欣赏夜景还是不错的。

时容微微瘸着往下面走去，才走了两步，她只感觉身体蓦地悬空，她没有支撑的东西，轻叫一声，心脏都差点儿从胸口里蹦出来。

她眨巴眨巴眼睛，恍然发现自己居然已经被韩成永抱了起来。

她的姿势真的是够丑的，双手打开，一只手里还捏了空碟子，双腿因为紧张而跷了起来，他居然把她抱得……那么高！

果然是莽夫！

时容有些尴尬，他虽然很礼貌，双手和背她的时候一样握成了拳，可是她还是能清晰地感觉到他的体温，灼热得让她心里莫名地慌乱："你……放我下来吧。"

虽然她拒绝了，可是韩成永像是没听到，径直抱着她就下楼梯了。

他目不斜视，眼神没往她身上滴溜半点儿，直勾勾地只看着前方，不会让她有被吃豆腐的感觉。

她已经知道他不会放下自己，所以只能找个姿势好好待着，一动都不敢动。

他真的把她抱得很高，就算公主抱也不是那样的，她的肚子都快到他下巴了，真的是有点儿尴尬。

刚刚她吃了不少，这会儿肚子鼓鼓的，她只能吸气再吸气，而且因为他抱得太高了，她觉得很不舒服，根本没有着落，只能紧张地僵住身体……

他能不能放她下来啊！

时容欲哭无泪！

但是既然反抗无效，也就只能习惯了，她小心翼翼地将脑袋靠在了他的肩膀上，总算稍微舒服了一点儿。

她轻轻地舒出一口气，就看到了他的侧脸。

韩成永的头发剪得很短，耳朵明显地露在外面，她看到了他耳郭上连着的三颗红痣，小时候听老人家说，耳朵上有痣代表寿命长，身体强健。

时容还嫉妒地多看了两眼。

她从他的耳朵看向他的侧脸，他的侧脸很锋利，像是有棱角，尤其是他板着脸，看上去就真的像是一个莽夫。

从看台下去是田径场的角落，灯光有些昏暗，韩成永没有再去烧烤的地方，直接抱着她去了宿舍。

她也觉得庆幸，刚刚生怕他就这样抱着她去那边溜达一圈，那大概会成为话题的吧？

韩成永终于将她送回了房间，最后把她扔到床上那一下，时容觉得自己的腰都快要断了！

果然还是个不知轻重的男人！

他也没有说什么，放她下来之后就转身出去了，还替她掩好了门。

时容坐起来，揉了揉腰，发现手里还有个碟子……

刚想放到桌子上，却发现门又被推开了。

进来的也只有韩成永了。

他没什么表情，也不顾她惊讶的神色，直接大步走过来，将她手中的碟子拿走了。

拿过去之后，他的动作顿了顿，大概是想解释一下，可最后还是一句话都没有说，只是随意点了下头，直接走出去了。

时容怔了一下之后重新躺在了床上，失笑。

好吧，她承认自己的确赶不上韩成永的思路。

明天一早就要离开这里，时容已经把东西都收拾好了，一个箱子和一个双肩包，叠着放在墙边，她盯着看了一眼，收回视线，拿过手机又发了条短信。

她始终不敢多发几句，单单一个“晚安”就已经费尽了她所有的勇气。

她在床上靠了一会儿，听到敲门声，还以为又是韩成永，蓦地坐直了身体：“进来。”

门被打开了一条缝，一个脑袋探了进来，笑嘻嘻的：“时容姐。”

没想到是小男生。

时容一直都叫他小男生，其实他真名叫沈沛，长得有些女气，一眼看过去不会想到是个运动员。

他之前参加过一些国内的比赛，其实也算是小有名气了，所以时容也不知道他怎么就会看上自己，只能把这当成小男生玩笑了。

小男生走进来：“嘿，我就是来和你道个别。”

他这样正正常常的，时容也不好意思轰他走：“不就是说声再见嘛，你吃好了？”

“嗯，吃好了。”小男生说，“时容姐，其实我真的蛮喜欢你的，你真的对我没兴趣吗？”

又来了……

时容不能伤他的自尊心，咳嗽了两声说：“其实呢，我们年龄差距有点儿大，你看我们差了七八岁呢，这个三观应该也有点儿不大合得上，你看你这么帅，又这么棒，肯定有很多小女生会追你呢。”

小男生撇撇嘴：“你就是在发好人卡，不要以为我年纪小就不知道。”

时容呵呵地笑，他都这样说了，她还能说什么？

“不过……”他忽然凑过来，压低了声音说，“如果我的竞争对手是师兄的话，我的确没有一点儿优势。”

“啊……”时容随意点头，反应过来之后，“啊？什么？”

“你不是说你有个喜欢的人吗？难道不是师兄？”小男生眨眨眼睛，“我刚刚看到他抱你回来了。你不知道，师兄这人就跟和尚一样，从来都不和女人接触，我们都在担心他找不到老婆呢，没想到他会抱你……听说之前他还背你了呢。”

“停停停！”时容急忙伸手叫停，“这话说得越来越没谱了，怎么把我和他扯到一起去了？”

“哎？时容姐，你不是因为师兄才会过来的吗？”

时容忍不住朝天翻了个白眼：“这都是谁说的？这不是毁人清白吗？我过来还能因为什么，不就是因为工作，和他有什么关系？”

“那你喜欢的人，也不是师兄？”

“谁跟你说是他了？”时容有些无奈了，“不会大家都这么以为吧？”

他居然还敢点头。

时容更无奈了：“我喜欢谁也不会喜欢他吧？拜托你帮我去澄清一下好不好？”

“那师兄对你……”他压低了声音，“师兄从前真的没对别的女人那么好过呢。要是你喜欢师兄的话，我还是能割爱的！”说着他做出了一脸忍痛的模样。

时容忍不住笑出来，把他的脑袋推开：“好了，别说这些没影的事儿，我累了想休息，你可以出去了。”

他也只能恋恋不舍地走了，刚刚替她关好门一抬头，吓了一跳，下意识地就叫：“师兄……”

韩成永居然就站在门口，也不知道站了多久了。

小男生的动作顿时僵住了，下意识地想要叫人。

可没想到韩成永居然在他说话之前，率先一步走掉了。

不知道是不是错觉，小男生居然会觉得他那一向无所不能，不把所有人看在眼里的师兄的背影，有那么一点儿落寞……

小男生伸手挠了挠头发，不知道刚刚韩成永究竟听到了多少。

时容就更加不会知道了，第二天她早早地起床就把剩下的东西收拾了，就等着走人。

到底也待了一段时间了，时容居然也住出感情来，连小男生后来凑上来抱她都没有推开，反而也伸手抱了下："嘿，等你前途无量的时候，一大拨软妹子等着你呢。"

这么多人里，唯独没有看到韩成永。

华司送他们走，解释："成永今天一早就去山里了，也不知道干什么去了，大概不能送你们了，下次再见。"

时容有些尴尬，但解释就是掩饰，反而落落大方地说："没事儿，他是大忙人，怎么能让他来送呢？那我们就走了。"

时容是最后一个上车的，车门"砰"的一声关住，便像是分开了两个世界。

她透过窗户看出去，唇边竟然溢出淡淡的笑容。

顺着不宽的山路开车下去，时容拿出手机看，感觉没过多久，车子忽然刹车，她虽然系了安全带，但还是免不了往前冲了一下。她坐在后座，忍不住问驾驶座的李哥："怎么了？"

李哥还没回话，她这边的车门就被敲响了。

时容转身看去，居然看到了韩成永。

她知道车子贴了膜，她从里面可以清楚地看到他，但是他却一丁点儿都看不到她，所以放任自己露出了吃惊的神色。

李哥不知道什么时候已经将中控锁打开了，韩成永一把就将车门拉开。

刺眼的阳光随之而来，时容有些不适应，微微眯眼，还没来得及问话，他就不知道将什么东西塞到了她怀里。

她低头看去，怀里居然是那个她丢在山里没找回来的包。

心里除了不解还是不解，韩成永那么早上山难道就是为了去给她找包的？

"你……"时容呆呆地叫了一声，忽然发现不知道说什么，尴尬到后面只说了一句，"谢谢你。"

韩成永没有说话，只是略略点头，而后替她将车门关上。

隔着玻璃窗，时容怔怔地看着他，他的脸看上去更黑了，没有笑容，一脸严肃，依旧像是一块冰块。

李哥很快就开车离开，时容忍不住回头看一眼，韩成永已经慢跑着往山上去了，不多久就连背影都看不见了。

如果不是怀里的这个书包，时容大概会觉得刚刚的一切都是梦境。

她检查了一下书包，里面只有一些吃的什么的并不重要的东西，但好歹也是她花钱买的，刚开始也想过去找回来，可怕又出意外，就想着当倒霉算了，没想到韩成永会帮她找回来。

李哥从后视镜里看了她一眼："韩成永居然专门给你送个书包，真是难得。"

时容尴尬地笑了两声，附和着："是啊……"

"时容啊，他是不是对你有意思啊？我总觉得他对你不一样。"

时容讪笑着："哪有什么不一样，而且他怎么会看上我呢？"

"怎么不会？"李哥瞪她一眼，"你哪里不好了？你看，你身材好，长得漂亮，声音甜，唱歌也不比那些歌星差，工作能力也强。哎？时容啊，你说你这条件的确是不错啊，怎么还没男朋友呢？要不帮你介绍一个？"

原本还以为红娘这种事情，只有女同事才热衷，没想到连李哥也这么喜欢。

时容觉得头疼："不用不用，我比较喜欢顺其自然。"

"那你瞧瞧台里有没有什么人看得顺眼不？青年才俊应该也不少嘛，难道就没一个喜欢的？"李哥哈哈地笑着，"远的不说，你看傅北易傅主播，就是黄金单身汉，这样的难道你也看不上？"

从李哥口中听到傅北易的名字，时容的脸红了红，连眼睛都闪烁了几下，幸好没人发现，而她一贯的伶牙俐齿在那之后也消失得无影无踪，居然什么话都说不出来了。

别的同事也说："李哥这话说得不错啊，傅主播这人是真不错，而且连个绯闻都没有，身边也没有女人，顶多就是那个跳舞的漂亮妹妹，实在是少见啊。"

话题莫名其妙地转到了傅北易身上，一群人你一句我一句都在八卦傅北易。

时容却只是默默地缩在角落，一句话都不说。

单单听到这个名字就会脸红心跳，她又怎么会说他的八卦呢。

只是，不是她不说话就行的，战火总会烧到她身上。

坐在身旁的同事忽然推了她一把："你觉得傅主播怎么样？"

“啊？”时容一惊，压抑着脸上的红，尽量让自己可以顺畅地讲话，“很、很好啊。”

“哈，我就说傅主播魅力无限，要不我们也做一把红娘，这周末是他的生日，我听台里的人说本来他是不过的，但是架不住别人的死缠烂打，约好了那天去聚餐和唱歌，你看，这是不是机会？”

时容的脸红得不像话，根本不肯抬头。

别人几句话就定了下来。

说实话时容是有些期待的，来到电视台有一段时间，可她从来不敢和傅北易有什么近距离的接触，能有这种机会，怎么能不开心？

第二章

虽然你从来不曾为我着迷

总算回到J市，时容依旧在体育频道，其实比在新闻频道轻松不少，但却觉得有些不习惯。

大概是因为在新闻频道比较容易看到傅北易，而换了部门之后，连难得的偶遇都少了许多。

可以看到傅北易的地方，最多的就成了新闻里。

时容晚上不用加班的时候就窝在家里看新闻，把她前段时间漏掉的新闻全都找出来看了一遍，看得脸红心跳，就像是傅北易在眼前一样。

怎么就能这样完美呢？她想。

在看今晚的新闻的时候，门忽然被敲响，她迫不得已按了暂停，走过去，不悦地问：“谁啊？”

其实不问，她也知道，在这种时间点会来的人也就只有时誉了。

果然，时誉那欠扁的声音从门外传来：“除了我还能是谁？”

时容满心不悦地去开门：“今天可不是周末，你怎么不在学校？”

时誉旁若无人地走进来，连鞋子都没换。

“这种显而易见的问题你居然还问我，翘课了呗。”

看着时誉踩出来的几个黑色的脚印，想着她回来之后才刚刚累死累活地把房子清扫过一遍，时容终于忍不住大吼出声：“时誉你能不能换双鞋子！”

时誉回头看她，伸手在额角那边一挥，懒洋洋地说了句“对不起”，把鞋子随意一扔，直接穿着袜子走到了沙发坐下。

时容深深地吐纳，好不容易把心情平复下来，这才走过去把他的鞋子拎起来扔到门边，又拿了拖把过来拖了一下，这才走过去，问：“有什么事？”

时誉却没回答，只是盯着她的电脑看。

时容迟钝了一秒之后反应过来，她刚去开门之前是在看傅北易的新闻，而且还是B 站有弹幕的……

满屏都在刷傅北易有多帅……

时誉抬起头来，冲她嘿嘿一笑：“没想到你喜欢这种。”

时容被气得不行，忙把笔记本拿过来合上，抱在怀里：“要你管，到底有什么事？我供你上学不是让你翘课的！”

时誉没说话，只是把手摊到了她面前，挑眉：“我没钱了。”

“啪！”

时容狠狠地打在他的手掌心：“我有什么钱？我辛辛苦苦工作让你去上学给你生活费，你还有脸问我要钱？”

“你也好意思说，那么一点儿生活费，你说能够吗？”

时容不言语，只是盯着他看。

“又不是很多，有你这样的姐姐吗？”

“那我还想说，有你这样的弟弟吗？”

时誉继续摊着手，一副“我光荣”的模样：“当然有啊，可不就是我吗？你都已经把我养活到这么大了，要是不养下去的话，岂不是太亏本了？”

时容觉得自己总有一天会被时誉气死。但是她不打算再这么惯着他，所以说：“没有，反正我没钱，你说什么我也只有这两个字，没有！”

时誉眨眨眼睛，看着她怀里的笔记本电脑：“你喜欢那个主播吧？叫什么来着，傅、傅北易？”

时容瞪他：“不要胡说！”脸却已经红了起来。

时誉得意地笑：“你的脸都红成那样了，就别抵赖了，你给不给？不给的话……嗯，需不需要我帮你告诉那个傅北易啊？说你喜欢他？”

“时誉！”时容忍不住了，尖叫。

时誉却好整以暇地靠在沙发里看着她。

时容大口地喘着气，差点儿要被他气疯。她和他相依为命那么多年，当然知道时誉有时候就真的是个疯子，什么事情都做得出来的。

所以气到后来，她只能咬牙切齿地看着他：“这绝对是最后一次，要多少？”

“两千！”时誉马上说。

“多少？”时容拿钱包的手顿住，“你敢不敢再说一遍是多少？”

“不就两千嘛！”时誉一把将她的钱包拿过来，把里面所有的钱拿出来数了数之后叫了一声，“时容你没那么穷吧？钱包里居然只有八百？”

时容把钱包抢回来，怒道：“是啊，你才知道我穷啊，我就是这么穷，我就是这么穷还把你拉扯得这么大，你好意思跟我要钱吗？我像你这么大的时候已经在养活你了！就八百，你不要就算了，这也是我最后一次给你零花钱！”

“啧，这么小气。”时誉把钱放进口袋，“这不是你倒霉生成了姐姐嘛，不然可不就得我养你了。”

“滚你的，要是你生成哥哥，我还能活着吗？”时容“呸”一声，“没事了就给我回学校去！”

时誉达到目的，欢欢乐乐地就走了。

只剩下她一个人留在空荡的客厅，气得眼泪都快掉出来。

她的确怨恨过自己为什么是姐姐，因为是姐姐，所以她必须照顾这个一点儿都不懂事的弟弟。

眼中有些潮湿，她却没有落泪，这种事情也不是发生一次两次了，如果这样都要掉眼泪的话，她大概早就哭瞎了吧？

她笑了下，除了这些事情，世界还是很美好的，不是吗？

比如说，周末她就能和傅北易一起吃饭了，虽然是许多人一起。

饭局安排在金港的一家餐厅，包了一个包间，有好几桌，时容坐得离傅北易很远，远到连看他的脸都有些模糊。

李哥坐在她身旁，凑过去小声说：“没事儿，等会儿还有下半场呢，到时候走的人大概有一大半，我们不会忘记撮合你们的。”

时容忍不住笑出声来：“不要闹了。”

“啧，怎么是闹呢？我们是真觉得你们很般配啊。”

时容有些不好意思，却不敢问一句：“真的吗？”

“般配”这两个字实实在在地取悦了她，让她心里头满满的都是粉红泡泡。

李哥忽然看到什么，说：“你瞧，他旁边有个位置空着呢，等会儿看看能不能把你给塞过去。”

时容脸一红，这可真的是玩大发了，忙摆手：“别别别，空着位那肯定是有人要来。”

可李哥那么热情，她都有些不好推脱，只能说要打个电话，这才脱身。

她跑到包间外面的角落，其实也没什么人可以打电话的，但是既然出来了，她也就想给闺密傅倾城打个电话，也不知道她现在忙不忙。

其实傅倾城一向都很忙，每天都在枪林弹雨中跑来跑去，她总会隔几天和闺密互道平安，不然不安心。

这次铃声响了没两下就接通了，傅倾城的声音有些疲累：“阿容。”

“你不忙吧？”

“嗯，刚回到酒店呢。”

“每次给你打电话总是很担心，怕你不接。”时容叹一声，“你真的要在那里待上三年？我现在就已经想你想得不得了了。”

傅倾城咯咯地笑：“看我心情吧，你当体育记者的感觉怎么样？”

“嘁，就知道膈应我，我这心里还难受着呢！”时容说。

“好好好，我错了。”

“对了，今天傅北易生日。”

“啊对！”傅倾城声音微微抬高，“我都忙忘记了，他难道在开生日 party？”

“算吧，在金港的餐厅搞了几桌。”

“没和他坐一桌？”傅倾城一语中的。

“你觉得呢？”时容撇撇嘴。

“我要是在的话，就能把你带过去坐了。”

“得了吧。”时容让她看清楚现实，“台里没多少人知道你们是兄妹，你不也是不想被大家知道觉得你走后门嘛。”

“这倒是。对不起啊阿容，帮不到你。”傅倾城的声音里倒真的有歉疚。

时容刚想说话，却忽然看到包间的门被打开了，从里面出来的人是傅北易，而且正在朝她这里走过来。

她顿时就僵住了，手脚都不知道往哪里放，连傅倾城在那边说话都听不分明了。

傅倾城叫了几声阿容，她才反应过来，随后应一声：“我有事了，下次再和你聊国际长途！”说罢，她匆匆挂了电话，下意识地理了一下头发，眼看着傅北易离自己越来越近……

然后，他就这样从她身边目不斜视地走了过去。

时容刚想伸出来打招呼的手就这样僵在原地，愣怔了许久才醒过神来，她顺着傅北易离开的方向看过去。

傅北易走向电梯，此时正等在电梯门前，她能看到他的背影，不知道为什么，她像是能猜到他的脸上肯定带着笑。

可分明，她没怎么见过他笑着的模样。

电梯那处忽然传来“叮”的一声，她原本低垂的视线蓦地抬起来，看过去。

锃亮锃亮的电梯门缓缓打开，逐渐出现在她眼前的是一张灿烂无比的笑脸，那个美丽的女生从电梯里出来，伸手拥住了站在电梯门口的傅北易。

分开之后，女生从口袋里摸出了一个小小的礼盒放进他手里，摆出一个娇俏的表情来。

正好傅北易转身，时容就看到了他脸上的宠溺神色。

他伸手揽住了女生的肩膀，带着她往这里走过来。

时容忽然觉得惊惶，急忙转身，将自己缩成一团，最好谁都看不见。

他们逐渐走近，她听到女人清脆的声音：“我的北易哥哥终于又要老一岁啦！”然后便是傅北易无奈的笑容。

她不敢回身，心里有着难言的感觉。

其实她知道那个女生是谁，那是傅北易的妹妹傅清瑜，也就只有傅清瑜才能让傅北易流露出那样宠溺和自然的微笑。

尽管她觉得根本没有半点儿资格，但她依旧是羡慕了，羡慕有这样一个人可以毫无顾忌地留在他身边。

她知道傅倾城也是羡慕傅清瑜的，因为同样是傅家的女儿，傅清瑜得到了傅家所有的爱，而傅倾城，却从来没有任何人在乎。

时容在角落里缩了许久，这才恢复了正常，然后装成一副落落大方的模样重新进了包间。

李哥说话没遮拦，直接问她：“不是给男朋友打电话吧？怎么那么久？”

她忙笑着摆手：“当然不是，我是给傅倾城打呢，让她羡慕嫉妒一下这边的盛况。”

“哈，这倒是，她一个小女生就在外面吃苦。”李哥叹了一声，“你瞧，同样是姓傅的，这个就能集万千宠爱于一身，而那一个，只能在枪林弹雨里奔跑啊。傅北易的宝贝妹妹又过来了呢！”

时容还是忍不住看了一眼，傅清瑜正坐在傅北易身边那个空着的位置上，巧笑嫣然，看上去乖巧懂事又美丽，不会有人不喜欢。

没有人会不喜欢她，时容其实也很喜欢她。

傅北易原本不会做敬酒这种事情，可大概是因为傅清瑜拖着他的关系，两人居然一桌一桌敬了过来。

这种场景有种莫名的诡异感觉，时容一开始没想起来，倒是李哥在她的耳边低声说：“哎嘿，这架势怎么有点儿像婚宴上敬酒？”

原来如此。

男人高大帅气，女人青春美丽，换一身衣服就妥妥的是一对新人了。

时容笑着：“别乱说，让人听到了可不好，他们是兄妹呢。”

“我也就随口一说，不过说真的，傅北易对这个妹妹可真的是太宝贝了点儿。”

时容只是笑一笑，没有再回话。

傅北易和傅清瑜不知道什么时候已经敬到他们这一桌，正巧就站在时容身后，傅北易垂着的手臂甚至还碰到了她的背脊，她的心脏猛跳，眼神恍惚。

傅清瑜的声音很温柔，带着笑意，说：“我哥哥性格那么坏，希望大家多多包涵他。”

真的没有一个人不喜欢她。

等他们走开，桌上便开始谈论起傅清瑜：“她是跳舞的吧，我在电视里看过她的舞蹈，真的很美，没想到现实里也这么美！”

“和我们台的台花简直不相上下啊。”

台花不是别人，正是傅倾城和时容，两人长得漂亮，又是闺密，常常一起走来走去，格外赏心悦目，而且这样好的容貌却甘愿做一个记者，也不知道台里什么时候投票选举，竟然就把她们给投成了台花。

时容有些尴尬，不知道说什么。

一顿饭吃得不知道是什么滋味，时容总算挨完，虽然如此，她依旧没有后悔来到这里。

她和傅北易的接触寥寥，能这样近距离看到他已经足够了。

她那所谓的暗恋本来就是这样的卑微。

饭后，大家果然要去 KTV，早就订好了总统包，已婚人士基本都不会留下，走掉了一大半，但作为主人的傅北易自然是不能走的，所以一群人上了一层楼去 KTV。

开场曲是傅清瑜唱的，她拉着傅北易站在前面，甜甜地唱了一首《生日快乐》，唱完之后高声说道："祝我的哥哥生日快乐，永远年轻帅气！"

傅北易眼角眉梢都是笑容，伸手将她拥住。

时容坐在最角落，像是一个局外人，看着自己喜欢的人的一动一静，一颦一笑。

性格开朗的便早早地上去点了一些活跃气氛的歌唱，把氛围吵得热了起来，连傅北易都被拉上去唱了一首歌。

傅北易唱得不算特别好，但也是不错的，唱完之后得到了众人热烈的掌声。

坐在时容身边的同事推她上去："你也去唱一首啊，大家都知道你唱得可好了。"

时容难得唱歌，都是聚会的时候没有办法被推上去。今天这种情况，她当然希望可以在傅北易面前留下一个好印象，可总有点儿不敢上前。

刚巧一首歌唱完，包间里难得安静了一下，正好那个同事在大声说："时容，快，上去展示一下。"

听过时容唱歌的人便起哄要让她去唱，她一般不会这么羞赧，今天却有些例外，上去之前还看了傅北易一眼。

傅北易和大家一样都看着她，眉眼弯弯的，难得看上去心情很不错的样子。

时容深吸一口气便上台了，她去点了一首歌，没有前奏，开头就是清唱。

屏幕上是老旧的 MV，有些模糊。

时容看着屏幕，缓缓开口。

我从来不曾，抗拒你的魅力。
虽然你从来不曾，对我着迷。
我总是微笑地，看着你。
我的情意，总是轻易就洋溢眼底。
我曾经想过，在寂寞的夜里，
你终于在意，在我的房间里，
你闭上眼睛，亲吻了我，
不说一句，紧紧抱我在你的怀里。
……

她的声音真的很好听，温柔中带着低泣，将这首歌唱到了人心里头去。

这是她最喜欢的一首歌，因为觉得歌词简直就是她的心境。

时容唱的时候眼眶泛湿，好不容易才将泪意掩盖下去，不至于太过失态。

包间里很安静，只有时容唱歌的声音，她的歌声像是有一种魔力，能将所有人的视线全都吸引到她的身上去。她原本就漂亮，唱歌的时候却是更漂亮的，带着与生俱来的魅力。

终于唱完了最后一句，时容转过头来，对着大家略略低头浅笑。

那一低头，看呆了包间里大部分的未婚男青年。

她不好意思地下台，居然有人喊起了“再来一首”。

有人起头，起哄是很容易的，大家都喊着让时容再唱一首。

时容坐在那边，尴尬得很，不上不下，还是傅北易说话：“既然大家都这么热情，时容，你就再去唱一首吧。”

傅北易都发话了，时容怎么还敢继续坐下去，忙起身去点歌。

刚刚那首歌有些阴郁，她也不想让气氛冷下去，于是唱了一首轻快一点儿的歌。

歌名是《All happy》。

实在是很有少女气息，她却也能够轻松驾驭，让那些刚刚还没被倾倒的男青年也被倾倒了。

唱完之后她便先说：“我已经唱了两首了，下面就让别人来唱吧。”说完之后她便匆匆忙忙跑了下去，生怕被人叫住。

李哥坐在她身边，别人去唱歌的时候，他便笑言：“你不知道，刚刚你唱歌的时候迷倒了多少人，都说你这歌声、这样貌，去当歌星也不为过啊。”

“李哥，你就别拿我开玩笑了。”时容的脸红扑扑的，很尴尬的样子。

“哪里是开玩笑，我说的可是事实。不信你问问别人，说不定明天和你告白的就有一大堆呢。”

时容不好意思，多喝了几口啤酒，没想到反应来得这么快，她便起身去上厕所。

她出来的时候正好看到镜子面前站着一个人，不是别人，正是傅清瑜，她正在涂唇膏，粉粉嫩嫩的唇微微嘟着，就算她是女人都有种想亲上去的欲望。

傅清瑜看到她，十分兴奋地叫：“你叫时容对吧？你的歌唱得真好听。”

时容礼貌地笑了笑，洗手。

“我是说真的，好像能让人着迷。”傅清瑜笑。

“谢谢啊。”

傅清瑜吐吐舌头：“你先回去吧，我上一下洗手间。”

面对傅清瑜的好意靠近，时容有些不知道怎么办，其实如果她是真心想要慢慢接触到傅北易的话，把傅清瑜当作突破口也不错，可她从来没有想过自己可以真正地站在他身边。

她只要像现在这样，远远地能看到他就够了。

而且她也不喜欢自己因为某种目的而去接近别人，无奈地笑了笑，所以她这一辈子也就只能是暗恋了。

时容走回包间，没想到正好在门口遇到出来打完电话要进去的傅北易，她很少可以和他这样近距离地接触，连呼吸都凌乱：“傅、傅主播。”

傅北易没了方才脸上温暖的笑，脸色是和平常一样的正经，他朝她点点头，犹豫了一下之后又多加了一句：“你唱得很好。”

他这样夸她，她更觉得不好意思，脸红得仿佛像是苹果：“谢、谢谢……”

“进去吧。”傅北易替她开门。

她甚至恍恍惚惚，竟然被门槛绊了一下，差点儿就扑倒了进去，她居然要在傅北易面前以这样不雅的姿势摔倒！

可小腹处忽然被一只硬邦邦的手臂给揽住了！

她惊了一下，满脸讶异地看着傅北易用那副淡定的表情将她扶了起来。

原本揽在她小腹处的胳膊很快缩了回来，两只手握住她的肩膀将她扶好，同时沉声说了句：“小心。”

时容的脸红得不能再红，因为这一幕已经被所有在包间的同事看到了。

虽然傅北易的动作很礼貌，但她总觉得有难言的尴尬。

傅清瑜刚好回来，不知道发生了什么，笑着问：“怎么了？都堵在门口？”

时容低着头，红着脸，小碎步走回了自己的座位坐下，再也不敢抬起头来。

这只是一个插曲，除了当事人之外，别人也是看过就算了，很快就抛在脑后，只有李哥在她旁边低声说：“刚刚感觉怎么样？”

“我真的是不小心。”时容咬着唇，“我都快尴尬死了！”

李哥呵呵地笑：“不小心也不小心得是时候。”

时容更不知道说什么好了。

一群人在 KTV 待到十点多也就准备回家了，时容看着傅北易扶着傅清瑜一起走向停车场，自己转身去打车。

她也有辆车，工作之后买的二手车，并不贵，可因为觉得今天会喝酒所以没开过来。

今天傅北易也喝了不少，傅清瑜倒是一杯都没喝，全让傅北易挡掉了，所以应该是她开车吧。

时容坐上车，酒气有些醺脸，她便开了窗，初夏夜晚微凉的风迎面扑来，吹得她很舒服，连酒意都消了不少。

回到那个冰冰冷冷的家，时容累得没有力气去洗澡，先将自己抛在了床上。

房间里的灯都没开，她呆呆地望着窗外发呆，眼前忽然出现那张她最爱的脸庞。

他和她靠得那么近，她几乎能感觉到他的呼吸声，她忐忑不安，他镇定自若，声音里带了一丁点儿的温柔，说："没事吧？"

她呜咽着叫了一声，将被子猛地一扯，遮在了脸上，心脏依旧在剧烈地跳动。

只是空间越狭小，她便越发能感觉到自己那剧烈的心跳声，一下一下，只为了他而跳动。

她遇见他那么早，从那么早开始，她的心里就唯独只有他一人，再也没有人能进入她的心。这么多年，没有一个人可以进来她的世界，她独自一人默守着和他的那些，连他都不会再记起的回忆。

大概是今天的回忆还不错，时容再一次梦到了傅北易，梦到他蹲在自己面前，梦到他将自己抱起，她的脸贴在他的胸口，听到他心脏跳动的声音，而后流下了眼泪……

只可惜这样的美梦做不了很久，因为时容在跟了几场别的体育赛事之后，又被派给韩成永了。

时容听到韩成永这个名字之后，愣了一下就爆发了："能不跟他吗？"

主管耸耸肩："我也没办法，你之前不是说了不想跟他嘛，我已经换了个人了，可是受不了韩成永的脾气，被气哭了，死活都不肯再去。而且他的经纪人也来说必须要换人，言语里提起你，觉得你很不错，所以这可不是我的问题。"

时容只能闷闷不乐地接了下来。

这次韩成永要去国外参加比赛，华司已经给她来了个电话，声音里带着暖意："也就你能制住成永的坏脾气，到那边再见了。"

时容还没来得及说什么，就已经被挂了电话。

她欲哭无泪，还能怎么办呢？这可是工作。

一周之后，时容就和同事一起赶往韩国。

其实说实话，时容对去韩国没有任何不满，如果采访对象不是韩成永就更好了。

同行的摄影依然有李哥，两人熟了，李哥便和她说：“上次韩成永那边我跟着别的记者过去的，你不知道，他简直太可怕了。真的是没有最可怕，只有更可怕，我觉着之前我和你一起去的时候，他尽管也有点儿挑剔冰冷，那也没法和上一次比，只能希望这次他心情能好点儿了。”

听了这话，时容对韩成永的感觉便又差了一分。

因为是大型比赛，所以在比赛前也有采访任务，比如韩成永的住处、食物、训练环境等等之类的全都拍了一遍。

在这之前她都没有碰到过韩成永，要比赛了，他有点儿神出鬼没。

比赛前难得有个晚上可以自由行动的，时容便脱队，准备出去逛一逛，她语言天赋蛮高的，平常看韩剧也学了不少基本用语，一个人出去也没什么问题。

她逛了一圈，买了不少东西，最后停在一间餐厅，打算喝几口小酒，吃点儿烤肉，她刚用蹩脚的韩语叫了阿姨就看到了坐在角落里的一个熟悉身影。

那人看了过来。

时容觉得既然遇到了，她如果不过去好像显得有点儿太过了，所以她尴尬一笑，走了过去，坐在了他对面：“这么巧。”

的确算得上巧了，这种店有这么多家，两人偏偏都进了这家店。

只是时容一直以为在比赛前，韩成永应该是会在训练的，没想到居然一个人偷偷地跑到了这里。

韩成永对于时容坐到对面的举动没有说话，只是继续给自己倒了一杯酒，然后一饮而尽。

时容也不知道说什么，觉得自己好像不应该坐过来，可既然已经坐下，如果再走的话，实在是有点儿不给面子，她只能把老板叫了过来，点了东西。

韩成永不说话，时容不想说话，所以两人面对面坐着，却一句话都没有。

尴尬的氛围在两人中间流淌。

幸好时容点的东西也上来了，她给自己倒了一杯酒，抿了一口，有点儿辣，却一饮而尽。

胸口有点儿热烫，她觉得浑身都像是要烧起来，她又喝了一杯，总算开口："之前我的书包，谢谢你帮我找回来。"

她主动说话，他却依旧没有回她。

时容气不过，又倒了杯酒想喝，手却被对面那人按住。她莫名地抬起头来看，觉得自己的脸肯定已经烧红了，因为她明显地感觉到了脸颊上的热度。

他应该也喝了不少，可看上去十分镇定自若，双眼定定地看着她。

她没有这样仔细地看过他，只觉得他的双眸也有种奇特的魔力，居然能让她失了魂魄。

他哑着嗓子说话："你喝得太快。"

时容愣了一下，像是迷失在他的眼眸中，竟然说不出话来。

韩成永很快就把手收了回去，自己却端起酒杯猛地喝下去。

时容醒过神来，对自己刚刚的失神觉得懊恼，哼道："你自己不也喝那么快。"说着又端起酒杯想喝。

没想到韩成永眼疾手快，居然再一次按住了她的手："我喝的是水。"

她愣一下，却还是不知道喝个酒关他什么事了，可他一脸"就是关我的事"的样子，让她话都说不出来，只能无语地甩手："好好好，我喝慢点儿还不行吗？"

韩成永这才将手松开。

因为还想去买小吃，所以她也不敢吃得太多，吃得差不多之后见韩成永没有要走的样子，拎了袋子起身："那我就，先走……"

话还没说完，韩成永也已经站了起来，顺手将她手中的纸袋拿了过去。

老实说时容真的觉得很意外，因为韩成永一点儿也不像是做这种事情的人，但她也不矫情，想着在异国他乡，有认识的同胞愿意帮忙，可不是一件好事儿嘛。

于是她颠颠地跟在了他身边，莫名其妙地和他一起逛了起来。

原本她还在纠结手里提着袋子没办法吃东西，正好来了一个免费劳动力，她便开始大吃特吃。

开头的时候她把韩成永当成了空气，只顾自己吃东西，毕竟他也闷声不说话。她又买了一份辣炒年糕，吃了一口便忍不住咂嘴，不想一转身就看到了韩成永的脸。

他没什么表情，但不知道为什么，时容觉得有些歉疚……

她的动作没经过脑袋思考，直接用牙签戳了一根年糕之后送到了他嘴边："要不，你也吃一口？”

她的动作太过猛烈，一不小心就蹭到了他的嘴唇，他那抿紧的唇上便多了些许鲜红的颜色，不得不说，有点儿搞笑，不过她不敢笑，一脸认真地看他。

原本以为韩成永是不会吃的，她刚想说“不吃就算了”，不料他就张开了嘴巴，将年糕吃了进去。

时容惊了一下之后讪讪笑出声。

夜晚的市场依旧人挤人，时容刚想抱怨韩国的人口也这么多，就看到有一群人从她面前冲了过去，一个个嘴里都吼着什么什么欧巴。

她仔细听了一下，发现他们口中说的人名她也知道。正是她看过的一部韩剧的男主角!

她已经过了追星的那个年纪，但难得能有这种近距离接触，她便也想要凑上去看看。

大概是因为明星效应，大家都在往那边挤，原本就很挤的街道就更挤了，而且一个个都奔着欧巴跑过去，谁会管自己会不会撞到人。

时容就是这样一个倒霉鬼，肩膀被人猛地一撞，手里吃的东西全都泼到了对面那人的裤子上不说，她还撞上了那人的胸膛。

她疼得话都说不出来，刚想从他的怀里直起身来，却不想背后横亘了一双手臂，直接带着她移动到了人群外。

时容知道自己撞到的那人是谁，也知道自己那些年糕汤洒到的人是谁，但是她没想到他会拥着她离开那个“战场”。

等到了人少的地方，时容发现那只揽在她后背的胳膊依旧没有离开。

她有些尴尬。

她的脸就这样埋在他的胸口，轻轻地呼吸就能闻到属于他的味道，不用细听就能感觉到他心脏的跳动。

她抬起手来贴在他的胸口，微微推了推，他终于放开她，脸上的表情没有什么不同，好像是在告诉她：刚刚人太多了，我只是带着你走出来。

他的神态那么自然，可时容却无法淡定，因为低着头的关系，她看到了刚刚的年糕汤居然洒到了他的关键部位。

时容的脸腾地烧起来，讷讷的不知所措，想来想去，她居然憋出一句：“干吗出来，我也要去看欧巴！”

她这话一出，韩成永就拿看脑残少女粉丝的眼神瞥了她一眼，然后微微扯了扯裤腿。

时容眼尖看到他的动作，越发尴尬。

她知道那年糕汤是烫的，也不知道烫到他没有，但偏偏洒到的地方那样令人难以启齿，她都不好意思问。

韩成永看她，微微皱着眉：“你还要进去？”

时容本来就是没话找话说，那边那么多人，她去大概也就是看人头，她瘪着嘴巴摇摇头，又想到什么：“等我一下。”说着匆匆忙忙走开了。

韩成永想跟，却发现她十分自如地穿梭在人群中，不一会儿就不见了踪影。

他只能继续站在原地，用纸袋子微微挡了一下被浇湿的地方，镇定自若地站着。

时容很快就回来了，手里又提了一个袋子，这才对他说：“走吧。”

两人没有再去挤地铁或者公交车，直接打了车回去。

时容和韩成永不住在一个地方，但离得不远，所以车停在了时容住的地方，韩成永自己走回去。

时容将韩成永手中的纸袋拿过来，而后将自己手中的袋子塞到他怀里：“给你。”

韩成永倒是没有想到时容最后跑走去买的东西是给他的，却没有好奇地打开看。

时容不好意思地开口：“把你的裤子弄脏了，对不起……”

韩成永遥遥地看了一下自己所住的地方，重新回过身来。

“那我，就先上去了，今天谢谢你。”时容随口说一声就大步往里面走去。

走了两步发现有些不对劲，猛地回头看向一直跟在自己身后侧的某人：“你进来干什么？”

他示意了一下手中的袋子：“换裤子。”

这话说得这么坦荡，这么让人难以拒绝……

于是，韩成永就这样跟着时容去了她的房间。

开门的时候，时容依旧有些犯晕，事情怎么就发展成这样了？

韩成永进门之后就去了卫生间。时容坐立不安，最后还是坐在了床边，虽然拿着手机在看，却一直注意着卫生间的动静。

听到开门的声音之后，她顿时站了起来，看向已经换好裤子出来的韩成永。

韩成永手里依旧拎着那个袋子，穿上了她买的裤子。

她也不知道他的尺寸，就随便买了一件，没想到居然正好。

她尴尬地笑了笑，用眼神示意了一下门口。

韩成永迈步走向门边，时容跟了过去，要帮他开门。

门才开了一条缝隙，她就听到走廊里有李哥的声音，下意识地，她倏地将门给关住了。她回身，才发现韩成永不知道什么时候已经离她很近，她的鼻尖差点儿碰到他的衣襟。

又是刚刚那番尴尬的场景，她挺直背脊，紧紧地贴在门上，低声说："外面有人，那什么，如果被他们看到你从我房间出去的话，你也知道会有闲话的，所以，你就委屈一下？"

韩成永没说话。

时容没等到他的回复，便微微抬起头去看他。

他离她很近，而且这会儿还微微低着头，眼神落在她的脸上，因着她的抬头，正好对上了她的视线。

刚刚在喝酒时候的失魂感觉再一次侵袭而来，时容移不开眼睛，忽然觉得慌乱……

骤然间有手机铃声响起，将她的魂魄给找了回来，她匆忙去摸裤子口袋，将手机拿到面前才发现根本没有电话，她怔了一下才意识到这铃声根本就不是她的！

果然，韩成永慢条斯理地从口袋里摸出了他的手机，接通之后放在耳边，低声说："喂。"

时容默默地将手机放回了裤子的口袋里，假装一切都没有发生过。

她和韩成永靠得很近，所以能听到电话那头的声音。

电话是华司打过来的，他叹着气叫："成永，你又跑去哪里了？什么时候回来啊？不知道明天要比赛吗？"

韩成永看着时容，慢悠悠地开口："我在附近，很快就回去。"

"那可是你说的，快点儿回来，这都几点了啊！"

"好。"

他话音刚落，门外忽然响起敲门声，震得时容背脊发麻，下意识地叫了一声"谁"，说完之后她就想扇自己一巴掌！

韩成永的电话都没打完！

果然，华司在那头停顿一下之后十分具有八卦心态地问道："你旁边有女人？有女人？是谁？是谁？”

韩成永看了正在打嘴的时容一眼，随口说道：“没有，挂了。”

时容这边还没缓过劲来，门外的声音又响了起来。

“是我，你睡了？”是李哥的声音。

时容刚刚回话回得那么快，声音那么洪亮，说睡了谁信呢？

她只能拧着眉回：“还没，有什么事吗？”

“是有事，能进来说吗？”

时容简直就是进退两难，太后悔把韩成永这个祸害给带回来了，可这会儿能怎么办？她只能做出哀求的姿势和表情：“能拜托你去卫生间等一会儿吗？等他走了我马上送你走。”

韩成永静静地看着她，不知道为什么总给她一种“下一秒他就会不顾一切地打开门出去”的感觉。

时容泪奔，大爷你给我点儿面子好不好？我还是风评良好的未婚女青年，不希望被人误会啊！

时容生怕他出去，整个挡在了门前，皱着眉，用水汪汪的大眼睛看着她。

韩成永忽然抬起手，放上了她的肩膀……

时容眼中的湿润更加明显了，如果可以，她都想挤两滴眼泪出来！就不信他还无动于衷！

韩成永的手在时容的肩膀上轻轻一按，而后转身走开了。

时容长长地舒出一口气，如果韩成永坚决要现在出去，她的确也没办法阻止。

门外再次传来李哥的声音：“时容？”

时容见韩成永已经走到了卫生间的门口，转过身，理了一下头发，这才开门，露出自己的笑脸：“什么事啊，李哥？”

李哥走进来：“也没什么，就是想让你帮个忙。”

时容请李哥坐在沙发上，她也刚回来，没有烧水，便说：“没有水，你说。”

“没事，我还缺你点儿水喝？”李哥从口袋里掏出了一张纸，递给时容，“来，你看看。”

时容接过来一看，纸上手写着一些牌子的护肤品和化妆品，她抬头看向李哥。

李哥有些不好意思：“就是这件事，我老婆知道我来韩国让我帮她带点儿东西回去，可你也知道我一个糙老爷们儿知道什么，你什么时候有空帮我去买下呗。”

时容还以为是什么事呢，当下拍了拍胸脯："好啊，就这事，包在我身上了，我自己也想去看看的，买点儿东西，自己用，也能送人嘛。"

"那就麻烦你了。"

时容点头说好。

李哥起身要走，临到了门口，忽然停下来问了一句："你还没睡啊？我刚刚好像听到你房间里有别人的声音……"

时容尴尬地笑："我刚刚免提和人打电话呢。"

"噢，那我就先走了，你早点儿休息，明天还有直播呢。"李哥说。

时容点头："好，李哥你慢走。"

时容总算把门给关上，刚刚差点儿就呼吸不畅，幸好韩成永没在卫生间里搞出什么声响来，不然她就百口莫辩了。

时容忙走到卫生间门口将门打开，韩成永正靠在洗手台边，低头看着手机。

他很高，腿很长，双腿微微交叠，头微微垂着，她正好看到他坚硬面容的侧影，一时之间忘记自己刚刚想说什么话。

韩成永蓦地抬起头来，一双黑黢黢的眼睛盯着她看，眼珠微微一动，看向外面而后又收回来。

时容反应过来，马上说："啊，人走了，我送你出去。"

韩成永点点头，直起身子，慢慢地朝她走过来。他长得高大健壮，逐渐走来的时候简直像是一座大山慢慢靠拢。

时容马上转身先走到了门边，悄悄打开门看了一下走廊里。

走廊里安静得什么声音都没有，是昏黄微醺的灯光，莫名的暧昧。

时容忽略掉这异样的感觉，回身看向韩成永："走吧。"

时容送他到电梯外，因为要等电梯上来，莫名有些尴尬："今天谢谢你了。"然后瞄了一下他的裤子，"还有，对不起了。"

韩成永"嗯"了一声，嘴巴都没张开，只有胸腔的震动。

时容撇撇嘴，实在找不到什么话题，干脆就不说话了，眼睛只盯着电梯，看着数字逐渐地增大……

"叮"的一声，电梯终于在他们这层停下，里面没人，韩成永走进去之后就按下按钮。

门还没有关上，时容觉着自己如果要表现得礼貌的话，说一声再见似乎比较好。

于是她傻呆呆地抬起手，摆了摆，说了句：“再见……”

门逐渐关上，时容不知道是不是闪了眼睛，居然看到韩成永那一直紧抿的嘴角，有那么一点儿往上扬起的弧度。

她再想仔细看去的时候，门已经关上了。

她拍了一下自己的脸，傻什么呢，韩冰块，韩莽夫怎么可能会笑？！

她回到房间，躺在床上翻了几个身之后总觉得有什么不对劲，像是忘记了什么。

她忽然坐起身，总算想起来了！

她下床去，在行李箱的夹层中把那部专用的手机拿出来，见手机电量只有一格，便放在一旁充电，同时又发了一条短信出去。

没有任何创意，继续是那两个字——“晚安”。

她放下手机之后便拿了睡衣打算去洗澡，明天一大早就起床，她得早点儿睡，而且刚刚喝了两杯酒，这会儿头有点儿晕晕的，不大清醒。

还没走到卫生间门口，时容忽然听到“叮”的一声响。

她的脚步顿住。

这个声音是短信铃声，她刚买来那部手机的时候设置的，却一次都没有听到它响起过。

她怔住，许久之后忽然醒过神来，猛地朝床上扑了过去，然后将床头的手机拿在手里。

屏幕上果然显示着有一条短信。

因为是随便买的手机，并不是智能机，只能看到有一条短信，却并不显示内容。

她心里忐忐忑忑，颤抖着手解锁，在点开短信前，她忽然想到一种可能，会不会是10086发过来的？

刚刚那些紧张不安的心情稍微消去了一些，她带着一种自暴自弃的心情将短信点开。

最上面是一个号码，不是10086，而是一串她熟悉到可以背诵的手机号。

是傅北易的私人手机号！

时容那好不容易平静下来的心跳再一次剧烈地跳动起来。

她将手握拳，又松开，又握拳，许久之后，终于点开了那条短信，却在点开的那一瞬间，她猛地闭上了眼睛，一时之间竟然没办法看。

她捂着心脏跳动的地方，深深地吐纳几次，而后终于缓缓地睁开了眼睛。眼前从模糊逐渐到清晰，她终于看到了屏幕。

可是，手机居然自动锁屏了，她只看到了黑漆漆的手机屏幕。

时容“嗷”地叫了一声，又要再一次经历刚刚那种既害怕又期待的心情。

短信内容很简短，简短到只有一个字甚至连标点符号都没有。

可时容就看着这样简短的短信内容，嘿嘿地傻笑出声了。

手机屏幕上显示着一个字“好”。

时容笑了两声之后又将手机屏幕放到嘴边亲了一下，这才放下，而后心满意足地跑去洗澡。

原本那样昏昏欲睡，可等洗好澡躺回床上，她却发现那些睡意不知道跑去哪里了，她居然神志无比清醒。

她在床上翻滚几圈，闭着眼睛数了几百只绵羊，她又将手机拿了过来，盯着上面的那个“好”字傻笑起来，然后，更加睡不着了……

就这样折腾到了半夜才睡。

明明没睡多久，但第二天起来的时候却是精神奕奕，一点儿困倦都没有。

时容精神头十足，李哥忍不住笑说：“今天怎么这么有活力？这才像个年轻人。”

时容嘿嘿地笑：“大概是昨天晚上睡得好吧。”

时容兴致勃勃，到了比赛场地也十分有活力，连华司都说：“今天心情怎么这么好？”

她摸了摸脸：“你也看得出来？”

“谁看不出来？”华司笑，“你这开心都写在脸上呢。”

时容笑得温柔婉约，让人看得浑身起鸡皮疙瘩。

她直播比赛的时候也十分有热情，尽管那个人是她并不怎么喜欢的韩成永。

不得不说韩成永真的是太厉害，一百米的预赛就拿了第一，另外一个中国选手是小组第四，也进入了半决赛。

那个小男生沈沛没来参加这次比赛，因为之前不小心肌肉拉伤了，十分可惜。

预赛之后时容便去找韩成永采访，他面色平静，只说了一句话：“预料之中。”狂傲又自信，偏偏所有人都吃他这一套。

时容又问了一句：“那么能不能请你预测一下自己在半决赛的成绩排名？”

韩成永给了一个坚定的眼神，竖起食指，做出了一个“1”的手势。

韩成永的狂傲来自于他的自信。

因为他不仅仅在半决赛拿到了第一，更是在总决赛也拿到了第一。除此之外还破了世界纪录。

时容在看到他第一个冲过了终点线，并且将国旗披在身后的时候也忍不住尖叫出声，这个时候她对他的偏见或者别的情绪已经全都消失无踪，他在她眼里是这样的厉害和霸气。

等到了后台，她便去采访他，一起采访的还有几家别的电视台，全部兴奋得脸都红了，时容也是，连声音里都带了点儿笑意：“你对你今天的表现满意吗？”

韩成永的气息微微有些急促，可表情依旧很淡定：“如果大家满意的话。”

他也难得多说了几句话。

有个男记者笑：“谁会不满意？”

韩成永一直看着她，眼中竟也微微透露出了一丝笑意。时容看着他的脸，也忍不住笑起来。

一百米的决赛之后，韩成永还参加了两百米。

成绩依旧是斐然的，虽然没有破纪录，但也拿了第一。

一时之间对于韩成永的报道十分喧嚣，倒是他本人一无所知，也或者是早已习惯了这样的对待。

等韩成永的比赛结束之后，时容也准备回国了，但是在那之前她当然得找个时间出去逛一逛，不仅仅是帮李哥买东西，自己也得采购一番。

她下了楼，想打车过去，没想到居然看到了韩成永。

因为那次比赛的关系，时容对他的好感度上升了不少，当然这个好感度的意思是，她虽然依旧觉得他是莽夫是冰块，但至少是厉害的莽夫和冰块。

于是时容在看到他之后居然还打了个招呼：“嘿！”

话出了口之后，时容就想扇自己一巴掌，干吗和自己过不去，叫他干什么。

韩成永停下脚步，看着她难得的淑女风装扮。

之前在韩成永比赛的时候她都是穿运动服的，今天穿的是那次遇到韩成永的时候买的，难得扮一次少女，居然就被他看到了。

时容见他的视线上上下下徘徊，有些尴尬，却依旧昂着头：“干吗，看什么看！”

韩成永居然真的收回了视线。

时容愣了一下，走上前去："我就是打个招呼，我先走了。"她先一步往前走，走了几步觉得不对劲，转身看着一直跟在身后的男人，"你干吗跟着我？"

"我不能走这条路？"韩成永认真地看她。

当然不是……

时容被噎得没有话好说，继续转身往前走，正好遇到一辆出租车，伸手叫停之后就坐了进去。

结果那个说也要走这条路的男人，居然十分顺便地也坐了进来。

时容瞪他："你这不是在跟着我吗？"

韩成永不置可否。

时容还想说话，司机已经用不算很流利的英文问她去哪里。

她只能先把地点报了，等车子启动之后她才觉得不对，刚刚应该先把韩成永给赶下去的。

她去大采购，他跟着算是怎么回事儿？

不过到了那里之后，时容才觉得，其实韩成永也是有那么一点儿用处的。因为店里的人实在是……太多了。

时容先帮李哥把单子上的东西都买齐了，这才开始买自己要用的，全程韩成永就一直跟在身边，而且还帮她拎着东西。

她有点儿搞不懂韩成永究竟是干什么来的，难道真的就是来做免费劳动力的？

可他一个世界冠军，她凭什么呀？

她也想过他该不会是看上自己了吧？但是她细细想了一下她在他面前的表现，韩成永的审美观应该不至于这么崩坏吧？

于是时容把这个可能给抛在了脑后，思来想去也猜不透，最后也就不想了，反正他来当免费劳动力也不错啊。

最后时容来到了卖男士香水的地方，因为对男士香水不懂，就让服务员推荐了几款。

时容一向都患有选择性障碍症，这会儿也是，服务员亲切地说可以闻一下香味。

时容也没多想，直接把韩成永拉了过来，在他胳膊上试验了一下。

几种香味闻得她有点儿头昏，更加无法选择，于是让韩成永做参考。

“你觉得哪个最好？”

韩成永愣了一下：“我不……”

时容看到他的脸色便瞪他：“快说你的感受！”

韩成永深深地看着她的眼睛，最后还是将胳膊抬起来闻了几下，最后指了一瓶香水。

时容看了一眼之后觉得韩成永真是会选，居然就选了一个最贵的，她犹豫了一下，咬咬牙，一狠心也就买了下来。

东西全都买完了，时容今天刷掉了一大笔钱，幸好有一大部分都是帮李哥带的，钱还能收回来，心里的痛意也就缓解了些许。

所有的东西全都是韩成永在拿，时容也会觉得不好意思，便伸手过去说：“要不我来拿吧？”

韩成永淡淡地瞥她一眼之后，就迈步往前走去了。

看来他真是想当免费劳动力啊！

时容也就不抢了，只是凑上去说：“今天谢谢你，我请你吃东西吧？”这倒是真心话，如果没有韩成永，时容今天肯定会累死的，请他吃个饭也不算是什么大事儿。

韩成永略略一点头就应下来了。

时容笑着说：“我知道一家店，我们打车去吧！”她不知道为什么特别兴奋，急匆匆地想往那里赶。

到了那里，韩成永才知道，她特别兴奋的原因是，这家店是她喜欢的一个韩国明星开的……

因为一到店里，时容就去柜台要了签名的明信片，像是拿到了宝一样仔细地翻看。

韩成永其实也蛮好奇那个她喜欢的明星长什么样子，只是拉不下脸去看，没想到时容直接把明信片递过来：“你看！”

韩成永看了一眼就觉得自己的审美观崩塌了。

这个就是时容喜欢的韩国明星？是不是也太丑了点儿？

时容看到他的表情就知道他在想什么，哼一声：“他在我眼里就很好啊，而且吸引我的是他的人格魅力好吗？”

店里的食物倒是不错，时容还点了一瓶烧酒，又抿了几口。

韩成永想制止的时候，时容刚好把酒杯送上来，脸上泛着红晕，嘴角有笑意，眼神模模糊糊的，她说：“恭喜你拿了两个冠军。”

韩成永“嗯”了一声，也端起杯子，和她的轻碰了一下，而后一饮而尽。

两人喝了点儿小酒，韩成永没什么问题，时容有些犯晕，所以他在拎那些化妆品的同时还要去扶住晃来晃去的她，好不容易才将她塞进了车子。

到了时容入住的酒店，她看上去有些晕乎，但神志还是很清醒的，知道不能让韩成永送自己上去。

她将韩成永手里的东西一样一样拿过来，最后一样是那瓶香水，她发现他拽紧了，她居然扯不动。

她有些不解地看向他。

他对上她的眼神，脸上居然呈现出一丝所谓尴尬的神色，下一秒就将手松开，让她拿了过去。

时容觉得莫名其妙，还是笑了两下：“今天谢谢你了啊。”

韩成永点点头，看着她进酒店。

她脚步有些虚浮，走上几步还晃悠一下，他往前迈了一步，却又停下，眼睁睁地看着她消失在他的视线之中。

韩成永低头看向自己的手，好像那只纸袋还在手里一样。

他握成拳，放进口袋里。

嗯，大概是她想找个正式的机会再送给他。

他不应该那么心急。

第三章

我总是微笑地看着你

时容先韩成永一步回国，李哥的妻子来接机，知道那些东西都是时容跑去买的时候感谢了一番，还邀请她去家里吃晚饭。

李哥和妻子也分别好多天，她也就不做电灯泡，把时誉给拖了出来，说要回去见他。

“那就下次吧，老李他经常说起你呢，你不会嫌弃我年纪大了吧？”

“哪有哪有！”时容忙摆手，“你看上去也就只有三十岁。”

“瞧她，多会说话。”

她独自一人回到家里，当然没有时誉。

家里冷冷清清的，她连行李都不想收拾，直接瘫坐在沙发里，微微眯着眼睛一动都不想动，结果差点儿在沙发上睡过去，感觉到了凉意她才猛地醒过来。

时容怔怔地看着空旷的房子，瞧，这就是没有人体贴的结果。她起身打开冰箱拿出一瓶冰水，旋开之后猛灌了一口。

结果牙齿倏地一阵疼，她捂着脸等那一阵抽疼过去，她总是好了伤疤忘了痛，明知道自己不能喝骤冷的东西。

时容靠在流理台上，盯着那瓶水看，其实她也是可以有男朋友的，如果她不喜欢傅北易的话，她可以答应一个追求她的还算靠谱的男人，享受他对她的温柔和体贴，不用再过一个人寂寞孤独的生活。

可怎么办呢？

傅北易进入她的心里，那是在太早太早之前，她太早爱上他，从此别的男人就只是一个影子，如果不是他，就一切都没有意义了。

其实她并没有期待有一天能和他在一起，但就是过不了自己这道坎儿，大概是因为心里所有的地方全都被他占满了，没有一个人能进入她的心。说到底，她这样的生活，是她自己选择的。

其实也没什么不好，她安慰自己。

她还是得去收拾行李，把所有的东西都从行李箱里拿了出来，进行分类。

等她洗好澡，把脏衣服放进洗衣机里之后，她才有空理一下那些买回来的东西，给自己买的，送人的，她一一分类，最后就剩下那瓶韩成永帮她挑的男士香水。

其实时容选定这瓶香水的另一个原因是，这种味道和傅北易身上的味道很像。

她将那瓶香水放在面前，盯着看得眼睛都快花了，最后嘴角微微扬起，重新放回纸袋中，又将手机拿出来发短信。

自从那一天她收到一个“好”字之后，就再也没有收到过任何回复，但即使这样，她也已经满足，所以发起短信来越发有劲头。

一夜无梦，第二天她就去了电视台。

中午空闲的时候，时容偷偷找去了傅北易的办公室，里面没人，她匆忙闪进了办公室。

办公室里十分简洁干净，时容知道要赶紧把东西放下之后走人，可依旧忍不住多看几眼，他会坐在这里，他会站在那里……

光想一想，她就已经足够幸福了。

缓步走到办公桌前，时容将手中的纸袋放在桌上，觉得这样摆不好看，又换了一下，纠结了许久之后总算满意，看着它笑了一下。

还没来得及转身，她却忽然听到一个熟悉的男声在她身后响起：“你……”

时容吓了一跳，蓦地转身，没想到他离自己这样近，转身的瞬间差点儿撞到他，她忙后仰，腰便磕在办公桌的边缘。

她没傅倾城那么好的腰力，微微后仰就觉得已经到了极限，所以他的脸就在面前不远处，不超过十厘米的距离。

慌乱、紧张，所有的情绪都一拥而上，时容呆呆地看着他，嘴巴微张，一脸惊讶又慌张的模样。

傅北易很快就往后退一步，让她站直。

她依旧十分尴尬，低着头不敢看他。

“有什么事吗？”傅北易问。

她支支吾吾说不出来，急得眼睛都红了。虽然她的暗恋总是被傅倾城说很明显，可她也不愿意让傅北易知道，至少不是现在，她挪着身体想要把那个纸袋挡住，可动作太慢，傅北易已经看到。

他甚至探过身去把东西拿在了手里，问她："这是什么？"

时容欲哭无泪，脸涨得通红，憋了许久才说："我，我……"

"这是我常用的香水。"傅北易淡淡地说了一句。

时容灵光一闪，像是忽然开了窍，她蓦地抬起头说："这是青青让我买的，我正好出国一趟，她说你生日没有给礼物，所以让我带瓶香水算是迟到的生日礼物。"为了加强言语的真实性，她还用力地点点头，殊不知她的脸已经红到发紫了。

幸好傅北易没有怀疑，点点头："让她破费了。麻烦你。"

时容见蒙混过关，忙附和："那我就先走了，傅主播再见。"

等匆匆逃出办公室，时容才觉得总算可以呼吸，大口喘了几下之后又想到了一个严重的问题，急忙跑到安静的角落给傅倾城打电话。

傅倾城好久才接起来，还不等她说话，时容就忙吼："青青，你得救救我……"

这话说得傅倾城一阵心惊，忙问："怎么了？发生什么事了吗？你不是回国了吗？怎么了？"

时容哭丧着脸："我对不起你，可我也不是故意的，所以你会帮我的对吧。"

傅倾城听她这样说，便知道没有大事，也就放下心来："那你得说了我才能决定。"

时容就把刚刚发生的事情说了一遍，然后道："青青，你真得帮我圆过来，不然我就死定了，丢脸死了。"

傅倾城在那边大笑了两声之后才回她的话："原来我们天不怕地不怕的阿容还是有软肋的！"

"青青啊……"

傅倾城含着笑："好，我知道了，如果北易哥打电话来，我会说那是我拜托你买的。"

"好好好，那就好，谢谢你了哦，青青。"

傅倾城应一声："可是阿容，这样的话，不就是我领了功？"

"没事。"时容笑，脸上的灼热总算慢慢消下去，"本来我也不想让他知道是谁的，重要的是我的心，而不是他知不知道。"

傅倾城长长地叹了一声："真不知道说你什么好，北易哥可真有福气。"

时容便笑出声来："是我运气好，所以能遇见他。"

她的一生何其有幸，居然可以遇见他。是他给了她第二次人生，无论为他做任何事情，她都无怨无悔。

挂断电话，时容收起手机往回走，经过傅北易的办公室的时候忍不住往里面看了一眼。

其实什么都看不清楚，她却依旧觉得格外甜蜜，大概如果喜欢的话，那一切都是甜的。

时容收回视线，低头轻轻一笑。她和傅倾城说的话没有半分假，她的确觉得是自己有运气，所以才能遇见他，他在她心目中就像是神，只可仰望却无法比肩。

她已经走开了一段，却听到身后有人叫她，她以为听错，回身去看才发现傅北易居然就站在不远处，口中叫着的正是她的名字。

他叫她："时容，等一下。"

时容怔怔的，有些不敢置信，无法动弹。

傅北易已经走过来，站在她面前，微微低头看她。

那一瞬间，时容听不到任何声音，只能听到耳边怦怦怦的心跳声，那么剧烈，那么震撼。

那是她的心跳声。

她甚至不敢抬头看他，微微低着头看着脚尖。

傅北易将手里的东西递给她，她有些慌神，忙接了过来，指尖却不小心碰到他的手，温温热热的，她好不容易才缓和下来的激动又上了脸，红得无法直视。

傅北易淡然地解释："周日晚上有阿瑜的舞蹈表演，她多给了我一张票，我敢保证那绝对会是一场精彩的表演。"

时容觉得就算这时候他扔给她一张烂片的电影票，她也会想把票给供起来的，她激动得语无伦次："谢谢，谢谢傅主播，我一定会去看的。"

傅北易点点头，"嗯"一声，转身离开了。

时容看着他走开的背影，脸上的笑都停不下来，等背过身，她才敢低头去看手中的票，是傅清瑜主场的舞蹈表演。

时容的确没想到会收到这种东西，激动的心情难以言表。

这件事情带给时容整整一周的好心情，当然如果周五的时候华司没有打电话给她的话。

时容对于华司会给自己打电话有些意外，不过不敢不接：“你好？”

“时容吧？有点儿事想找你帮忙，不知道你有没有空……”

时容总觉得不会有什么好事儿，先说：“我周日有事呢。”

没想到华司嘿嘿笑了两声：“啊没事，我是想麻烦你周六呢。”

时容愣了下，后悔刚刚没说周末两天都已经和人约好，但既然已经这样，她也没有退路，说：“请问有什么事？”

兵来将挡，水来土掩吧。

华司又笑了两声：“其实也不是什么特别麻烦的事情，就是周六啊，成永要搬家……”

韩成永搬家关她什么事？

时容同样笑了两声之后说：“是吗？恭喜啊。”

“成永这人呢，对生活方面完全就是白痴，本来我是要去帮他整理的，但临时有点儿事情，去不了了，所以就想找人帮忙。”

她没有说话，华司便继续说：“你也知道的，成永脾气很怪，一般人的话他肯定不同意，而且他也没什么朋友，你也和他相处得蛮久了，他不排斥你，所以只好麻烦你了。时容啊，你会帮忙的吧？”

华司都说到这个份上了，她还能怎么拒绝？

华司欢天喜地谢了她许久，然后把韩成永现在的地址发给她，让她明天早上去那边就好。

时容应下来之后觉得简直就是挖个坑把自己给埋进去了，懊恼了一阵她又安慰自己，想想毕竟韩成永在韩国的时候还做了她的免费劳动力，这也算打平，互不相欠了不是。

这样想想，她心里总算不那么膈应了。

下班之后，时容还特地去买了一对杯子，让人好好包装了一下，准备明天当作给韩成永的搬家礼物。

这一对杯子还不便宜，居然要好几百块钱。

时容想想又觉得自己亏了，可买都买了，只能带回去，毕竟送人也得体面点儿。

没想到回到家就看到时誉坐在门口，拿着一个面包在啃。时容走过去踢了他一下：

“怎么又过来了？”

“不是周五嘛，我可没有逃课。”

时容不信他，直接推开他开门进去。

眼见着时誉也跟进来，她直接拦住，丢下一句：“换鞋子！”

时誉倒是乖乖换了鞋子，自顾自想去厨房冰箱找点儿喝的，没想到居然只有矿泉水，只好闷闷不乐地开了一瓶喝了口，出来之后就对时容说：“我说你厨房的冰箱是摆设吗？里面居然只有矿泉水！”

时容瞪他一眼：“你爱喝不喝！”

时誉撇撇嘴，不再废话了。

“又来干什么？”时容看向他，“我可说过了，上次是最后一次多给你钱！下个月的生活费还没到时间！”

时誉哼一声，从书包里掏出一张纸来递给她：“看看吧。”

时容接过来一看，居然是家长会通知书。时间是周日下午。

时誉从小到大的家长会，都是她去的，早就习惯了家长的位置。她把纸收了起来，说：“好，我知道了。”顿了顿，她到底还是问了句，“晚上在这里睡吗？”

时誉站起来摆摆手：“啧，我还是回学校吧，走了。”

时容看着时誉走到门口，开门，关门，然后房间里就再一次只剩下她一个人。

其实她有时候倒也希望时誉能留下来，吵吵闹闹也可以，至少不会让她觉得那么静，静到让人觉得可怕。

而且时誉之前其实并不是这样的，他小时候也算不上特别乖，但至少还算懂事，她生病的时候他也曾经照料她，替她煮过一锅粥，差点儿把厨房烧了……

而现在……

时容不愿意再去想，不能总是去回忆一些不可能回来的事情。

因为明天要给韩成永搬家，所以一整晚都没睡好，等她醒来的时候已经不早了，她也就没有继续赖下去。

因为觉得要干体力活，她找了套运动服出来穿上。她开车去韩成永的小区，他如今住的地方也在郊区，和她住的地方倒不算太远，开了半个小时左右就到了。

虽然也是在郊外，但这里的房子和她住的房子却是不能比的，韩成永住的地方是近几年完工的高级公寓，一切都是新的，而她住的地方是老小区，楼道里的灯都有些坏了。

时容上楼，站在门口对了一下门牌号。

因为她来得早了，所以还没有搬运车来，她怕敲错门，确认之后，她才按下门铃。

响了两声，里面便传来慢慢的脚步声。

门被打开，韩成永穿着家常的白色T恤探出身来，在看到时容之后竟然也愣住了。

时容看到他这个表情，试探着问了一句："华司没和你说？"

韩成永皱了皱眉，先把她给请了进去。

时容原本想换鞋子的，可见他也穿着运动鞋，鞋柜也没有可以让她换的鞋子，就干脆走了进去。

韩成永示意时容坐在沙发里，自己走进了卧室。

门没有关紧，所以时容在门外都能听得见他的声音，严肃而冷冽，他是在给华司打电话。

他打完了电话，时容很自然就站了起来，说："是不是不方便，如果不方便的话，那我就……"

韩成永示意她坐下："没事。"

他家里其实有些乱，因为很多东西都打包好了，不过看情况大概是昨天华司帮忙整理的。

韩成永居然从厨房拿了一瓶果汁出来："只有这个了。"

时容忙接过来："谢谢。"

她把果汁放在茶几上，拿过放在一旁的纸袋，递过去："送给你的搬家礼物。"

韩成永接过纸袋的时候，脸色就有些不对，等他看了一眼之后就更不对了："杯子？"

"是啊。"她说，"一对。"

听韩成永这么说，时容心里在吐槽：给你买东西就不错了，还敢给我挑剔！

他接下来问一句："香水呢？"

哎？时容愣住了。

什么香水？

哦，香水。

她给傅北易买的香水，可和他有什么关系？

韩成永就这样直勾勾地看着她，一点儿都不退让。

时容有点儿尴尬，的确没懂他的意思："什么香水？"

韩成永干脆直接问道：“你买的香水呢？”

时容不明白他为什么想知道她买的香水去哪里了，但他这么盯着她，只好随口说道：“送人了啊，谢谢你帮我选，他很喜欢。”

韩成永的脸色顿时变得很奇怪。时容看了他一眼，忽然想到了一种可能，他该不会以为，她的香水是给他买的吧？

但就算时容有这种猜测，她也不可能直截了当地问他：哎，你是不是以为我买了香水是要送给你啊？你猜错了，我是想送给我喜欢的人的啊！

她还不至于那么不通人情世故，所以犹豫着说：“你，不喜欢这对杯子吗？”说着她想去拿回来，“如果你喜欢香水的话，我去换怎么样？”

没想到韩成永居然抓紧了纸袋不让她拿回去，然后十分淡然地将手背着，把东西藏到了身后，没什么情绪地说了一句：“不用，我很喜欢，谢谢你。”这话里没有半点儿兴奋激动的语调。

时容心想他就算是要装，就不能装得更像点儿吗？早知道就不买什么礼物了，浪费了几百块钱还讨不到好，他怎么这么难伺候！

幸好很快就有搬运车到了楼下，两人也不至于待在一起不说话十分尴尬。

原本满满当当的房子如今空空荡荡的，时容手里捧着一个韩成永的奖杯，等着他站在门口回顾他在这里的岁月。

韩成永的车子被华司开走了，所以他坐进时容的车里，并且还抢走了她的钥匙。

时容其实不觉得她的车开得不好，但既然他已经坐进驾驶座，她也不好说什么，把一些东西放进了后座之后坐进了副驾。

韩成永的车开得还可以，比较稳当。

只是车里没有半点儿声音，她也不想和韩成永搭话，就开了音乐，淡淡的轻音乐逐渐流淌在车里，缓和了原本尴尬的气氛。

时容随着音乐缓缓地眯起了双眼，嘴角微扬。

她没有看到，韩成永微微地侧过头，看了她那美好的侧脸一眼。

因为是周末，城里的路又比较堵，等到韩成永新家楼下的时候都快过了两个小时了。时容原本只是想眯一会儿，没想到因为音乐太柔和，她一时忍不住，就睡了过去。

连车子停了下来都不知道。

韩成永也不知道她是睡着了，以为她只是在小憩，可他转头看她的时候，她居然依旧紧紧地闭着眼睛，而且浅淡的音乐声都无法掩盖她微微的鼾声……

韩成永愣了一下，居然浅浅地一笑。

他却没有吵醒她，因为搬运车还没到，他就这样坐在车里，静静地看这个歪着脑袋睡着了的女人。

她的头歪向窗户那一侧，所以他很清楚地可以看到她消瘦的脸，她依旧那么瘦。

现在的她和记忆中的那个她逐渐融合起来，除了依旧那么瘦之外，她变了太多，怪不得他当初没有一眼认出来。

韩成永看了一会儿，放在腿上的手逐渐抬起来，隔着几厘米的距离在她的脸颊上轻轻游移，他和她之间的距离，一直都是如此。

那辆搬运车到了，工人走过来，刚想大声说话，就看到下车的世界冠军比了一个“嘘”的动作。

工人们看到了车里歪着脑袋睡得正好的时容，会意地点点头，转身就开始去搬行李上楼。

时容醒来是因为一不小心将头撞到了车窗，脖子和头都疼得厉害，恍恍惚惚才发现自己居然还在车里。

车里只有她一个人，音乐倒是还在播放着，她坐直了一些，忽然感觉身上有什么东西滑下来，低头一看便发现居然是一件外套。

外套很眼熟，是韩成永的。

她把外套收起来，看向车窗外，工人们还在搬东西。

她下了车，有个工人看到她还打了个招呼：“醒啦？韩先生看起来冷冰冰的样子，没想到对女朋友倒是蛮贴心的。”

她刚想开口解释：“不是，我……”

话还没说完，背后就传来声音：“你醒了？”

是韩成永。

时容还没解释清楚呢，那个工人已经给了她一脸“你不用说，我都懂”的神情，简直是百口莫辩。

想想也算了，反正也就一面之缘，管他怎么想呢，于是时容将手上的运动服递了过去，看着他收下之后说：“嗯，谢谢你。”

韩成永“嗯”一声。

时容也不知道还能说什么，就去车里把东西拿了出来，跟着韩成永一起上楼了。

这里的环境绝对比郊区那个公寓好上不少，因为是在顶层，所以还带一个阁楼，阁楼也不小，有个阳台，卧房还有客厅，楼下还有一个朝南的主卧和朝北的次卧，应该装修好一段时间了，已经没有了味道。

时容看着这个房子，心里各种羡慕嫉妒恨，装修也不知道是谁做的，以黑白为主，虽然简洁但看上去很清爽漂亮。

如今客厅里堆满了纸箱子，看上去有点儿乱，但完全不影响整体的感官。

行李已经全都搬完了，结算一下之后工人们就离开了。

偌大的房子里就只剩下了他们两人，时容再一次感觉到了尴尬，于是干脆忙碌了起来。

华司做事还是蛮有条理的，这么些个纸箱子外面全都贴了标签，比如这个箱子里是衣服，那个箱子里是食物等等。

收拾起来倒也不麻烦，而且新家里提前一天清扫过了，只要把东西全都归置好就可以。

时容从客厅开始，一点点地归置，当初装修的时候特地留了个橱窗，专门放韩成永的奖牌，时容一样一样放进去。

这么多的奖牌，这么多的荣誉……

时容长长地舒出一口气：怪不得人家有钱买这么好的房子！

等她把除卧房以外的东西全都理好，把纸箱子也拆了叠好后，已经是中午，她也觉得饿了，想着韩成永应该也已经收拾好了，洗了个手敲了敲门。

韩成永低声说了句“进来”。

她推门进去，瞬间被里面的场景吓到了，他真的是在整理而不是在搞破坏吗？

真的不是时容夸张，三个纸箱里的衣服全都被他倒了出来，全都推在床上，各个季节的都有，他已经往衣橱里放了一些，居然还有冬装。

时容都不知道该说什么了，大哥啊，都要夏天了你把冬天的大衣挂外面干什么？

时容长长地吐出了一口气：“算了，还是我来吧。”反正她从小到大就一直给时誉收拾烂摊子，大概是收拾习惯了吧。

不过当务之急还是吃东西，时容看了下时间：“你不饿吗？要不叫个外卖吧，我帮你收拾。”

韩成永起身去了外面，打电话叫外卖，而时容却是对着那小山一般的衣服唉声叹气，原来世界冠军是生活白痴啊！

时容先把冬装全都收了起来，重新放回了纸箱里，等收拾完冬装之后就听到敲门声，她转头看去，韩成永正在门口，脸上的神情很复杂，对她说：“外卖到了。”

“真的吗，好我马上出来！”时容已经饿得连力气都没了，欢天喜地地跑了出去。

韩成永订的是比萨，香气已经让她快要流口水了。

韩成永还算绅士，先切了一块递给她。她连声谢了之后就咬了一口，总算吃到东西，空空的胃舒服了许多。

吃完东西之后，时容便又继续帮韩成永收拾东西。

收拾到一半的时候，华司打了个电话过来，问怎么样了。

那会儿时容正好累了，直接坐在了他还没铺好的床上，和华司说话。

“辛苦你了，现在怎么样？”华司笑嘻嘻。

“已经在收尾了，估计晚饭之前能结束吧。”时容说。

“真的是太麻烦你，你是不是也见识到了成永在生活上的白痴了？”华司笑一声，“对了，等下记得别走，晚上我能赶回来，已经订好地方了，晚上请你吃饭去，总不能让你白忙活。”

时容当然是要推掉：“不用啦，我反正也没事，所以来帮帮忙的。”

“那怎么行，好了，我还有事呢，先不说，晚上可不许走，我和成永也说好了。”华司说完就匆匆收了线。

时容无奈地拿着手机叹气，其实她真的不缺那么一顿饭吃。

她连带着帮韩成永的床也铺了，把每一个角落的褶皱都抚平之后才撑了一下有些酸痛的腰。

自从毕业后住到现在那个房子之后，她就没有搬过家，所以也好久没有感受过这种全部整理一遍的痛苦，倒真的是有些不适应。

她推门出去，没想到看到韩成永正在冲咖啡。因为家里没有咖啡机，就算有，他应该也不会用，一杯速溶咖啡大概已经是他的极致了。

他刚刚烧好了水，正在往马克杯里倒水。

时容看向那个马克杯，居然是她送的那两个！

她买的是魔幻森林系列蓝白马克杯情侣对杯，图案是一模一样的，只是颜色一蓝一白，她知道韩成永没有女朋友，但想着买了两个总用得着，没想到用的第一个人就是她？

韩成永看到她出来就将那个白色的马克杯拿起来，递过去。

时容的心情有些复杂，依旧接了过来，她尴尬一笑，问：“杯子还喜欢吗？”

韩成永喝了一口咖啡，点点头：“谢谢。”

两人坐在沙发上，谁都没有说话，只是静静地喝着咖啡。

时容开始觉得尴尬，可后来也觉得这样的安静很不错。她侧头看向阳台处，因为快到傍晚，天色已经不那么亮堂，反而有些昏黄，她忍不住站起身来，走到窗边，默默地看着一望无际的被染成红黄色的天空。

顶层也有这个好处，视野比较开阔。

韩成永依旧捧着杯子，却没有再喝，眼神定定地看着站在窗边的时容。

时容看了一会儿回过神来，却正好对上了他的视线。她说不上来那一瞬间是什么感觉，韩成永的年纪分明比她还要大一些，但那双眼睛却看起来那么清澈，清澈到好像里面有两汪泉水在荡漾，一不小心就会被吸进去。

时容难堪地轻咳一声，移开了视线，走过去将他手中已经喝完的马克杯拿走，走去了厨房，也算是避过他那灼灼的视线。

洗马克杯的时候，她有些恍惚，眼前好像还是能浮现出他方才的视线。

他这样看着她多久了？为什么这样看着她？

她猛地关上水，擦干净之后静静地看着这两个被摆在一起的马克杯，忽然就回过神来，他看了多久，又为什么看她，和她有什么关系？

时容转身，被站在厨房门口的他吓了一跳，镇定下来，说：“都已经收好了，那我就，先走了。”

韩成永依旧拦在门口：“不是一起吃晚饭？”

“那是华司太客气了，不用那么麻烦，我就回去了。”她抬头看向他，想让他挪开一些。

可他还是不让，直接说：“不麻烦。”

时容看着他那认真的神色，一时间都不知道说什么好，你们不麻烦我麻烦啊！可她不好意思说出这句话来，所以只能再一次说：“真的不用了。”

“为什么？”他居然直接问出口。

“啊？”时容愣了一下，表情呆呆的。

“不肯跟我们一起吃饭？”他说，眉头微微皱起。

“呃……”时容更加不知道该怎么回答了，“不是，当然不是……”

“那就等一下，华司很快就回来了。”他直接决定，不给她任何拒绝的机会。

时容还能说什么，只能呵呵笑两声："好吧。"

两人又继续坐在沙发里，重复恢复了谁也不说话的场景。比起刚刚的自在，现在更加尴尬，时容忍不住拿出手机来刷了刷，总算不会显得完全没有事做。

韩成永时不时看她一眼，忽然站起来往房间里走去。

时容怎么会没注意到他的动作，抬头看了他一眼，原本以为他去上厕所，可没想到他再出来的时候居然带了一本相册。

重新坐下的时候，韩成永坐得离时容近了点儿，而后把手中的相册递了过去。

时容忙接过来。

韩成永拿过来的相册，主人当然是他自己，而且是他在赛场上的威风模样。

原来他从小就是田径队的，小时候就拿了不少奖，有一些照片都是他冲过终点线的瞬间，他的表情略微有些狰狞，看上去却不觉得可怕。

他和小时候比起来，还是变化蛮大的。

小时候的他瘦瘦小小，也很白，没想到会长成这样一个又高又壮的男人。

她就忍不住指着一张照片，看向他，说："你以前好小。"

韩成永没有说话，但那略黑的皮肤上居然透出了一点点红。

时容忽然觉得有趣，捏了捏他的胳膊说："如果不是脸还有一点儿像，真的是认不出来了。"

没想到韩成永对她的触碰会那么敏感，居然猛地抽了一下自己的胳膊。

时容被撞了一下，相册便正好掉到了地上。她忙弯身去捡，刚刚碰到相册，韩成永也跟了上来，居然抓住了她的手。

他的手心很热，有些粗糙，还带着薄薄的汗意。

她一向不喜欢和男人靠得太近，也不喜欢感受到他们的汗意，可不知道为什么，韩成永却没有让她产生抵触心理，她莫名其妙地抬头去看，他也在看着她。

两人不知何时靠得这样近，近得呼吸可闻，她都能听到他略显急促的心跳声。

这种姿势着实有些尴尬，时容重新低头，看向两只交握着的手，她抽了抽，他却不知道怎么回事，握得那么紧，她抽不出来，只能重新抬头，却不知道他的头什么时候低下来一些，她这一抬，就直接撞到了他的下巴。

他的脸长得方方正正，下巴却特别尖，疼得她脚下发软，直接往后仰去，他的手依旧抓着她的，她的动作便将他也带了过去。

事情发生得很快，几乎是在一瞬间。

时容还没反应过来的时候，便感觉到身上一重，而韩成永的脸比刚刚还要近，他的睫毛都历历可数。

她当然没有心思去数他的睫毛，只觉得这样的姿势对他们两个不算熟的人来说实在是太难堪。

她微微动了动身体，他却纹丝不动，不知道想干什么，她重新看向他的眼神，忽然感觉到他瞳孔的颜色越来越深，像是泼了墨一般。

时容越发觉得怪异，忍不住低声叫他：“韩成永，你干什么？”

韩成永却不说话，只是这样静静地看着她，而且离得越来越近，近到两人的鼻尖都快碰到。

时容忽然觉得自己有些不对劲，呼吸逐渐急促，眼睛怔怔地看着某处，像是失了魂魄。时间仿佛在这一刻静止，她能听到许多声音，有风声，有楼底下的车鸣声，有冰箱运作的声音，还有他的呼吸声和心跳声。

韩成永又靠近了一点儿，唇即将碰上她的。

她忽然闭上眼睛，眼角有一滴眼泪掠过，她不知道为什么会有那么多眼泪，不停不停地落下来，可她不发出声音，只是紧紧地咬着唇，然后默默地落泪。

韩成永当然发现了她的异样，微微抬起了一些。

她像是陷入了自己的空间，眼睛紧闭，睫毛颤抖，嘴巴开合着似乎在说些什么。

韩成永皱了皱眉，仔细听。

她的确在说话，她说：“不要，求求你，不要这样，救救我，救我……”

韩成永只觉心头一震，恍然意识到自己刚刚做了什么，猛地从她身边离开，他抓了一把头发，没有说话。

时容感觉到了身体上的重量变轻，方才的梦魇逐渐远离，她睁开满是泪水的眼睛，视线蒙胧地看向坐在一旁的韩成永，她手里还握着那本相册，眼睛眨了眨之后坐起来，却离他坐得很远。

韩成永没有看她，却沙哑着嗓子说道：“对不起。”

时容抽了纸巾将脸上的眼泪擦掉，露出了一个释然的笑容：“没什么，刚刚，是不小心，我知道的。”

韩成永不说话，只是低着头，不知道在想些什么。

气氛越发尴尬。

时容已经恢复了神志，感觉到这种氛围也有些不知道该怎么办，总不至于她要先说话吧?

等了好一会儿之后，韩成永终于吭声，他说的却是："如果你不愿意一起吃晚饭的话，先走吧。"

时容怔了一下，不明白刚刚他还不让她走，怎么这会儿却说这样的话？稍一思忖她便反应过来，他大概是觉得刚刚的事情让两人之间有点儿尴尬吧。

时容对于刚刚具体发生了什么有些恍惚，只知道她把他扯了过来，他和她靠得很近，然后她便什么都不知道了，像是被魇住，直到他起来才醒过来。

所以时容并不觉得有什么，意外嘛，总是会发生的。

但韩成永如果觉得不合适的话，那么她也尊重他的想法，所以她拿起自己的包，朝他笑了笑："那我就先走了，替我和华司说一声抱歉。"

韩成永颔首，却连头都没有抬。

时容也不在意，直接起身离开，走了两步却还是回过身来，觉得有必要表现一下自己的大度："其实刚刚真的就是意外，我并没有在意，你也不要多想。嗯，就是这样，我先走了。"

她不敢回头看韩成永的表情，直接走到了门口，刚想开门，门却从外面开了，华司直接走了进来。

时容没想到会这么巧，华司也不知道，一愣之后说："哎？你是听到声音来迎接了？"说着看到了她肩膀上背着的包，"怎么？这是要走了？"

"啊，哦，是……"时容有些不好意思，本来如果先走了的话还能让韩成永解释，可现在正好碰到，她不知道该怎么说。

华司走上来，抓住她的肩膀推回去："不是说好了一起吃晚饭吗？难道是等不及了，成永，你怎么也不拦一下？"

时容看到韩成永抬起头来，表情有些不自然。

华司是人精，显然也注意到了两人之间的不自在，但他觉得以后到底还要继续相处，便笑着打哈哈："你们该不会是吵架了吧？也不对啊，成永这么不会说话，你们难道也吵得起来？好了，不管吵没吵，先去吃饭吧，我位置都订好了，难道还要让我取消？"

他这样和稀泥一样说了一番话，时容也不好再走，就点头说要去了。

韩成永的表情依旧不怎么好，但也没有发脾气。

时容暗想，被占便宜的可是她，她都没说什么呢，他还好意思摆出臭脸吗？！

时容没想到华司这么大手笔，订的位置居然是在金港顶楼的旋转餐厅。

那里是出了名的贵，而且还难订位。时容还没来这里吃过，当下觉得蛮开心的，把刚刚的事情全都忘记了，她还傻傻地问了华司一句：“你请客吧？”

华司愣一下之后哈哈大笑：“当然不是。”

“啊？”不是说请她吃饭的吗？总不至于还让她出钱吧？

“当然是这位请客了。”华司把韩成永拉了过来，笑，“我们可都是帮他做事，不出点儿血怎么对得起我们这么辛苦？”

时容忍不住笑起来，揶揄地看了华司一眼。

华司和她套近乎：“你也发现了是吧？成永简直就是……我都不忍心说了。”

“每个人都有自己的长处吧，华经纪你的包打得真好，整理起来很方便。”

几人聊着便上了金港的旋转餐厅。

餐厅贵也是情有可原的，毕竟食物都十分好吃，让人赞不绝口，而因为这里异常浪漫的缘故，很多求婚都是在这里进行的。

就像是今天，他们就正好撞见了一个男人求婚。

那桌就在时容附近不远处，所以一有动静她就注意到了，甚至放下了刀叉看过去。

男人单膝跪在地上，正捧着一个戒指盒在大声对女人说：“嫁给我吧。”

女人也很激动，捂住了嘴巴，泪流满面，只是她却迟迟不说话。

不知道是谁忽然叫了一声“嫁给他吧”，时容就也忍不住跟着吼了一声，华司和韩成永都被吓了一跳。

见他们拥抱，华司便说：“没想到你还蛮热心的嘛。”

时容笑得腼腆：“也不是，那个女人一看就是很爱那男人的，那就该推一把。哎，多浪漫啊。”

“时记者难道没有被人求婚过？”华司八卦。

不知道为什么，他这句话说出来之后，韩成永居然也抬起头来看向她。

被两个男人这样看着，时容很尴尬：“当然没有，我连男朋友都没有呢，哪有人会和我求婚？”

“时记者居然没有男朋友？你条件这么好，居然会有这么多男人都没有眼光？”

时容忍不住笑。

韩成永不怎么说话，时容和华司说说笑笑，一顿饭吃得也算是和乐融融。

来的时候只开了时容的车，华司说韩成永不喝红酒，等会儿让他开车，所以拉着她喝了不少，这会儿离开的时候头都有些犯晕了。

果然是韩成永开车，时容坐在后座，华司坐在副驾驶座。

时容有些晕，靠在门上眯着眼睛。

等到的时候已经昏昏欲睡，她只感觉到有人扶住了他，胳膊上都是肌肉，应该不是华司，她站不稳，只能依靠着他。

她记得自己似乎是说了门牌号，她整个人几乎都埋在他怀里，所以很清楚地能感觉到他身上的味道，很香，很舒服，让她忍不住想要靠上去。

他的身体僵了一下，却依旧伸出手来搂住了她。

时容感觉到自己终于躺在了柔软的床上，她缩起来，将大半张脸都埋在了被子里，总算觉得舒服了。

好像有只手一直在抚着她的脸和头发，很柔软，很温暖，和记忆中的某只手一样，她便像记忆中的那样，伸手抓住了那只手，将它贴在脸边，忍不住蹭了蹭，那么结实，那么灼热，像是依靠。

她的嘴角忍不住扬起了一道弧度，喃喃叫出一个名字。

声音很轻，也很模糊，没有人能听得清。

而那只手的主人似乎缓缓地靠近，声音嘶哑而低沉，他在对她说："对不起……"

就和记忆中那段模糊的记忆一模一样，完美地重合在了一起。

时容轻哼了一声，又蹭了蹭那只手，神志越发模糊，终于失去了意识。

而床边的人缓缓地低下头，在她的额角留下轻轻的一个吻。

第二天醒来的时候已经是半上午，时容起床洗了个澡，还化了个淡妆，看看时间差不多了这才开车去时誉的学校。

上高中之前，时誉其实还没这么糟，这所高中在J市虽然不算好，但也不算最差，也不知怎的，他越学越坏。

家长会上最得意的是好学生的家长，而坏学生的家长，就是被老师各种嫌弃的。

家长会开始前，班主任便游荡在那几个成绩好的学生家长旁边，笑得眼睛都快看不见了。

她这边冷冷清清，旁边不知道什么时候坐过来一个中年男人，一直盯着她看。

时容怎么会察觉不到，皱着眉头看他一眼。

没想到他竟然就开始搭话：“你也是学生家长，怎么这么年轻？保养得真好。”

时容不想和他说话，只能点点头。

那人继续说道：“我是单亲爸爸，在J市做点儿小生意，你呢？我总觉得你有点儿眼熟，那么漂亮，有点儿像一个记者呢。”

时容随意扯了扯嘴角。

“怎么不说话啊？你也是单亲妈妈吧，所以不好意思说？没事，现在的社会不是挺多的嘛。”

时容不说话他就当她是默认，居然又凑近一点儿：“你几岁了？看这皮肤好得……”说着他居然伸手碰了碰她的脸。

原本她还能忍，可他开始动手动脚她便忍不下去了，猛地抓住了他的胳膊：“你干什么？”

她曾经为了防身学过一些，所以力气不小，那个男人被她抓得手臂都没办法动弹，脸色顿时变了：“你这女人怎么这样，不就是和你说说话，给脸不要脸！”

他声音不小，教室里的人都看了过来。

时容本来想安静解决，但如今看来没办法，一把将他的胳膊往后一扭：“动手动脚，无耻！”说着嫌弃地将手缩回来。

在这么多人面前丢了面子，那个男人怒了，猛地抬起那只没有被抓住的手往她脸上扇过去：“装什么装，看你这么年轻就有读高中的儿子，以为还很纯洁吗？看得起你才跟你说话！”

时容没想到他会打过来，反应慢了一拍，竟然真的被他打上了脸。

“啪”的一声响，她的脸都被打得歪过去，脸颊上有些刺痛，摸了摸才发现有些血迹，居然被他的指甲擦伤了。

班主任注意到这边动静，慌忙跑过来，却是走到了那个男人身边：“张毅爸爸怎么了？”

男人气得不行，瞪着时容：“这女人给脸不要脸，真是！”

班主任看向时容，知道这是时誉的位置，眼神便有些嘲讽：“你是时誉的家长？怪不得时誉那样，原来妈妈也这么暴力。”

她暴力？

时容不气反笑：“首先，我是时誉的姐姐，我们父母早亡，相依为命；再者，请问你看清楚是谁暴力了吗？作为一个女人难道在男人想要吃豆腐的时候反抗也算是暴力吗？那他扇我一巴掌算什么？”

班主任被她说得脸一阵红一阵白的。

时容可不是好欺负的，继续说：“大家想必也都听见这个男人刚刚说的话，他那样侮辱我，难道我不能自卫？”

通常这样的情况下，大家都会偏向柔弱的女孩儿一点儿，所以这会儿都为时容说起话来，那个男人气恼，干脆哼一声就走掉了。

时容自然地坐下，当刚刚一切都没有发生过。

班主任有些尴尬，只能继续开家长会。

坐在前面的一个妈妈回过头来朝她笑笑：“刚刚我都听到了，你没错。啊！你脸上出血了。”她从包里拿出纸巾和创可贴，“擦擦吧。”

时容接过，笑了笑：“谢谢你。”

她没有贴创可贴，因为等会儿还要和傅北易见面，总不想第一次见面就脸上带着丑丑的贴布，把血迹擦掉之后就好了。

家长会也没有时容什么事，坐着直到结束之后她就开车离开，前往和傅北易约定的剧场。

来得早了，她又没吃东西，便先找了附近一家店填了填肚子。

她坐的位置正好能看到剧场门口，准备等会儿看到傅北易的身影之后再跟进去。

傅北易也来得不晚，她吃完东西不久就看到了他。他很高，又不像韩成永那么壮，清俊优雅，走路的样子就把她迷得失了魂魄。

等看到他走了进去，她这才埋单走人，慌忙跟上去。

离开场还有段时间，剧场里的座位上七零八落地坐着一些人。

时容看了一下票，发现位置尤其好，居然是前排，感慨了一下之后便小步上前。

当然是紧张的，这差不多是她进电视台之后，第一次和他单独相处，心脏跳得很起劲，差点儿就从胸口跳出来，她抚了抚，深吸几口气，依旧没办法缓解那股子紧张的感觉。

好不容易走到了前排座位旁，忽然发现属于傅北易的座位上没有人，只有一束百合静静地放着。

时容怔了一下，刚刚的紧张显得那样可笑，她伸手抚了下额上的汗，慢步走过去坐下，侧头看向隔壁座位那一大束包扎得很漂亮的百合，忍不住笑了下，她也喜欢百合呢。

为了缓解心情，时容拿出手机刷了刷微博，无意间看到了一个欢乐的长微博，看入神之后居然忘记了周围的情况。

忽然感觉到身边有个人影出现的时候她还发了发愣，没反应过来这是在哪里。

不过下一秒她就惊住了，因为她抬起头来看了一眼。

那会儿她因为看那个长微博，嘴角带着傻笑，她居然就用这样的表情看向了傅北易！

傅北易也转过头来冲她点点头："你来了。"

她顿时慌乱起来，手机都不小心掉在了地上。她忙弯身捡起来，有些尴尬地说："啊，是啊，我也没什么事，就来得早了点儿。嘿嘿！"她居然又傻笑了两声。

傅北易便也朝她笑了笑，笑容浅浅淡淡的。

她觉得这种情况有些不自在，便想要转过头去。

没想到傅北易忽然说："你脸上怎么了？"

"啊？"时容又重新抬头看他。

剧场里灯光不算特别亮，傅北易为了看清楚还凑得近了点儿，甚至伸出手在她的脸颊上蹭了下。

她感觉到他指腹的温暖干燥，她的心脏扑通扑通跳个不停，身体僵硬，一动都不能动。

时容还没觉出什么来，傅北易已经把手缩回去了，她有点儿愣愣的，只能听得到自己心脏剧烈跳动的声音。

傅北易说话像是有回声："你脸上受伤了？"

时容回过神来，"啊"了一声，捂住了发烫的脸颊："是吗？可能是不小心碰到了吧。"

傅北易"嗯"一声，又看了一眼她的脸，微微皱眉："一直在流血，有没有创可贴？"

时容从包里找出了那张学生家长送给她的创可贴，一只手摸索着贴。

傅北易看一眼她这别扭的动作，直接伸手从她手里拿过了创可贴，说："我帮你。"

时容讶异地瞪大了眼睛，连反应都迟钝不少。

他撕开包装纸，慢慢地凑近帮她贴上去，总会有些碰触。

时容觉得自己的脸已经烫到快要燃烧起来了，也不知道他有没有感觉到，又羞窘，又心动，一切的感觉都难以言说。

傅北易的动作很利落，一下子就贴好了收回了手。

时容总觉得他的手指还在她的脸上，低着头轻声说：“谢谢。”

还没缓过来那阵脸热，一张脸忽然猛地出现在她眼前，她吓了一跳，差点儿惊呼出声，接下来就是那人哈哈的笑声，时容听到她在说：“是不是被我吓到啦？”

时容定睛看过去，居然看到已经上好妆的傅清瑜站在她面前，歪着脑袋笑。

她的第一反应居然是去看傅北易。

傅北易脸上带着温柔的笑，说：“怎么忽然跑出来？不用做准备？”

傅清瑜摆摆手：“没事儿，妆已经化好了，我出来溜达溜达没想到就被我看到了惊人场景！北易哥，你老实说，你是怎么追到这个漂亮姑娘的？”

时容怔一下，原本因为被她吓到而惨白的脸颊又骤然红起来，慌忙摆手解释：“不是，我只是傅主播的同事而已。”

傅北易只是拉着她的手在他旁边坐下，低笑着说了一句：“乖，别闹了。”

时容原本红透了的脸颊又再一次惨白，自己刚刚费力的解释就只是一场笑话。

傅清瑜看着傅北易手里的这束花，笑着凑过去闻了下：“谢幕的时候送我的吗？”

“不然呢？”

“我就知道北易哥对我最好了！”傅清瑜将脸靠在他的肩膀上，腻腻地笑着。

时容看着两人，尴尬地笑了笑，有些坐立难安，起身说去一下洗手间就先逃了出去。

她也不知道为什么想逃，大概是觉得他们兄妹在一起的感觉太和谐太温暖，而她就好像是一个瓦数极高的电灯泡，融入不进去却又让人嫌弃。

她自然不是真的想上厕所，却还是在厕所里坐了会儿，过了一阵才出来，洗手对着镜子看，她的脸颊上依旧贴着创可贴，她用擦干净的手轻轻地抚过去，就好像是他的手。

她嘴角微扬，其实已经够心满意足的了，她有多少机会能和他这样近距离地接触？

调节了一下情绪之后，时容便走出洗手间，没想到一出门就看到了等在外面的傅清瑜，怔了一下。

傅清瑜看到她就凑上来：“你是唱歌唱得很好听的时容。”

没想到傅清瑜还记得她，时容笑着点点头说是：“希望你演出成功。”

“谢你吉言了。”她说，然后眨眨眼睛，“是北易哥主动请你的吗？”

时容有些尴尬，只能略略颔首。

“哇，不错，已经是大突破了。你不知道，北易哥肯主动请你来看演出已经是大进步了！”傅清瑜笑着说，“我特意给了他两张票，交给他一个硬性任务，我还在想他会带谁来呢，没想到是你呢。”

时容就觉得傅北易不大可能会做出请别人看演出的事情，现在看来，如果不是傅清瑜要求，傅北易是绝对不会邀请她的吧？

当然时容原本就没有什么期待，所以并不觉得多失望，她微微垂首轻笑：“大概是正好碰到我了吧。”

傅清瑜却摇头：“北易哥可不是那样随便的人。”

她还想继续说，却有人来找她：“傅清瑜，团长找你了，快走吧。”她便只能先走，临走前还给时容留下一个异常灿烂的笑容：“等会儿好好欣赏，我先走啦。”

回去的时候，她远远地看到傅北易正低着头给花补水，这种小事他做得认真无比，略略低头的弧度特别引人注目，她在远处看了好一会儿，这才慢慢坐回去。

此时离开场已经不久，所以观众逐渐坐满了整个剧场，几乎是座无虚席，熙熙攘攘的声音显得特别热闹。

时容不知道该说些什么，也不敢说些什么，傅北易更加不会说话，气氛便逐渐尴尬起来，她只能又把手机拿出来翻看一下，顺便调成静音，还没设置，没想到铃声忽然响起来，她吓了一跳，连看都没看清楚是谁就连忙接起来：“喂？”

那头居然是华司，他问：“你没有在忙吧？”

“怎么了？”时容问。

“也没什么，就是想问一下，成永那件黑色的衬衣在哪里？”

时容觉得自己正在往“韩成永管家”这条道路上一去不复返，她想一下，然后说：“哦，被我挂在那件白色西装里了，因为衣架不够，又觉得不能有折痕所以就先这样了，你可以去买些衣架再整理一下。”

华司应着声去翻找，嘴里还在念叨韩成永：“你说人家帮你收拾东西，你自己难道不在一旁看着吗？不然也不会连衣服都找不到了。”顿了顿他又说话，这次是对时容说的，“找到了，麻烦你了啊，是不是打扰到你了？”

“啊，没有，既然没事那就先这样了。”时容说着挂断电话，然后直接将手机设置成静音。

一抬头居然发现傅北易在看她，她差点儿就红了脸，好不容易才镇定下来，回以他一个淡定的笑容。

傅北易开口："男朋友？"

时容终于红了脸，用力地摇头："不是不是，只是一个朋友。"顿了顿，她居然还鬼使神差地加了一句，"我没有男朋友。"说完她就忍不住打自己嘴巴。

她偷偷看他的脸色，好在没看到什么别样的神色，这才松了一口气。

傅北易幸好没有追问的意思，只是随口应了一句"嗯"。

时容轻轻地吐着气，觉得越来越尴尬。

好在演出很快就开始了，灯光逐渐暗下来，只有舞台上是亮堂而璀璨的。

时容其实没有专门来看过舞蹈表演，她一直忙着生计还来不及怎么会有这种空当，和朋友一起去看个电影已经算是奢侈。

她不过就在当初知道傅倾城曾经是舞者的时候，在网上搜索过她舞蹈表演的视频，那时候她就被惊艳，实在不敢相信有人可以优雅美丽到这种地步，可是傅倾城再也没有跳过舞。

连傅倾城都不知道时容曾经痴迷一般看着她的视频。

而现在，傅清瑜也在舞台上舞蹈，同样的美丽和优雅，让人移不开视线。时容很享受这段表演，在结束的时候跟着大家一起热烈鼓掌。

谢幕的时候傅北易果然上台，将那束百合送到了傅清瑜的手里，然后俯身将她轻轻拥住。

结束了之后傅北易带着时容去后台看，傅清瑜正在卸妆，仰着头说："北易哥，你先把人家送回去呀，怎么一点儿都不绅士？我还要好长一段时间呢。"

傅北易看向时容，没有说话，眼神似是在询问。

时容忙摆手说："不用，我开车来的，自己回去就好。"

傅清瑜特别兴奋："哇，你真厉害，居然敢开车，我就不敢，总觉得很可怕。"

因为你有那么多人宠着你，愿意给你当司机，就算不会开车也没有关系，而我，如果不自食其力的话，还如何在这个社会生存下去？

时容知道这就是自己和傅清瑜的区别，她也羡慕傅清瑜的单纯无忧，但却不嫉妒，因为每个人都有自己的命运，无法改变。

所以，她只是笑一笑："习惯就好，那我就先走了。"

傅清瑜依旧一脸的崇拜，对傅北易说："北易哥，那你送她出去呀，这么晚了你难道还让女孩子自己去停车场找车？"

傅北易"嗯"一声，要和她一起离开。

傅清瑜却忽然叫住已经快走到门边的他们，把刚刚傅北易送给她的那束百合送到了时容手里："我等会儿还要和她们一起去聚会，拿着不方便，你不会怪我借花献佛吧？"

时容看着被塞到自己怀里的那束百合，花瓣上都带着水珠，是方才傅北易怕花蔫掉而洒的。

而现在，那束花在她的怀里。

她下意识地转头看向傅北易，却看不出他脸上什么表情，只是觉得这束花不该拿着，忙退回去："这是傅主播送给你的，我怎么可以拿？"

傅清瑜却一脸不在意，笑着对傅北易说："北易哥才不会在意呢，是吧，你快收下吧，当我谢谢你能来看我的演出。"

"应该是我谢谢你让我欣赏了这么棒的演出才对。"时容依旧不敢收。

最后是傅北易开口："拿着吧。"

简简单单的三个字，却让时容没有办法再拒绝，只能收下了这束花。她从来不觉得，原来一束花也会这样沉重。

或许，这就是所谓的，得不到的永远在骚动，而被偏爱的总是有恃无恐。她永远都是得不到的那一方，而傅清瑜一直都是被偏爱的人。

而她连骚动的资格都没有，她只能静静地待在属于自己的小角落，默默地悼念着永远不会成为现实的感情。

时容捧着花，默默地跟在傅北易的身后，一句话也不说，停车场里安静得连掉根针的声音都能听到，此刻正萦绕着两人的脚步声。

来到时容的车边，她没有马上坐进去，而是双手捧花，微微抬头，用尽自己所有的理智和勇气说："今天谢谢你。"

他说："不用谢，路上小心。"

她说一句"好"，开了车门坐进去。

百合花被她放在副驾，她却迟迟都没有开车。

再待下去他大概会觉出异样来，时容这才冲着依旧站在车外没有走的傅北易笑了笑，踩油门离开。

她依旧忍不住从后视镜看过去，傅北易还站在那里，身影越来越小，直到她转了弯，他便消失了。

时容侧头看了一眼副驾上的花束，长长地舒出一口气，握紧了方向盘。

她很喜欢百合花，但却并不怎么喜欢这束傅北易买的百合，她觉得自己抢了原本属于别人的东西，一点儿都不觉得开心。

车速越来越快，她却丝毫不知……

她原本以为自己的暗恋和别人求回报的不一样，她已经默默地将他放在心里那么多年而不言说，那么她也可以这样继续下去，只把他当作是自己的一个梦想，梦想是遥不可及而无法实现的。

可和他接触得越来越多，时容才知道，原来她也是有贪欲的。

她也想要离他更近一点儿，她也想要他多看自己一眼，她也想要他能够注意到自己，她也想要，他可以喜欢自己。

绿灯忽然变成红灯，她急刹车，人趴在方向盘上，还在喘息，好一会儿之后她抬起头来，眼中有些湿润，心里痛得很。

她是六岁认识他的。

然后就这样记了他二十年，没有一刻割舍过。

而对于他来说，或许她只是他人生中一个过客而已，早就已经忘得彻底。

她知道的，他从来就不记得她。

不是所有人都像她一样，可以记一个人二十年。

可是怎么办呢，她还是喜欢他，还是想到他就心痛，还是看到他就开心，心脏无法控制地为他跳动。

她只是没有办法停下来。

回到家之后，时容还是将花插在了花瓶里，靠在沙发上静静地看着便睡了过去，眼角依旧带着泪。

百合花没过多久就枯萎了，她将花从花瓶中拿出来，扔进垃圾桶。她可以将花扔掉，可却扔不掉对傅北易的眷恋。

第四章

我的情意总是轻易就洋溢眼底

时容一直都很不愿意去回忆自己以前的岁月，因为那实在算不得美好，年幼时候母亲就难得陪在身边，经常留她一个人在家里。

时容很小就学会了“孤独”这两个字。

在她眼里，母亲是漂亮的、厉害的、骄傲的、无坚不摧的，就算从来不会像别的母亲一样陪她，她依旧将母亲当作自己的榜样，她想当母亲一样的人，漂亮却有能力。

她没有父亲，母亲从未提过父亲的名字，她只问过一次，母亲却狠狠地瞪了她一眼：“你没有父亲！”

于是，她再不敢提，从此将这两个字藏在心底。

可这样无坚不摧的母亲，时容却深刻地记得也曾有过那么一个晚上，她已经睡着，却感觉脸上湿漉漉的，她以为屋顶漏水，抹着脸缓缓睁开眼睛，却看到母亲蒙眬着双眼，怔怔地望着她。

时容有些莫名也有些害怕，张了张嘴，一个字都说不出来。

母亲从未用过如此温柔的手抚摸她的脸颊，她却一点儿都不觉得开心，只是满脸疑惑地看着母亲。

母亲忽然笑了笑，勾起一边的嘴角，有些嘲讽的意味：“阿容，你要记得，永远都不能做娱乐别人的戏子。”

“妈妈……”

“不要活得像妈妈一样。”母亲移开眼神，“睡吧，阿容，睡吧。”

不久之后，时容便发现母亲的肚子逐渐大了起来，母亲一向是纤瘦的，为了保持身材从来都不吃肉食。她诧异地抚上母亲的小腹："妈妈，你生病了吗？"

母亲的表情像是蒙在一层雾里，她看不分明。

"妈妈没有生病，妈妈的肚子里，有了一个小弟弟。"

其实时容并不喜欢那个所谓的小弟弟，因为这个小弟弟的存在，母亲的身体越发不好，饭更加吃不下，日渐消瘦下去。时容觉得害怕，母亲在的时候她总是跟在身边，生怕在自己看不到的时候，母亲便会离她而去。

她这样小心翼翼，可是母亲还是离开了她，在她的小弟弟出生的那一个晚上。

时容不知道她的"爸爸"究竟知不知道母亲遭受的这些，可是自始至终，她都没有见到任何一个人来看她弥留的母亲。

一直昏迷的母亲忽然清醒，拉着她的手说对不起。她那么害怕，哭着："妈妈，不要离开我……"

总是忍不住对她发脾气的母亲这个时候格外温柔："阿容，每个人的人生最终都要一个人走，你只是提前了一些而已。"

那个时候她不懂母亲的话是什么意思，只是哭着摇头："我不要，我要妈妈和我一起走。"

可是她的哭喊没有半点儿用处，母亲终究还是在她面前闭上了双眼，从此再也没有醒过来。

时容没有别的亲戚，所有的一切都是她一个人办的，幸而那时候医院有个护士觉得她太可怜帮了一把。

护士阿姨是她人生中遇到的第一个好人，护士阿姨会在她彷徨无助的时候搂着她的小小身体，心疼又无奈地说："你们以后可怎么办呀！要不来阿姨家……"

时容满眼通红，却没有落泪："没关系的，我和弟弟可以去孤儿院！"

护士阿姨将家里住址告诉她："要是有什么困难，记得来找阿姨，阿姨一定帮你们。"

其实她并不喜欢孤儿院，"孤儿院"这三个字，是她在世界上最怕的三个字，仿佛地狱。母亲在世的时候脾气不好，有时候总是故意凶她："不听话就送你去孤儿院！"

所以母亲下葬之后她便带着时誉一个人偷偷摸摸地生活，可时誉太小，她又不会照顾小孩儿，没多久时誉便生了病，浑身滚烫，吐得不像样。她吓得不行，却没办法在深夜带他去医院。

时容去找那个护士阿姨，希望她能帮自己。护士阿姨家住得并不远，她将时誉留在家里，自己去找人。

时间已经不早，又刮着大风，她顶着风在路上跑，却在转弯处不小心撞到人。

她爬起来说声对不起就要走，却不想衣领被人轻而易举地拉起来。她被迫和人对视，是一个年纪不大的男人，长得一张方方正正的脸，带着邪笑。

时容有些害怕，扭了下身子：“你放开我！”

方脸男人还有同伙，都一脸的不好相与。

“小姑娘这么晚了怎么一个人在外面？”方脸男人笑了笑，“撞了我们说声对不起就够了吗？”

时容从没遇见过这种人，很怕，却还是梗着脖子说：“我是小孩子，你们大人不能这样对我。”

“是吗？”方脸男人笑着，“那你要我们怎么对你？这样吗？”说着，居然伸手在她的腿上捏了一下。

时容吓得缩了脖子，慌忙动着身体想要下去。

方脸男人直接将她抱在怀里，捏捏她的脸颊：“撞了人可得接受惩罚。”

这里还算是在大路上，如果被他们带到偏僻处，那么更加无人来救了，所以当下时容便大声喊叫，只不过叫了一声就被紧紧地捂住嘴：“别叫，不叫的话，哥哥给你买糖吃怎么样？”

母亲很早就说过不会有人无缘无故地对你好，会对你好的肯定是别有所求，时容一直都记着，可记着有什么用，她不过是一个小孩子，很轻易就被人捂着嘴带到了偏僻处一个荒废的仓库。

被人丢在地上，她还记得逃，却依旧被人抓回来，直接捆住了双手双脚，她很惶恐，只能一点一点往后挪。

可是她很快就被人抓住了腿扯了过去，衣服被逐渐撕碎，她从未在外人展露过的孩童的身体被迫暴露在外。

她虽然小，却也知道这是不应该的。去世的母亲也曾经说过，无论如何不能让人轻易看到自己的身体，她蜷缩成虾子的模样，不敢让人看到。

她呜咽着，无助地踢着腿，不知道家里的时誉如今会怎么样。

眼睛瞥到蜘蛛网结得厚厚的窗外，忽然看到一个人影闪过，她立刻高声哼叫，只是没有人进来。

脸上被狠狠扇了一巴掌，身上被捏得青青紫紫，她神志有些迷糊，似乎隐约看到那个方脸男人在脱衣服……

她忍不住哭泣，眼泪滑过脸上的伤口，阵阵的刺痛。

隐约中忽然听到呜呜的警笛声，然后就看到有人冲了进来，一拳打在了方脸男人的脸上。

她被盖上衣服，混混沌沌地被抱起，她就这样窝在他的怀里，微微睁眼只看到了那张清俊的少年的脸庞。

她知道自己得救了。

她昏睡了许久，中间清醒过一次，感觉手一直被人紧紧握着，可睁开眼却什么都没有，迷迷糊糊地又昏过去，再醒过来的时候她便见到了那张熟悉的清俊面容。

虽然那个时候她昏昏沉沉的，却依旧还有些记忆，知道他是救了自己的恩人，眼中一热："是你救了我吗？"

少年淡淡一笑："你没事就好。"

她忽然想到还在家中的时誉，惊得马上要下床。少年忙拦住，问她怎么了。

她不好意思地说家中幼弟还在病中，少年竟然就亲自去她家将时誉带了过来就医。

时容感动得心都被熨帖了，说谢谢，问他叫什么名字。

他只是摇摇头："不用谢，不管是谁见到都会帮忙的。"

"你叫什么名字？"她只是问。

他没有办法，只好说："傅北易。"

时容从此就将这个名字记在了心里，因为他，她报考了新闻专业，去了 JNTV 当记者，重新遇见了他。

可他不会再记得她，不会再记得那个不过五六岁，浑身是伤的，被他救了的小女孩儿，可那又有什么关系，她记得就好了啊。

在初秋的时候，时容终于得到了闺密傅倾城即将从战火缭绕的大马士回来的消息。

时容其实很想这个唯一的好朋友，傅倾城在国外的时候时容总是担心，生怕她出什么事，幸好她就快要回来。

在傅倾城回来之前，台里也来了一个新主持人魏衍，高大帅气，时容总是能听到女同事在厕所谈论这个新同事，说他多么温柔优雅，人气都快要把傅北易比下去了。

原本傅北易是台里的“台草”，因为魏衍的到来，竟然平分秋色了。时容不能否认魏衍的确长得不错，但是，怎么能和傅北易相比！

傅倾城回来后，她终于不用一个人出去吃饭，有朋友在身边的感觉实在是太好，累的时候可以靠在她肩膀上，难过的时候她可以替你擦眼泪。

只是没想到傅倾城才回来不久，她自己要出国了！

因为韩成永休整了一段时间的缘故，她已经很久都没跟他了，没想到这次居然又是她跟着他。

时容苦着脸对主管说为什么韩成永的事情就要找上她呢？

主管一副“天将降大任于斯人也”的样子，拍拍她的肩膀：“做生不如做熟，你和韩成永也熟悉了，别人都摸不透他的脾气，你没发现只有你的采访他才会不抗拒吗？而且每次你都是第一个采访到的！”

时容皱着鼻子哼：“也就是因为这样，所以网上才会有人把我和他联系到一起吧，简直是毁人清誉啊！”

“韩成永其实不错啊，有为青年。”

时容又不能拒绝任务，只好收拾行李准备去布鲁塞尔。

这次的摄影搭档依旧是李哥，大概真的是做生不如做熟，但这也让时容稍微轻松一些，和她之前跟过的比赛程序其实差不多，她已经习惯了体育记者这个名号。

预赛的时候，韩成永又是毫无压力地拿了个第一，她也照旧是第一个采访他的人。

虽然已经跟过他很多次，但每次好像都有不同的感受，他的确是很棒，棒到让所有人都无法忽视他。

时容和李哥私下里也会讨论这次比赛的结果，都觉得韩成永是不会失败的，应该会继续拿第一，可是没想到会出意外。

在半决赛开跑之前，起跑线那边忽然有骚动，时容他们忙跑过去关注，没想到居然是韩成永伤了脚，偏偏韩成永一定要坚持比赛。

连华司都劝他说放弃，可他却不肯。

时容在一旁报道，看着他那固执的表情有一瞬的难过。

韩成永坚持跑了，可是在跑了二三十米之后就摔倒在地。

时容想那大概是他第一次遇到这么大的挫折吧。

他的比赛当然不能继续，时容跟着他去了医院，继续报道，韩成永在医院治疗，而他们这些媒体人员进不去，也就只能在医院外。

时容看到电视上的新闻把韩成永摔倒的那一瞬间反复播放了许多遍，她觉得实在太残忍，有点儿希望一向骄傲而强大的他不要看新闻。

时容是第二天见到韩成永的，不是因为采访，而是单独去的，是华司联系她，问她能不能去医院看一下韩成永。

时容听到的时候还以为他的意思是说她可以去采访，居然还犹豫了一下问："他的情绪还好吗？这么快就进行采访没问题吗？"

华司愣了一下之后才说："不是采访，就是单独来看望一下。"

单独看望……

时容更加犹豫了。

华司没给她拒绝的机会，直接说："其实是想让你过来陪陪他，他心情不是很好，但我有别的事情要忙，今天要出去一趟，怕他一个人在医院……所以麻烦你了，你和成永也认识小半年了，你知道他不排斥你，只能找你帮忙了。"

时容不好意思拒绝，对李哥说了一声之后就要赶去医院。

李哥还有点儿好奇地问她："时容，你有没有看到过有娱乐八卦说你和韩成永有什么关系啊？"

时容连忙解释："李哥，别人不知道你还不知道吗？我和他就是工作关系，我又管不住别人的嘴和想法。"

"啧啧！"李哥饶有深意地笑了笑，"我觉得你对他的确是没什么感觉，他对你就不一定了，不然你说他一个向来都冷冰冰的人怎么就对你不一样呢？"

时容十分尴尬，求饶："李哥，饶了我吧，别说这些没谱的事了。"

她虽然这样说，却在去医院的路上回想起了帮他搬家时候的那一幕，那次之后他们就没有见过，所以这件事情也算掩下去了，但到底也是一个定时炸弹。

其实时容也有点儿感觉到他的眼神和表情不是很对劲，可她还是选择忽视，她并不喜欢他，所以不愿意给他任何一丁点儿的暗示。

时容到了医院楼下，是华司接她进去，却只陪到病房门口："那我就先走了，晚上我会回来，这段时间就麻烦你。"

华司离开之后，她在门口徘徊了很长一段时间，因为不知道该以怎么样的表情进去，出现在他面前。

医院里很安静，走廊里偶有人走动便会不解地看她一眼，她磨磨蹭蹭了好一会儿之后，终于下定决心敲了敲门。

里面没有声音。

时容犹豫着又敲了下，而后慢慢地将门打开一条缝隙看进去。

韩成永正躺在病床上，闭着双眼似乎在睡觉，她斟酌了一下之后，还是推门进去，坐在一旁的沙发里，不去吵醒他。

韩成永睡得很好，呼吸平稳绵长，那张原本看起来有点儿冷冰冰的脸也缓和了不少。

她坐在这边也没什么事情做，只能去看他的脸，看了会儿又觉得实在是别扭，忙收回眼神，起身走到了窗边。

窗帘没拉紧，她站在旁边看着楼下，医院附近的环境很安静，连车辆都很少，她静静地站在那里，不知道过了多久。

恍惚中似乎听到有人叫她，她回身去看，果然看到韩成永已经睁开了眼睛。

两人对视着，是时容先移开视线，有些尴尬，想要解释，却发现无从说起，最后只说了句："你，还好吧？"

他顿了下之后缓缓点头。

时容看他想要坐起来，只是有些困难，她犹豫许久还是上前去帮了他一把，看着他坐起之后又手足无措地站在一旁："你不要太难过，这种意外总是会有的，反正你还有下次机会。"

他淡淡地"嗯"了一声，不知道是什么心情。

时容就不知道还能说什么了，有些后悔答应了华司。她来能干什么？也就是这么说几句，不知道有没有戳到他的痛处。

"时容……"他又叫她。

她下意识地应声。

他却许久都没有说话，只是这样双眼灼灼地看着她，她被看得浑身都有些难受，微微垂下眼："怎么了？"

他又安静了一下，说："帮我倒杯水。"

她很快就帮他倒了一杯水递过去，他却久久没有接。

她刚想把水杯放在床头的桌子上，他就蓦地伸出手来，抓住了水杯，也抓住了她的手。

他手上的力气依旧很大，抓得她指骨都有些疼，她微微皱眉，挣了下，不小心把水泼出来些，也毫不在意。

这种动作其实已经很暧昧，时容不是不知道，但总觉得他应该不会喜欢她这样的人，所以一再地侥幸。

他直接握着她拿杯子的手放在他嘴边，就着她的手喝了一口水，还是不放开。

时容就有些恼了："韩成永。"

他依旧不放开，眼神落在两人碰触的地方。

她不悦："放开我。"

他终于慢慢地放开。

她觉得受到了轻视，伸手将水杯重重地放在桌上之后就转身要走。

他又叫她，她当作没听到，直接走开。

她听到身后一阵动静，也不去管，已经走到门边，要开门离开，手腕却被人用力抓住，她还没回过神来，已经被他翻过身来，背靠着门，面朝着他。

韩成永居然从病床上下来了。

时容看向床头那袋还没挂完就被他扯掉的点滴，有些莫名其妙，不知道他为什么忽然这样冲动。

她仰起头来，皱着眉头看他："韩成永，你知不知道你在干什么？"

他就只是低着头看她，这样的视线让她有些难受，刚想撇开头，下巴却不知道什么时候被他抓住。

他的脸骤然靠近，她的双唇感觉到了他的触碰。

他居然在吻她！

她拼命地想要躲开，可他的吻如影随形，死死地追着她。

她也不知道他为什么会突然起身，自己好端端地来看他，他就这样对她？

她气得不行，觉得他并不尊重自己，虽然其实她也并不是那么讨厌他的吻。

他没什么章法，只是追随着她的唇，胡乱吻一气，她的唇瓣有些刺痛，觉得大概是被他咬开，实在是躲不开，她只能抬脚去踢他。

可时容没料到会踢到他的伤处。

他闷哼一声便离开她的唇，手抓着她的肩膀，像是站不直。

她没注意，甩开他，用手背抹了一下唇瓣，发现果然有血丝之后瞪着他说："韩成永，你把我当成什么了？"

她直接开门出去，可在关门的那一刹那却听到了他似乎摔倒在地的声音。

时容又气又恼，印象里的确觉得自己踢得很重，一来她觉得自己没有错，想要直接离开，二来又觉得自己踢了他就这样一走了之是不是有点儿太过？

最后时容还是决定重新进去。

倒不是因为别的，只是她的包还放在沙发里，刚刚太气，一冲动就出来，忘记拿了，她的钱包和手机全在里面，总不能走回酒店。

她深吸了几口气，终于还是推门进去。

韩成永果然躺在地上，弯曲着身体，脸上似乎有着疼痛难忍的神色。

时容便有些仓皇，忙直接按了铃找医生过来。

韩成永被重新放躺在床上，也重新挂起了点滴。

医生在满脸怒容地说着什么，时容听不太懂，但是大概能猜到是在责备韩成永不顾身体。

时容的心情其实很复杂。

等到医生离开之后，时容坐下来对他开诚布公："韩成永，对不起，我不喜欢你，所以我很不喜欢你刚刚对我做的事情。"

韩成永一直紧紧地盯着她的脸，即使她说出这样残忍的话，他也只是轻轻地点点头。

时容深吸一口气，停顿了一下之后重新抬起头来说："刚刚发生的事情，我会当作没有发生过，也希望以后不会再发生，我先走了。"说完她就不再做任何停顿，直接起身拿过沙发上的包包要走。

韩成永忽然出声说："对不起。"

时容以为他是在对刚刚对她做的事情而道歉，没想到他十分冷静地说："我想，我不会把这件事情当作没有发生过，我也没有办法保证以后不会再发生。"

时容猛地回身看他，不解地看他。

这是什么意思？他强吻她还有道理？

"韩成永！"

韩成永一副坦荡荡的样子，半点儿都没有做错的自觉。

原本该有的尴尬到现在变成了愤怒，时容重新走回病床前，居高临下地看他，自我感觉十分有优势："我不知道你究竟是什么意思，可是这种游戏我不想玩，也不屑于玩！如果你想玩的话大可以找别人去，不要来惹我！"

韩成永仰着头看她，神色很淡，只说了一句话："谁说我想玩游戏？"

你不想玩游戏那你是想干什么？

反正她是绝对不会相信韩成永会喜欢她的。

时容瞪了他一眼，留下一句“懒得和你说”就转身出去了，这次她没有再回来。

韩成永的眼神一直没有移开，直直地看着房门，好像下一刻她就会推门进来一样。

他忽然缓缓地抬起手，指腹在唇瓣上轻轻抚过，好像那上面还留存着时容的温度一般。

时容则是气得不行，等出了房间之后就用力地擦着自己的嘴巴，觉得不够，还在离开医院之前先去洗手间漱了口。

出医院的时候她发誓，以后绝对不会和他单独相处了！

果然男人都是狼，看上去再正常的，内心也藏着一只野兽。

时容回到酒店，正好遇到李哥。

李哥见她一脸恼怒的表情，就问了一句：“怎么这么快就回来了？谁欺负你了？韩成永伤得怎么样？”

时容把怒意压下去，呵呵一笑：“嗯，回来了，没什么，他死不了。”

死不了……

李哥一头黑线：“伤个腿难道还有生命危险？”

“哦，我是说，没什么事。”她笑了笑。

其实她并不知道韩成永究竟伤到什么样的地步，但看起来应该挺严重的，她踢了他一脚之后他都痛得站不起来了。

这样想想，她其实也不算吃亏了吧？他的脚多值钱，就算她有一万张嘴或许也抵不上……

时容暗叹一声，就当被狗咬了一口吧！

她向来就不是什么会斤斤计较的人，所以睡了一觉之后就把昨天的事情忘得差不多了，华司打过电话给她，问她怎么不打声招呼就走了，是不是韩成永做了什么错事。

时容虽然不跟韩成永计较了，但是再让她和他单独相处是绝对不行的。

所以当华司再说出这类要求的时候，时容直接编了无数个理由出来，目的只有一个，那就是她绝对不要在工作以外的时间见到韩成永！

华司打了几次电话次次被回绝之后大概也就明白了，最后一次问了声：“你和成永真的吵架了？”

时容顿了顿，只说：“大概是吧。”

华司也就没有再找过她。

对于时容来说，公事是公事，私事是私事，所以在得知可以采访韩成永之后，她还是放弃了对他的不爽看法，颠颠地和同事们一起去了。

这是韩成永在伤后第一次公开亮相，媒体不止 JNTV，还有其他的三四家，不多，直接在病房里进行采访。

时容他们到的时候已经是最后一个了，别的媒体朋友们都已经占好位置，他们来得晚只能待在角落里。

她也没办法，只能是既来之则安之。

采访开始前，她下意识地看了一下韩成永，比起前几天他气色倒是好了不少，只是脸依旧那么臭。

她还没收回视线，韩成永忽然抬起头来，对上了她的，她不知道中了什么邪，居然没有躲开。

他一直盯着她看，眼神淡淡的，倒没有什么特殊的意味，只是在看她而已。

她暗想自己有什么好看的，只觉他的眼神像是吸铁石一般，竟然无法挪开视线。

李哥忽然推了推她，小声问：“韩成永是不是在看你啊？”

时容被吓一跳，下意识地反驳：“哪有，你看错了吧？”

“怎么会看错了，他这不是死死地盯着你看嘛，我早前就说他对你不一般呢，保不准真喜欢你。”

李哥说这话的时候凑得很近，脸上还带着暧昧的笑容。

时容有些尴尬，莫名地想到了那天韩成永那个突如其来的吻。她忍不住看了他一眼，不想竟看到了他满脸的怒意。

她惊了一下，而后又有些无语，搞什么啊！

采访正式开始，每个媒体都有机会提问，最后轮到时容，别的问题都被之前的记者问了，她只能例行地问了下他对以后的安排。

原本都是华司回答的，这次韩成永却在华司开口之前说话了：“我的安排从来都没有变，那就是跑步。”

时容怔了一下，连华司也没想到他会突然出声。

时容也不会浪费这个机会，直接再次问道：“那你觉得你腿伤痊愈之后，还能恢复到以往的水平吗？”

韩成永满脸的自信："当然。"

时容其实是相信的，他的双脚就是他的生命，她相信他可以一如既往地拿冠军，走在巅峰。

采访继续进行，韩成永却没有再回答过问题，直到结束。

结束之后，时容收拾东西要和同事们一起离开。

华司叫住已经走出门的她："时记者，有些问题想问你一下。"

时容知道他是绝对不会有什么问题要问的，可他留她下来肯定有原因，只好和李哥说了一声，留下来了。

留下来还能去哪里？当然就只能待在韩成永的病房。

华司给她开门，她先一步进去之后就听到门被关住了，她一愣，想明白过来之后简直无语。

她也不和床上的韩成永说话，兀自坐在了沙发上，就当他不存在。

"时容。"韩成永忽然叫她。

她不回应，正好听到手机响起来，她像是在水中抓到浮木，忙接起："青青？"

时容也不顾韩成永，歪歪地坐在沙发里，有一搭没一搭地和傅倾城说话，听到她说起普济县的案子之后她才猛地坐直身体："青青，你别冲动啊，这事儿真不像你想得这么简单，不然怎么就没有人敢去查？"

韩成永靠在床头看着她，这会儿她就像是一个唠叨的老妈子："真的，你那会儿不在国内所以不知道，那件事情闹得可大了，那个记者都成什么样儿了。我也去看过，实在太可怕了，你真的别冲动，我明白你的心思，但也不能做这种事情，至少也不能你一个人去是不？我知道你在大马士一年也好端端回来了，可那不一样啊，青青，不要掺和那些危险的事情。"

另外一边也不知道说了什么，时容长长地叹出了一口气："好吧，如果你坚持的话我也没有办法，但是我会担心你，你应该知道的，小心点儿好吗？"

时容总算挂断了电话，心情不怎么好，重新歪歪扭扭地靠在了沙发里，伸手揉着太阳穴，几乎都忘了这是在韩成永的病房。

韩成永也没有说话，只是静静地看着她。

时容也没什么动作，大概是因为累了，这样歪着过了一会儿居然就觉得困意袭来，她已经完全忘了是哪里。

最初的昏昏沉沉之后，居然就这样慢慢地睡了过去。沙发足够大，她整个人蜷着躺在上面，倒是很舒服。

韩成永看着她逐渐没了任何动作，怔了下，低声叫她："时容？"

她没有回应。

他总算确定她已经睡着，无奈地低叹一声，掀开被子下床，拿了放在床尾的毛毯，缓步走到了沙发边。

这会儿已经是秋天，房间里没开空调，初初入睡定是不觉得，久了肯定会冷，他轻手轻脚地将毛毯盖在了她身上，只露出一个脑袋在外面。

她已经睡得很熟，连他去拨弄她的头发她都不知道，他便忍不住轻轻抚了一下她的脸。

她忽然抬起手来，抓住了他的手，将他的手贴在脸边，低声叫："傅北易……"这次她说得很清楚，韩成永连听错的机会都没有。

时容在睡梦中无意识地，又低低叫一声："傅北易……"

韩成永猛地把手抽了回来，冷着脸看她。

他的动作这么剧烈，时容怎么可能会没感觉，原本正在做着美梦，蓦地就被惊醒了。

韩成永满脸冷飕飕地瞪着她。

她习惯了他莫名其妙的变脸，直接无视了他，顺手抹了一把嘴角，发现没有口水之后才敢理直气壮地说："看什么看。"

韩成永说话了，而且是简洁有力的两个字，他说："出去。"

时容顿时愣住，一动不动地看着韩成永的表情。

没有半点儿的玩笑意味，再认真不过。

她猛地站起来，身上的那条毛毯从她身上滑下，落到了地上，她却没有看到。

"你说什么？"时容也不退让，直接说。

"出去。"他又一字一顿地说了一遍。

时容被他惹恼了，他把她当成什么？要亲就亲，要留下就留下，要走就走？

怒火逐渐汹涌，满腔都是愤慨，她转身从沙发上拿过包包，直接往他胸口砸过去："你以为你是谁啊？"打完说完就直接踩着地上的毛毯大步离开，连头都没回。

韩成永听见门"砰"的一声被关上，他一动不动地站在原地，直到感觉到脚上阵痛传来，这才扶着沙发坐下来。

他弯腰把地上的毛毯捡起来，放在腿上，拍了拍上面的灰尘。

华司敲门进来，见韩成永坐在沙发上，忍不住说："你和她又吵了？我看到她怒气冲冲地走了，都没给我好脸色。我说成永，你能把人气成这样，真是够可以啊。”

韩成永忽然抬起头来，脸色依旧很臭：“傅北易是谁？”

华司愣一下：“什么？”

他又问了一遍，杀气更重：“傅北易是谁？”

“傅北易？你是说 JNTV 的主持人吗？”

“JNTV ？”

“是啊，时记者不就是 JNTV 的嘛，傅北易大概也就那一个了吧，算是 JNTV 的台柱。”华司很尽责，还拿出手机搜索了一下，找了张照片给他看，“就是他，啧，这样貌都可以去当演员了，已经三十几了还没成家。”

华司还在那边念念叨叨，却忽然听见“啪”的一声。

他顿了顿，顺着那声音看过去，结果在角落看到了自己那部支离破碎的手机，“嗷”地叫一声之后奔过去，把碎片给捡了起来。

真的就只剩下碎片了，也不知道韩成永的力气怎么这么大。

这手机也用不了了，华司只能把卡拿出来，一脸不解地看他：“你这是撒什么气？你用得着这么激动吗？知不知道这是我入手没多久的土豪金啊！”

韩成永低着头没有说话，不知道在想些什么。

华司碎碎念了许久，见他一点儿回应都没有，只能说：“算了算了，谁让我碰上你了呢，不过手机是你摔坏的，你得赔我！”说着凑近一些，小心翼翼地问，“这个傅北易怎么了？你这么生……气……算了我不说了还不行嘛！”

看到韩成永抬起头来，满脸冰冷，他连忙收回话头：“我等会儿要出去一趟，顺便买部手机，你把时记者赶走了，那你就自己待着吧，有事就给我打电话，如果我已经有手机了的话会接！”

他怕又不小心触了韩成永的地雷，说完就赶紧出去了。

也就只剩韩成永一个人继续呆坐在沙发上，默默地拿出了自己的手机，再次在百度搜索栏里输入了“傅北易”三个字。

时容离开之后气得厉害，看什么都不顺眼，比上次他强吻了自己之后更甚。

走出医院的时候，她还在气头上，无意识地踢了一辆车，那车顿时呜呜呜地叫起来，吓得她慌忙跑开了去。

心里的恼怒依旧没有消，甚至没有一个人可以说。

她只能一遍一遍地骂给自己听："你以为你是谁啊！让我走就走！让我留就留！死韩冰块！死莽夫！啊啊啊啊啊啊啊，怎么会有这种变脸比变天还快的人啊啊啊啊！"

她连打车都忘了，凭着第六感胡乱走着，骂了一路，好不容易稍稍消气，她看着这一点儿都不认识的街道就想哭。

天哪，她这是走到哪里来了！

她只能打车回酒店，没想到她刚巧就走往了酒店的反方向，回去的车费居然比从医院回去贵了一倍，气得她心疼肝疼肉疼。

一晚上都没睡好，依旧是在生气，第二天她甚至打了个电话回去问能不能换人过来，这个提议当然是遭到了无情的拒绝，她只能继续在这里待下去。

没事的时候她就一个人到处逛了逛，好几天没有见到韩成永，总算是差不多消气了。

不过没两天时容就开始庆幸自己没有回去了。

那天时容刚巧没什么事情，李哥接了个电话之后就问她："时容，能不能帮个忙？"

时容当然是应下来，李哥便说让她去机场接个人，也没说接谁，只说给她个惊喜，让她去等着就是了，肯定不会认错的。

时容觉得李哥神秘兮兮的，她一向好奇心比较重，忍不住又问了几遍，可偏偏李哥不说，她问不出来，也就只能忍下来，去了一趟机场。

她去得早了些，买了杯咖啡边喝边等。

来接人的不少，她来得早，所以是挤在最前面的，喝着一杯咖啡，懒洋洋地等，猜着来的会是谁。

接人的几乎都走掉了，也就只有她一个人还捧着一杯没喝完的咖啡傻傻地等着。

她又仰头喝了一口，嘴里的咖啡还没吞下去，却看到出口处走过来一个异常熟悉的身影。她愣了下，猛地咳嗽起来，咖啡进了气管，她咳嗽个不停，要多狼狈有多狼狈，要多难堪就有多难堪。

而在这期间，那人已经缓步走到了她面前："时容？来接我的？"

时容弯着腰，捂着嘴还在咳嗽，连眼里都湿润了。她缓缓抬起头，依旧捂着嘴，尴尬地点了点头。

傅北易点点头："走吧。"

时容总算觉得好受了些，默默地跟在他身后走。她揉了揉眼睛，又仔仔细细地看了一下他，的确没有看错之后扬起了一个灿烂的笑容来。

两人在机场外打了车，前往时容他们所住的酒店。

除了之前一起看演出，时容还没有和傅北易坐得这样近过，她有些小心翼翼，坐在离他远远的地方，甚至不敢偷偷看他，幸好司机开了广播，也不觉得特别尴尬。

时容偷偷瞥了他一眼，还是自己先开口："傅主播，你怎么也过来了？"

"有个外景主持。"他简短地说了一下，"对了，你有没有和青青联系过？"

"怎么了？"

"她去查了普济县的事情，结果出了事，差点儿受伤了。"

"啊？"

"不过她没受伤，别担心。"傅北易居然还安慰了一句。

时容这才放下心来，然后又忍不住偷偷看他一眼，抿了抿唇，说："谢谢你啊，傅主播。"

她看到他的侧脸，心脏就已然狂跳，整个胸口都像是要炸开一般。

回到酒店，遇上李哥，他偷偷冲她挤了挤眼睛。

时容愣了一下才反应过来，他难不成还记着当初要撮合他们的话？

时容无奈地笑。

因为听闻傅倾城差点儿受伤的消息，时容下午那会儿就给她打了个电话，等她接通就吼："青青，听说你差点儿受伤？没事吧？"

傅倾城顿了下，忽然问："听谁说的？"

时容难为情地回道："那什么，我先问的吧。"不知道为什么，连那个名字她都总是说不出口。

"听北易哥说的？你们什么时候联系那样密切了？"傅倾城在笑。

时容恼羞成怒："不要乱八卦，你明明知道的……还是说你，你没事？"

"嗯，没事。"傅倾城回，"一点儿伤都没受，那个人来救我了。"

时容愣了愣："你是说秦年？哦天，想不到他总会有一天像个骑士。"

傅倾城嗔她乱说话："你呢？什么时候回来？"

"谁知道啊？那个韩冰块简直就要让人抓狂，差点儿没被气死……"时容絮絮叨叨地说话，忘记是越洋，只是不知道为什么，她把他强吻自己的事情给略去了。

她正在添油加醋地讲前两天韩成永忽然赶她出去的这件事情，傅倾城忽然急急地说："阿容，先不说，我有点儿事情。"

电话就这样被傅倾城挂断，时容拿着手机没回过神来，如果不是出了意外事故，傅倾城是不会这样的。时容也顾不得别的，连忙给秦年打了个电话。

秦年接起来的时候很意外："时容？"

"是我。"时容忙说，"你有空吗？我怕青青出事了。"

"怎么了？"秦年的声音也严肃起来。

时容把事情说了下："秦年，我怕她有危险，你快去找她！"

收了线之后，时容依旧十分担心，给傅倾城打了几个电话都没有接通，急得她整个人在房间里胡乱走着。

门忽然被敲响，她去开门，门外是李哥和傅北易，她好不容易才挤出一个笑容来。

李哥觉得她表情不对，也没多想，只说："我们出去吃饭，你要一起吗？"

如果换作平常，能和傅北易一起吃饭，她肯定是想都不用想就点头答应的，可这会儿她没有心情，怕去了反倒扫兴，她想拒绝："我……"

傅北易忽然问："出什么事了吗？"

"刚刚我和青青在通话，她忽然没有预兆地说有事就挂了，我怕她出事。"时容眼睛都有些湿润。

傅北易皱了皱眉："等下，我打个电话。"

他拨了个号码就走开了，时容也不知道他打给了谁。大概过了几分钟，他收线走过来："她没事，好像受了点儿小伤，如果担心的话再打个电话给她。"

时容听闻立刻又拨过去，这次有人接，是傅倾城。她松了一口气："青青，你吓死我了，没事吧？"

也不知道那边说了什么，时容哼一声："嗯，好，我知道了，你小心点儿，嗯！好的，那就这样，再见。"

她挂了之后才发现傅北易和李哥都在门口等她，脸倏地红了起来。

李哥试探着问："所以没事了吧？"

时容点点头。

"那出去吃晚饭吧。"李哥问。

时容和他们一起出去，在酒店附近的小餐馆用晚餐。餐馆不大，但是食物却很美味，至少时容是这样觉得，当然也不排除傅北易就坐在她对面的缘故。

可即使傅北易就坐在她对面，时容也不敢看他，她只顾低着头吃东西，听着他和李哥有一搭没一搭地说话。

晚饭之后李哥就说有事要先回酒店，时容说和他一起回去，李哥又冲她眨眼，而后说：“时容你在这边也好多天了，附近也比较熟，傅主播也没时间出去玩，你陪他在附近逛逛吧。”

时容忍不住看了傅北易一眼，心里是欢喜的，却不敢答应。

李哥一直想撮合他们，说了句好好逛之后就直接打车走了。

时容也没有办法，只好和傅北易一起去逛。

两人其实不算熟，所以待在一起也没有什么话聊。时容深吸一口气，用尽所有的勇气说：“傅主播，要不要去大广场？”

傅北易当然不会拒绝，两人便打车前往大广场。

时至傍晚，大广场的人不算特别多，时容之前来过一次，但也没有到可以解说的地步，所以只是跟在傅北易身后慢慢地看着。

傅北易看风景，她却是在看他，她从未想过两人还能有这样的时光。

在这陌生的异国他乡，她一步一步慢慢地走在那个男人身后，笑容不自觉地就洋溢起来。

两人偶尔说上一句话，并不多，也足够让时容兴奋激动。

只可惜来的不是 8 月，不然广场中央还会有一条巨大的鲜花地毯，格外壮观。

傅北易去工艺品店买礼物，她也随便看了看，准备买点儿东西带回去，她正好看中一样东西，却忽然听到傅北易叫她：“时容？”

她立马应声，放下手里的东西跑过去。

傅北易指着两样礼物给她看：“你觉得女孩子会喜欢哪个？”

时容看着他认真的模样，心下有一阵压抑，但她知道他买礼物能送的除了傅清瑜没有别人，所以又扬起笑容，指着其中一件说：“这是我的观点，不知道别人是不是也这样。”

傅北易直接买下了时容选中的东西。

时容也把自己看中的东西拿过去付钱，傅北易正在结账，直接将她的东西也拿了过去，居然是要一起算。

时容忙说不用，可是傅北易很坚持，说：“你帮我挑了礼物。”

就二选一，也算挑吗？时容不知道该说什么，可当面对傅北易这张脸的时候，她就算是要反抗也说不出话来，脸一红就妥协了，只能拿着他递过来的纸袋，低低地说一声：“谢谢啊。”

其实东西并不贵，可是时容就是很不好意思，就像是自己捡了个大便宜一样。

时容买了一堆的蕾丝花边，原本是要送给傅倾城的，可因为是傅北易买的，她准备到时候自己再来买些。

离开这家店之后，又经过了一家巧克力店。这里的巧克力很有名，傅北易进去买了两份，其中一份居然递给了她。

她不敢伸手去接："傅主播……"

"拿着。"他说。

"我……"

傅北易把东西塞到了她怀里，然后说了句："走吧。"

时容看着这袋子巧克力，觉得自己大概会舍不得吃的吧。

只是所有的好心情在她看到响着铃声的手机上出现的名字之后，顿时消失得无影无踪，可傅北易就在身边，她接起来，用最温柔的声音说："喂？"

"过来。"简短有力的两个字。

如果是别人，时容大概会赞一声有魄力。

可如果这人是韩成永的话，时容给出的答案是："对不起，你打错电话了。"然后挂断，关机，多简单！

嘁！还真把她当成皮球了？想让她滚走就滚走？想让她滚回去就滚回去？

想得美！

时容得意扬扬的，把手机放回了口袋，继续颠颠地跟上了傅北易。

两人又稍微逛了一会儿，这才打车回酒店。

时容不敢看他，但却希望这段路长一点儿，再长一点儿，可这世上并不会有无尽的路，就像这世上也没有永恒的生命一样。

车子在酒店门口停下。

时容跟着傅北易下车，脸上带着甜甜的笑容，只是一抬头，那笑容就僵住了。

在酒店门口的不是别人，正是韩成永。

照理说他脚伤还没好，怎么会一个人出现在这种地方？他到底想干什么啊？

时容决定假装没看到他，跟在傅北易身后一起走进酒店。

韩成永都已经来到这里了，怎么可能会因为时容的忽视而离开？所以在时容经过他身边的时候，他迅猛地伸出手来抓住了她的胳膊。

她挣脱不开，皱着眉看他，压低声音不想让前面的傅北易听到："你干什么？"

韩成永不说话，只是看着她。

傅北易像是终于察觉到，回头看。

时容瞬间爆发力气，将胳膊从他手里抽出来，然后装作没事的样子看过去。

“怎么了？”傅北易当然也知道韩成永，眼神从他身上掠过，停在时容脸上。

时容不自然地笑了笑：“没什么，你先上去吧，我有点儿事情和他说。”

傅北易的视线又在两人身上扫了一下，这才点点头，转身上去了。

等傅北易走远，时容才瞪了他一下，恨恨地说道：“有事快说，没事的话我走了！”

韩成永看着她，忽然开口：“他是傅北易？”

提到傅北易，时容便莫名其妙有些尴尬：“和你有什么关系？”

“为什么挂我电话？”

说到这个时容就满肚子的怒火：“凭什么你让我过去，我就要过去？韩成永，你没有那么重要。”

韩成永的脸色一滞：“那么，谁重要？那个让你挂电话的男人？”

时容不肯正面回答：“说了和你没有关系。”

“你喜欢他？”韩成永又说，声音低沉得可怕，眼神里都流露出杀意来。

“说了和你没有关系！”时容被他激怒，一把甩开他，“你烦不烦啊！不想理你，我走了，你爱怎么样怎么样！”说完，她果然不再理他，径直就走掉了，连回头看一眼都没有。

韩成永想追上去，可脚疼又阵阵袭来，他扶着墙休息了一会儿。

手机铃声响起来，是华司打来的，他急得不行：“成永你在哪里？怎么不在医院？”

韩成永顿了顿回：“我在酒店。”

“你去那里干什么？你……”

韩成永不等他说完话就直接挂了电话，走到酒店里，在沙发上休息了下。

华司会过来，但如果在外面等到他来，他的脚大概会受不了。

韩成永看着手机，又拨出了那个号码，意料之中的，依旧是关机。他忍了许久才没把手机扔出去，靠在沙发上不说话。

时容回到房间的时候还气哼哼的，倒了杯水喝下去之后，她冷静不少，还仔细想了想刚刚有没有对韩成永太过分。

哪有过分，先过分的是他！

她自我安慰，可又忍不住想到他的脚伤，他该不会还站在下面吧？

韩成永，应该没那么蠢吧？

时容坐立难安，到底还是出了门。

韩成永倒是不亏待自己，她远远地看到他坐在沙发上，满脸疲累的模样。

时容犹豫着要不要过去，光犹豫就花了十几分钟，终于打算过去的时候，有人匆匆忙忙跑进来，直奔韩成永面前，她已经跨出的步子顿时停住。

是华司来了。

因为离得比较远，时容听不见他们在说什么，只是没多久韩成永便被华司扶着走开了。

走到酒店门口的时候，韩成永忽然回头。

时容就站在门口对面，她吓了一跳，慌忙往旁边一躲，幸好他不过是扫了一眼，很快就回过头去。

她松一口气，也不再管他，回房间去了。

傅北易第二天晚上就离开了，时容在又多留了两天之后就被告知韩成永即将转回J市医院，所以也要准备回国。

在韩成永来酒店找过她之后，她就没有再见过他，可以回J市还是一件值得高兴的事情，等飞机的时候她和傅倾城打电话，她笑嘻嘻地问：“猜猜我现在在哪儿。”

“不在布鲁塞尔？回J市了吗？”傅倾城一下就猜到。

“真聪明！不过还没回来，在机场。”时容笑得畅快，“韩冰块的伤好了不少，转移阵地回国了，所以我也回来啦，晚上的飞机到J市。”

“要接你吗？”

“不用啦，你又不会开车，再者我还要跟到医院去，估计不会有空，等明天我回电视台再见。”

韩成永和他们是同一架班机，可是韩成永在头等舱，候机又在VIP休息室，所以见不到。

她睡了一路，等从医院回家之后还给傅倾城打了个电话报平安，顺便约了明天的晚餐。

第二天下了班之后，时容和傅倾城去吃东西，傅倾城不会开车，当然是时容做司机，正好是下班高峰期，所以路上常常堵车，开了半个小时也没有走多远，时容饿着肚子就心情不好，抱怨连连。

傅倾城正好接到电话，时容听她说话，习惯性地从后视镜往后看了一眼，终于发现了有点儿不对劲：“青青，你看后面，是不是有辆车一直跟着我们？”

“啊？”傅倾城叫了一声，回头看，“哪里？”

“你可能没注意，我刚刚一直看着，就是那辆黑色的奥迪，看到没？从电视台出来之后我就一直看到。”她一路上都有看到，原本以为是顺路，但毕竟傅倾城刚出过事情，还是以安全为主。

傅倾城和秦年说了，为了安全起见还是打算去秦年的医院。

等傅倾城挂了电话，时容哼道：“知道危险了吧？如果你一个人怎么办？”

“我宁愿我一个人，如果拖累你，我会更难受。”傅倾城说。

总算快到医院门口，车停下来，时容便看到了医院门口的秦年：“看，他在那里。他在担心你。”

傅倾城说：“谁知道他是不是又在演戏。”

两人下车，时容听到秦年走过来问傅倾城有没有事，忍不住说：“有我在能有什么事，青青，你说是吧？”

傅倾城无奈轻笑。

为了人身安全两人只能在食堂里吃晚餐，好在食堂的饭菜简直美味，时容吃得欲罢不能，简直想天天来蹭饭。

两人在食堂里待了一会儿，时容便说：“总不能一直留在这里，我先出去看看吧？”

傅倾城也觉得一直待在医院也不是个办法，两人便去秦年的办公室找他。

那么巧就见到丁香，正好从他办公室出来，时容当然知道丁香，那个一直觊觎秦年的女人，傅倾城曾经的好朋友。她没有好脸色，挽了傅倾城的胳膊，抬着小下巴：“真是运气不好，居然撞上狐狸精。”

丁香怒：“你说谁呢！”

时容挑挑眉，撇着嘴：“谁应我就是在说谁呗，青青，你说是不是？”

傅倾城忍不住笑起来。

丁香又是尴尬，又是恼怒：“青青，请你好好管束你的朋友。”

“是啊，我是青青的朋友，好闺密。”时容斜睨她，“那你又是哪位，这样对青青说话？”

傅倾城拦住时容，看向丁香：“如果没有别的事情能不能请你让开，我有事找我丈夫。”

这时秦年也出来，傅倾城和时容完胜，看着丁香匆匆离开，时容心情很好。

听秦年问话，她便说：“要不我先出去探路，也不能总是留在医院。”

“如果他们盯上你怎么办？”

时容忙摆手：“怎么可能，不用担心啦。”

秦年让她们进办公室，随后便打起电话：“你还在医院吗？能不能帮我送个朋友？好，就在我办公室。”

挂断电话，他说：“刚刚看到一个朋友在医院，让他送你回去。”

傅倾城忍不住问：“谁？”

“你的正牌哥哥。”

傅北易？

时容不敢置信，满脸的惊容，嘴巴张得大大的，都快合不拢了。

时容觉得自己肯定是听错了，可是下一秒，已经有人推门进来，不是傅北易是谁？她惊到，居然还打起嗝来，忍都忍不住，尴尬得不行，幸好傅倾城拿水给她喝，喝一口憋了一下总算好了。

“事情已经发生，现在也没办法。”秦年对傅北易说，“今天是想让你帮忙把青青的朋友时容送回去，你们应该认识，不是一个电视台的吗？”

当然认识，熟到不能再熟。时容暗想，虽然说这机会来之不易，但却不知为何十分胆怯，忙起身摇头摆手的，坚持拒绝：“真的不用，我又没掺和什么，自己回去就行了，哪用得着……”

还没说完，忽然感觉有一道视线往身上瞥来，她下意识地看过去，居然是傅北易，明明是淡淡地一撇，她却像是吃了哑药，什么话都说不出来了。

一物降一物这种话，其实也不是没有道理。

傅倾城见时容没有再拒绝，就说：“北易哥，那阿容就拜托你了。”

时容心情极为复杂，像个小媳妇似的乖乖跟在傅北易身后走了，临出门前还回头冲傅倾城吐了吐舌头，捂了捂胸口，表示了一下自己紧张忐忑又欢喜的复杂心情。

时容其实也不是第一次和他单独相处了，但就是抑制不住激烈的心跳，大概她得了一种病，而那种病的名字就叫作“傅北易”吧。

她无药可救。

傅北易不怎么说话，只是默默地走在前面带路。

时容看他一眼，还是忍不住说：“其实没什么事情的，我还是……”

傅北易忽然停下脚步，时容差点儿来不及停下，忙紧急刹车。他转过身来的时候和她靠得特别近，他的胸膛就在她眼前，她觉得自己的心脏都像是要蹦出来，她哪里敢抬头，默默咬唇垂着脑袋。

“时容，”傅北易说，“你很怕我吗？”声音平稳没有起伏。

时容激烈的心跳略缓，却连呼吸都显得困难。

他问她是不是怕他。其实也可以这样说吧，她怕自己一不小心惹他生气，她怕自己麻烦到他，她怕他会嫌自己太烦……

可她不敢说，一个那么能说会道的女孩子在这种情况下，只能咬着唇低声说：“不是的，我只是，担心麻烦你。”

傅北易没有立刻说话，微微低着头，似乎是在看她的发顶，过了一会儿才道：“你……算了，并不麻烦，走吧。”

时容不知道傅北易原本想说什么，她当然也不会追问，他既然说走吧，她能做的只有屁颠屁颠地跟上去。

两人本来也就不算熟，所以一路上十分尴尬，尽管音乐响着都无法避免尴尬。时容倒是想找点儿话题，但每次话到了嘴边就说不出来。

她也不知道为什么，面对别人的时候什么都说得出来，可偏偏就是在傅北易面前，她就成了哑巴，说一句话都要磕磕巴巴好一会儿。

她简直想打自己的嘴，实在是太……没出息了。

时容的家有些偏，又正好是下班高峰期，路上车不少，经常堵，她忍不住偷偷看他，想看他脸上有没有不耐烦的神色，幸而没有看到，他依旧保持着淡淡的表情，像是什么事情都无法改变他。

尴尬的氛围消不去，时容便鼓起勇气想要说点儿什么，可根本找不到话题啊。

时容在等红灯的时候，从包里拿出了一个铁盒，打开后捏了一块巧克力递过去，手微不可见地在颤抖：“要吃一块吗？”

怎么办？真的好怕被拒绝！

时容满眼期待地看着，生怕他摇摇头说一句不用了。

他如果拒绝的话她该说什么呢？

没事？那我就自己吃吧？或者，这就是上次在布鲁塞尔买的巧克力，很好吃，你真的不要尝一尝？

没想到，傅北易居然伸出手来，拿过了她手上的巧克力，顺便说了一声：“谢谢。”

她一时没反应过来，甚至忘记把手缩回去，他真的拿过去吃了？

“这就是在布鲁塞尔买的吧？”

时容惊一下，马上点头，顺便把那只尴尬的手缩了回来，自己却没舍得吃，又将铁盒子盖好放进了包里。

巧克力是分装的，她舍不得吃，但总有保质期，所以她干脆就拿出来放在包里了，也就只有特别疲惫的时候才会吃一块。

时容想到他也买了一盒，便问：“你送的人也喜欢吗？”

傅北易脸上居然露出了一丝笑容：“她要保持身材，不敢多吃，每天只敢吃一块。”

果然是傅清瑜。

时容脸上露出笑容，应了一声。

傅北易忽然看她一眼：“你也减肥？”

“啊？啊，是。”时容脸红。

“你比阿瑜还瘦，”傅北易说，“怪不得她这么严厉要求自己。”

一路上因为傅清瑜倒是有了些许话可以聊，断断续续地说了一些，竟然很快就到了时容家楼下。

时容说了好些感谢之后才下车，站在原地看着傅北易的车消失在视线中了，这才转身上楼。

一回到家她就趴在床上给傅倾城发短信：“我到家了！！！”

傅倾城很快就回过来：“发那么多感叹号干什么？有进展？”

时容笑，觉得傅倾城不懂她暗恋一个人的心：“他能送我回家已经是进展了好嘛！！！”

“所以他就回家了？”

“不然难道还在我家喝咖啡吗？你呢？没事吧？”

“回家路上，别担心，车子已经不在了。”傅倾城回。

时容仰躺在床上，看着窗外逐渐暗下去的天色，心情却异常好，她回傅倾城：“这样就好，其实我今天已经很满足，离他那样近，近到能听到他的呼吸声，那样就已经很好，再多的我也不会奢求。青青，我刚刚忽然想通，其实秦年并没有那样坏，人总不能想要得太多，不然到头来，会什么都得不到。”

傅倾城过了许久才回：“One chance?”

看到这条短信的时候，时容忍不住笑起来，她很快就打下一句话："If you want."

她不知道傅倾城会怎么选择，可是她希望傅倾城幸福，如果自己注定得不到幸福的话，那么至少她最好的朋友应该得到过。

时容依旧在体育频道，最近韩成永做了手术，所以不用采访，他销声匿迹很长时间，时容已经很久没见到他了。

她觉得松一口气，但有时候不经意间总会想起那次他在酒店门口拦住她，他的眼神到现在还依旧那样清晰又鲜明。

她觉得自己大概是疯了，不然怎么会对这个莫名其妙的眼神记那么久。

年末的时候，时容还是打算申请调组，申请报告打上去，总是有点儿担心过不了。

年末还有件大事儿便是台里的年会，台里终于贴出了告示，她便趁着有空去找了傅倾城，她偷偷过去从背后捂住傅倾城的眼睛："猜猜我是谁？"

傅倾城笑笑："阿容，你几岁？"

时容撇撇嘴，放开她，坐到了一旁，拆了个她桌上的棒棒糖塞嘴巴里。

傅倾城将棒棒糖从她嘴里拿出来，哼一声："还知道偷吃我的东西了。"看着时容噘着嘴巴装可怜的样子，她便重新把糖塞到她嘴里

她"嘎嘣"一声将糖咬碎："我已经提出调组申请啦，我也想转到新闻来，跟运动员真是没意思。"

"不是能轻松一点儿吗？"傅倾城道。

"哪有轻松，如果跟个好说话的当然轻松。韩冰块那样的……"她似是回想了一番，而后抖一下，"还是算了。对了，那边贴了年会告示呢，和去年一样有舞会，你好像没参加过吧？"

"去年你的舞伴是谁？"

时容想到了什么，撇撇嘴："哪里有舞伴，我本来是……"顿一顿，"鼓足了勇气去请某人的，没想到他早就有舞伴啦，喏，不就是傅清瑜。两人还跳了开场舞，简直震慑全场。"

去年那会儿她才刚来电视台，大概是真的昏了头，居然去问他能不能做自己舞伴，结果人家一句"对不起"就把她给打了回来。等看到舞会上两人那惊艳的舞蹈时，她才自愧不如，有那样漂亮厉害的舞伴，她算什么？

“那……可以不参加吗？”傅倾城问。

“当然不可以，就算没有舞伴也要来，舞伴可以自带。你和秦年的关系现在不是不错吗，可以请他啊。”

傅倾城抚额：“先不说为什么我要请他，你觉得他会答应这种对他来说既幼稚又无聊的事情？”

“娱乐嘛。”时容说，“总比我好呀，舞伴都找不到。”

第五章

我曾经想过在寂寞的夜里

舞会的时候时容原本和傅倾城说好了，傅倾城来接她一起去，毕竟穿着礼服再开车也有那么点儿不和谐不是？

她没有舞伴，也可以说是她没有想要邀请舞伴。

倒是有不少同事问可不可以当她的舞伴，可她都一一拒绝。在她看来，如果不是那个人，别的全都没有意义。

所以时容也没仔细打扮，换上衣服之后稍微化了个淡妆也就结束了，她玩了会儿手机准备等傅倾城过来接她。

她最近迷上了微信上的《节奏大师》，正在无聊地冲关中，遇到一首很难的歌，她第一遍没过，第二遍的时候好不容易过了最复杂的那一块，快到结束了，没想到有人打电话过来。

她忍不住大骂一声，却也只能接起来："喂？"满满的都是怒气。

那边顿了顿，终于说话："时容。"

时容蹙眉："韩成永？"因为是不认识的座机号码，所以她并没有在意。

"是我。"

时容不想和他多说话："有事吗？没事我就先挂了。"

在她挂断之前，韩成永率先说道："嗯，有事。"

"……"

韩成永居然也沉默。

时容怒："不是说有事？"

"你，过来一下。"

“什么？哪里？”

“我家。”韩成永十分镇定。

“我过去然后让你赶出来吗？”时容哼道，“我真的有事要忙，再见！”

“时容！”韩成永又叫她，没完没了，“我也有事。”

时容天人交战，其实她可以很坚定地拒绝的，可不知道为什么就又想到了他的那个眼神，她下意识地说：“好吧，等一下。”说完之后她就拍了一下嘴，她居然说好？

时容啊，你真的要被韩成永奴役吗？可话已经出口，她没脸去收回来……

于是她给傅倾城打了通电话说晚点儿过去，然后气哼哼地在长裙外罩了一件大衣之后，出小区打了辆车直接前往韩成永的小区，到的时候她还让司机把的士费发票打了出来。

韩成永居然就站在楼下，时容一下车就看到他站在那边，站得稳稳的，脚伤好像已经全都好了。

她大步走过去，第一件事就是把票据塞到他手里，然后把手摊开在他面前，直接蹦出两个字：“报销。”

韩成永一点儿也不含糊，从钱包里拿出一张“毛爷爷”出来给她。

时容自在地收回去，口中说：“剩下的是辛苦费，我就不找了。”

韩成永也不说话，直接转身往楼上走。

时容心想他莫不是真的有事？跟在他后面进了那个她来过的新家，坐在了沙发上之后便问：“说吧，什么事，给你半个小时的时间。”

韩成永坐在了她旁边，不答反问：“你要去哪里？”她今天穿得很不一样，只要看得见都知道她肯定有别的事情。

“台里的舞会，所以请你快点儿，我真的要赶过去！”

韩成永看着她。

时容以为他终于要说事了，没想到他只说：“你就不问一下我的脚好了没？”

你的脚好没好关我什么事！时容暗自翻了个白眼，干笑着问：“你的脚伤好了没？”

他居然还认真作答：“差不多都好了，再休息一段时间就要重新开始训练。”

“呵呵，恭喜你啊。”时容皮笑肉不笑，而后看了一下时间，“那你能说你究竟有什么事找我了吗？我的时间真的很紧张！”

韩成永忽然站起来，时容坐着仰视他，结果等来他一句："那走吧。"

"啊？"

"你不是说要去舞会？"

"你不是说你有事？"时容也站起来。

"现在没事了，"韩成永说，拿过桌上的车钥匙，"走吧。"

时容觉得自己总有一天会被韩成永给气死。

坐在车里，时容看着韩成永冷着脸开车，忍不住问："你该不会本来就没什么事吧？"

韩成永居然还敢"嗯"一声。

时容抚额："韩成永，看不出来你也挺诚实的。"

"谢谢。"

时容不肯再和他说话，直到酒店也依旧脸臭臭的。

她本来以为韩成永只是送她过来，没想到居然还跟着她一起进来了，她直接装作不认识他，自己大步在前面走着。

到了厅里，时容一眼就看到了傅倾城，她冲傅倾城笑笑："青青，到很久了？"

"也还好，发生什么事了？这么晚才到？"

时容见傅倾城往自己身后看去，又翻了个白眼，说："啊没什么，出了点儿意外。"

韩成永还有脸说话："不介绍一下？"

时容撇撇嘴："你这么有名，还用介绍吗？"

傅倾城忍俊不禁，自己介绍道："你好，你这么有名的确不用介绍了。韩先生，我是傅倾城，和时容一样都是台里的记者，不过我是新闻这块的。"

时容拉着傅倾城走到了一旁，傅倾城忍不住问："怎么回事啊？"

时容拿过傅倾城手中的酒杯喝了一口润了润喉咙，这才道："他莫名其妙，今天忽然打电话给我，说什么有要紧事，结果我去了又说没事儿，我不就得赶过来，结果他知道之后还非要送我过来。"

傅倾城扯了下时容："我还以为你是要找个人来试探一下某人的感情呢，不过今天傅清瑜也过来了。"

时容顺着傅倾城的视线看过去，傅清瑜甜甜笑着站在傅北易身边，那样般配。她叹一声："试探什么试探，我连和他说话的勇气都没有。"

傅倾城点了点她的额头。

“哎？说起来，秦年还没到？”时容看了一下全场，“我还以为他已经先到了呢。”

“还没有。”傅倾城略微有些尴尬，“说是下午有手术，结束了再过来，大概快到了吧。”

时容摇摇头：“不对啊，我刚刚明明在门口看到他了，还和他打了个招呼呢。”她刚才虽然气得不行，在门口看到了秦年，却还是挤出笑容来和他打了个招呼，他好像也刚到。

“什么？”

“是啊，我没看错啊，他还朝我笑了笑，我记得特别清楚，肯定是他，怎么还没过来，不是迷路了吧？”时容回忆了一下，好像记得自己走开的时候看到他拿出了手机，似是在接电话。

“不可能吧。”傅倾城掏出手机走到一旁。

时容在看到傅倾城那无所适从的样子的时候有些后悔，她小心翼翼走过去：“怎么了？”

傅倾城勉强笑笑，比哭还丑：“打不通，大概是又遇到急事了吧。”

“刚刚可能我看错了也不一定，我那个时候气冲冲的，其实也没怎么看清楚，傍晚路上会堵一些，大概在路上。”

傅倾城的脸色依旧不怎么好，时容也不知道怎么安慰，心里头把自己给骂了一万遍，怎么那么傻啊！

舞会已经开始，是傅北易和傅清瑜跳开场舞，时容呆呆地站在旁边，看着两人合作默契，动作优美，说不上羡慕嫉妒，只是觉得心里头有些酸酸的，他们连 Ending Pose 都那么漂亮，围着的一圈人全都鼓起掌来，她自然也是在鼓掌。

傅清瑜放下了挽着傅北易胳膊的手，忽然嘟着嘴说了什么，傅北易抬手捏捏她的鼻子，她便笑开来，那么漂亮。

时容眨眨眼，总算收回视线，脸上的笑容有些淡。

傅倾城的神情依旧不好，时容原本想陪在傅倾城身边，可韩成永不知道什么时候居然出现在她身后，直接推着她走进了舞池。

她吓了一跳，回头一看才发现是韩成永，压低声音道：“你干什么？”说着就要离开舞池。

韩成永伸手压住她的肩膀，她居然完全不能动弹，皱眉。

“跳支舞吧。”他声音很低，她却听到了。

“你会跳？”时容看到他的眼睛，不知道为什么就没再拒绝，反而问了这句话。

韩成永的表情有一瞬间的不对劲，却已经摆出姿势拥住了她。

时容还以为他真的有两把刷子，没想到都是假象啊！韩成永他根本不会啊！就是会一个姿势而已！踩了她不知道有多少脚！

时容都怀疑他是因为之前她踹了他一脚所以故意来报复的。

跳到一半她看到傅倾城忽然跑出去，她想追，可是韩成永的力气不是盖的，她根本挣脱不了，见魏衍跟着，她才松了一口气。

好不容易等到一曲终了，时容不敢再跳下去，匆匆跑开想找傅倾城，环顾一圈之后看到傅倾城在角落，魏衍也在，她走上去，魏衍冲她点点头后走开。她走过去压低声音问：“怎么了？你怎么忽然跑出去？”

傅倾城强作微笑：“没什么，好像看到了什么人。”

看出傅倾城不想说，她也不问：“魏衍看上去真的很关心你的样子，啧啧，要是知道你已经结婚，不知道该多伤心呢。”

“不要乱说。”傅倾城瞋她一眼，“怎么不去跳舞？”

“你看那个孟颖，有她在，我干吗去找不痛快？”时容撇撇嘴，“我去一下卫生间。”

时容一个人出去，她刚刚喝了好几杯酒，倒真的有点儿内急了，她刚想从隔间出去就听到外面有熟悉的声音，是傅清瑜。

她似乎喝醉了，哼着说：“没关系啦，北易哥，我就去洗个脸，就洗个脸。”

傅北易也在外面……

时容小心翼翼地将门开了条缝隙，便看到傅清瑜摇摇晃晃地来到洗手池前，开了水想要洗脸，手才刚刚碰到水，腿忽然一软就倒了下去。

她刚想出去，就见傅北易不顾一切地冲了进来，迅速将傅清瑜扶了出去。

时容赶紧出去，匆匆洗了手就跟出去看。

傅北易抱着傅清瑜走到了一旁的长椅上，让她躺在自己怀里。

时容站在角落里看到，心里十分酸涩。

时容眨眨眼，眼中逐渐湿润起来。

是因为这样吗？因为傅北易喜欢傅清瑜吗？

所以他才会一直都没有女朋友，所以只有傅清瑜才能接近他。

时容抓着领口，觉得快喘不过气来，她没有办法再在原地待下去，匆匆跑开，像是逃离了一个秘密。

她用力将大厅的门打开，冲进来之后却再也没有任何力气，猛地蹲坐在地，脸埋在了膝间，身体发颤，眼泪克制不住地落下来。

她从来没有奢望过傅北易会喜欢自己。

他身边一直没有女人，她觉得好奇的同时更加觉得欣喜，尽管她知道那和自己没有任何关系，她也并不觉得他就会喜欢自己，毕竟她只是暗恋，她只是在偷偷地喜欢着他。

傅北易是她心中的神，而现在，那座神龛瞬间倒塌，她没了信仰，该何去何从？

面前有人叫她："阿容？"

她过了许久才缓缓抬起来，脸上依旧有泪痕。她不想让傅倾城知道，故意傻傻地笑："怎么了？"

"是你怎么了？"

时容继续笑："我没事儿啊。"说着就要站起来，只是蹲久了便有些眩晕，腿一软险些要摔倒的样子。

一只坚实的臂膀揽住了她，她反应过来的时候已经靠在了别人的怀里，她依旧有些恍惚，微微抬头去看，那是一张让她熟悉的脸。

他朝傅倾城点点头，十分专制地说："我送你回去。"

时容甚至来不及抗拒，就被他揽着肩走出大厅，他一向就这样不顾她的意愿，出去之后她便醒过神来，推他的胸膛："不要管我。"

他的胳膊好像是铁做的，无论如何都推不开，她白费力气，觉得更加委屈，眼泪簌簌地掉。

韩成永看到，伸过他的大掌，蒙住她的脸直接一捋。

他的手掌粗糙，她被弄疼，气得把他的手抓过来直接咬了上去，他皮糙肉厚当然不觉得疼，任由她咬着。

她见他不动声色，倒像是真的不疼，也觉得没有意思，放开，再度说："你走吧，我想一个人待一下。"

韩成永不说话，用自己的行动代替了一切言语——他依旧揽着她往停车场走去。

时容讨厌他这种自说自话的样子："你是谁啊，凭什么管我，我说我想一个人待着，你没有听到吗？”她转身对着他，红肿的眼睛死死地盯着他。

她觉得自己也彻彻底底地贯彻了那一句话——被偏爱得有恃无恐。

时容想，其实她是知道的，知道韩成永对她是特别的，就算他对所有人都那样冷淡，对她总是带了一份关心，所以她便有恃无恐，她大概是笃定了他不会轻易走开吧。

你看，她就不敢对傅北易这个样子。在傅北易面前，她总是怯怯弱弱，连话都说不清楚。

不然怎么说先爱上的人是输家呢，在一个人面前是赢家，在另一个人面前，就成了彻彻底底的输家，一败涂地。

时容依旧瞪着韩成永，她后来想这一瞬间，如果这个时候韩成永直接离开的话她大概会觉得更加难过吧。

可是韩成永没有离开，他也看着她，用那双黑黝黝的眼睛，然后直接将她打横抱起，大步走开。

时容在愣神之后便是用力抵抗："韩成永，你放开我！"

韩成永不说话，手上的力气却越发大了。

直到来到车边，他直接把她扔进了副驾，自己坐上了驾驶座，见她像是失了魂一样靠在椅背上一动不动，他便探过身体给她系安全带。

她的反应很激烈，猛地抬起手就要打他。

他的反应速度更快，一只手就把她两只手给钳制住，另外一只手替她系好安全带，然后逐渐靠近，灼热的呼吸全都喷在她带着泪痕的惨白脸颊上。

他越靠越近，她闭上眼睛不敢看，他却在鼻尖碰到她鼻尖的时候停下来。

"时容，"他的声音有些嘶哑，"你能，乖一些吗？"

她缓缓地睁开眼睛，看那双近在眼前的眸子，忽然觉得他的双眼会让人觉得眩晕，她竟然失去了任何反抗的力气。

他慢慢将她的手松开，轻轻抚上她的脸，用很别扭的动作将她脸上的泪痕擦去。

她身体僵直，却并没有特别排斥。

他的动作很不自然，却格外温柔，指腹摩挲过她的脸颊，带起一阵阵战栗。

时容怔怔地望着他的脸，心口猛然一动，她眼神骤然闪烁，蓦地侧过头不敢再看他。

韩成永并没有进一步的动作，替她把泪水擦掉之后就坐了回去，系好安全带之后开车离去。

时容不想动，侧着脸靠在车窗上，看着窗外逐渐远去的一切。

眼前好像再一次出现了那个场景，傅北易轻轻撩开傅清瑜脸上的发丝，满眼柔意，逐渐地俯下身，将唇送上……

她蓦地闭上眼睛，不敢再想，她浑身都在颤抖，依旧不敢置信。

直到车停了下来，她依旧闭着眼睛没有任何动作。韩成永下车绕到她这边，替她解开安全带之后拂开她脸上的发。

她缓缓睁开眼睛，怔怔地看着近在咫尺的他。

灯光太暗，时容并不能很清楚地看到他的脸，隐隐绰绰，她只觉得好像看到了自己想看到的。

缓缓伸出手来，她抚上他的脸，闭着眼睛默默地感受着，那种感觉，竟然和记忆中的某一个情境完全对上。

她蓦地睁开眼睛，仔细地看向他。

不，他是韩成永，不是傅北易。

时容涩涩一笑，倏地将手收回来，低声说："对不起……"

她想要下车，韩成永却将她拦住："你以为我是谁？"带着质问的语气。

"没有谁。"她说，"你让开，我想回家。"

他将她的脸抬起来，对着他的："我不是傅北易。"

时容所有的冷静都被这个名字给点燃，她猛地拍开他的手："我知道，你是韩成永，既然你是韩成永，你又凭什么管我，我怎么样和你有关系吗？"

"你喜欢傅北易。"他直直地戳破这一个她埋藏在心底的秘密。

"我喜欢谁和你有什么关系？"时容什么恶毒的话都说出来，"总之我不会喜欢你，死都不会喜欢你！"她说完这句话，韩成永的脸色沉了沉。

时容大概也意识到这话说得有些过分，哼一声，将他推开之后自己下车，跌跌撞撞地跑回去。

韩成永一直站在原地没有动。

时容走到电梯口，按了好几下却不见电梯有任何反应，抬头才看到电梯门上贴了一张纸，说电梯坏了明天才能维修。

她恨恨地踢了一脚，只能去走楼梯。

她穿着十厘米的高跟鞋，每踩一下就能听到楼梯间传开来的嗒嗒声，那样的尖厉刺耳。她太久没有穿过高跟鞋，不过走了一层就觉得累，干脆扶着墙把鞋子脱下来。

只是她高估了自己的平衡能力，抬起一只脚的时候竟然没站稳，差点儿就往后倒了去，她做好了摔得浑身都疼的准备，却没想到竟然摔进了一个坚硬的怀抱。

她来不及回头看，就已经被人放在了地上，而他，往上走了一步，微微蹲下身，没有说话，只是等着。

这个时候出现在这里的还能是谁？

时容看着韩成永那宽阔的背脊，心里莫名地酸涩。她总是有恃无恐地对他说那种连她都听不下去的话，他却好像一点儿都不在意。

身体比思想更快一步，她已经微微俯下身，靠在了他的背上。

他直起身，一步一步慢慢往上走。

这不是他第一次背她，感觉却并不一样，先前那一次他满心不愿，还要她左求右求，可他怎么就变成这个样子了呢？

时容将脑袋靠在他的肩膀上，轻声问他："韩成永，你喜欢我吗？"

韩成永的步伐停了一下，没有说话，倒像是默认。

可是为什么呢？时容想不明白。

"我哪里好呢？我一点儿都不好，一点儿都不好……"时容闷闷地说。

韩成永一声不吭，直到来到她家门口才缓缓出声："你只是没有看到。"

没有看到什么？

时容没有再问，韩成永将她放下来，她开门进去，站在门口没有一点儿犹豫就说再见。

没想到韩成永居然直接一把将门推开，完全无视她，走了进去。

像是在自己家一样，他大大咧咧地坐在了沙发上。

时容站在门口愣了一会儿，无奈地笑出声，直接从冰箱拿了一瓶水重重地放在茶几上，再也不管他了。

时容回房间换下了身上的长裙，干脆把妆也卸了，把澡也洗了，全套做完之后发现自己太累，直接躺到了床上，完全忘记了外面还有一个不请自来的男人。

她实在是太累，将被子卷到身上之后却还是没有忘记把床头抽屉里的手机拿过来。

看着自己发的一连串晚安，眼泪又忍不住流了下来。

她将手机贴在脸边，低声哭起来，却没有看到她不知道什么时候已经将号码拨了出去。

依旧坐在客厅里的韩成永，听到手机铃声响起来，是那个惯常会在固定时间发“晚安”的号码。

她从来没有一次打过电话。

这件事情是从他换号码之后的一个星期开始的。

他并不以为然，只当对方发错，可是今天怎么回事，居然会打电话过来？

他想要挂断，可不知道为什么却按了接通，他慢慢地放到耳边，却只听到隐约的抽泣声。

这声音居然那么熟悉。

韩成永蓦地站起来，往时容的卧室走了两步。

房门没有关上，他能听到房间里她的哭声，和电话那头的哭声逐渐连成了一片……

韩成永将手机重新放在耳边，电波传过来的声音更加清晰。

她的哭声很压抑，就像她的感情，一直都是压抑的、隐藏的、不敢见天日的。

韩成永默默地将通话挂断，转身离开。

坐在车里，他却没有将车开走，仰头看向她所在的楼层，卧室的灯还亮着，不知道她有没有睡着。

他不去想为什么时容的短信会发给他，他唯一确定的是短信绝对不是发给他的。

他深吸一口气，靠在方向盘上不动弹。

时容哭了很久，都不知道自己是什么时候睡着的，醒过来的时候就看到那部手机还在脸边。

她习惯性地解锁，随便看了一眼，刚想放好又把手机拿回来。

天哪！这是什么？为什么会有一个已拨电话？！

她手忙脚乱地察看，大概是昨天她哭的时候拨的吧？可她怎么会把电话拨出去了呢！

为什么傅北易会接啊？

时容觉得自己大概真的是疯掉了，居然会做这种蠢事！

她直愣愣地躺在床上，想着昨天有没有说什么乱七八糟的话，想来想去好像都没有印象，她只记得自己哭了很久，对于别的根本没有记忆。

她应该没说话吧？

所以傅北易应该也不会知道给他发短信的是她，是吧？

周一的时候去电视台，时容胆战心惊，生怕见到傅北易，可偏偏这么巧，居然就这么撞上了结束工作的他，她冷静下来用十分纠结的面容叫了一声傅主播。

说话的时候她还在偷偷看傅北易的表情，想知道他到底有没有猜到那个号码是她的，可傅北易的表情很自然，和平常没有一点儿区别，像是根本没有接到过那样的电话。

时容松了一口气，和他说上几句就匆匆跑开，抚着胸口暗叹：大概是他听到哭声就挂断了吧。

在危机解除之后，时容又忍不住想到了昨晚看到的那一幕，好不容易轻松一点儿的心情又低落下去。让她更加郁闷的是她申请转到新闻组的申请居然没被批下来，而且等会儿还要去见韩成永，因为他又要开始训练……

一切坏事情全都堆在了一起，她烦闷得不行，居然还看到傅倾城和魏衍在聊天。她在旁边看了很久，等魏衍走开才扑了过去，一手钩住傅倾城的脖子，咬着傅倾城的耳朵问："你们说什么呢？叨叨了那么久？不是想要红杏出墙吧？"

傅倾城推了一把她，瞪她一眼："谁红杏出墙？只不过晚上请他吃顿饭而已。"

时容看了一眼魏衍的背影，啧啧两声："我敢打包票，这个魏衍绝对是对你有意思，没想到你一个已婚妇女还有这么好的行情？"

傅倾城忍不住笑起来："你的行情不是更好？台里多少未婚男青年打着你的主意呢，光前天晚上就有不少人去邀你跳舞，是你自己要挂在一棵树上的。"

不料说曹操曹操马上就到，傅北易又低头翻着一份文件走近，时容闪烁着眼神躲在了傅倾城背后。

等傅北易走远，傅倾城把时容从身后拉出来："阿容，你有点儿不对劲啊。"

"哪有，我这不是很好嘛。"她笑嘻嘻的，"对了，我到新闻组的申请没批，所以等会儿还是要跑出去追韩冰块。"

"韩成永那天不是还送你回家了？既然不可避免要接触，就好好相处嘛。"

"能好好相处才怪，好啦，你还是想想怎么和你的秦教授处吧。我得整理整理东西出去咯。"

"晚上要不要一起吃饭？"傅倾城拉住她。

时容撇撇嘴："你不是和魏衍约了吗？我才不要做电灯泡啦，会被魏衍用眼神杀死的，你好自为之吧，不要爬墙哦！"说着边往前走边抬起手冲傅倾城挥手再见。

她的确出去见韩成永了，因为工作的事情，他还没正式训练，她没事的时候看着健硕的他一个人在田径场慢慢地走，忽然觉得跑步大概就是他的生命。

她没办法想象如果有一天他不能跑步了会怎么样。

失去生命会怎么样呢？那应该就不是韩成永了。

韩成永今天没什么话，应该说他一向都没什么话，对她的态度就像最开始认识的时候一样。她倒是喜欢这种距离，以前他对她时好时坏，她压力太大。

结束的时候韩成永忽然接了个电话，那会儿时容还没走开，他就直接接起来。

电话那头的声音不小，至少时容能听到那是一个女声。不知道为什么，她觉得心里有点儿别扭，然后又是释然，对嘛，其实韩成永对她根本什么感情都没有吧，之前肯定都是错觉！

韩成永说话依旧很简短："好，我知道了，我马上过去，你等我。"

声音也没有很温柔，可时容却偏偏听出了一点儿不一样的味道。他对哪个女人这么好，随叫随到？

时容也装作不在意，转身拉着李哥说要走。

偏偏还在停车场见到了，韩成永刚好转头看了她一眼，那个眼神淡淡的，说不出有什么意味。她还记着那个女人的电话，哼一声就转过头，坐进车里。

韩成永很快就将车启动，比他们快一步开了出去。

时容撇撇嘴，李哥还在旁边说："刚刚听到打电话来的是个女人，难不成韩成永有女朋友了？"

"谁知道啊？"时容有些不耐烦，"我们还不回去吗？"

李哥推了推她，笑嘻嘻："是不是觉得空落落的，之前他对你那么特别。"

"才没有呢！"时容高声说，说完之后才觉得太激动了，哼一声，萎靡下来不说话。

李哥叹了一声说："所以啊，该抓住的时候就该抓住！"

"李哥，你别乱说了，"时容都想给他跪下了，"我和他没什么，就是工作关系嘛。"

李哥饶有深意地看了她一眼："好吧好吧，我不说了，总结一下呢，就是世上没有后悔药。"

时容不以为然，她早就知道世上没有后悔药，可她干什么后悔呀，她对那个韩冰块难道有什么意思？

怎么可能！

绝对不可能！

最近傅倾城因为生病的关系请假了，时容忙着工作，好久都没见到她，正好这天早上有空便忙给她打了个电话过去："青青啊，你还在医院吗？我过会儿有空，想去看看你，感冒好点儿了吗？"

时容很快就到医院，看着傅倾城一脸的苍白不禁有些惊异："青青，你不是感冒吗？怎么好像生了场大病？"

"我的假期大概会请得久一些。"傅倾城咬咬唇，"的确不只是感冒，我昨天刚做了个手术。"

"阑尾炎？"时容问。

傅倾城默默地摇头："宫外孕。"

时容一怔："真的？"看到傅倾城的表情就知道她没有说假话，她一时间不知道该说什么好，最后只能含着泪傻傻地看着傅倾城，"还疼吗？"

傅倾城忍不住笑出来："疼啊，当然疼。"

"你真的没事吗？"

"没事了，真的没事了。"傅倾城说，"其实也没什么，你看孩子本来就生不下来，手术之后也不过是降低了生育概率……我已经有了晗晗，还在意什么？"她说的时候脸上还带着笑。

"青青你别说了。"时容打断她，"我知道你伤心了，难过了，我都知道。"

"你是火眼金睛吗？怎么就什么都知道？"话这样说，傅倾城眼中却溢出了泪水。

时容比她哭得还惨，像是把前段时间忍住的泪水又全都流了出来："反正我就是知道，反正过去了，青青，以后会更好的。"

"我都没哭呢，你哭什么？"

"那我就替你哭好了。"

"你今天不用去追韩某人吗？"傅倾城无奈地问道。

时容被成功地转移话题，表情变得有些怪："什么叫追他啊！"

"好好好，是我用错词。"傅倾城道，"不用跟着他吗？他的专题好像还在继续做吧？"

"他今天连训练都没有，难道让我去采访他和女人见面吗？"时容撇撇嘴，哼了一声，说。

“他有女朋友了？”

“谁知道啊？”时容不耐烦道，“人家一给他打电话就巴巴跑过去了，嘁。”

傅倾城也不说话，就看着她，她被看得不好意思，挥挥手：“青青你这么看我干什么啊？”

“我怎么觉得你有些不对劲？你还喜欢北易哥吗？”

时容脸色已经变了变，只轻轻“嗯”了一声：“对了，晗晗呢？”她欲盖弥彰，“他不是也在医院吗？”

“好了，你不想提北易哥就不提了，那么韩某人呢？我绝对不会承认是我看错，他分明对你很特别。”

“拜托啦。”时容一脸求神拜佛的模样，“青青你就不要再审我啦，韩某人大概有女朋友呢，和我真的没关系，就是工作需要所以接触嘛，而且他的专题估计也不会一直做下去，等结束了我就可以和他撇清关系啦！”

面对她满脸的祈求，傅倾城只能放过她：“不是在审你，只是想让你也看清楚你的心。”

因为傅倾城有客人来，时容在不大方便，就去了隔壁看晗晗。

她和晗晗玩得不错，晗晗年纪小却十分懂事，过了一会儿问她：“我妈妈有没有好点儿？爸爸说她做手术了。”

“晗晗很关心妈妈吗？”时容问。

晗晗点点头：“我能去看看妈妈吗？”他眨巴着闪亮的大眼睛，一脸祈求。

时容怎么会拒绝，她过来也已经蛮久了，那边应该已经谈完。这样想着，她便把晗晗抱起来：“走，我们去看你妈妈去！”

她笑着推开门，叫道：“青青，我把晗晗抱过来啦，这小子说快要想死你了！”

晗晗看她一眼，低低地辩驳：“容阿姨，我才没有那么说。”

时容站在门口，抬起头才看到了病房里的傅北易和傅清瑜，脸上的笑容瞬间僵硬，好一会儿之后才尴尬地扬起了嘴角：“你有客人啊，不好意思，那我先带着晗晗过去。”

她想要逃，可不过走了一步就被人叫住，是傅清瑜：“啊，时容，我们见过好几次呢，台里年会的时候我们也见过。”

傅清瑜都已经说话，时容也不好再走，只能停住脚步，转过身，难看地笑：“是啊，傅小姐，很高兴再见到你。”

傅清瑜招招手："不要走啦，大家都认识就一起聊会儿，我也好久没见晗晗了呢。"

她怎么还走得了，只能坐下来，就坐在傅北易和傅清瑜对面，眼睛都不知道往哪里看。

傅清瑜喜欢孩子，抱了晗晗坐到沙发里逗他说话，床边就只有傅北易和时容。时容更加难堪，根本不敢看傅北易，头快要低到胸口上了。

傅倾城终于开口打破僵局："时容，你刚才不是还说有事，要不要先走？"

时容眼睛亮了亮，感激地看向她："哦对，我差点儿快要忘记，那我先走了。"

她起身拿包要走，傅清瑜又道："你要走啦？北易哥，你送送嘛，我还想和晗晗再玩一会儿呢，等会儿再来接我就好啦。"

时容慌忙摆手："不用不用，我自己回去就好。"

傅北易已经起身："我送你。"

时容进退两难，无奈地看着傅倾城。

傅倾城也不知道该怎么办，正巧这个时候时容的手机铃声响起来，她像是见到救世主，也没有看是谁，慌忙接起："喂？我在医院，好我知道了，J市总医院，我在门口等你。"

挂断电话，时容道："有人来接我，我自己下去就好了，不麻烦你们了。"

傅北易看了她一眼，忽然说："我送你下去。"

时容有些迟疑，可看到傅北易既然这样说，那肯定就没有反对的可能性，只好点头，只是刚刚打电话来的是谁啊？

傅北易送她下去，电梯里正好没人，两个人站在空空荡荡的电梯里，没有人说话，一片尴尬的气氛。

尴尬的当然只有时容，她不知道为什么傅北易会这样，更怕的是他知道了那个一直给他发短信的人是她。

电梯下到一半的时候，傅北易终于说话。

"时容。"他叫她的名字。

"啊？"时容慌忙应上。

"阿瑜她……"傅北易顿了顿，像是不知道该怎么说。

他为什么忽然和她提起傅清瑜？难道他知道那天他亲吻傅清瑜的事情被她看到了？

傅北易不说话，时容越发忐忑，紧张得心都快蹦出来。

果然人还是不要知道秘密比较好，有些秘密就是毒药，能让人生死不能。

“你不要怪她自作主张，她只是好心而已。”傅北易说。

时容愣一下，好一会儿才反应过来，傅北易说的大概是傅清瑜非让傅北易送她的事情吧，心里便有些酸涩。

时容扬起嘴角点点头：“我知道的，我怎么会怪她。”

傅北易点点头，电梯已经到了，门逐渐打开，他又问：“听说你想转回新闻组？”

时容愣一下：“是……”

时容知道傅北易也有一定的话语权，只是他怎么会突然这么关心她的去留。

“我会去交代一下，下周应该就可以回新闻组了。”傅北易淡淡地说，像是在说一件多普通的事情。

时容没想到事情就这样解决了，几天前她的申请才被退了回来，傅北易一句话就成了？

时容怔怔的，听到傅北易又说：“既然有人来接，那我就先上去了，一路小心。”

她逐渐回过神来，“哦”了一声之后出了电梯，想了想又冲他说了一句：“谢谢傅主播。”

傅北易点点头。

电梯门逐渐合上，她便再也看不到他。

她捏了一下自己的脸，的确很疼，这一切都是真的，傅北易为什么忽然要帮自己？大概只是想帮了吧……

时容想，反正也就他一句话的事情，他也不介意送个人情，她笑了下，反正她从来不会有任何非分之想了，以前不会，现在更加不会。

她转身出医院，忽然又想到了刚刚那通电话，忙拿出来看一眼，一看到她又想找个地方撞墙了。

是谁不好，偏偏是韩成永。

反正他应该不会过来的，换谁都听得懂她当时的意思，于是也没什么负担，出了医院就想去拦车。

没想到刚走出门口就看到了一辆还算熟悉的车。

时容看着那个打开车门下来的男人，头疼得厉害，又不好走开，只能上去说一声：“不好意思，我不知道是你，没想到你会过来，我就……先走了……”

她想溜，手臂却忽然被他抓住，他沉声道："我都已经在这里了。"

"对不起嘛，我又不是故意的，谁知道你这么……呃，换作别人肯定知道我这就是个借口啊。"时容撇撇嘴。

韩成永还是不放手："我已经在这里了。"

时容不耐烦："好了好了，我知道了，我上车还不行？我要回电视台，有工作呢。"

韩成永放开她，给她开了车门。她坐上去，闷闷不乐地系了安全带："怎么这么有空，不用训练或者找你女朋友吗？"

要发动车的韩成永动作停顿，然后转身看她："不是女朋友。"

"嘁，谁信啊，一句话就能把你叫过去，不是女朋友还是什么？"时容继续撇嘴。

韩成永又说："不是女朋友，只是一个认识的朋友。"说完这句话之后他终于驱车离开。

时容哼了一声，觉得自己纠结的点有点儿脱离主旨了，忙挥手说："是不是你女朋友关我什么事。"

"当然有关系。"他忽然闷声说了一句。

时容皱了皱眉头，认真说道："韩成永，我不是那种，嗯，随便的女人，所以你不要再这样……我很困扰。"

"我知道。"他说。

你知道什么？你要是知道你今天还会过来啊？

"什么？"

"你不是随便的女人，我知道。"韩成永说。

"重点不是这个，当然这也是重点，我当然不是随便的女人，但是主要是后面一句，你这样真的让我很困扰，你已经有女朋友了还……"

"我说了，"韩成永严肃道，"不是女朋友。"

他的声音忽然冷硬，让时容一时之间都不知道该说什么，有些惶然："呃，好，好吧。"

韩成永没有再说话，一路直接开到了电视台门口停下都不再吭一声，停下车之后才看向时容："我也不是随便的人。"

对于韩成永是不是一个随便的人，时容不想知道，毕竟她很快就要转到新闻组，不用再跟着他到处跑了，那原本是两人唯一的交集。

到底是傅北易出马，很快就传来消息，时容终于可以转到新闻组，而她的第一个任务就是去外拍。

因为快要过年，所以新闻时段加了一个新栏目，叫作《寻找冬天最适合旅游的地方》，每天都会介绍一个地方。时容刚好换组，问了她意见，她对出去无所谓，就让她负责了，下周一就要出发。

离开一段时间也好，最近的事情太多，她也想一个人静静。

而自从年会之后，她就再也没有给傅北易发过短信，甚至于连离开 J 市，她都没有准备把那部手机带走。

暗恋原本就是不计后果的，可偏偏她爱着的男人竟然喜欢着他的妹妹。

她安慰自己，就算不是傅清瑜，傅北易也总会恋爱结婚生子，她想象着那样的未来，发现并没有想象中的难受。

她的难受好像在于那个人是谁，而不是他心有所属。

周五的时候时容去见了一下傅倾城，毕竟下周一就要离开，周末的时候她需要整理行李，怕没有时间。

“什么？”傅倾城有些惊异，“你是说你要离开 J 市？”

“是啊。”时容说，“我调到新闻组了，第一个任务就是去外拍。”

“这也太突然了吧，你之前不是说没有申请成功吗？”

时容有一会儿不说话，并没有说傅北易帮忙的事情，只说：“我是觉得我大概没办法胜任之前的工作了。”

“嗯？”

“不知道为什么，我和韩冰块的接触越来越多，我也说不上来，反正就是觉得不知道是从什么时候开始，好像就有些太近了。”

“他喜欢你吧？”傅倾城直截了当。

时容愣一下，有些尴尬：“你……”

“你问我是怎么知道的？虽然我就见过他一次，可实在太明显了，他对你的眼神和对别人的都不一样。”傅倾城说。

“你不知道，他……”她顿了顿，还是没有说，“算了，总之我还是先离开一段时间吧。”

“你告诉他了？”

“当然没有，他还不知道。”

“那北易哥呢？”她试探着问，“我是说，你如今对他到底……”

“趁着出去这段时间，我会好好想想。”

“嗯。对了，你要出去一段时间的话，你把时誉安排好了？”

提到时誉，时容就想起有一段时间没有看到他了。

“他也十八了，难道还要我一直看着他？自己不学好我也拿他没有办法。”

“青春期的孩子都有些叛逆吧。”

“也不知道他这青春期会延续多久。”时容说，“你看，我爸妈什么都没留给我，只给了我一个包袱，还是永远都摘不下的烂包袱。”

“他总会懂事的。”

“谁知道要到什么时候去。”时容叹一声，“算了，不闹出大事情就好。”

时容待了一会儿之后离开，傅倾城送她出去，她不让傅倾城送：“你的伤还没好，快回去吧。”

“没事，伤口愈合得很好，下周就能去台里了，可惜看不到你。”傅倾城有些惋惜。

“视频嘛。到时候你也不用去送我，我们是早上的飞机。”

“早点儿回来。”

“这档节目拍完后自然就能回来，不用太想我。”时容嘿嘿笑。

傅倾城送时容走了一段，竟然有车在旁边停下来，副驾驶座上的人打开车门跑过来：“这么巧。”

的确太巧，傅倾城看着满脸喜色的傅清瑜，心想。

驾驶座上的当然是傅北易，他同样开门下车，傅倾城说：“北易哥，你没去台里？”

“没有节目就回来了，刚把阿瑜接回来。”傅北易说着看了时容一眼。

时容不得不打招呼：“真巧。”

傅清瑜笑问：“时容，你这是要走了吗？怎么走啊？打车吗？”

“是啊，我有事所以得走了。”

“既然这样……”傅清瑜略略一想，“这样吧，北易哥，你送时容嘛，这边打车又不是那么好打，我都已经到大院了，走走很快就到家啦，而且我还想和青青说会儿话呢。”

时容当然拒绝，才说了一个字，傅北易就说了：“上车吧。”

时容给傅倾城递了个眼神求救，傅倾城回一个眼神，表示她也救不了。

时容只能坐进了傅北易的车，实在是别扭。

车子开出去，她从后视镜看到傅清瑜和傅倾城在一起，说说笑笑，她一时之间还没回过神来，傅清瑜的确对她有点儿太过热情，她忍不住拿出手机给傅倾城发了个短信："这究竟是怎么回事？"

傅倾城回："大概是想撮合你们。"

时容顿住，不知道回什么，刚好傅北易忽然说话："听说你接了那个外拍节目？"

"啊？"时容醒过神来，忙回，"嗯，是，是啊。"

"什么时候走？"

"下周一。"时容下意识地回。

傅北易点点头，好一会儿没说话。

时容也觉得尴尬，总不至于真的让他送回家，便说："在旁边停就好了，我自己回去就行。"

傅北易忽然看她一眼："地址？"

"嗯？"

"你家的地址。"

时容搞不清楚傅北易是什么想法，或许只是纯粹的绅士风度，可她心脏都快要爆掉了。

偏偏傅北易这样坚持，她能怎么样？只能默默地将自己家的地址报出来："那就麻烦你了。"

"没什么，我们也是同事。"他说，顿了顿，继续道，"阿瑜她太热心，希望不会引起你的不快。"

傅北易说到这个名字，时容就会想到那个吻……

一时恍惚之后，她才笑着摇头："不，没，没有。"

两人就再也没什么话，一直到了时容家楼下，也就说了声再见。

时容看着他的车逐渐远去，莫名地心酸。

周末的两天里，时容也就出去买了些东西，整理了一下行李，周一一早就拖着行李来到了机场。

第一个目的地是东北。这会儿又是冬天，那里冷得很，时容穿着厚厚的羽绒服，拍了几张照片，有蓝蓝的天空和白茫茫的雪，同时发了一下朋友圈，表明自己已经安全到达。

韩成永当然不会在她的朋友圈里，不然她可不敢随便发这种暴露地点的照片。

她和另一个记者的交接工作也很简单，完全没有通知过韩成永，希望不会有什么问题。

应该不会吧，时容不觉得自己那么重要。

虽然外面很冷，但住的地方有暖气，比起J市倒是舒服许多，她休息的时候刚好看到傅倾城评论她的朋友圈，于是回复一句：这边很漂亮，我们以后可以去玩。

傅倾城就给她发语音，时容也躺在床上和她聊。

离开J市的感觉的确不错，虽然只是工作，但能看美景吃美食的工作实在是不能再好。

和傅倾城聊了一会儿之后，时容的房间门就被敲响，要出去录节目了。

他们最先到的地方是哈尔滨，她将自己包裹得厚厚的，幸好本身很瘦，倒也不觉得胖，只是圆滚滚的，看起来格外可爱。

她还戴了一顶红色的毛线帽，和白色的羽绒服配在一起无比好看。

时容还从未来过这里，有专门的导游会帮忙介绍，她要做的就是体验一切，相当于公费旅游。

晚上去了冰雪大世界，美得让她没法形容，录完节目回到酒店，她虽然累却还是精神十足，庆幸自己来了这档节目，不然恐怕会后悔莫及。

一天手机都关了静音，洗好澡之后才有时间拿出来看，没想到居然已经没电自动关机，她有些莫名其妙，充上电之后开机才发现居然有几十个未接电话。

所有的未接来电全都来自一个人——韩成永。

时容怔了怔，直接退出，不去管它。

可手机放到一旁不过才两分钟，铃声再度响起，她拿过来一看，依旧是韩成永。

她知道他肯定是发现她离开了体育组，可用得着打这么多电话吗？她不想接，可铃声响起来就没完，一次结束之后就又来一次。

时容觉得烦，把手机拿过来接通，只是不想说话。

“时容？”韩成永压抑的声音在那头响起。

“嗯。”时容随口应一声，拿过零食咬一口，漫不经心。

“你在哪里？”他问。

“不在J市，”她说，“我转到新闻组了，新的体育记者应该已经和你见过面了。”

“你在哪里？”韩成永又问一句。

“你要知道我在哪里干什么？”时容皱了皱眉头，“我还有事，先挂了，再见！”说罢完全不给他任何说话的机会，直接挂了电话。

韩成永怎么可能就这样放弃，很快就又打了过来。

她嫌闹心，把手机调成静音了。世界终于清静，她舒出一口气，刷了个牙，躺到床上睡觉。

一时半会儿自然是睡不着的，而且很奇异的是，一闭上眼睛就会浮现韩成永那气急败坏的脸，她吓得猛然睁开眼睛，忙捏自己的脸，她是疯掉了吗，不然怎么会看到他？

不过时容觉得自己做出的决定是正确的，如果她再继续留在韩成永的身边，接触定然不会少，如今两人的关系已经有点儿超过她的想象了，她不想再这样下去。

她喜欢界限明确，喜欢就是喜欢，不喜欢就是不喜欢，像她喜欢傅北易就是喜欢，不喜欢韩成永，那就是不喜欢。

她逼着自己睡觉，毕竟第二天还要早起。

韩成永每天都会给她很多通电话，她再也没有接过一次。

接了又能怎么样？她自觉不会有任何变化，还是不要给他希望比较好。

这个工作时容很喜欢，能让她忘掉许多不想记得的事情，刚录完一段节目休息的时候，忽然接到傅倾城的电话，她苦于没有人可以聊天，接起来便兴奋地说：“青青，你不知道这里有多美。”

傅倾城笑：“我的确不知道那里有多美，我只知道韩成永有多急。”

她愣一下：“难道他来找你了？”

“可不是！”傅倾城回，“我刚刚见过他，他看上去很生气，来问我你到底去哪里了。”

“你没说吧？青青，你肯定没说的，是吧？”她急急地问，生怕傅倾城一不小心透露了她的所在地。

傅倾城失笑：“嗯，你猜对了。”

时容舒出一口气：“谢谢你，青青。”

“你就真的没和他说你去了哪里？你这逃避可真够彻底的。”

“你也说了是逃避，如果告诉他了，那还叫逃吗？”时容看到同事和她示意要走，便忙对傅倾城说，“好了青青，我再和你联系，我们要转地方了，记得继续帮我保守秘密哦。”

李哥也来参加这次节目外拍，看到她走过来，笑着问：“难不成是韩成永的电话？”

时容一脸“你饶了我”的表情：“是傅记啦。”

“还以为是韩成永呢，你这样突然离开了那边，他大概会找你吧？”

时容有些尴尬：“怎么会？他找我干什么，我们不就是工作关系？”

的确是工作关系，但那只是在时容的眼里，韩成永依旧会打电话给她，她一直都没有接过，可不知道为什么居然也没有把他拉入黑名单。

在东北逗留了好几天，终于要转地方，要去的地方是西藏，同样也是时容从未去过的地方，刚到就兴奋得不行，忙给傅倾城打电话炫耀。

“青青，你猜猜我又去哪里了？”

“哪里？”

“西藏，刚到不久就和你打电话了，你看我是不是很爱你？”时容嘿嘿笑着。

“比起爱我，你还是注意一下自己有没有高原反应，小心些。”

“我知道啦，就知道你也很爱我的。”

“我还知道有个人也很惦记着你。”

时容好一会儿都没有声音，她知道傅倾城说的是谁，那人每天打无数个电话，她又不可能视而不见，她闷闷地问：“难道他又来找你了？”

“这倒没有，只是我这次采访对象是他。”

“是吗？”她干干地笑两声，“他大概一时冲动，你看我有什么好的，等我回来的时候，他的热情肯定就已经消了。”

“阿容，”傅倾城认真地说，“你很好，在我心里，你真的是最好的，你值得拥有任何的疼爱。”

时容没说话，看着窗外的天空，那似乎可以触碰到的天澄澈得让人迷醉，许久才说：“青青，这里的风景真的很美，天很蓝很蓝。”

挂断电话，时容沉默不语，好不容易才打起精神，想趁着没有拍摄先去逛一逛。

她兴奋得很，跑来跑去，结果就是她还没回到酒店就发现自己不对劲了，头晕目眩，有种缺氧的感觉。

她不敢再在外面待下去，忙回了酒店，结果更糟糕，上吐下泻，整个人都昏昏沉沉的。

实在是受不了，她也怕出什么问题影响拍摄，忙通知了李哥。李哥看到她这副样子简直就想骂她作死，可没舍得，立马把她送到医院去了。

她在东北的时候有点儿感冒，所以高原反应更加严重一点儿，不过等到了医院之后好歹活了过来，一个人在这人生地不熟的地方，身体还抱恙，就无端地觉得特别孤独。

她拿出手机，能联系的也就只有傅倾城，只能打给她。

等傅倾城接起，她便有气无力地叫："青青，你真是乌鸦嘴……"

"你高原反应了？"

"是啊，好不容易抢救过来，我觉得我快死了。"她哑着嗓子说，咳嗽了两声。

"不是说让你注意些的。好点儿没有？"傅倾城急道。

"没死，我好着呢。"她说。

傅倾城将叮嘱的话说了一遍又一遍，她听着，也一遍一遍地说好，只是又觉得困顿了。傅倾城大概听出来，便说："那你好好休息，我先挂了，有什么事记得通知我，嗯？"

时容"嗯"了一声，把手机扔在了一旁，头一歪就睡了过去。

半梦半醒中好像听到手机在响，可她浑身无力，根本睁不开眼睛，就不想去管了。无论是谁打来的电话，她都不想听了，她只想睡觉。

结果一觉睡了很久很久，她又梦到了那些不愿意再想起的事情。

漆黑无比的夜晚，杂乱脏污的角落，还有女孩儿刺耳尖厉的叫声。

她猛地惊醒，浑身都是冷汗，额边的发都被浸湿。病房里空空荡荡，亮着灯，和梦境中的完全不一样。

她擦了擦额头上的汗，将方才的那股惊惶压了下去，重新躺回床上，闭上了双眼，把一切都抛在脑后，不要再去想，不要再去记得，一切都过去了，现在她拥有新的人生，她的人生完整而圆满，和过去的一切都不相关。

惊醒之后便很难再入睡，她只不过是闭着眼而已，神志十分清晰，所以她能清楚地感受到有人轻轻地推开了门，朝她走过来。

她浑身紧绷，刚刚被擦去的冷汗又冒了出来。

是谁？

不会是医生护士，脚步声的感觉不对，像是一个成年男人，刻意放轻了呼吸，他想干什么？

时容不敢轻举妄动，甚至不敢睁开眼睛，她只能继续闭着眼睛，等着那个人的动作。

那人逐渐走到床边，时容越发紧张，方才梦境中出现的一切再度在脑海里一遍遍重演，她很久都没有这样害怕过了。

那人在床边站立许久，终于缓缓靠近她。

她呼吸紧张又急促，在那人的手快碰到她脸的瞬间，她蓦地睁开眼睛。

房间里很昏暗，就算睁开眼睛，她也只能隐约看到一个模糊的身影。

可那个模糊的身影，怎么这么眼熟？

一只温柔而又粗糙的手逐渐抚上她的脸颊，她微微一颤，浑身都起了鸡皮疙瘩，她倏地拉过他的手，用力地一咬，另外一只手伸出去“啪”的一声按亮了灯。

因为在黑暗中太久，乍一看到光亮还有些不适应，她紧紧地咬着，眯着眼睛，死活都不放手。

逐渐缓过神来，时容睁开眼睛，先看到的是眼前那只粗糙的大手，再往上……

韩成永？

她马上松开嘴，往后退了退，皱眉：“你干吗？”说着还擦了一下嘴边的湿润，意识到什么，她抬眼看向韩成永的手，上面果然也有着一片濡湿。

时容不免有些尴尬，轻咳一声，可转念想想又不是她的错，是他莫名其妙走到她病房的好不好？

不对啊，他怎么会在这里？

韩成永的手很结实，她咬得那么用力也没有伤到分毫，他也没有在意手上的可疑液体，只是定定地看着她。

时容被他看得有些不好意思，率先移开视线，哼一声。

“你……”韩成永终于说话，声音沙哑，却在说了一个字之后就顿住。

时容也不说话，病房里的气氛便说不上来的尴尬。

“还好吗？”韩成永终于把这句话说完，像是松了一口气，继续看着她。

时容即使不看他，依旧能感觉到他那灼灼的视线：“你不是看到了吗？还活着。”

韩成永没有再说话，只是坐在了一旁。

时容背对着他躺着，一点儿声音都没听到，忍不住抬起上身看了一眼，不想正好和他的视线对上，愣了愣之后马上收回视线，继续躺下。

“你……”时容犹豫着问，“你怎么知道我在这里？谁告诉你的？”

韩成永顿了顿才说：“你给傅倾城打电话的时候，我在。”

时容想起来傅倾城说过韩成永是采访对象的，那也怪不得他在旁边。

“她告诉你的？”

“她没有说。”

“那你……”时容有些讶异，她也不觉得傅倾城会告诉他，可这样的话，韩成永是怎么过来的？

“我知道你在西藏。”他说。

所以呢？

时容忍不住坐起来，看向他。

他只知道她在西藏就过来了，连哪个医院都不知道，他是怎么找到这里的？

“你自己找的？”时容有些不敢置信。

韩成永只是默默地点点头。

时容忽然不知道该说什么，只能沉默下去。

她是知道韩成永喜欢自己的，他做得那么明显，她都看不出来的话也就太傻了，可她并不觉得那种喜欢可以持续多久，或者说她并不觉得那种喜欢是他发自内心的。

她以为，他充其量不过是一时冲动而已。

可现在，他居然来找她了，在只知道她在这偌大的西藏的情况下，他来找她了，在她生病的时候。

不得不说她是感动的，从来没有一个男人像他这样对待过自己。

从小她就没有父亲，母亲早逝，在生下时誉不久就离开了她，偏偏时誉长大了又不学好，她一直只看到男人黑暗的那一面，唯有傅北易，让她看到了光亮。

她不计后果，不顾一切地喜欢他，用自己的方法默默地喜欢着他，却从不奢望得到什么回报。

而韩成永，她一直对他冷言冷语，他却从没有因此而离开过一次，在她伤心的时候是他安慰，在她痛苦的时候是他陪伴，在她生病的时候还是他照顾……

她不可能不感动，可她知道，自己并不喜欢他。

她看到他的时候不会惊喜，看到他的时候不会紧张，看到他的时候更加不会心脏乱跳，看着他，就像是看着一个普通人，心里如同平静湖水，不会泛起半点儿涟漪。

而她看到傅北易，一直淡然的心脏会突然怦怦直跳，无法控制自己的思想。

时容轻叹一声，低声说："你回去吧。"

"既然来了，我就不会回去。"韩成永那样坚定。

"你在这里干什么？"时容看着他，"我不需要你。"

韩成永的眼神变了，深深地看着她，看得她觉得歉疚，稍稍移开视线。

"你回去吧，不是还要训练吗？"

"你真的不知道？"韩成永说。

"是，我不知道，"时容说，"我不知道你在说什么。"

"我是为了你过来的。"

时容觉得头疼："那现在我让你走，你不能走吗？"

"是，不能。"韩成永说，"我才找到你，我不会走。"

"韩成永，"时容认真地看他，"你喜欢我吗？"

韩成永看着她，点头。

"有多喜欢？"时容不等他说话就说，"有很多人都说过喜欢我，我承认你是那些人中最好的一个，至少是对我最好、最特殊的一个，可那又怎么样？韩成永，对不起，我不喜欢你。"

"你会喜欢的，"韩成永说，"总有一天，你会的。"

"韩成永，你讨厌那些总是吵着要别人心爱东西的熊孩子吗？"时容看着他。

韩成永不说话，虽然不理解是什么意思，但肯定不是好话。

时容也不期待他能说出什么来，径自说下去："我很讨厌。而那就像是你不喜欢的人死死地缠着你让你喜欢他一样。"说话的时候，她看着他的眼睛。

她知道这话有些伤人，可她向来都是这样的。

从前不是没人和她告白，她从来都是这样坚定地拒绝，已经成了习惯，所以这次也一样，不希望给他任何的希望。

韩成永定定地看着她，并不言语。

时容觉得已经说得够过火，便不想再说什么不好听的，躺下来："我想睡了，你走吧。"

韩成永没有任何动静，时容也没有回头去看，时间过了很久，久到她以为韩成永或许已经离开的时候，他忽然出声："总有一天，你会心甘情愿地把玩具给我。"

时容怔了一下，没有说话，她心里是不相信这句话的。

傅北易在她心中存在将近二十年，怎么可能因为韩成永就被取代？如果无法取代傅北易，她又怎么可能，心甘情愿地把她的心给他？

她想要戳破他塑造的美好愿望，韩成永却没有给她这个机会，他不知道什么时候已经来到病床旁，她只感觉一阵黑影，身体已经被人拥住。

韩成永的力气一向很大，这个时候也不例外，他紧紧地拥着她，不让她有任何反抗的机会。

时容略微挣扎了一下，知道根本不可能从他怀里挣脱之后就放弃了，有些无奈，也忽然有些，心疼。

韩成永也算天之骄子，多少人捧着，多少人顺着，可他偏偏遇到她。

有些人会因为心动而和对方在一起，有些人会因为习惯而和对方在一起，也有些人，一定要深深地爱着才能和对方在一起，时容就是最后一种人。

她不能否认他的喜欢给她带来麻烦之外，更多的是温暖，所以她多希望他的喜欢是短暂的，很快就能改变，可以不被伤害。

韩成永似是听到了她的轻叹声，说：“我请了假，后天回去。”

算了，他想怎么样就怎么样吧，她没有力气反驳他了。

他依旧拥着她，下巴抵在她的额角，她的脸在他的胸口，能闻到他身上淡淡的汗味，可她竟然不觉得反感，而是忽然觉得除了香水味之外，这种淡淡的汗味也蛮好闻的。

韩成永并没有什么过分的举动，拥了她一会儿便稍稍起身。

他依旧看着她的脸，看得她很不好意思，眼神闪了闪。

那样一个坚硬刚强的男人，忽然用这样温柔的眼神看她，用那样温柔的动作抚着她的脸颊。

脸上酥酥麻麻的，心脏居然在瞬间跳了一下。

时容有些睡不着，已经来回翻了无数次，脑子里不知道为什么满满的都是刚刚韩成永温柔地注视着她，温柔地抚她面颊的模样。

韩成永在那之后就起身了，说他知道她不习惯他在旁边，所以去了外面。

这么冷的天气，他真的在走廊里等着？

时容有点儿不敢置信，也觉得他不可能做出这种事情来，可又想了想，万一他还真的做了呢？

时容觉得自己大概已经疯了，不然也不会莫名其妙总是去想他。

可偏偏就是在意，他大老远为了她跑到这种地方来，她还对他说那样绝情的话，关心他一下其实也是可以的吧？

时容忍不住抓了一把头发，猛地坐起来。在床上磨蹭了好一会儿，她终于扶着输液杆下床，缓缓地移到了门口。

门上有窗户，可没有看到韩成永，她想了想，悄悄将门开了条缝隙探出头去，门边就有一张长椅，他果然就坐在上面，坐得笔直笔直的，眼睛眯着像是在休息。

他穿得不多，在J市大概是够了，可在这边就少了，她可是拿了厚厚的羽绒服才敢来这种地方的。

走廊里的风簌簌的，她不过开了条缝隙就觉得有些刺骨，更别说韩成永了……

时容纠结了又纠结，终于长长地叹了一声，然后没好气地喊他："韩成永。"

韩成永虽然眯着眼睛，但她一出声就顿时看向她，眼睛亮亮的，似乎一点儿睡意都没有。

时容被他一看，差点儿忘记自己想说什么，幸好很快回过神来，轻咳一声，说："你进来吧。"

韩成永愣了愣，没有动。

她便觉得尴尬："你要是觉得外面更好就待着吧！"说完这句话，她便急急想要关门，可不知道韩成永的速度怎么会那么快，居然在瞬间就走了过来，伸手抓住了门。

时容又看到了他那灼热的视线，尴尬地移开眼神，匆忙走了回去，躺回床上。

韩成永的动作很轻，她隐约听到他走进来坐在沙发上，却没有发出任何别的声音。

时容也不想再管他，折腾了这么长一段时间，她又觉得累，眯着眼睛小憩，不一会儿就睡了过去。

等到她没有任何动静之后，韩成永才从沙发上站起来，走到了床前，就着不算亮的灯光低头看着她。

她整个人蜷缩着，半张脸都埋在枕头里，显得她那样小，就和小时候一样。

韩成永无声地长叹，却不敢伸手去碰，只是抬头看了一眼输液瓶，见只剩下不多便坐到一旁紧紧地盯着看。

韩成永没叫护士，等输液瓶空了之后他便轻手轻脚地用他所能用到的最小的力气拿出她的手，轻轻地拔去针头。

她微微蹙眉，却没有醒过来。

他舒出一口气，重新坐回了沙发上，靠在一旁闭了眼睛。已经凌晨，他的确有些困了，在听到时容入院之后便以最快的方式赶到了西藏，因为不知道她在哪家医院，又一家一家地搜索，这家医院是他来的最后一家，他气喘吁吁地问有没有一个叫时容的高原病患者，当听到肯定答复的时候他松了一口气，这么久的奔波全都变成了值得。

早上时容下床想去卫生间，看到韩成永猛地起身她不禁愣了下，然后直接无视他走了进去。

出来的时候韩成永依旧坐在原位，她有些尴尬，刚想说话他就也起身进了卫生间。

时容的话梗在了喉间，走到卫生间门口刚想隔着门说让他今天就走，不想房门忽然被敲响，她怔了怔，转头看去便见李哥推门进来，看到她在卫生间门口还问了句：“你醒了？”

“啊是。”时容话说得很大声，“我醒了，今天就能出院了。”

“也不用那么急，因为你身体不好，所以原定今天的拍摄行程推到明天了，你再休息一天吧。”

“是吗？我没事了，已经差不多好了。”时容说，“我可以……”

她话没说完，因为那个在卫生间的男人就这样直接开门，对她说：“不，你不可以！”

除了韩成永自己，时容和李哥都怔住了。

时容简直想骂出声，这个人是想干什么啊？刚刚故意说这么大声就是为了让他知道外面有人，他还出来是故意给她难堪？

而李哥在愣怔之后便带着意味深长的笑容看了看两人，随后用特别温和的语气问：“韩先生，这么巧，你什么时候到的？”

时容狠狠地瞪了韩成永一眼，刚想解释，韩成永已经伸手抓住了她的，然后自然地回道：“昨天晚上，听说时容生病了。”

“对，高原反应比较严重，她又没注意。”李哥完全把韩成永当成了自己人，“你也要说说她，让她注意一点儿。”

韩成永居然还十分自然地点了点头。

时容想抓狂，这两人是当她不存在了吗？在她的面前这么说她真的好吗？

“喂，我……”

李哥不等她说话，径直看向韩成永："既然韩先生在这里陪着时容，那我就先走了。时容，你好好休息。"

李哥在说完话之后就匆匆忙忙出门了，时容还从来都没见过他这么快的速度，她顿了顿，意识到房间里此时只有她和韩成永之后，她终于可以发泄怒气了，指着他的鼻子叫："韩成永你干什么啊？明明知道外面有人你还出来？"

"对，我是故意的。"韩成永没有半点儿悔改之意。

他这话一说反倒让时容不知道说什么，好半天才只说了一个字："你……"

韩成永抬起手来，抓住了她的手指："我来看你这件事情，让你那么丢脸吗？"

时容原本正挣扎着想将自己的手抽出来，可他说完之后，她便顿住了，不知道做何反应。

"不，不是……"时容有些尴尬。

"那是什么？"韩成永逐渐逼近，"为什么我不能出来？我为什么不能来看你？"

随着他的逐渐靠近，时容觉得自己又有点儿心律不齐，忙移开视线，这才找回了自己的声音："你为什么要来看我？我们又不是什么关系，我不希望被别人误会。"

"为什么来看你，你真的不知道吗？"韩成永看着她轻颤的睫毛，无奈地叹一口气，"躲着这种事情，我只会做一次。"

他一说，时容才忽然想起来，曾经她也让韩成永躲在卫生间，那次他没有出来，乖乖地躲在里面直到她去开门。

大概是因为那件事情，也大概是因为她觉得韩成永不会做让她难堪的事情，所以她以为他这次也依旧会这样，其实不是的，所有的妥协都不可能是一辈子。

时容咬着唇，许久才说："对不起，我想我是知道的，可是我没办法接受，所以，你还是走吧。"

"我明天回去。"韩成永松开她，不动声色地说。

"韩成永！"时容急了，"要我说什么你才会放弃？我真的不喜欢你，我也永远都不会喜欢你，你不要再浪费时间了！"

"那你喜欢谁？"他忽然抬眼看她。

时容有些慌乱，别开眼神："我喜欢谁和你没有关系。"

韩成永定定地看着她，看到她的脸逐渐泛红，她刚想说话，他却出声："你想吃什么，我去买。"

时容躺回床上："我不想吃。"

韩成永却还是出去了，大概是去给她买吃的。

时容一个人留在空荡荡的病房里，心里有些乱，原本面对他时的心如止水不知道为什么这次不管用了，心脏好像有些不听使唤，总是忍不住对他产生反应。

满心的烦乱，时容躺不下去，直接起来去办出院手续了。

她在韩成永回来之前就离开了医院，她也不想回酒店，就随处逛逛，也没了昨天的兴奋，有点儿蔫蔫的。

走了没多久就听到手机铃声响起来，她不愿意接，放着不管，可没想到铃声锲而不舍地一次又一次响起来，她不耐烦，这才拿出来。

除了韩成永还会有谁？

她可不想让他以为自己被抓走了，只能接起来，却不愿意说话。

“时容？”尽管他竭力掩饰，时容却依旧听出了他声音里的喘息感。

“嗯，我还活着。”

“你出院了？为什么不等我？”韩成永明显有些恼意。

“韩成永，我想说的话都已经说过了，你直接走吧，回J市。”说完她就挂了，怕他再打过来，直接就关机了。

她也不想说这么多伤人的话，可韩成永明显就是不撞南墙不回头，与其让他迷失太久，还不如干脆利落地让他醒过来，或许对他来说更好一些。

韩成永很好，可就是因为很好，所以值得拥有更好的人，而不是她这个心里满满都是别的男人的女人。

路边有卖手工艺品的，时容被吸去了目光，蹲下来看，想着买一些回去送人，她选了许久才总算选了几样出来给老板要付钱，钱包才拿出来就感觉有人猛地拽住了她的胳膊。

她的第一反应就是抢钱，顺着那人的力道起身，抬起腿想要用膝盖撞他的要害，还没碰到她就已经被人用力地抱进了怀里，紧得她根本不可能有别的动作。

时容也很快反应过来是谁了，那溢满鼻尖的男性气息，她只从一个人身上那样剧烈地感受到过，那就是韩成永。

她便不再挣扎，等着他放开自己，他却久久不放，她几乎有错觉，紧抱着她身体的胳膊仿佛在轻轻地颤抖，她忍不住叫他：“韩成永……”

他终于松了一些，时容从他怀里挣脱，做的第一件事情是转身去付钱。

韩成永低头看着她那娇小的身形，只能叹一声。

拿到了想买的东西，时容转身看了他一眼，犹豫了一下还是和他一起去了茶馆。

两人面对面坐着，谁都不说话，最先沉不住气的自然是时容：“韩成永，我觉得我已经说得够清楚了，你究竟想怎么样？”

“我已经买好了明天的机票。”韩成永看着她，“我明天回去。”

时容无可奈何：“好吧，明天回去。”

韩成永就成了时容的“保镖”，不怎么说话却一直跟在她身后，她被人挤得站不稳是他来扶，她差点儿摔跤是他来帮，她买了东西是他来拎，她累了他最先看到说让她休息。

韩成永要待到明天才能回去，他又没地方住当然只能住酒店，在时容回去的时候他便顺便去订房间。

时容的东西都在他那边，倒也只能在一旁等着他，没想到他才说了没几句话就转身过来。

“怎么了？”

“没有房间了。”韩成永说。

“怎么可能？”时容走过去问，结果得到的是同样的答案，今天中午刚来了一个旅行团，房间全没了。

时容说：“那去别家吧。”

韩成永却不肯，非要住在这里。

时容怒了：“没有房间你怎么住？难道要住我房间吗？”

他好像就是在等这一句话，她刚说完他就点头应和：“好。”

“啊？”时容觉得她应该是听错，“你说什么？我房间？”

“我只需要沙发。”韩成永坦然说，一点儿都没有把什么“男女授受不亲”放在心里。

房间里的确有沙发，可是和他同住一个房间，在医院也就算了，可是酒店……

时容坚定无比地拒绝了，当然拒绝无效，韩成永直接就跟了上去。

韩成永来得急，所以行李什么都没有，刚刚来酒店的路上随便买了些衣物，他许久没有洗澡，一到就先去洗了个澡。

时容在外面听到卫生间里哗哗的水声，恨不得打自己几下，怎么就变成这样了呢？

好在韩成永很正人君子，从卫生间出来就躺到了沙发上闭眼小憩，他大概是真的累了。

时容也累了，冲个澡出来就躺到了床上，原本还满怀戒备，可感觉他没有任何动静也就放下心来，困意阵阵袭来，不一会儿就睡了过去。

而原本闭着眼睛的韩成永在黑暗中默默地睁开了双眼，朝着时容的方向发呆。

她睡得很熟，有微微的鼾声传来，他忍不住微扬嘴角，而后缓缓起身来到床边，低头看她。

他只是看着她，放肆地看着她，黑黝黝的眼睛里是满满化不开的眷恋。

第六章

你终于在意在我的房间里

韩成永第一次见到时容，不是在山区的训练场，也不是在那个阴冷潮湿的破旧仓库，而是在医院。

他的母亲是医院的护士，这天是周五，和母亲约好了一起回家，放学后他便去了医院。

他看到了母亲，却发现母亲正望着一个方向没有回神，他便顺着母亲视线的方向看过去，第一次，看到了时容小小的身影。

不过五六岁的模样，趴在床边哭得一塌糊涂。

他也常来医院，对这种生离死别看得不少，可不知道为什么，她的哭声竟让他心里有一瞬间的疼。

母亲回过神来，看到他便叹了一口气：“那小姑娘也真是可怜，没有亲戚没有父亲，就那么一个妈妈还难产去世了，以后可怎么办呀……”

韩成永没有说话，只是又多看了她一眼。小女孩儿哭得满脸都是眼泪鼻涕，他竟然还觉得她挺可爱的。

母亲摸摸他的脸：“最近训练辛不辛苦？要是太辛苦了，我们就别跑步了……”

韩成永收回眼神，摇头：“不，我要跑步。”

不只是喜欢，更是为了生活。

他从小父亲亡故，母亲支撑起一个家，他小小年纪没办法分担，唯一的长处就是跑步。老师说如果他能进入市队、省队，那么，一切就都会不一样了。

韩成永训练的时候格外刻苦，因为第二天就是市队来选拔跑步选手，所以这天他训练到了晚上才匆忙回家。

他抄了近路，原本安静的小巷子里竟然隐约能听到小女孩儿的哭叫声，他循声而去，从窗外看到一个瘦弱的小姑娘被人按在地上，光裸的双腿在空中蹬着。

他看到了她大腿内侧的那颗鲜艳的红痣，也看到了黑暗中那个小女孩儿期待的双眼，他想进去，却看到了另外一人手中闪着亮光的刀。

他第二天要参加选拔，如果他万一出什么意外……那么过去一切的努力都会白费。

韩成永咬咬牙，迅速转身跑了出去找电话亭打报警电话，再跑回来的时候，已经有个人将她抱了出来。

他看着那个小女孩儿蜷缩在别人的怀抱里，心里不知道为什么有些不是滋味。

他跟着去了医院，那个男生跑去缴费，他便偷偷走进了病房，不知道为什么他便抓起了那只瘦弱又小巧的手。

上面伤痕累累，有些冰冷，他忍不住紧紧握着，没有松开，像是要给她温暖。

她忽然动了一下，他看到她微睁的双眼，吓了一跳，可还没来得及起身就看到她又重新闭上了眼睛。

韩成永松了一口气，这才发现，原来她就是那个医院里的小女孩儿。

第二天的选拔他通过了，明明应该很开心，可笑容却不及眼底，眼前总会闪现昨晚的一幕幕。

他不知道为什么就对小女孩儿上了心，或许是愧疚，或许是心疼，总是忍不住跑到她家附近去。

她住的房子并不差，大概去世的母亲给她留了一些积蓄，小小的孩子居然还知道请了人回来照顾婴儿。

只是请来的保姆却并不好，有次便趁着她不在想偷拿钱，他正好就在门外，冷哼一声，当时他不过是少年却已经有了凛冽的杀气，那保姆吓得把手收了回去。

韩成永不放心，便让母亲介绍了一个信得过的保姆给她，他去得越发频繁，总是忍不住给她带点儿东西。

有时候是糖果，有时候是衣服，有时候是鞋子……

他就放在她家门口，而后躲在一旁等着她发现。

一开始她有些战战兢兢，后来便已经习惯，每次看到便会格外开心，甚至还会在门口的石块下面放上一张小字条。

他见她进去便跑过去将字条拿出来看。

上面用歪歪扭扭的字写着两个字——谢谢。

他一向喜怒不形于色，这会儿却忍不住勾起了唇。

“哈，哥哥，是不是你放的？”门里忽然传来女孩子的声音，他吓了一跳，匆忙逃走，远远地，忍不住回了一下头。

她就站在门口，歪着头笑着，那么可爱。

大概是没有收入来源，她已经请不起保姆，不过好在她年纪渐长，她弟弟也略微懂事，他放的东西便不再是零食衣物，终于忍不住放了薄薄一沓钱。

这是他比赛奖金的一半，母亲说让他自己保管。

她出来了，看到了那个信封，拿进去了，又将什么东西放在了石头底下。

他过了好一会儿才去看，依旧是那个信封，里面一分钱都没少，还多了一张字条，她的字已经好看了不少，一笔一画都那么娟秀有力。

还是那两个字，谢谢。

韩成永知道,她有她的自尊,她可以收他送的小东西,却无论如何都不会收他的钱。

年纪渐长，她是他心里唯一的软肋，唯一的不可触碰。

他越来越在意她，看到她便能让他愉悦，只是那个时候他不明白，这种愉悦，究竟是为何而来。

他跑得越来越快，参加的比赛也越来越多，经常会离开家，他不知为何会觉得担心害怕，怕他一回来，她便消失了。

这样的念头竟然真的在某一天变成了现实。

他不过离开了一周，回来的时候，便再也没有见到那个会对她笑的小女孩儿了。

他小心翼翼地试探母亲，母亲也不是很清楚，只说：“听说是把房子卖掉去别的地方了，两个小孩子也是可怜，偏偏又不肯去福利院……”

韩成永只觉得心里头空落落的，却忽然发现这么多年，他竟然连她的名字都不知道。

母亲也不知道：“我只知道姓时，倒是也没有仔细问过。”

只有一个年少的模样和一个不确定的姓氏，韩成永就这样丢失了他心里头的小姑娘。他找了她这么多年，可他记忆中她的面容逐渐模糊不清，他竟然记不起她的样子了。

母亲得了绝症，弥留之际他忍不住问她：“你还记得当初那个带着弟弟的小女孩儿吗？”

母亲一脸茫然，早已经不记得了。

是啊，不过是人生的过客，谁会将谁记得这么清楚？

也就只有他了。

她成了扎在他心口的那根刺，每一次呼吸都提醒着他，她的存在。

他以为这辈子都不会找到她了。

可现在，她却在他的眼前，这么明明确确地在他的眼前，不是幻觉不是梦境，那么真实又确定。

他的嘴角有笑容漾起，我找到了你，那么，我就不会再放开。

时容一觉睡到了第二天上午，醒来的时候才猛然想到房间里还有个男人，下意识地看过去，却见沙发上空无一人。

时容愣怔一下，忍不住叫：“韩成永？”

应她的只有房间里的回音。

时容愣了一下，又叫了一声，依旧没有人回答她。

她起身里里外外都看了一遍，终于确定他已经走了。他只说今天的飞机，没说几点，大概是一早的飞机，早就去机场了吧。

时容重新躺回床上，刚想去摸手机，却见手机下有一张字条，她拿过来一看，是韩成永写的。

他果然已经走了，在她还在睡梦中的时候。

莫名地，时容竟然觉得有些失落，不过这种情绪也就蔓延了一秒就被她猛地挥走，她明明是求之不得好不好！

对，求之不得！

李哥打电话来，问她好点儿没有，她说好了，他却没挂断，反而好奇心满满地问她：“你和韩成永，你们……”

时容就知道会变成这样，连忙解释：“事情不是你想的这样的，我和他真的什么都没有。”

“我懂的，欲盖弥彰嘛。”

这下真的是跳进黄河也洗不清了。

时容无奈地说：“我真的没有欲盖弥彰，我和他真的没什么。”

“好了好了我知道，他也是运动明星，要保密也是应该的，以后我就不刻意给你介绍了，那等会儿集合的时候见。”

李哥就这样匆匆挂了电话，留时容一个人恨恨地咬牙，都怪韩成永，她真是没法解释了。

录影前见到李哥，他还冲她眨了眨眼睛，偷偷跟她说：“别担心，我会保守秘密，不会告诉别人的。”

时容已经连辩解的力气都没了，只是还不忘说一句：“真的不是那样的……”

当然，李哥自动把这句话给忽略掉了。

除了刚开始到的时候有了点儿高原反应以外，在这里的录影一切都十分顺利，大概要提早转到新的目的地去。

那天韩成永走后到了中午还给她发了信息，说已经到了J市，她就看了一眼，没回，也不知道该回什么。

那次之后就没有再联系过，时容不清楚韩成永是怎么想的，但就这样其实也不是坏事，或许他想清楚了也不一定。

周末的时候时容也正好没有拍摄内容，时间比较自由，她便和李哥出来逛了逛，因为李哥说他老婆让他带礼物，他又不会买，所以让她当参谋。

时容正在帮他选藏银首饰，冷不防就有电话打过来，她说了声“不好意思”便走开两步接起来：“你好？”是不认识的号码，J市的。

“你好，请问你是时誉的监护人吗？”

时容皱了皱眉头：“是，怎么了？你是？”

“我是车站派出所的，时誉因为打架斗殴被带进来了……”

时容和那人聊了会儿，气哼哼地挂断，然后又给傅倾城打电话，满满的歉疚和恳求：“青青，你能不能帮我一个忙？”

“怎么了？”

时容无奈：“是时誉，进派出所了，你能不能帮我去看看他？不用去保释，就去看看他怎么样。”

“怎么进派出所了？”傅倾城问。

时容简直是咬牙切齿：“还不是打架，就得让他在里面多待几天吃吃苦头。”

“不是高三了吗？真的不用保释出来？”傅倾城又问。

时容犹疑一下：“要不你去看看他的状态，如果不好的话就把他弄出来吧。”

傅倾城应一声：“知道了，我马上就去。”

“太麻烦你了。”

“说这话是不拿我当朋友了是不是？”傅倾城道。

时容尴尬地笑：“当然不是，那就谢谢了。”

“好，我见到之后再和你说具体情况，嗯好，先挂了。”

时容长长地叹出一口气，走回李哥身边：“李哥你有什么看中的吗？”

“发生什么事了吗？”李哥不答反问。

“没什么，就是我弟弟……”时容尴尬地说，“打架进了派出所。”

“没事吧？”

“没事，对他来说是家常便饭，不说他了。”

时容继续帮他看首饰，李哥却走开了一会儿，说是忽然忘记给老婆打电话。

等回到酒店，时容便又给傅倾城去了个电话，只听到那边傅倾城叫了她一声便忽然一阵响动。

她有些莫名，问：“青青？怎么了？”

谁料那边传来一个男声：“时容，是我……”

时容怔一下：“韩成永？你怎么……”

“你弟弟没事。”

“哦，可是你怎么……”

“你没事吗？”

“我没事啊，关键是你怎么……”

“你没事就好，什么时候回来？”

“还要很久，韩成永！你没听到我说话吗？”

“嗯？”他忽然温柔出声。

时容愣了一下，自觉地将声音收回去一些：“谢谢你了，帮我接青青。”

那边没有声音，她还以为他已经给了傅倾城，叫：“青青？”

“是我。”

时容忍不住骂了一声：“你还想说什么？”

“你，小心。”他慢腾腾地说出这句话来。

时容有点儿不好意思，轻哼：“好了我知道，把电话给青青。”

这次韩成永是真的把手机交给了傅倾城，傅倾城低声说：“他怎么会过来？”

时容有气无力：“我怎么知道？算了，反正事情都已经这样了，时誉他……还好吧？”

“还生龙活虎的，不过被那谁给教训了一顿，灰头土脸了。”

“是该有人给他点儿教训尝尝。”她说，“谢谢你帮忙赶一趟啦，又要拍摄了，我得过去了。”

“好，那你自己小心。”傅倾城说，顿了顿，“不要再生病了。”

时容笑：“我知道了，我会好好照顾自己的。”

挂了电话没一会儿，手机铃声又响起来，一看是韩成永的，她直接就挂断，调了静音，这就跑去录影了，反正他应该也已经习惯她不接他电话了。

自从韩成永回到J市之后，时容的生活便恢复了平静，按照原定计划一个个旅游景点走过去。

韩成永经常会给她打电话，她看心情，偶尔接上一次，说不上几句便会冷场。

追求时容的男人不在少数，但是这么有恒心有毅力的却是第一个，而且偏偏也不会觉得他不耐烦。

如果她不是当事人，绝对会给他点一个赞。

过年的时候时容和节目组都回了一趟J市，没几天的时间，因为录制还没结束，所以休息两天之后就又要离开。

春节对于时容来说其实不是一个很好的节日，她除了弟弟就没有亲人，除夕那天时誉难得在家，她便下厨做了一桌，可没想到他才吃了没几口就接了个电话匆匆走了。

时容独自一个人面对冷冷清清的房间和已然冷掉的饭菜，莫名的孤寂感涌上心头。

洗过碗之后她便躲进房间，开了电视机，调到春晚，她躺着默默地听电视机里传出来的声响，时而是笑声，时而是歌声，热闹非凡。

可这热闹只是他们的，不是她的，她有的就只有孤独和寂寞。

时容忍不住把藏在抽屉最里面的那部许久都没用的手机拿了出来，充上了电，她已经没有勇气再发短信给他了，她也不知道自己想干什么。

她把手机开机，忽然感觉振动，她一惊，便见跳出一条短信。

不是垃圾短信，上面确确实实地出现了那十一个数字，是她无论如何都不会记错的。

这个号码只给她回过一次短信，简简单单的一个“好”字。

那么这次又是什么？新年祝福？

她忐忐忑忑点开，不出所料，果然是新年祝福，简简单单的四个字：新年快乐。

她却看得眼中含泪，又觉得自己太丢脸，忙把眼泪擦掉，想来想去还是回了一条短信过去，也就这四个字：新年快乐。

她放下手机，继续躺在床上静静地听着电视机里别人的快乐。

可不过几秒钟，床头柜上的手机忽然振动起来，她以为又是短信，拿过来一看，却差点儿从床上跳起来。

居然是电话！是傅北易打来的电话！

他怎么会给她打电话？他是察觉到什么了吗？

时容的心思在那一瞬间转了无数回，满满的都是忐忑。怎么办，要不要接？能不能接？

她在这种时候还存在理智，知道不能让他知道这个号码是她的，所以忍着没有接。

振动消失了，屏幕上便多了一个未接来电。

时容的心脏还在乱跳，轻抚了一下之后告诉自己，那只是他不小心按错，可偏偏下一秒振动便再一次来袭，像是她不接就会不停歇地打进来。

时容有些混乱，一不小心便点开了。她慌忙地想要挂，却听到那头传来声音：“时容。”

这个声音太熟悉，以至于她挂电话的动作就这么顿住。

时容不知道自己的喜欢合不合格，但至少她能分辨出傅北易的声音，而这个声音，怎么可能会是傅北易的！她认识的那些人中，唯一一个有这样声音和语气的男人，只有一个。

时容无法置信，将手机放在耳边，慌乱异常：“韩成永？”

“是我。”

“是你？”

“是。”

“一直是你？”

“一直是我。”

时容维持着惊诧的表情没有动，忽然失笑出声。

一直都是韩成永？

所以她忐忑不安发出短信以为那是傅北易的时候，看到的人是韩成永？

她因为他回了一个字而兴奋激动得半夜睡不着觉的时候，回她的也是韩成永？

“你早就知道是我？”缓过神来，时容是冷静的，居然没有破口大骂。

那边没有说话，轻轻地应一声。

“骗我很有意思是吗？”时容笑着说，“你早就知道我不是发给你的，你也应该知道我想要发的人是谁，你早就知道不是吗？是，我承认，我喜欢他，我很喜欢他，那又怎么样？你要去说吗？”

“不是……”

“不是什么？韩成永，既然你已经知道我那么喜欢他，那你也该知道你没有机会，永远都没有机会。他在我心里那么多年，我没有办法放下，永远都放不下他，所以你可以放手了吗？”

韩成永没有说话。

时容喘着气，也没有说话。

他忽然把电话挂断，她愣一下，也恨恨地将手机扔在了一旁，居然还敢挂我电话！

时容气得不行，又想到那天台里年会韩成永送她回来，她无意间拨出号码，那次大概就是他接的，那个时候想必他就已经知道了。

她忍不住出去倒水喝，喝了半瓶冰水之后总算冷静下来，想想他好像其实没有太大的错，是她以为那是傅北易的号码总是发消息给他，但是他故意没告诉她却是事实，因为韩成永给她来电的时候不是那个号码，不然她也不会到现在都不知道。

她心里乱乱的，也不知道是该气他还是气自己，想要重新回卧室，却听到门铃响起来。

这么晚了，是时誉回来了吧？

她也没多想，走过去就开门，边开门还边数落：“还知道回来呀？我还以为你一整晚都要在……”

话还没说完就被出现在面前的那个男人吓了一跳，她想关门，可他快她一步走进来，反手将门一关。

时容有些后怕，方才应该先看一下猫眼的，不然也不至于引狼入室，她后退一步，警戒地问：“你干什么？”

他却只是站在门口，没有再往前走一步。

“出去，”她说，“韩成永，我没有让你进来。”

韩成永环顾一圈，确定家里没有别人在之后，他直接越过她坐到了沙发上，抬头看她：“我饿了。”

这是干什么？

跑到她这里要吃的？

刚刚在电话里把他说了一顿还不够吗？

“韩成永，你……”

“我没吃晚饭。”他说。

不知道为什么，时容竟然感觉从他那万年不变的表情里看到了些许委屈。

她居然有些心软，恨恨地踢了一下沙发之后就走进了厨房。她煮了那么多菜，时誉没吃两口，她也没有胃口，全都放冰箱了，拿出来热热就好。

她把盘盘碟碟放在桌上的时候，忍不住狠狠瞪了一眼早就坐在餐桌旁的韩成永。

韩成永倒是没有一点儿自觉，依旧一脸的坦然。

她也觉得有点儿饿了，干脆也拿了碗筷出来打算吃点儿，有人一起的感觉到底比一个人吃残羹冷炙好了不知道多少，虽然这个人并不是她所期待的。

她已经吃习惯自己做的菜，所以在看到韩成永吃了一筷子就顿住，不禁皱了眉：“不想吃就给我出去。”

韩成永颇有深意地看她一眼，似是长长地吐出一口气，而后便大口大口地吃起来。

时容也有了些胃口，吃了不少，放下碗筷的时候才意识到这种情况似乎有点儿不对，有那么点儿难以言喻的尴尬。

她看了一眼依旧在吃的韩成永，还是问他：“你就是来吃饭？”

韩成永吃下最后一口饭，也将碗筷放好，咽下之后才说：“我的确早就知道了，我只是认为，说也需要一个时机。”

时容没想到他一说话就是说这个话题，停住了没吭声，等着他怎么说。

“如果你担心我会和他说的话，你放心，我和他没有那么熟，而且我也完全没有必要树立情敌。”韩成永说得认真无比。

时容的脸却腾地红起来：什么情敌？

韩成永盯着她看。

她被看得尴尬，猛地站起来赶人："你吃好了，话也说完了，是不是可以走了？"

韩成永忽然低头看了一下手表，抬起头来便说："还有半个小时。"

"什么？"时容不解。

"还有半个小时就是零点。"

时容看着他，见他完全不动，总算意识到了，他这是要和她一起跨年吗？

他这么自说自话，她答应了吗？

时容知道，有些事情看似是她主导，但实际上韩成永很有原则，他才是那个想做什么就做什么的人，所以她根本不可能将他赶出去，而是两相无语地坐在沙发上，听着卧室里传来那越发热闹的春晚的声音，等待着新一年的来临。

时容低着头把玩手机，不时振动，是别人发来的祝福短信，她便也编辑了一条群发。

等再抬起头来的时候，韩成永居然已经坐在了身边，她惊了一下之后差点儿往后仰倒，他一把抓住了她的胳膊，将她扶好。

时容坐稳之后便甩开他的手，然后稍微往旁边坐了坐，满脸戒备地看着他。

韩成永本来想说话，嘴巴动了动却最终没有说。

时容没等到他的反应，略微有些难堪，低下头不去看他。

电视机逐渐传来激动的倒数声，从十开始，一声比一声响，时容侧头看了一下窗外，已经有不少烟花在夜空中绚烂地绽放，那么美丽却又那么短暂。

时容的眼神还在窗外，突然听到韩成永的声音，他没有任何越轨的动作，只是微微探身过来，在她的耳边说："新年快乐。"

不知什么时候，倒数已经结束了，只剩下了欢呼声。

她又老了一岁。

她也难得地对韩成永笑了笑："你也是，新年快乐。"

韩成永没有多留，在零点过后便起身要走。

时容松了一口气，觉得他怎么说也是客，便也送他出门，把门打开，她下意识地说："路上小心，再见。"

韩成永却忽然站在门口不动，她正意外，他却已经转身将她拥住，唇贴着她的耳郭，哑声道："傅北易不够好，你不要喜欢他。"

这话说得时容一愣，然后便忍不住失笑出声，懒懒道："不喜欢他难道喜欢你吗？"

他居然还敢点头应下来。

时容也无奈了："好了，时间不早了，你回家吧。"

韩成永终于松开她，终于要走，她也松了一口气，刚想转身回家，手臂却被一个灼热的掌心握住，她还没反应过来，整个人已经被转过身去。

眼前是韩成永放大的脸，她刚想说话，唇已经被堵住，是韩成永温热干燥的唇瓣。

时容一怔，抬起另一只手想要推他，却被他握住，他一手钳制住她的两只手，另外一手插进她后脑勺儿的发丝，让她往自己这边靠。

她根本退不开，躲不了，只能被动地承受着韩成永如钢铁一般坚硬却又如流水一般温柔的吻。

不似上次的浅尝辄止，他不满足于只是这样，撬开她的唇齿想要攫取更多。

时容忽然觉得害怕，害怕他的冲动，也害怕自己竟然不觉得反感，他的体温、他的怀抱、他的力量都逐渐让她放弃了抵抗。

他终于移开唇，贴着她的脸颊逐渐来到耳侧，轻咬着她的耳郭，用那低沉性感的声音说："时容，你可以喜欢我的。"

时容听到自己的心跳跳乱了节奏。

他放开她，她却差点儿腿软，难堪地不愿意再多看他一眼，匆匆转身猛地关上了门。

韩成永怔怔地望着关上的门，缓缓抬起手，在门上抚了抚，久久不愿意离开。

时容的背脊靠着门，浑身脱力，顺着门滑坐在地上，依旧在大口喘气，她抬手放在自己的心口，她的心跳那么让人无法忽视，她双手紧紧握成拳，牙都快要被她咬碎。

这只是因为她差点儿缺氧而已，她对自己说，和那个人是不是韩成永没有半点儿关系。

她才不会对他……

她绝对不会喜欢他的，绝对不会！

这种时候时容宁愿自己足够忙，那也就没有多余的精力会去想那些乱七八糟的事情。

好在假期并不长，不过在家休息两天便又要出门，这次去的是新疆。

时容投入到工作之后果然觉得心情轻松不少，最主要的原因还是风景太好，这天来的地方刚巧是雪山，一望无际的雪白让她整个心灵都像是受到了净化。

采访结束之后时容刚巧接到傅倾城的电话，她知道傅倾城一家三口出国游玩，便笑着说：“喂？青青？你旅游回来了？怎么样？”

可没想到这里的信号实在是太差，只能隐约听到她断断续续的话语，根本听不清楚，她只能大声吼：“你说什么？听不清楚……”

偶尔也能听到一些字句，听到傅倾城说什么回来的话，便马上大声应道：“回来？哦，对，快了，明天就去云南，去完大概就回来了，你知道吗？我现在在雪山呢，太美了……”

“好了好了我知道，我在新闻里会看到的，你注意身体，等你回来再聚，嗯？”

时容应了一声，挂了电话。

因为录制结束了，时容想自己逛逛，原本李哥说这里太偏，还是不要单独出行，她说会注意安全后就走开了。

她当然也不逞能，准备稍微走一走就回去，不料远远地竟然看到似乎有人影趴在雪地里。

其实走得有些远了，她有些冷，原本是想回去了，但是看到雪地里的人影之后又生怕真的有人，便踏着积雪大步走了过去。

果然有人，是一个年纪和她差不多的女生，大概是来这里玩的不知道怎么的就晕倒了，好在还有呼吸，她竭力将她扶起来，想送到安全地带去。

可衣服穿得多，人便有些笨重，力气也不够，走得实在太慢，隐约听到有闷响，她忍不住回头看一眼，被那迎面而来的场景完全吓到。

天哪，是雪崩！

根本连逃的机会都没有，一眨眼之间，就见那大面积的雪从山上滚落下来。

时容拉着那个女生想走，却被绊倒。

她倒在冰冷的雪地里，不过一瞬间，就感觉到了那沉重而又寒冷的雪覆在身上。

眼前顿时一片黑暗，耳边除了轰隆隆的声响便再也听不到什么了。

开始的时候是最难熬的，世界已经安静下来，她想动却动不了，看也看不见，呼吸慢慢地到了极限，人也变得昏昏沉沉起来。

似乎听到有人在叫她的名字，可是她喊不出声音来，张嘴便是大口的雪，意识逐渐混沌，她那样不甘心，不甘心自己的生命到此为止。

这二十几年，她活得多么艰辛，多么不容易才一步一步走到这里，难道就要到此为止吗？

不，她不信，她遇到这么多艰难只是为了让她在这一刻死去？

她的眼中还是湿润，她真的不愿意相信。

思绪忽然就飞到了五六岁那会儿，那是她第一次见到傅北易，他那么温柔地抱起她，在那一瞬间她的心就落到了他的身上，你是否还记得那个当初被你救下来的小女孩儿？

时容的神志已经恍惚，她感觉到有人抓着她的手，那么温暖而有力，她知道那是傅北易在给她力量。

她竭尽全力想要睁开眼睛，可出现在眼前的，却是韩成永那张一年四季都不会有任何表情的脸。

怎么会是他……

时容昏迷之前的唯一一个反应就是，怎么会看到他，在这种时候，她怎么会看到他？

隐约中似乎听到手机铃声，似乎听到有人说话的声音，可她好累好累，累得整个人完全不想动弹。

或许她的命运原本就是这样的，或许在她五六岁的时候就该离开人世，而这些年，全都是她赚来的。

已经不亏了不是吗？

像是一场梦，一切都那样混混沌沌，她像是能看清楚，又像是看不清楚，飘浮在半空中挣扎。

浑身僵硬而冰冷，唯有手，像是被人握住了，那么温暖，就像是小时候的记忆里那样，有那么一个人紧紧地握着她的手。

她忽然想要醒过来，想要看一眼那个人，可眼皮像是有千斤重，死活都睁不开来。

耳边有人在说话，可她也听不清楚，那样的模糊，她继续飘浮在空中，没有出路，忽然看到一根绳索，用力一拉，面前便蓦然漆黑一片。

而在那漆黑之中，有点点的光亮逐渐传来，光亮越来越大，越来越大，她便逐渐地看清楚了一切。

又白又亮，她又将眼睛紧闭住，却听到一个熟悉的声音在叫她："时容？"

时容再一次睁开眼睛，眼前的一切从模糊到清晰，她终于看清楚了面前的那个人。

那个人紧紧地抓着她的手，那个人一脸担忧，那个人满眼的仓皇无措，那个人在看着她。

她出声，声音嘶哑无力：“韩成永？”

“你还好吗？”韩成永靠近一些，依旧抓着她的手，“有没有哪里不舒服？”

时容眨了眨眼睛，忽然觉得眼中泛起了湿意。

曾经也有个人这样担心地问着她，问她还好吗，问她有没有哪里不舒服。

她就是从那一刻知道这一辈子都无法将他从心里割舍掉。

而现在，不是那个人，不是记忆里的那个人。

出现在她眼前，满脸担忧地看着她的是韩成永，是那个说喜欢她，却一直被她拒绝的韩成永。

她冰封的心脏微微地有些起伏，看着他移不开视线。

“韩成永，”时容叫他，声音依旧嘶哑而无力，眼中有泪光闪烁，“不要对我这么好。”

韩成永身形一僵，回答她的是：“你可以不接受，但我不能不做，我去叫医生。”他说完便起身走开。

时容躺在床上看着韩成永那高大又结实的背影，眼泪忽然落了下来。

她真的不值得，不值得他对她那么好，她可以回报他什么？什么都没有。

时容看向门口，忽然看到一个熟悉的身影一闪而过，她蓦地惊到，想要起身去看。

可惜身体完全不受控制，用了许多力气也只不过挪动了一点点的距离，她猛地往外一翻，整个人直接从床上滚了下去。

身上裹着被子倒也不是特别疼，应该说她也感觉不到疼不疼了，她只知道她想出去看看，看看她有没有看错。

像是爬行一样，她往外面一步又一步地挪着，直到韩成永回来看到她，她其实只挪动了一丁点儿的距离，却已经气喘吁吁，累得快要昏厥。

韩成永被她吓了一大跳，急忙蹲下来扶她抱她。

她的眼神却一直紧紧地盯着门口，只是刚刚那个一闪而过的身形却再也没有出现。

她眼神空洞地又被进行了一番检查，等医生离开的时候她终于释然。

她应该真的是看错了吧，傅北易，怎么可能会在这里？

时容总算醒过神来，对着一直盯着自己看的韩成永咧了下嘴角，她刚刚肯定是昏了头才会发疯，那么显而易见的结果她居然还期待了。

从来只有她追随着他的脚步，他怎么可能会注意到这样渺小的她呢？

韩成永抓了她的手：“怎么了？”声音里满满的都是担忧。

时容却摇摇头，又觉得眼皮沉重，没一会儿就又沉沉睡去，只是她知道韩成永依旧在身边，没有走开。

时容在医院住了一个礼拜，韩成永就留了一个礼拜。

他不像是那么空闲的人，时容几次三番问他难道不用训练吗，他都以沉默相对，然后给她削上一个水果，她简直无言以对。

她也无意间听到过他在打电话，那时她昏昏沉沉刚醒，隐约间似乎听到他压低了的声音。

他的声音逐渐清晰，她不过听了两句就知道那是在和华司说话，那样冷峻而坚定：“我暂时还不能回去。”

她微眯着眼睛看他站在窗口的身影，心里五味杂陈，话都说不出来。

等他转过身来，她便再一次对他说：“你回去吧，我没事。”

“想吃什么水果？”他只问。

说不感动那是骗人，可感动了就能让她以身相许吗？

但不得不说也是有些变化的，曾经他就算拥抱她，她都没有任何感觉，心跳平静，完全不会有爆炸感，而如今，她偶尔会有控制不住心脏的时候。

偶尔他深情看她的时候，偶尔他拉着她的手的时候，偶尔他喂她吃东西的时候……

有这样许许多多个偶尔，她会在那一瞬间心脏猛烈跳动。

但是，至少她还没有真正喜欢他。

只要她心里还有别人，只要不是全心全意，那么她便不会去接受别人的爱，她不希望自己后悔，更不希望对方后悔。

时容回到J市是在一个礼拜之后，她转进了秦年所在的医院，韩成永是和她一起回来的。

时容回来那天，傅倾城来看她了。

那会儿韩成永也在病房，大大咧咧地坐在沙发上削苹果。

时容有些尴尬，轻咳了一声。

韩成永起身将一个小碟子塞到她手里，碟子里是他已经切成小块的苹果，然后拿了大衣出去了，甚至连一句话都没有说。

时容将小碟子放到一旁，看到傅倾城的表情，更觉得尴尬，只能笑了笑。

傅倾城坐到床边，眼神从那个小碟子上收了回来：“你不吃吗？我看到他好像还把手弄伤了。”

“啊？”时容惊了一下，随即发现好像有点儿太过，收回表情，“是吗？太凉了，不想吃，等下再说。”

“你确定你要等一下吃已经‘生锈’的苹果？”傅倾城调笑道，亲自将碟子拿过来，用叉子叉了一块送到她嘴边。

她总算吃下，明明虚弱苍白的脸颊上有些许的红意，怕傅倾城问什么让她不知道如何回答的话，她先一步说道：“谢谢你啊，青青，听说多亏了你一直打电话来，别人才能找到我，我才能活下来呢！”

傅倾城哼一声：“所以你以后可得对我更好一点儿。”

她狗腿地笑：“那是当然的。”

傅倾城也笑起来，又喂她一块苹果：“你和韩成永是怎么回事？”

听闻此言，时容莫名地呛起来，傅倾城忙探身过去拍她的背脊：“用得着这么激动吗？你们难道还真的在一起了？”

时容连忙瞪她一眼，要撇清关系：“瞎说什么呢，没有。”

“那肯定也有些什么事情发生，”傅倾城说，“你们之间的氛围太不正常了。”

时容懊恼地抓了一把头发：“可我有什么办法，无论说什么他也没反应，我赶了他多少次了，他像是什么都没听到一样。”

她的确是一点儿办法都没有，赶他也没用，好言相劝也没用，就是杵在这里不动弹，偏偏又不多说话，也不会让人厌烦，人还特别细致耐心，让她都不忍心说他。

“那你就没有考虑过他吗？”傅倾城说，“我并不是想要左右你的判断，只是就我看来，他对你真的很好。”

“可是青青，”她伸手按住自己心脏的部位，“现在我心里还有别人。”她根本不可能放下傅北易，怎么可能接受韩成永？

对于她来说，爱一个人就该是全心全意的，毫无掺杂的真诚。

“阿容……”傅倾城叫她。

“我没办法骗自己，为了忘记一个人而去利用另外一个人。我知道他很好，好到让人觉得惶恐。坦白说，我也曾经有过心动的时候，可是心动和爱情不一样。”

她没办法欺骗自己，的确在某些时候对韩成永心动过，可还没有到那个点，她到底无法突破自己心中既定的对于爱情的规则。

傅倾城没有说话，只是看着她。

她便继续说道："我们第一次见面的时候，我和你一样，十六岁，那个时候我说我也喜欢一个人。到现在已经十年，可我并不单单只喜欢了他十年而已。青青，我的心里有他已经二十年了，二十年啊，青青，几乎是我全部的岁月。"

她大概六岁的时候遇见傅北易，从此便一直追着他的脚步，直到现在，她也想要放弃。

可喜欢一个人这么多年，又岂是说放弃就能放弃的？

"如果一段感情能那么快忘记的话，那大概也算不上是一段感情。尽管那只是属于我一个人的，"时容笑了笑，"我也努力想要把他从我的生活中撇开，但你知道这并不是一件容易的事情，至少在那之前，我想我不会接受韩成永。"

或许她可以尝试着不要那么抗拒韩成永，但一下子接受他，她是做不到的，而一下子放下傅北易，她也做不到，她能做的只有靠时间将所有的痕迹都消磨掉。

她也不知道韩成永会不会等下去，等那么一个或许不会存在的未来。

于他而言最好的做法就是放弃她，可她没有办法让他放弃，她已经做过了一切可以做的事情，那么就顺其自然吧，他愿意等就等，不愿意等了，想走了，那么她也不会阻拦。

话是这样说，可时容一想到韩成永会对别的女人也这样的温柔耐心细致，心里就有些不是滋味，她将这种心理总结为占有欲，大概是韩成永对她太好，所以她的潜意识里希望他一直对她好吧。

毕竟这样的人，在这偌大的世界也就只有一个，也就只有一个韩成永，会对她这么好。

韩成永倒不是一天到晚都在这里，毕竟他也不是什么无业游民，也有正经工作要做，所以一般都会在傍晚过来，坐到半夜。

时容已经学会了视若无睹，有时候他还在就能直接睡过去，她也不知道他究竟是什么时候走的。

两人的话也不怎么多，但偏偏好像静谧中有点儿别样的情愫在蔓延。

偶尔时容无聊也会和他说话："你最近难道没有比赛吗？"

他淡淡地回一个"嗯"。

时容无以为继，尴尬了一会儿便躺下来，果然不能试图和他聊天。

傅倾城也会来看她，和韩成永碰到过几次，不知道有多尴尬，而她的亲弟弟时誉就匆匆来过一次，居然还敢冲她伸手要钱。

那会儿病房里只有她一个，她被气得不行，怒道："没钱。"

时誉当然不会就此罢休，觍着脸说："怎么可能没钱，给点儿花花怎么了？"

"你来看我一次就是要钱？"时容看着他，"知不知道你差点儿就真的成了孤儿。"

"我现在和孤儿也没什么区别，"时誉耸耸肩膀，"看，你都不给我钱。"

"时誉你告诉我你几岁了！"时容气得胸口大幅度地起伏着，"你好意思吗？"

"谁让你是我姐呢？"时誉继续嬉皮笑脸，"已经养了我这么多年，这会儿让我去喝西北风吗？"

时容气得什么话都说不出来，只能定定地看着他："早知道如此，当年我就不该去找人救活你，或许我还活得更轻松一点儿。"

时誉早就习惯了她这样的话："你当年差点儿……才把我救回来，难道舍得我真的死了？"

"你！"时容还没来得及说话，门就被人用力推开，时容看过去，话音顿时哽在喉咙说不出来，他听到了多少……

时誉满脸不屑地看过去，待看到来人立刻有些畏缩，眼神闪闪烁烁的。

韩成永走过来，站到床边，却不看时容，只看着时誉："怎么了？"声音低沉，给人以压迫感。

时誉哪里还敢说什么，忙摇头说没事，匆匆就跑掉了。

时容没想到韩成永是那么好用的武器，等时誉走了一会儿都没反应过来，时誉怎么会那么怕他？

想来想去，她才想到有次时誉被送到派出所，她让傅倾城帮忙，韩成永好像也去了，是因为那次吗？

不过其实也无所谓，反正只要时誉走了就好，她也不愿意和他在医院大吵，其实他说得对，她是舍不得他死的，她是怎么才把他给救回来的，怎么没有尊严地把他养大的，怎么可能让他去死呢？

她有些失神，韩成永叫了她几声才听到。

"怎么了？"她恍然抬头。

韩成永一脸的担忧："你没事吧？"

“我能有什么事，你见过吧，那是我弟弟，过一段时间就会有一出戏，我都习惯了。”时容想了想，试探道，“你什么时候来的？”

韩成永深深看她一眼：“刚刚。”

时容点点头，她和时誉也没说到什么，他听了也无所谓，便就不说话了。

韩成永就这样看着她，她被看得半张脸都发烫，忍不住瞪他：“看什么看？你是在可怜我吗？”

韩成永摇摇头，继续默默地看着她。

时容受不了他的眼神，忽然也转头看他：“你为什么喜欢我？”

韩成永愣了一下，黑黑的脸上居然蔓延出些许可疑的红晕。

他没有说话，时容顿一下之后继续说：“如果我没有你想的那么好，你还会喜欢我吗？”

韩成永看着她，似乎是不明白她话里的意思。

“我……”时容深吸一口气，将她绝对想一辈子都藏在心底的话都说了出来，“我生下来就不知道爸爸是谁，六岁的时候妈妈因为难产去世，我一个人带着时誉长大，时誉刚出生的时候身体很弱，大半夜忽然发烧，我想去找人救他，没想到却遇到了……”

“别说了。”韩成永忽然打断她的话，“你不用再说了。”

“为什么不让我说？你是怕听到什么不想听的？”时容看着他，“我没有你想象中的那么好，这些年我为了活下来什么都做过。我永远都不会忘记，那一年我六岁，照理说不该记得什么，可我什么都记得，记得那些可怕的人在黑夜中拦住我的去路，记得自己被扔在偏僻的角落，记得他们……”

“时容，你不要再说了。”韩成永猛地站起来。

“你或许不是喜欢我，你只是喜欢上了你自己想象出来的人而已。”时容偏过头，也不愿意再说下去，眼中有明显的晕湿，怕被他看到，“你走吧，我已经好了，很快就能出院了，你，不用再来了。”

她没有再回头看他，可是能听到他静站了一会儿之后转身离开的声音。

时容躺下来，将脸埋在枕头里，眼泪肆无忌惮地流下来，像是回到那个恐怖的深夜。

她原本以为自己已经忘记了，可其实没有，她一直忘不了，那些可怕的场景一直都在她的脑海里回放，一遍又一遍地让她喘不过气来。

到时容出院为止，韩成永没有再来过。

她知道她虽然没有说完整，但他大概已经能知道一些，或许她没有说错，他喜欢的只是他想象中的她，而不是现实里的她。

当然有些失落，原本以为他可能会不一样的。

可那又怎么样，日子还是照样过，她还是那个时容。

第七章

你闭上眼睛亲吻了我

出院后不久时容便又回到了电视台，只是没有再继续做这个外拍节目，而是随意接一些新闻采访。

她忽然之间体会到了为什么当初傅倾城会去大马士，那么远又那么危险的地方。

因为现在的她也一样，这座城市让她觉得可怕，原本温暖的一切都好像在逐渐消散，她也想要离开。

可是因为暂时没什么机会，她也只能按兵不动。

韩成永没有再和她联系，时容看了新闻才知道他又去比赛了，又拿了个冠军，脚伤恢复得很好。

其实这样就好，他继续做以前那个唯我独尊的韩成永，她依旧是那个渺小不堪的时容，没有交集，多好。

没有见到他的时候也会有些不适应，人果然不能依赖别人，养成了习惯就再也戒不掉了。

她原本只需要努力戒掉叫作“傅北易”的毒，如今却还要加上叫作“韩成永”的习惯。

如果能这样平平淡淡地过下去，时容觉得也是一件不错的事情，可偏偏就会有那么多措手不及的事情击得她仓皇无力。

晚上，时容通常习惯泡杯咖啡坐在沙发下面的长毛毯上看新闻，这天她刚刚坐下来，却听到门铃响起来，随之而来的是急促的敲门声。

她起来去开门，这次学乖了记得先看猫眼，是时誉，一脸惊恐无措的模样。

她打开门，时誉便冲了进来，瘫坐在地板上。

时容知道他大概又闯了什么祸，简直连骂他的力气都没有，走过去踢了他一脚：

“又怎么了？”

“姐……”时誉难得这样叫她。

时容这下确定是出了事情：“究竟出了什么事？”

“我、我不小心把人撞了……”时誉咬着唇说。

时容只觉得一阵响雷在头顶炸开，轰得她都没听清楚时誉的话。

“你说什么？”

“我开了别人的车，忽然、忽然有个人冲了出来，不是斑马线也不是红灯，她莫名其妙就倒了下来，我、我开得太快了，没、没刹住车……”

时容揉着太阳穴清醒过来，直接拉着他的胳膊让他起来。

“干什么？”时誉一脸惊恐。

“你说干什么？当然是去自首！”时容瞪他，“难道你想肇事逃逸吗？”

“我打了电话的，打了 110，我怕，我不敢去……”时誉瘫在地上，时容根本就拉不动。

时容有些无奈，不知道到底那人到底伤成什么样子，看着时誉这副样子简直是恨铁不成钢，恨不得把他给狠狠打上一顿。

她正好开着新闻频道，忽然就听到有新闻播出来，她什么都没听清楚，只听到了三个字。

出车祸的，是傅清瑜！

时容很纠结，非常纠结。

新闻上报道说目前伤者伤势不明，但没有生命危险，而肇事者失去消息，有匿名者打 110 报警。

时容当然知道这种时候应该让时誉去交警队自首，可时誉赖在地上不动，叫她姐姐求着她。

有时候什么原则到了现实面前都会被打败，至少她不知道怎么把时誉弄到交警队去。

僵持许久，她终于决定明天先去医院看看傅清瑜再做打算。

时誉难得留在了家里，拉着她的手说：“姐，我就靠你了……”

那她呢？她能靠谁？

第二天时容买了些水果就去了医院，不料刚出电梯就看到了从病房里出来的傅倾城。傅倾城的表情不怎么好，迎过来，有些抱歉地看向她："她现在大概没办法见你！"

时容愣一下，点点头。

两人便来到医院楼下，坐在长椅上，时容沉默了一会儿才开始说话，有些慌乱，想要打探一下傅清瑜的状况："我一直不知道该不该来，我和她的交集不多，可我知道她人很好，想来想去，还是决定来看看她。"

傅倾城便将情况解释了一下，说："其实车祸并不严重，最主要是她得了一种十分罕见的病，而遇上这次车祸很大的可能也是因为这种病。"

时容知道不应该，却还是松了一口气："什么病？"

"渐冻人症。得这种病的人，就像被冰雪冻住一样，慢慢丧失任何行动能力，身体一点点萎缩和无力，最终……"傅倾城说不下去，"开始的时候会经常摔倒什么的，车祸的时候应该就是犯病了。"

时容没想到会听到这样的消息，她和傅清瑜说不上熟，却也见过好几次，知道傅清瑜的单纯善良和活泼，她也嫉妒傅清瑜，嫉妒傅清瑜得到傅北易的宠爱，可现在，那样一个美好的女孩子，居然得了这样可怕的不治之症？

时容不知道该说什么，什么也说不出来，许久之后才呆呆地说："怎么会这样……"

"是啊，怎么会这样残酷？"傅倾城惨笑一下，"她还这么年轻。"

"真的，治不好吗？"时容皱着眉，如果这种病注定会死亡的话，那么喜欢傅清瑜的傅北易该怎么办？

"没有办法，"傅倾城艰难地说出这几个字，又艰难地笑了笑，"知道你来看她，她大概会很开心，只是她一直在笑，刚刚我走后才发现她一个人默默地哭，她应该不希望被我们看到她那个样子，等过会儿去看她吧。"

时容有些回不过神，还是确定了一下："这个病，不是因为车祸吗？"

傅倾城摇摇头："早就有了，她一直没说，听说，是因为遗传。"

时容明显松了一口气，傅倾城便笑了笑："你那么紧张干什么？"

时容摇摇头，没有说话，顿了顿，忽然想到什么："遗传？那你……"

傅倾城犹豫一下："和我没有关系，我和她……"

时容见她难以言说，忽然有一种猜测涌上脑海："不是亲姐妹？"

"阿容……"

"我猜的，"她有些尴尬地笑，"是不是猜对了？"

原来是因为这样，原来他们不是亲兄妹，所以傅北易对于傅清瑜的亲昵也并不是因为兄妹，而是爱。

原来事情这样简单，她竟一直没有看穿。

“嗯……她和北易哥，不是亲兄妹……”傅倾城说。

时容略略垂眼：“说你和她，说傅北易干什么？”

她明白自己和傅北易不会有任何可能，即使在傅清瑜得了这样的不治之症之后也是一样的。

可奇怪的是，如今想起来，心里居然没有很痛，那种锥心刺骨的痛楚好像消失了，她顶多在心里感叹了一下：啊，原来是这样。

对于这样的反应，她自己都感到惊异无比。

傅倾城说：“他难道就不是你心里的结吗？”

“他是。可我也知道他对傅清瑜的好，是任何人都不可能去替代的……”时容笑，“世界上只有一个傅北易，可是世界上也只有一个傅清瑜。”

“阿容……”

“不要再说他了。你不知道我现在正在努力地忘记他……虽然慢了一些，总也不是不可能，不是吗？”

傅倾城不知道说什么才好。

时容也没有说话，两人静静地坐了一会儿，便上楼去看傅清瑜。

两人先在门外观察了一会儿，发现傅清瑜安安静静的，这才敢敲门进去。

傅清瑜大概没想到傅倾城会带着时容一起来，眼睛的红肿还没消，有些尴尬：“青青，你怎么回来了？时容？你来看我吗？”

时容同样尴尬地打了个招呼：“你，还好吧？”说着将买的一篮水果放下，“也不知道买什么，随便买了点儿……”

傅清瑜的确看上去没什么伤处的样子，让她更加放心。

“你能来看我就已经很好啦。”傅清瑜又恢复了一如往常的笑，“哦，对了，你等一下。”

她忽然拿过手机，颤抖着手输了一会儿，然后不好意思地笑：“对不起啊，我现在打字有些困难。你坐呀，青青你也坐，来了就多坐一会儿嘛。我没什么朋友，你们能陪陪我，真好。”

时容和傅倾城在一起的时候很会说话，但是和傅清瑜一比，她便像是闷葫芦了，傅清瑜不停地说着什么，声情并茂。

一点儿都不像是病人，精神很好的样子。

可时容看到她总觉得愧疚，话也不知道该怎么说，心里总是觉得过意不去，所以坐了一会儿之后，她便想要走了，可傅清瑜却委屈地说：“不能再陪我一会儿吗？”

傅清瑜这样说，她哪敢说不，又多坐了一会儿。

结果居然等来了傅北易。

那会儿时容还在听傅清瑜欢快地讲着什么，傅北易匆匆地推门进来，嘴里还焦急地叫着：“阿瑜……”他一开门就被病房里和乐融融的气氛给愣住了。

病房里除了傅清瑜，傅倾城和时容也被吓到了，尤其是时容。

时容看向傅清瑜，傅清瑜只是笑着说：“北易哥，你怎么来得这么慢？”

傅北易的呼吸还有些没缓过来：“阿瑜，你没事吧？”

傅清瑜笑着摇摇头：“没事。”

时容醒过神来，下意识就明白了，傅北易是傅清瑜特意叫过来的。

从以前开始好像就这样，傅清瑜好像很热衷于凑她和傅北易在一起，如果一次是意外的话，那么几次下来她便觉得不对了。

时容不知道傅清瑜想干什么，难道傅清瑜不知道傅北易对她的心思？

傅清瑜笑得很天真：“北易哥，时容说想要回去了，你送送她好不好？我还想和青青说几句话呢。”

时容自然是拒绝，她现在不知道该怎么和傅北易单独相处：“不用了，我自己回去就行了。”说罢看了傅倾城一眼，希望她能帮忙说话。

傅倾城还来不及说话，傅北易已经说：“我送吧。”

时容进退两难，这种状况实在是太尴尬，可傅北易都说了她便不知道该怎么反驳。

更何况傅北易已经直接走到了她面前：“我送你回去。”看不出什么表情的变化，就像是说着最平常，最普通的话语。

时容看了傅倾城一眼，深吸一口气，终于点了点头。

两人默不作声地下楼，进车库，坐进车里，一句话都没说，没有比这更尴尬的了。

时容觉得有些意外，因为往常见到傅北易就控制不住的心跳，好像有点儿平缓下来了。

她还没来得及细想，就听到傅北易在说话。

他没有启动车，转头看她：“时容，你有男朋友吗？”

这句话让时容吓了一大跳，因为这实在不是傅北易会对她说出来的话。

傅北易那么冷静又淡然：“如果没有的话，时容，你能帮我一个忙吗？”

帮忙？

时容不解，她能帮什么忙？

只听傅北易说：“我们订婚吧。”

直到他将车开到她家楼下，时容依旧没反应过来。

实在是因为傅北易的提议太过让人惊叹了。

停下车来，傅北易再次说道：“阿瑜的情况你应该已经知道，她……希望我和你在一起。”

时容依旧用不敢置信的眼神看着他。

“只是订婚而已，”傅北易说，“等……我会和你解除婚约。”

等什么？

时容很清楚，傅北易说了，订婚是为了傅清瑜，那么解除婚约也会是因为傅清瑜。

傅倾城说了，傅清瑜的病是不治之症，只是时间问题而已。

所以，傅北易想要让她帮忙吗？

虽然她喜欢傅北易那么多年，但并不代表这对她来说就是一件好事，她没法毫不犹豫地点头说好。

或许以前，在没有遇到韩成永之前，在不知道傅北易和傅清瑜的事情之前，她会不顾一切，但是现在，她不能立刻同意。

看出时容的犹豫，傅北易说：“不是让你马上就给出答复，你可以考虑一下。”

时容只能点点头：“好，那我先走了。你，路上小心。”

傅北易点点头，在她下车之后便开车离开。

时容定定地站在原地看着，好一会儿都没回过神来。

脚步也开始变得沉重起来，她一步一步地走进去，坐上了电梯。

楼道里的灯坏了，她从电梯出来漆黑一片，只能摸索着从包里找出钥匙要开门。

刚刚把手伸出去，却感觉到一只坚硬灼热的大手掌抓住了她的手腕。

她吓了一跳，连钥匙都掉在地上。

“谁？”她惊叫。

那人的呼吸和味道，她太过熟悉，所以在话出口时就一把甩开，直接无视了那人低下身去找钥匙。

摸了一会儿找不到，时容便从包里拿出手机准备开手电筒，还没打开，就听到一阵哐啷声，钥匙被递到了她手上。

她抓过，不说一句话直接想开门。

他终于说话："时容。"

时容没有理他。

"我在国外比赛，今天刚回来。"他说，声音里有些忐忑。

"嗯。"时容无所谓，"和我无关。"

她继续开门，直到韩成永在黑暗中说出那一句话："我知道，你说的，我都知道。"说出这句话，他仿佛如释重负。

时容开门的动作顿了顿，转头看他。

她逐渐适应，能看到黑暗中他的轮廓还有那双闪烁的眼睛。

他是什么意思？知道什么？

韩成永自然更能清楚地看到她，他紧紧地盯着她："你之前说的，我都知道，我，看到了……"

时容顿时觉得五雷轰顶，他看到了？他怎么会看到了？

她满脸诧异地看着他，一时之间无法理解他说的是什么意思。

"你，什么意思？"时容皱着眉，那些过往她从不曾对外人透露过一分。

"对不起。"他说，"可是你说得不对，你一直都是这么好，我也没有喜欢上想象中的人，我不是因为害怕所以逃走，是因为不知道怎么面对你，当初我也可以救你，可我没有，我一直不知道怎么让你知道这个事实。"

时容眨了眨眼睛，忽然笑起来："所以，你是同情？因为后悔当初没有救我，所以在知道是我之后，想要忏悔？韩成永，那是我的事情，这个世界上见死不救的人那么多，我从来不怪任何人。"

"可是你喜欢傅北易，难道不是因为他救过你吗？"韩成永眼神灼灼地看着她。

"是。"时容没有反驳，这件事情她从未对任何人说过，甚至于是最亲近的闺密傅倾城，"我喜欢他，我想要报答他，如果不是他，现在的我不知道是什么样子，我感谢他，喜欢他，难道不可以吗？"

韩成永颓然地垂下了眼神："对不起。"

"你没有对不起任何人，所以你也不必对我愧疚。"时容深吸一口气，"你为什么还会认出我？”

韩成永闷闷的，好一会儿才说：“你的腿内侧有一粒红痣。”

时容的脸腾地红起来，他究竟看到过什么！

“对不起。”韩成永又说。

时容还能说什么，长长地舒出一口气，无奈地说：“算了，多少年以前的事情，亏你还记得这样清楚。你大可不必这样愧疚，因为我真的没有怪过任何人。无论我会如何，那都是我的命。”

她将门打开，转身看他：“你回去吧。也不用再把这件事情放在心上，好好去训练比赛。”

韩成永在她转头的瞬间伸手从背后拥住了她，双手交叠在她的小腹：“不是愧疚，我从没有看不清楚我的心，看不清楚的是你。”

看不清楚的是她？

“你知道什么？你凭什么说我看不清楚我的心？”时容挣扎了两下没挣开，气得喘气。

“你说你喜欢傅北易，可你确定那是喜欢吗？你只是在感谢他。”

“那你说你喜欢我，确定那是喜欢而不是愧疚吗？”时容说，“韩成永，不要让我更讨厌你。”

韩成永只是抱着她不松手：“我一直很后悔，后悔当初没有立刻站出去，我承认我到现在依旧无法忘记当初眼前的那一幕幕。可我分得很清楚，什么是爱，什么是同情。你不能那样侮辱我的感情。”

时容无力地站着，长长地舒出一口气：“可是，韩成永，你想让我怎么办呢？我能怎么办呢？”

她能怎么办呢？她从来没有像现在这样觉得混乱过。

好像是什么事情全都一股脑儿塞到了她脑袋里，打得她措手不及，她不知道怎么做才是最好的。

以前那么难都过来了，她都没有觉得累，今天她却觉得累了，累得整个人都无力。

“一定要傅北易吗？”韩成永的唇贴在她的耳边，声音低沉无奈，“为什么我不行？”

为什么他不行？

时容原先可以坚定地对他说：你不行，可现在她没有办法那样绝对，因为她发现自己的心有些偏了，就比如她这样被他拥在怀里，心脏居然会乱跳，无法遏制，她也一点儿都不讨厌他的拥抱，甚至觉得安慰可靠。

时容很混乱，不知道该怎么办才是对所有人都是最好的。

“时容，我真的不可以吗？”

他的话像是小虫，一点点地钻进了她的耳朵里、她的脑袋里、她的心里，她无法反驳，因为她的心已经有一半偏向了他。

“韩成永……”她干涩地叫他，“你不要这么逼我。”

她太过混乱，一时之间根本想不出来什么。

韩成永将下巴在她的耳郭处蹭了蹭，居然很好说话：“好，我给你时间。”

时容松一口气，原本胸口压着的大石松动不少。

“我明天会去H市封闭训练半个月，时容，时间够了吗？”韩成永沉声说，“我只想要一个机会而已。”

时容不忍心拒绝，几不可察地点点头。

韩成永没有多留，在得到了她的答复之后便与她道别离开，他倒是想要讨杯茶喝，可她说太累想休息，他也就不再纠缠。

她的确很累，一回到家就躺倒在沙发上没法动弹。

老实说她真的不知道该怎么办。

原本她确定自己喜欢的是傅北易，心里绝对没有别人，所以无论是谁都无法动摇她，可现在不同，她打算放弃对傅北易的单恋，而韩成永以破竹之势进到她的生活中，无处不在，她被动摇了，甚至产生了一种和韩成永在一起或许也可以的想法。

真的不可以吗？或许韩成永说得没错，真的看不清楚的是她，她才是那个爱上自己想象中的人的傻瓜。

她造出一个梦境，那里是她所有的幻想和美好，而或许如今，梦该醒了，她不该再继续沉沦下去。

也可能那样才是对她来说最好的一个选择。

可时容知道，无论如何，她最终都会答应傅北易的提议，就当作是最后的报答，她也是会接受的。

当初如果不是傅北易，她的人生会大变样，那么她做出一点点小小的牺牲又怎么样呢？

时容直挺挺地躺在床上，看着顶上的灯，眼睛有些闪烁，缓缓闭上了眼。

只是韩成永呢？她不忍心拒绝。

她心里已经有一个角落给他留下了，大概已经不能回到以前无欲无求的时候。

她用力抓了一把头发，心里乱得像是要爆炸，其实已经有了答案，只是还是不知道该怎么说服自己。

时容得知傅倾城的儿子生病住院，她自然要去看，和傅倾城说中午到，却一早就到了医院。

傅清瑜还在医院，她是去见傅北易的。

时容在病房门口站了一会儿，看到傅北易坐在床边温柔地替傅清瑜擦脸，心里依旧有些酸涩，却已然没有那么明显。

傅北易看到她，走出来。

时容不敢直视他的眼睛，微微低头："你说的提议，我答应。"

傅北易像是松了一口气："谢谢你，我会补偿你。"

时容连忙摇头："不用，是我自愿的，我不要补偿。"我只是在报答，报答你当初救过我。

傅北易看了她一眼，最终点头："好，还是谢谢你。"

两人找了个僻静的地方把一些具体的情况都商量了一下，决定了一下时间，傅北易怕傅清瑜一个人在病房孤单，说完就上楼了。

时容呆呆地坐在楼下的长椅上，看着他匆匆离开的步伐，在这一瞬间忽然就释怀了。

或许韩成永说得对，傅北易在她心里根深蒂固，连她自己都分不清楚那究竟是什么感觉。

以为是爱情，或许只不过是感激而已。这样也好，她也帮他一回，是不是恩德就一次报偿了呢？

她坐到了中午，去买了午饭给傅倾城带去。

傅倾城吃东西的时候，时容说："青青，我要订婚了。"

"什么？"

时容笑一下，很认真，不带半点儿玩笑，说："我要订婚了。"

傅倾城被呛到了，咳嗽个不停。

时容赶紧替她拍背，她缓过来，忙抓着时容的手腕问：“订婚？怎么回事？和谁？为什么忽然要订婚？”

时容有点儿好笑，冲她使了个眼色，表示晗晗还在这里呢。

傅倾城深吸一口气，知道不能在这里说，便拉着时容出了病房，将她压在长椅上，手紧紧地按着她的肩膀：“时容，你给我说清楚，到底是怎么回事！”

时容轻拍她的手背，示意她不要这么紧张，甚至还对着她笑了笑：“青青，我又不是变成了外星人，你不用这么惊讶。”

“这个消息比你变成外星人还要让我觉得惊讶好嘛！”傅倾城深吸一口气，“你真的不打算和我说清楚吗？时容！我是不是你的朋友！”

看到她真的像是要生气了，时容慌忙安抚：“是是是，当然是朋友，我除了你，哪里还有别的更贴心的朋友了？”

“那你还不说，究竟是怎么回事？突然就来说要订婚了，谁会不着急？谁知道你会不会被骗了？”

时容拉着她的手，让她坐在旁边，意外地平淡：“是傅北易。”

傅倾城更加震惊：“什么？”

话一出口她才意识到这是医院，忙压低声音：“为什么？阿容？你明明知道，明明知道……而且你不是都已经要忘记他了吗？”

“是呀，究竟是为什么？”时容温柔地笑，“这几天我也一直在想究竟为什么，可想来想去，大概爱情是没有原因的吧，如果有原因了，那就不是爱情了。只要他一句话，我就能奋不顾身地扑过去，在我知道明明最终的结果是粉身碎骨的时候，也不后悔。”

时容故意想要骗骗傅倾城。

“阿容，可是北易哥明明就……他对你说了什么？如果不是他开口，怎么会变成这样？他总不至于只说订婚，不说别的吧？”

“嗯，他什么都说了，他说了订婚，也说了原因。他明明白白地告诉我，他是在利用我，可是怎么办，青青，我发现我没有办法抗拒……”

“阿容……”

“他让我帮忙，说对不起我，说不得不利用我，但很奇怪啊，我却觉得开心。”时容“扑哧”一声笑出来，“因为我一直欠他的，或许这次之后，我就能还清他的债，或许这次之后，我就能开始我的新生活了……”

“新生活？”

“嗯，我想过了，我刚刚在和你开玩笑呢，不是为了爱情的粉身碎骨，我是为了自己，我想真正放下了，想要去见更好的人……”时容笑，为着傅倾城刚刚的发愣。

“更好的人？”傅倾城重复一遍，“韩成永吗？”

时容咬唇笑了笑：“其实他应该真的不错吧，我想，或许可以试一下，对不对？”

“是啊，他很不错。”

“等我把这里的事情解决，到时候，我想我就可以毫无牵挂地跑向他，你说他会不会被吓坏了？”时容笑，“不会很久，真的不会很久了……”

是啊，这就是她做出的决定，既然放不下，为什么不试一试呢？

对于订婚，傅北易也有他的决断。

比如在当天傍晚就故意让记者拍到两人在一起的场景，第二天就上了八卦新闻。

时容庆幸这个时候韩成永在秘密训练，不会接收到任何消息，她准备等他回来再和他解释清楚这一切，给他一个机会，也给自己一个机会。

所有的事情傅北易全权负责，订了城中最好的酒店，甚至连礼服都是他准备的，直接寄到了她家里。

前一晚，时容对这一切依旧有些不敢置信，半夜都没有睡着，她没有把这件事情告诉时誉，所以明天她会孤身一人。

明天傅倾城会过来接她，她睡之前看了一下时间，已经快两点，居然依旧没有半点儿睡意。

她还是闭上了眼睛准备酝酿睡意，只是不一会儿就听到手机铃声猛然响起，她吓一跳，将手机拿了过来看。

居然是韩成永的号码。

她不免觉得尴尬，略一停顿才接起来。

“喂。”她说。

“时容。”他也叫她。

“有什么事吗？”

“你呢？你有什么事吗？”

时容微微蹙眉，却笑着说：“我能有什么事，你不是在秘密训练吗？怎么能打电话？”

“嗯。”韩成永淡淡地应了一声。

时容总觉得韩成永有点儿不对劲，可又说不上来，怀疑他会不会是知道了她和傅北易的事情，但又觉得不可能，几次想要说出口却还是顿住。

算了，等他回来再说。

“没什么事的话，我想休息了。”时容试探着说。

韩成永没有再说什么，只是轻轻地应了一声好，就挂了电话。

时容觉得韩成永实在太过反常，但因为太晚，睡意不知道怎么又忽然袭来，也没有多想，躺下之后就睡了过去。

她开了闹钟，一早起来就开始洗漱穿戴，等着傅倾城过来接自己。

傅倾城说过来的时候会打电话，她便在家里等着，不想没一会儿就听到了门铃，她正觉奇怪，从猫眼一看居然是韩成永。

他不是在H市封闭训练吗？怎么会忽然出现在这里？

时容慌乱得不知所措，却也只能开门：“你怎么过来了？”

他看到了她身上那件格外华丽的礼服，眼神一滞，忽然伸手抓住了她的胳膊将她拖了出来。

他的力气很大，她被捏痛，皱着眉头叫：“你干什么？你弄疼我了！”

韩成永却像是没有听到，直接拉着她就往外走，她只穿着拖鞋，身上除了衣服就只有手里的手机。

她根本没有力气反抗，只能任由着他拉着自己往电梯走，而后被塞到了他的车里。

韩成永表情阴沉，时容大概猜到他是知道了她和傅北易的事情，偷偷看他一眼：“韩成永，你这么忽然回来没关系吗？”

韩成永只是不说话，直接开车离开。

时容不知道该怎么办，正好傅倾城的电话打来，她忙接起，傅倾城当然是说要过来接她，她看了韩成永一眼，说：“我有点儿事情，等会儿自己去酒店就好，你不用过来了。”

傅倾城犹豫着：“出了什么事？”

“没什么，没事的，我等会儿自己过去。”时容看到韩成永的眼神扫过来，她决定不要激怒他，忙说，“好了，我还有事，先挂了。”

韩成永这才收回眼神，继续开车。

时容看着窗外的景色，一时猜不出他是要开往哪里，忍不住问：“韩成永，你和我说话好不好？你要去哪里？”

韩成永依旧不言不语，冷着脸。

时容有些着急，如果不能按时赶到酒店那边的话肯定不行，但韩成永完全听不进话，她又该怎么办？

“韩成永，你到底想要干什么？”时容看他，“你知道了是不是？知道我和傅北易的事情了是不是？”

韩成永依旧开车，却忽然转头看她：“为什么骗我？”

时容吓得够呛，连忙让他看前面：“你先好好开车，或者先把车停下来，我们慢慢说好不好？”

“你说会给我机会，只是在骗我吗？”韩成永的声音格外低沉，听得人心里格外难受。

时容不知道该怎么说：“不，不是的，韩成永，我不是在骗你，我只是……”

“为什么？”韩成永沉声问她，“为什么？为什么要和他订婚？”

他的质问让时容失语。

在这样的状况下，她如果说只是演戏，他会相信吗？

手机铃声再一次响起来，依旧是傅倾城打来的，她刚刚接通，就感觉韩成永忽然猛踩油门，车子迅速冲了出去。

她一时拿不稳，手机直接掉了下去。

她忍不住冲着他喊：“韩成永！你疯了吗？”说着弯腰去捡手机，见还通着话便放到耳边，听到了傅倾城焦急的叫喊声，她觉得累，回道，“青青，我知道，我会很快赶过去的，你放心。”

“没事吗？阿容，你没事吗？”

“嗯，我没事，你在那里等我，我很快到。”这话刚说完，时容就感觉韩成永又将车开快了一点儿，她继续朝他吼，“韩成永，你停下来！”

韩成永却完全不听她的话，将车开得更快，而且像是往郊区开去。

她深吸一口气，叫他：“韩成永，你别这样，我没有骗你，也不是真的要和他订婚，一切都是有原因的，我会和你解释，你听我解释好不好？”

一直都不说话的韩成永终于吭声：“如果没有骗我，那你就不要去！”

时容满脸为难，已经答应了傅北易的事情难道要在这种时候反悔吗？

酒店那边不知道有多少记者，她不能不守信用……

“韩成永，我要去，但是我可以发誓，真的有原因。”时容哀求地看着他。

韩成永不为所动，只说：“你不要去。”

时容简直不知道该怎么办才好。

手机铃声又响起来，又是傅倾城的，她没有时间和傅倾城说话，随便按了一下，也不知道有没有挂掉，但是铃声停了，她继续和韩成永说话：“韩成永，你先让我去好不好？我没有骗你，有原因的，真的有……”

“真的吗？”韩成永的态度终于有稍许松动。

时容松了一口气，镇定下来：“嗯，我不是真的要和他订婚，都是在演戏，我真的会和你解释的行不行？”她见韩成永一直看着自己，怕出事，便说，“韩成永，你看前面……”

这话刚刚说完，她就看到了前面有一辆大卡车忽然转弯开了过来……

“啊……”她惊叫。

韩成永也发现了，猛打方向盘。

时容只能感觉到车子在迅速地旋转，所有的一切却忽然慢了下来。

她看到韩成永解开安全带，直接往她这里扑了过来，他压在她的身上，他的呼吸扑在她的肩颈处，那么灼热，那么让她想要哭泣，她浑身都僵硬。

车子一阵翻转，终于停下来，她什么都看不见，什么都听不见，只能感觉到韩成永的心跳，像是和她的连在了一起。

她双眼都盈满了眼泪，无声地叫：“韩成永……”

他却像是听到，居然在她的耳边低声说：“别怕，时容，别怕……”

不，韩成永，我很怕，我很怕你出事，很怕我们都出事……

可是她没有了力气，眼前逐渐泛黑，她没有力气再支撑了。

订婚仪式大概会成了笑话吧，可是傅北易，对不起，我赶不过去了。

时容不知道自己究竟昏迷了多久，混乱中好像听到有人在说话，又好像是安静无比，许久许久才终于从黑暗之中挣扎出来。

她坐起来的时候头还有些晕，不知道自己身处何地。

有护士看到她坐起来，过来替她检查，车祸时候的场景忽然在眼前闪现，她一把抓住了护士的手腕：“韩成永呢？韩成永在哪里？”

护士被吓了一跳：“你不能这么激动，你有轻微的脑震荡，需要好好休息。”

时容却不管不顾：“韩成永呢？你告诉我，韩成永在哪里？”

韩成永这个名字大概没有人会不知道，护士见她这样坚持，只好说：“他正在做手术，你先休息……”

韩成永在做手术？他伤得那么严重吗？

时容无法忘记他最后对她说的那句“别怕”，心里不知道有多急，不管不顾就拔了输液针跑了出去。

一出去就看到傅倾城迎了上来：“阿容，怎么了？”

“他……在手术室？”时容说话间，都带着颤抖。

傅倾城点点头。

时容直接就要往手术室跑，可刚刚醒来的身体也十分不稳定，走了两步就差点儿软倒，幸而傅倾城及时将她扶起：“阿容，我扶你过去。”

时容点点头，由着傅倾城将自己扶到了手术室外，华司已经等在那边。

见时容过来，华司红着眼睛怒气冲冲地走了过来：“你在车上吗？是你害成永出事的？”

华司往常对时容还算不错，可她知道那是因为韩成永的关系，一旦涉及韩成永，那么之前那些许的交情就一点儿都算不上了。

时容腿软了，在傅倾城的支撑下站直：“我……对不起……”说完这句话，一瞬间湿了眼眶，“他、他怎么样了？”

她很怕，太害怕了，怕听到什么不好的消息。

“病危通知书都下来了。”他咬牙切齿，“你知道成永的身体有多金贵吗？你……你怎么可以！”

华司真的是气极了，韩成永多么宝贵的身体，居然出了如此严重的车祸，如今不说以后能不能跑步，连命能不能保住都难说。

在华司咄咄逼人的怒骂之下，时容只能步步往后退，泪流满面，一句话的反驳都说不出来。

还是傅倾城看不下去：“韩成永的身体珍贵，时容的身体就不珍贵了吗？原本就是他开车的！要怪也该怪他！怎么只骂时容？”

“你！”华司怒目而视，“如果不是她，成永会不顾正在封闭训练，不顾一切跑到J市来吗？”

“可是……”傅倾城还要说，时容已经按住她的手，祈求着看她：“不要说了，青青，是我的错，是我害了他，是我错了，应该怪我的……”

是她错了，的确是她错了。

她不该自以为是，不该这样的，或者她该早就断了韩成永的心思，或者她该早和韩成永把一切说明白，而不是以为所有一切都掌握在自己的手里，所以根本不管别人的想法。

她不该在给了韩成永希望之后，又让他从别人那里得知自己要和傅北易订婚的消息。

不是她的错是谁的错？

她是罪魁祸首啊。

华司依旧气得不行，傅倾城扶着她坐下来，三人面对面坐在走廊的两侧，等着韩成永手术结束。

时容刚醒过来，头还很昏，几次都差点儿晕过去，傅倾城说让她去休息，可她又坚决不肯，无比坚定地说非要等他手术结束。

没有办法，傅倾城只能由着她。

这一场手术实在太久，久到时容开始觉得害怕，她怕韩成永真的出事。

她只能祈祷，祈祷他要活下来，比以前还要更加健康。

韩成永，你听到我的话了吗？你一定要活下来，必须活下来。

手术终于结束，灯一暗，医生出来，时容比谁都快，猛地站了起来，眼巴巴地看着走出来的医生。

只是医生给出的消息并不那么好，的确没有生命危险，但右腿受伤十分严重，需要观察两天，如果组织继续坏死，不排除要截肢的可能性。

听到这句话，时容差点儿晕过去。

韩成永是谁？

他是第一个也是唯一一个在短跑项目上可以与黑人抗衡的运动员，甚至曾经破了世界纪录。

而那样一个需要一直奔跑的男人，却面临着截肢的危险，再也没有比这还要残忍的事情了。

最激动的是华司，听到这个消息之后就跑到了时容面前，抓着她的病号服怒骂：“你满意了吗？这下你满意了吗？他变成这样，你满意了吗！”

时容像是无知无觉，由着他抓着她的衣领前后晃动，眼中都已经没有了泪。

别人不知道，可她再清楚不过，在最后最危险的时候，韩成永转动了方向盘，并且整个人都扑到了她身上，只为了她的安全。

他晕过去前那含泪的双眸，那灼热的呼吸，那低哑的声音，都那样历历在目……

他对她说别怕，可是韩成永，你知道吗？我现在很怕，我怕你真的不能站起来了，我怕你真的不能再奔跑。

奔跑是你的生命，这点我比谁都知道，可这样一个只会奔跑的你，让我怎么想象你少一条腿的模样？

等华司松开，时容便再也坚持不住，瘫坐在地上，一句话都说不出来，只有眼神空空洞洞的，看着手术室的方向。

不会的是不是？韩成永，你不会这样的是不是？

你还是可以站起来，还是可以继续在赛场上奔跑，做你的冠军的，是不是？

韩成永被推出来，送往重症病房，华司跟着一路过去。

时容却像是失了魂魄，根本站不起来，依旧坐在原地。

傅倾城坐到她身边：“阿容，不要这样，不是你的错……”

时容许久之后才回过神来：“是我的错，青青，是我害了他，是我毁了他……”

他不该遇到她的，如果他没有遇到她，他就不会出事，他会继续做他的冠军，是所有人的骄傲。

“不，不是你的错，阿容，你清醒一点儿，真的不是你的错。”傅倾城抓着她的肩膀，低声道。

时容抬起恍惚的眸子，眼神涣散，没有泪光却那样绝望：“不，都是因为我，青青，你不知道，你不知道，都是因为我，都是我，是我害了他……”

她喃喃着，一遍一遍重复着是她害了他。

傅倾城轻轻将她抱进怀里。

靠在傅倾城温暖的怀抱里，时容终于再度哭出来，泪水沾湿傅倾城的肩膀，她哭得那样绝望，声嘶力竭。

医院外的记者实在是太多，不想再给记者们更多料，所以原本打算过来看的傅北易和傅清瑜只能将车停在附近。

时容本来不想走，可她伤得不重，可以马上出院，再加上傅北易也来到附近，有些话也需要交代一下，所以到底还是在傅倾城和秦年的陪伴之下出去了。

好不容易突破重围坐进了秦年的车里，往傅北易所在的地方而去。

时容的精神很差，脸色苍白，像是下一秒就要昏厥，她说要和傅北易单独谈谈。

秦年和傅倾城便将车里的空间让给了他们，两人去了傅清瑜所在的车里。

时容一直低着头，不敢看坐在对面的傅北易，轻声说："对不起，我失约了。"

"这不怪你。"傅北易说，"你还好吗？"

"嗯。"她说，甚至还笑了笑，可她不好，很不好，像是快要死掉。

她宁愿受伤的那个人是自己，或许还比现在要好受一点儿。

"我恐怕，不能履行和你的约定了，我不能和你订婚了，我不能在这种情况下再和你订婚。"时容说。

傅北易也理解，点头说："没事，我明白，我会解决的。"

时容又说了一句对不起。

"不用再说对不起，你已经……"

"不是。"时容抬头看着他，眼神那么坚定，"我说对不起是因为傅清瑜的车祸，和我有关系。对不起，我一直都没有勇气说，我以为答应你的要求或许可以算是弥补。"

傅北易的脸色变得异常难看。

时容继续说道："对不起，我会去自首的，等过两天。"

傅北易没有说话，只是深深地看她一眼，然后转身要下车。

时容又说一句："对不起……"

傅北易没有回头，直接下车。

时容伸手捂住了脸，眼泪哗哗掉下来，压抑着声音默默地哭着。

傅倾城不知道什么时候回来，让她靠在了自己的怀里哭个够。

秦年开车，傅倾城将时容送回家，大概是担心她一个人，问道："时容，你可以吗？我留下来陪你吧？"

时容没有再哭，眼睛依旧红肿，却摇摇头，坚定地拒绝："不用了，我自己可以。"

傅倾城没办法，只好恋恋不舍地离开了。

时容一个人回到那个空荡寂静的家中，再也站不住，崩溃地瘫坐在地，才过了多久，一切都变了样子。

时容没有睡，第二天一大早就匆匆赶到了医院，没想到到了重症病房却没有看到韩成永。

明明他昨天还昏迷不醒躺在床上，不可能这么快出院！

她忙找护士询问，却被告知韩成永昨天晚上已经转院离开。

时容有些失魂落魄，他怎么就转院了呢？她都没有看到他醒过来。

她跌跌撞撞地走出医院，却再也走不动，跌坐在门边的角落里，呆呆愣愣的不知道该怎么办。

她连韩成永转院去了哪里都不知道，他现在好不好她也不知道，她心里压抑得快受不了，只能拿出手机给最亲近的人打电话，声音那么绝望："青青，韩成永不见了……"

"什么？怎么不见了？你在医院？我马上过来。"

时容放下手机，心里依旧闷得难受，将脸埋在膝盖上，默默地落泪，他怎么可以就这样消失了，他还要她背负多少的愧疚……

傅倾城很快就到了，蹲坐在她身边叫她："阿容。"

时容缓缓地抬起头来，脸上还有泪痕，眼中却没有泪，又重复了一遍："青青，韩成永不见了……"

傅倾城忙扶起她，将她扶到一旁的长椅上坐下，又给她买了杯咖啡递过去。

时容拿过来喝了一口，温热又苦涩的滋味在口中流淌，情绪稍微比方才好了些许。

傅倾城问道："怎么了？怎么会不见了？"

时容摇摇头："我也不知道，我想来看看他，可是护士说他昨天就已经转院走了。"

"转院？转去哪里了？"

时容只是摇头。

傅倾城拿出手机拨通华司的号码。

华司过了许久才接，接起来也没有好气："什么事？"

"韩成永呢？听说他转院了？"

"是的，昨天就转走了。"华司冷哼一声，"肯定是时容让你问的吧？那也好，你告诉她，成永出国了，让她不用再找他了。成永被她害成那样还不够吗？我想互相永远不要再见了才是最好的。就这样！"

华司恨恨地挂断电话。

她咬咬唇，不敢看时容，可时容紧紧地盯着她。

时容也隐约听到了一些字句，但并不分明。

华司在韩成永出车祸之后对她的态度便差得不能再差，但是她能理解，就连她自己也那么痛恨自己。

傅倾城深吸一口气："说去国外了。"看到时容的神情立即暗下来，忙说，"也是好事，之前不是说有可能会截肢的吗，国外的医疗技术说不定更好一些，能够治好也不一定，阿容，你别担心。"

时容顿了下，居然露出了笑容："是吗？那就好，只要他能康复，只要他能变回以前的样子，那就够了……"

如果没有她，他可以过得更好的话，那么她不会纠缠，不会再闹，会乖乖地过没有他的生活。

她低头喝着已经冷掉的咖啡，低声开口："青青，有时候缘分就是这么奇妙，总是可以打得人措手不及。"

傅倾城想拿走她手中已经冰冷的咖啡，她却一口饮尽，然后苦笑着说："你看，我想要跑向他了，可是他却不见了，我再也找不到他了……"

她都已经做出决断了，已经想在解决所有事情之后跑向他的怀抱了，可却偏偏……

如果这还不是命运，那么她不知道什么才是命运。

"阿容……"傅倾城不忍，叫她。

"他是第一个对我那么好的人，或许以后再也找不到那样的人了。青青，我很后悔，很后悔，那么后悔……"时容的眼泪终于掉下来，"如果我早一点儿遇见他该多好，在我遇见傅北易之前，我就认识他了，该多好。"

可惜这个世界没有如果，所以她依旧伤害了韩成永，所以那么好的人，终究离开她了。

傅倾城张开手臂将时容抱住："阿容，我明天要去云城了。"

时容声音依旧有些哽咽："是去本来我做的那档节目吗？"

傅倾城点点头："你一个人，如果有什么事记得给我打电话。"

时容笑："我不是小孩子了。可是你这么去了，晗晗谁照顾？"

"反正去的时间也不长，晗晗最近好很多了，我婆婆会照顾的，我很快就会回来。"

"你和秦年说过了？"

她有些尴尬："本来是要说的，之前事情太多就忘记了，今天肯定要说了。"

"他最后一个知道？"

傅倾城便不好意思回答。

“秦年如果不生气的话就不是男人了。”时容将脸上还残存的眼泪抹去，“青青，你这样挺好的，丈夫儿子在一起，以后也一直这样下去就好了。”

傅倾城笑了笑：“都说每个人的幸福是相同的，其实这话说得很对，我既然做出了选择，那就该去保护我所想要的幸福，对不对？我也觉得这样挺好的，所以阿容，你也要幸福。”

因为得知秦年还在医院，所以时容不让傅倾城送自己，自己上了出租车，打发她回去：“你还是去和你老公坦白吧。”

傅倾城尴尬地笑笑：“我是不放心你一个人。”

“车子直接开到楼下，还能有什么不放心的？”时容拍拍她的手，“倒是你，明天一路顺风。”

时容终究一个人回家，在傅倾城面前她还能笑，可当一个人的时候，那扬起的嘴角瞬间垂了下去。

其实就像她说的那样，如果没有她，韩成永可以过得更好的话，那她绝对不会再去打扰。

所以韩成永，你一定要好好的，知道吗？

第八章

不说一句紧紧抱我在你的怀里

傅倾城去了云城，只有时容一个人留在J市，没有人可以说话，独自生活的日子显得那么困难。

她总是忍不住想起到现在还没有任何消息的韩成永，新闻里说他遭遇车祸去国外治疗，除了这点也没有更进一步的消息。

她对自己说应该忘了他，忘了这一切，可这哪有那么容易，他在她的生活中画下那么浓墨重彩的一笔，她怎么可能轻而易举地就擦干净他所有存在过的痕迹？

因为刚出了车祸，她虽然没有大问题，但还是请了病假，毕竟就算回去工作也是力不从心，但独处的时候显然会更加可怕。

她忽然觉得没有什么可以在乎的，干脆去了警察局自首，将撞伤傅清瑜的事情认了下来，或许这样，她会觉得心里好受一点儿，不至于对傅北易的愧疚感更重。

时容主动自首，时间地点又都说得分明，警察局只能先拘留。

傅北易也被通知过来了，他大概没有想到时容真的会自首，表情有些不自然。

时容说：“这样我会更自在一些，只是我还是要和你说一句对不起。”

傅北易沉默一瞬，也开口：“我也要和你说对不起，如果我没有让你帮忙，也不会出这么多事……”

“那我们，就算扯平了吗？”时容艰难地扯了扯嘴角。

傅北易沉默了一阵，又开口：“对不起时容，在我心里，阿瑜是最重要的。”

这点时容已经不知道有多明确，她甚至可以笑着说：“是，我知道。”

时容不清楚傅北易究竟知不知道她对他的喜欢，可如今对她来说已经不重要了，他知道也好，不知道也好，他们已经是两个世界的人。

她不会再为了他的一言一行而兴奋到说不出话，也不会因为靠近他而心脏剧烈跳动……

可她依旧感谢他，感谢他将她从地狱拯救出来。

时容眼中微湿，她持续二十年的暗恋，终于就这样结束了。

或许没有那么快完完全全忘掉他，在未来的一段时间里，或许她看到他还是会觉得难过。

但至少，她在慢慢走出来，走出那个二十年的牢笼。

那个牢笼禁锢了她那么久，也是时候走出来了。

时容觉得轻松，这样才好，她不该再沉浸在过去，她该往前看才对。

韩成永，你也好好地在往前看，对吗？

时容需要被拘留一段时间，傅倾城从云城回来听说了这件事情就匆忙去见了时容。

那会儿时容并不算很狼狈，只是脸色不好，她已经好多天都没有睡好觉，精神很差。

“到底发生了什么事情？你自首说肇事逃逸？你肇什么事了？”傅倾城急急问道。

时容咬咬唇：“交通事故。”

“我当然知道是交通事故，但是你怎么可能肇事逃逸！”傅倾城实在没法相信时容会做出这种事情。

“嗯，是我，青青，你也知道我会开车。”时容面容平静，“是我开车撞了傅清瑜。”

这句话说完，一瞬间两人都陷入无言。

傅倾城在愣怔几秒之后立马反驳：“不可能，绝对不是你，绝对不是！”

“不，是我，青青，真的是我。”她都已经走到这一步了，便想要这样继续走下去。

傅倾城无论如何都不愿意相信，可时容却什么都不肯说，她实在是没办法，只能先出来。

可时容没想到傅倾城会说动时誉来自首，几句话便穿帮，她还能怎么办，反倒是让办案人员说她吃饱了没事做。

时容好不容易才被放出来，傅倾城拉着她去附近吃了点儿东西。

可她吃不下，一点儿胃口都没有，塞到嘴里就儿欲作呕，只能随便扒上几口。

傅倾城又觉得心疼，又觉得气恼：“阿容！”

时容冲她笑笑，却只是面部的肌肉扯动了下，一点儿都不走心：“对不起，我吃不下。”

“为什么？阿容？明明是时誉干的，为什么要……”傅倾城叹一声，“是为了北易哥吗？”

她原本低着头，用筷子捣着碗里的饭，听到这句话，她猛地抬头，怔怔地看了傅倾城一眼。

“是因为北易哥，对不对？”

时容终于点点头，肯承认：“嗯，是。我只是希望不再欠他了。”

“可明明就不是你……”

“有区别吗？”时容反问，“青青，他在意的只是，我的弟弟，伤害到了傅清瑜，不管是我还是我弟弟，都和我有关。原本想，或许帮他一次，可以减轻我内心的负罪感，但是，我帮不了他了，我没法再和他订婚，我迈不过我心里的坎儿，现在韩成永还不知道究竟在什么地方，我怎么可以……”

傅倾城坐到她身旁，抓住她的手，紧紧地握住：“没事儿，阿容，没事，还有我在，还有我。”

她还有傅倾城在，所以就算一个人又怎么样，她还是可以好好地活下去。

时容让自己变得忙碌起来，忙到没有时间去想别的事情，只是夜深人静却总是会想起韩成永，不知道他如今怎么样。

偏偏他没有任何消息，一星半点儿都没有，就好像是从这个世界上消失了，再也没有人能知道他的去处。

时容都差点儿以为她是做了一场梦，他只是梦中的人而已。

可她明白不是，韩成永真真切切地存在过，存在于她的记忆中，她并不想忘却，反而想将他和傅北易一样记在自己心里的最深处。

傅北易是拯救她的人，而韩成永便是那个对她好的人。

时容的日子过得平平淡淡，反倒是傅倾城在这段时间实在经历太多，傅倾城和丈夫秦年正在闹离婚搬到了她家。

原本孤单的日子倒是有了些色彩，两个孤独的女人互相安慰。

秦年单独找过她，当然是为了傅倾城的事情，说是要让她帮忙，傅倾城如果有什么事记得告诉他。

最开始她自然是拒绝的，她作为傅倾城的朋友，当然得站在朋友这边，可实在是被秦年打动，竟也和他同流合污，有事没事都会和他通报一声。

后来才知道傅倾城原来是清楚的，但感情这种事情，无论是局中人抑或是局外人都无法参透半分。

都是摸着石头过河，谁又比谁高明一点儿?

傅倾城终于从她家里搬走，她又变成独身一人，时间过去许久，有些事情也如同伤口，已经结痂，如果不去看都快要忘记。

时容偶尔也会遇到傅北易，他依旧是 JNTV 的主播，只是除了在播报新闻的时候，他通常都是疲累的，她知道他一直在照顾傅清瑜。

她也曾经去看过傅清瑜。傅清瑜的病情越来越严重，连吃东西都困难，傅北易却半点儿都不嫌弃，什么事情都不假手于人。

有时候，时容就会想，这大概才是真正的爱情。

她甚至期待傅清瑜能好起来，这样的话傅北易便不用这样辛苦。

可她也明白,那种病是治不好的,只会越来越严重,说到底只是时间上的差别而已。

时容原先以为自己会一直在 JNTV 做下去，直到忽然有个自称是经纪人的女人找到了她。

她这才知道自己曾经在 KTV 唱歌时，不知道被谁录了下来放到了网上。

正是当初傅北易在的时候她唱过的那首《矜持》。

时容自己也上网搜来看过。

KTV 里灯光氤氲，她的人影模模糊糊，只能看到她站得笔直，很瘦，侧脸很美。

因为她唱歌的时候 KTV 里格外安静，所以她的声音格外清晰，那个经纪人宋姐的意思就是想把她签下来培养。

宋姐看过她唱歌的视频，也看过她的新闻采访，确认了她的歌声和样貌才过来的，所以势在必得。

只是时容对娱乐圈没什么兴趣，委婉地拒绝了。

宋姐有点儿遗憾，忍不住继续问道："真的不考虑一下吗？如果加入我们公司，我们绝对会不遗余力地打造好你的，这样的机会真的很难得。"

她只是摇着头，轻笑："不好意思，我对娱乐圈没有兴趣。"

"为什么呢？你现在也是记者，也属于传媒行业，为什么不试一试，你的歌声实在是很好，我相信一定会大火的。"

时容笑着不说话。

宋姐也不好再说什么，临走之前还是给了她一张名片，说如果改变主意的话可以联系她。

时容接了下来，只是随意放在了包里。

宋姐走了两步又走回来，犹豫着问她：“你和时音是亲戚关系吗？”

时容的脸一僵，很快否认：“不好意思，我有事要先走了。”

宋姐看着时容匆匆离开的背影，一脸疑惑。

没有人会不知道时音。时音是曾经的情歌天后，却英年早逝，从此消失在了娱乐圈的滚滚洪流之中。

如果真的有关系的话……

宋姐想，她是无论如何都要把时容给挖过来的！

时容没有兴趣，当然不会主动联系宋姐，所以宋姐时不时就去找时容一下，甚至让人去查了一下时容的身世，没想到居然是孤儿，和弟弟一起长大。

线索就断了。

就算和时音没有关系，凭她的样貌和实力也足够红透了，毕竟网络上的那个视频点击率已经超乎想象。

只是宋姐依旧觉得那两人有莫名的联系，毕竟时这个姓很少见，而且两人长得有相似之处，有一种莫名的相同韵味。

时容不胜其扰，不免把这件事情说给傅倾城听。傅倾城倒是觉得这是件好事，甚至还说：“阿容，我也觉得你唱歌很好听，你不想让更多的人听到你的歌声吗？”

有些话时容也不知道该怎么对傅倾城说。

因为并不是不想，只是她对唱歌并没有多大兴趣，甚至说是厌恶。

母亲在世的时候便说过绝对不能做娱乐他人的戏子，虽然已经这么多年过去了，她却无法忘记当初母亲说这话时候的深恶痛绝，她没有办法迈过自己心里的这道坎儿。

宋姐来的次数很频繁，她已经有些觉得烦扰，忍不住问宋姐：“为什么非我不可，我自认没有那么好。”

“你只是没有看清楚你自己。”宋姐笑着对她说，“你很好，只是你一直没有正视你的好，也没有人真正发现你的好。”

不，时容很想大声反驳，曾经有人发现的。

那个人看到她身上所有的好，对她那么好，只是那个人走了，从此消失在了她的人生中，她再也找不到他了。

时容不知道为什么就答应了宋姐。

大概是因为觉得如果站得更高一点儿，能看到她的人就更多一点儿吧。

那么，那个至今都还没有任何消息的人，是不是也可以看到她？

时容辞掉了 JNTV 的工作，并没有说原因，只有傅倾城知道她是准备进娱乐圈。

傅倾城也没想到原本坚定拒绝的时容会忽然答应，时容只说想要过一种新的生活，可真正的原因，却没有人知道。

出道之前的训练课程是无聊而又枯燥的，时容从没有系统学过唱歌，所有的一切都是天赋，学起来的时候也偶尔想要放弃，但是她已经辞掉工作没有了退路，只能继续坚持下去。

宋姐十分负责，在工作上面很严厉，不似平常的温柔亲和，时容也觉得这样的合作伙伴才值得信任。

为了造势，时容还没有正式出道，宋姐就让人拍了她在录音室录歌的视频传到了网上，果然大火。

宋姐很开心，对时容说："阿容，你相信我，你一定会很火的。"

时容只是淡淡一笑，其实她并不想要多火，她只想要那个人看到而已。

发片之前她就被宋姐安排到了一档歌手选秀节目去比赛，她一路过关斩将到最后一步，总决赛的时候唱了自己新唱片里的歌。

歌是公司专门找了十分有影响力的词曲者为她量身定做的，十分适合她，一曲惊人，直接拿了总冠军，再加上她原先就已经有了知名度，果然就和宋姐说的那样，火了。

选秀比赛结束之后她便获得了各种广告邀约，可她一一拒绝了，她自认没有演戏的天赋，人不能太贪心，她只想把自己最好的一面给大家看。

有歌手界的前辈听了她的歌被吸引，还邀请她一起合唱，再一次打响她的知名度。

不过短短几个月，时容就从一个默默无闻的新闻记者成功转型成了歌手，也有人会去扒她过去那段订婚历史，但到底挺她的粉丝更多一些，大多数都是帮她说话的，一时之间风头无二。

一开始时容也会觉得累，习惯之后便发现也不过如此，比起往日到处跑，风里来雨里去好了不知道多少，倒也逐渐习惯。

只是韩成永却依旧没有半点儿消息，就好像凭空消失，世界上从未出现过他这个人一样。

时容出道不久就拿了新人歌手奖，领奖的时候她异常冷静，没有别人想象的激动或者落泪，只是淡淡地说谢谢大家就要下台。

那天她穿了一件黑色的抹胸长裙，显得她更瘦了，原本及耳的短发如今已经过肩很多，披在脑后很顺滑，她优雅地下台，一抬头却看到了一个熟悉的身影。

那人站在最后一排的出口处，灯光很暗她看不清楚，却无法移开眼神。

时容不顾自己依旧处于众人的视线以及摄影机的拍摄当中，不顾一切地提着裙角匆匆跑了下去。

她穿着高跟鞋，踩在地上嗒嗒作响，在一片安静的情况下显得格外响亮，所以大家的视线都追随着她，不知道她这样不顾形象地是要跑到哪里去。

幸好主持人讲话，将这件事情掠了过去，而后又是下一轮的颁奖，大家都把视线重新转回了台上。

时容并不在乎别人的视线和眼光，她只是匆匆地跑到最后一排，那里没有人。

坐着的都是观众，看到她过来都忙着拍照，她恍恍惚惚地站在原地，像是失了魂魄。

她刚刚分明看到了，看到他就站在这里，可他去了哪里？

就这么一会儿的工夫，他去了哪里？

时容鼻间酸涩，直接开门跑了出去，外面的温度和里面不能相比，冷风阵阵，刺骨得狠，她却像是察觉不到，只环顾着四周，寻找着或许可能出现的那个身影。

但是没有，不管哪里都没有，她疲累地蹲了下来，所有的力气像是都花光了，那样无力和脆弱。

宋姐不知道什么时候跑了过来，看着她难得这样绝望和脆弱的模样，一时间也没有叫她，只是伸手拿了外套披在她身上。

时容感觉到温暖，满脸惊喜地抬脸看去。

只是，映入眼帘的偏偏是宋姐那关切的脸庞。

原本闪着光的眼睛顿时暗了下去，她垂下眼眸，低低喃喃了什么。

“外面冷，进去吧？”宋姐低声说道。

时容点点头，却又摇摇头，忽然轻声问她：“宋姐，你说幻觉会那么真实吗？”

宋姐微微一怔，笑着摇头：“我不知道，或许吧。”

“真的，我刚刚真的看到他了，可是一眨眼他就消失不见了。”时容咬着唇，像是要哭出来了，“你说他去哪里了呢？我不知道他活着还是死了，也不知道他变成什么样了，其实，我真的很想他……”

宋姐低叹一声，扶住了她的手臂让她站起来：“先起来进去吧。”

每个人都有一个故事，有时候不需要好奇太多。

宋姐看多了这种事情，所以没有多问，她知道就算问时容也不会说，还不如缄口不语。

时容重新回去，表情有些呆呆愣愣，好不容易撑到了颁奖礼结束。

之后还有采访，时容只能打起精神来，幸好宋姐知道她情绪不好，被问了几个问题之后便替她挡掉了，她到车里换下衣服，宋姐打算送她回家。

她依旧住在原来的地方，并没有换住处的打算，虽然比起之前她已经有钱可以租更好一点儿的房子。

宋姐也说过她几次，但她不肯也就没有再强求。

时容在开车之前叫停：“我有个地方想去，宋姐，你们先走吧。”

宋姐皱眉：“你要去哪里，送你过去就好。”

时容却格外坚持：“不用了，我想自己去，”说着她已经打开车门下去，“你们先走吧。”

宋姐拿时容没办法，知道时容这个人看似很温顺，但其实很执拗，有些决定好的事情是绝对不会容许人更改的。所以她只能点头：“好，那你小心点儿，明天晚上有演出还记得吧，我们会来接你。”

时容应一声，直接在路边打了车。

司机是个和善的中年大叔，从后视镜中看了她好几眼之后忍不住问：“你是不是那个时容啊？”

时容愣一下，笑着摇头：“不是，我和她长得那么像吗？已经有很多人认错过了。”

司机依旧不信，又多看了几眼：“真的不是啊？怎么那么像呢，我女儿特别喜欢她，我也听过她的歌，唱得真是不错啊。”

时容笑：“嗯，我也听过。”

“你也觉得好吗？”

时容只能点头。

这种被人认出来的感觉其实还不错，她难得笑了笑，说：“要不要我冒充她拍张照片给你，可以拿给你女儿看。”

司机笑：“真的可以吗？你肯定是故意说不是的，世界上哪有长得那么像的人呢？”

时容没有辩驳，拿了他递过来的手机拍了张照，随后又还给他。

“我女儿肯定会很高兴。”司机笑着，“对了，你知道时音吗？我年轻的时候时音才是真红，我觉得你们长得也挺像的。”

“是吗？”时容的脸色略僵，“看来这个世界上长得像的人其实很多。”

“大概吧。那个时候大家都迷时音，只是没想到她那么早就去世了，太可惜了啊。”司机啧啧叹道。

时容没有说话，只是转头看向了窗外。

电台忽然放她的歌，悠扬沉静，她这样仔细地听自己的声音，忽然觉得不像她，她好像真的越来越不像自己。

车子停在小区外，时容下车进去，缓步走到了那栋楼下，仰头看去。

楼层很高，她看不到顶。

在他走之后，她每隔一段时间总会来一次，想看看他有没有回来，可一次又一次都是失望而归。

她来的次数便越来越少。

今天也不知道是怎么回事，大概是因为出现幻觉以为看到他了吧，所以忽然想要来看一看。

就算是死，也死个彻底。

时容进去，上了电梯，直到最顶层。

站在门口，她颤抖着抬起手，按下门铃，铃声绵长悠远，里面没有动静。

直到她终于绝望，转身想走，身后忽然传来开门的声音。

时容想走的脚步顿住，不敢置信地往后看去。

门被打开了，一个高大的身影出现在门口，他也看到了她。

时容一时之间不知道该怎么办，站在原地许久之后才走回去，也不敢看他，讷讷地说：“你，你回来了……”

韩成永依旧是那张没有表情的脸，低头看了她一眼，应一声。

时容不敢问那个出现在颁奖现场的是不是他，因为那对她来说已经不重要了，重要的是，他真的回来了。

在那么久之后，他终于回来了。

“你，还好吗？”她磕磕巴巴地说，居然有些不知道该怎么说话。

“要进来吗？”他说，微微侧身。

时容“嗯”了一声，跟在他身后进去。

他走得很慢，脚步略微有些奇怪，可时容已经被他重新出现的喜悦冲昏了头脑，完全没有心思再去想别的。

时容坐在沙发里，看着他拿水过来放在她面前，她有些不好意思，说了声谢谢，将水杯拿在手里却没有喝上一口。

韩成永坐在了离她不远的地方，没有说话。

时容偶尔偷偷看他一眼，亦是不知道该说什么。

两人便这样沉默下来，有些莫名其妙的尴尬气氛……

还是时容先说话，瞥他一眼：“你不走了吗？你的伤，好了吗？”

韩成永低着头，沉沉地应了一声：“嗯，不走了。”

时容忍不住又看他一眼，她想问他的其实很多，比如他这段时间一直都在哪里，比如他的伤是怎么治好的，比如他之后打算怎么办，比如他有没有在电视上看到过她……

可最后却什么都问不出，只能闷闷地说一声：“那就好。”

过了这么多个日夜，经过那么多事，时容发现她已经不能像原本刚认识他的时候那样肆无忌惮地说话了。

其实只要他好了就行，只要他完好无损地出现，那就已经是最好的结果，她不该再奢求更多。

将没有喝过一口水的玻璃杯放下，时容哑着嗓子说：“那我就不打扰你，我先走了。”

韩成永淡淡应一声，坐着没有起来：“不送你了。”

时容也不知道为什么，居然会落荒而逃。

可关门之前她还是顿了顿，她知道自己和他再也回不到从前，那个没有说出的答案他恐怕也已经不会再在意。

他们，早就在时间的流逝中渐行渐远……

时容刚想轻轻把门带上，却忽然听到里面一阵响动，她下意识地推门而入，结果就看到了韩成永摔倒在地，满脸冷汗挣扎着却起不来。

时容忙走上去想要扶他，他却猛地转头看她，低沉着声音吼道：“出去！”

他不是第一次对她说这句话，和上次一样，表情冷淡满脸怒气。

之前她会觉得受了天大的委屈，不管不顾愤然离开，而现在的她已经不会了。

她依旧蹲在他身侧，坚定地说：“你怎么了？”

韩成永不回答她，只是说：“出去！”比方才更加怒然。

时容不走，企图扶着他起来，他却一把将她推开。

他的力气那么大，她被他推得整个人狠狠撞到了一旁的茶几上，后背戳到了茶几的角，疼得她连站都站不直，却依旧说：“我不出去，如果你不告诉我怎么了！”

他好不容易才坐起来，靠在沙发上，依旧满头的汗，冲她咬牙切齿：“我说出去，给我滚！”

这话比上次更加刺耳，时容心里一阵发疼，却咬着唇没有让眼泪掉下来：“好，我走。”

韩成永别开眼睛不看她。

“可是你真的没事吗？”时容犹豫着问。

韩成永不说话，一副不愿和她交流的样子。

时容还能怎么办？

她只能转身走开，轻轻地替他关上了门。

她不知道他究竟怎么了，可显而易见，当初的车祸对他造成了严重的影响，不然也不会摔在地上起不来。

可究竟伤到什么程度呢？

她有些担心他，可她知道，他不需要她担心和关心。

她不知道要不要走，生怕他出什么事，可手机铃声忽然响起来，居然是傅倾城的号码，她忙接起来：“青青，怎么了？”

傅倾城声音急迫：“阿容你在哪里？能来医院一趟吗？”

“怎么了？你出什么事了吗？”时容顿时紧张起来。

“不是我，”她的声音有些低落，“是阿瑜。”

时容的心脏跳了一下，傅清瑜……

“我马上过去。”时容说，她匆匆挂了电话就下楼，打车去了医院。

傅清瑜住院已经有些日子了，她也去看过几次，瘦得只剩下一层皮，她都不忍心。

她到的时候傅倾城正坐在病房外的长椅上，表情很不好，她走过去，轻声问：“怎么了？”

傅倾城抬起头来，眼里有泪：“阿容……”

时容上前抱住她。

“阿容，你说为什么呢，这个世界为什么要有生老病死……”

时容没办法回答她。

两人进去看傅清瑜的时候，别提说话了，傅清瑜根本连动都不能动，她只是躺在床上，脸上戴着氧气面罩，看上去那么脆弱。

时容很难把这样的她和曾经那个漂亮活泼的她联系在一起，眼中也忍不住含了泪。

傅清瑜不能说话，只能看着她笑，笑得依旧那么好看，好看到让人想要落泪。

她差点儿忍不住，知道傅清瑜还能听见，便说：“你好好养病，总会好起来的。”

傅清瑜几不可察地点头，让时容心里更痛。

傅倾城送她出去，正好碰到刚过来的傅北易。

傅北易看上去瘦了太多，一点儿精神都没有，和原先的样子也不知道差了多少。

时容遇到他也不知道说什么，只能点头示意。

傅北易倒是微微一笑：“你们看过阿瑜了吗？”

傅倾城点点头：“我送阿容出去。”

傅北易“嗯”一声：“时容，阿瑜很喜欢听你的歌，经常让我放给她听。”

她又含了泪，忙掩去痕迹：“是吗？早知道我该给她唱上一首的。”

傅北易只是点点头，说：“你们先走吧，我去看看阿瑜。”

时容看着傅北易逐渐走远，心中那最后一丝涟漪也消失了。

不知道从什么时候起，傅北易已经不会主宰她的心情，她可以看着他，如同一个普通的人。

她想这应该是好现象，至少她已经走出来了，从那段无法自拔的深沉暗恋中走了出来。

傅倾城和时容慢慢往外走，时容说：“青青，你知道我今天见到谁了吗？”

傅倾城嗯一声，转头看她。

时容低头轻笑：“韩成永，我看到他了，他回来了。”

傅倾城有些讶异：“是吗？他怎么样？还好吗？”

“看上去好像还好，不过我想，他大概不大好吧。”时容低着头，让人看不清楚她的样子，“我不知道该怎么办，青青，你说我该怎么办？我总是想知道他究竟怎么样了，想知道他好不好，忍不住去靠近他，可又不敢，我害怕。我怕我再一次接近他又会给他带来坏运气,我不敢想象那种事情再一次出现在他身上,青青,我该怎么办？”

傅倾城轻轻地拥她：“别害怕，阿容，你不知道你有多好，照着你的心走，看看你的心究竟想要什么。”

时容将脸靠在傅倾城的肩膀上，神情恍惚。

她想要什么？她想要在他的身边。

从前都是他在靠近她，一步又一步，如今她也想试一试，试一试靠近他，走近他的人，走近他的心。

不管他是怎么想，她是真心想要走近他，给他一个答案，当年还未给出的答案。

她想告诉他，那个答案过了这么久依旧没有改变，反而越发深刻了，她想和他试一试，想要和他在一起，想要依靠他，也想成为他的依靠。

时容从傅倾城的怀里出来，朝她轻轻一笑：“我知道了，谢谢你，青青。”

傅倾城也笑着：“阿容，我希望你幸福。”

时容和傅倾城分别，在医院门口打车，重新回了韩成永的公寓。

这一次，她知道他在那里。

她要去见到他，问他：现在，你愿不愿意给我一个机会？

时容再一次站在了楼下，深吸了一口气，不顾一切地往上而去，站在门口，她丝毫心理准备都不用做，直接按下门铃。

这次比方才快了许多，很快就有人来开门。

时容忙叫：“韩成永，我……”

话音未落，她抬头便看到了一个温婉的女子站在门口，一脸诧异：“你是，时容？”

时容的话全都梗在了喉咙，一时之间不知道该说什么，她不知道他家里会出现一个女人。

她顿时羞窘满面，方才鼓起的所有勇气顿时化为齑粉，忙说：“没什么，我走错了，对不起，再见。”

时容匆匆忙忙跑开，电梯还在这一层，打开之后赶紧进去。

电梯门关上的时候她看到那个女人走出来，像是在叫她，可她已经不想去管。

她靠在电梯角落，狠狠地拍了一下脸，她实在是太鲁莽，这么久过去，他身边有个女人也是理所应当的。

可是为什么，为什么她的心里会那么难受？好像是原本属于自己的东西，如今再也握不到手心。

她眼睁睁地看着他跑到了别人身边，却只能笑着说再见。

离开的时候人也有些恍恍惚惚，撞到了人也不知道，她被撞得后退两步，忙说对不起，对面那人却已经叫出她的名字：“时容。”熟悉的声音她是不会忘记的。

时容抬头，讷讷地叫：“华司……”

华司皱着眉头：“你又来这里干什么？”

时容无端端地在他面前抬不起头来：“我来，看看韩成永……”

“你不来才是最好的！”华司恨声说，“你不知道你害了他多惨吗？还有脸来见他？”

“对不起……”时容低垂着头。

华司还想说话，电梯门忽然“叮”的一声，有人下来，他立刻换了口气：“苏艺，你下来干什么？”

时容回头去看，下来的果然是刚刚开门的女人。

好像是浑身的衣服都被扒光一样，时容异常难堪，低头说了声对不起就匆匆跑走。

苏艺叫了她一声，她只当没听到，匆忙离开。

华司恨恨的：“你叫她干什么？我们上去吧，成永的腿怎么样？没事吧？”

苏艺又看了外面一眼，已经没有时容的身影，只能跟着华司上楼：“嗯，没什么大事，医生来看过了。”

时容彷徨无助地在路边慢慢地走，偶尔有人对她指指点点她也不在乎。

她好不容易下定的决心在那一刻奔溃瓦解，她再一次走在了人生的十字路口，不知道该如何选择。

可她知道，韩成永身边已经有别的女人，她已经没必要再凑上去，或许她能做的就是在一旁祝福他。

可是为什么这样难过？当知道他的身边不会再有她的位置的时候，她为什么会这样难过呢？

时容打车回家，疲惫不堪，偏偏宋姐还打电话给她：“阿容，你有空吗？还记得我之前和你说过要请的那个制作人，他答应一起吃个饭，就定在明天晚上。”

时容想要拒绝，宋姐便苦口婆心：“阿容，你也知道能请到他多不容易，就吃个饭而已，很快的。”

时容一路走来，全靠宋姐扶持，尽管她们想要的或许并不一样，但如果没有宋姐，她大概会过得更累一些。

所以她没有办法拒绝，只好应下来。

第二天宋姐来接她，看到她的状态便吓一跳：“你的眼睛怎么红成这样？”

时容对着镜子看一眼，才发现眼中布满了红色血丝，她笑了一下：“大概是太累了吧。”

宋姐点点头：“你最近的日程的确有些多，等过了这段时间好好休息休息。”

时容点点头，没有多说什么。

所谓的制作人是个已经五十几岁的中年男人，略微有些发福，也一直笑眯眯的，看上去和蔼可亲，可时容知道他的性格并不像表面那般。

如果真的这般和蔼,那么也不会在宋姐联系了无数次之后才答应一起吃顿饭考虑一下。

时容自然被安排在制作人的身边。

制作人呵呵笑着，对她说：“我听过你的歌，唱得很不错啊。”

“谢谢。”时容有礼又有些疏远。

宋姐便来打哈哈调节气氛，除了时容有些不合时宜之外，倒是还算比较热闹。

到了后来就开始喝酒，时容不喜欢喝酒，喝多了也容易醉，所以几番推辞。

那制作人就不开心了：“是我还不够资格请时小姐喝一杯酒吗？”

他都这样说了，时容便真的不好再推拒，只能喝了一杯。

只是有了第一杯，便很快就有第二杯第三杯，喝多了便晕，那个制作人不知道什么时候直接将手放在了她的腿上：“时小姐这么年轻，不知道有没有男朋友？”

时容猛地清醒过来，一把打开了他的手，猛地站起来。

所有人都往他们这里看过来。

宋姐就坐在她身边，当然看到了刚刚那制作人的动作，可现在不能得罪他，只能拉了拉时容的手，冲她摇摇头。

时容的双手握成了拳，看着制作人的表情，他志得意满、胸有成竹，就断定她会继续坐下来。

她好久都没有这样做最真实的自己，进入娱乐圈的这段时间，她做了太多妥协的事情，可这一次，她却不愿意再妥协，她甩开了宋姐的手，低声说了句对不起就转身走开了。

宋姐满脸担心，却不得不继续坐下来安抚制作人的情绪。

时容不管不顾地走了出去，脑袋却有些空，不知道该何去何从，她莫名其妙地又去了韩成永那里。

只是这一次她不敢上楼，蹲坐在楼下发呆，夜风有些冷，她又穿得不算多，不一会儿便打起寒战来，她却像是没有察觉，继续呆呆地坐在那里。

宋姐打电话给她，问她在哪里。

时容只是不说话。

宋姐叹了一声："你刚刚太冲动了，那个制作人你也知道在这行有多大的影响力，你就直接走开，他碍于面子没有说什么，不知道暗地里会不会给你使绊子，当然合作就别想了。"

时容沉默了一会儿，还是说了句"对不起"。

宋姐有些无奈："算了，是我强求了，你没事吗？"

她"嗯"一声，说没事。

宋姐便让她早点儿回家，别在外面待太晚。

时容应下来，正好看到有人站在面前，她忙站起来，匆忙道："那我先挂了。"她将手机放好，面对着眼前这个温柔的女人，不知道为什么抬不起头来。

苏艺冲她笑了笑，手里还拿着垃圾袋，有些不好意思："我先去扔一下垃圾，你别走。"

时容看着她匆匆走开的背影，脚步顿住，莫名地就照着她的话做了。

苏艺很快就回来了，看她还在原地便松了一口气："我还怕你走了呢。"

时容尴尬地笑两声。

"你大概不知道我吧，我叫苏艺，是个舞者。"苏艺微微一笑。

"嗯。"时容出声都显得那么困难，"你是韩成永的女朋友吧，我不……"

"你别误会，成永哥是我小时候邻居家的哥哥，只是比较亲近而已，不是你想的那种关系。"苏艺连忙解释，"我知道你叫时容，知道你以前是个记者，现在是很有名的歌手，我听过你的歌，很好听。"

"谢谢。"

"你不好奇我是在哪里听到你的歌的吗？"苏艺忽然俏皮一笑。

时容不解地看她。

“是成永哥，他一直在听，听你唱的每一首歌。”苏艺笑，“所以，你去看看他吧，他应该希望你在的。”

“不……”时容没想到会从苏艺那里听到这样的消息，心里阵阵发疼，“我去看他了，他不想见我，他……”

苏艺拉住了她的手：“你也知道他的性格，更何况现在他……大概性格会更冷了吧，但正是因为是这种时候，所以你在他的身旁会更好。”

时容微微皱眉：“他究竟怎么样了？”

苏艺有些惊讶：“你不知道吗？”随后便是为难的表情，“你不知道他这一年多来过得多苦……”

“他究竟怎么了……”时容眸中含泪。

有些事情不是三言两语就能说清楚的，苏艺带着时容去了附近的咖啡馆，这才仔仔细细说了这段时间以来韩成永遭遇到的事情。

“其实有些事情我也不是很清楚，当初成永哥出车祸之后就去了美国，我也是最近才联系到他，知道他要回来了，他的事情还是华司和我说的。”

时容很紧张，像是有只手紧紧抓着她的心脏，让她的呼吸都变得痛苦：“那他……”

“听华司说，成永哥去了美国不久就被诊断神经坏死，右腿不能保留……”

就像是一个响雷打在她的头顶，她什么话都说不出来，不敢相信苏艺刚刚说出来的字句，她喃喃地说：“怎么可能，他不是都去美国治疗了吗？我看到他能站起来的，能走路的……”

说着，她便想到了他那有些不协调的姿势，还有他摔倒之后爬不起来的模样，心头疼得梗住了喉咙，她大口喘气，却发现喉咙里没有了声音。

“因为装了假肢。”苏艺也别开了眼睛，这话说出来那么难受，“康复训练之后才回来的。”

时容张了张嘴，依旧说不出声音。

假肢？残疾？

原来的韩成永那么健康，那么厉害，在那么艰难的比赛中都能轻轻松松地拿冠军，而现在的他……

她无法想象少了一条腿的韩成永出现在她面前，不是害怕，是心疼，是内疚。

如果不是她，他的未来坦坦荡荡，光明一片，又怎么会……

时容忍不住落泪，泪珠簌簌地落下来，她擦都擦不完。

“我、我还有什么脸再出现在他面前……”她的声音嘶哑绝望，“是我把他害成那个样子，他怎么还会想要看到我……”

苏艺的眼中也有眼泪，却依旧拿了纸巾递给她：“就是因为这样，所以你才要继续站在他的面前。”

苏艺说得这样坚定，让时容忘记了擦眼泪，猛地抬起头来看她。

“成永哥自从遭遇车祸之后就像是变了一个人，其实也不能这样说，你也知道，他原本就是那种拒人于千里之外的人，能在他身边的人寥寥无几，那么孤独寂寞又强大。而现在，他依旧那样，甚至更加严重了，他抗拒和外界交流，甚至不愿意出门，所有人劝他都没有用，不过我想，你是不同的，所以，你能留在他身边帮他吗？”

时容懵懂地看着她，话也说不出来。

“时容，我知道你能帮他的，你愿意帮他吗？”苏艺说得那样坚定又诚恳。

时容默默地垂头，其实她是愿意的，愿意留在他的身边，帮助他回到那个依旧强大的他，可是……

“他还肯愿意我在他的身边吗？”时容没有自信，他那么愤怒地让她走，死都不愿意让她看到他最脆弱的时候。

“不试一试怎么知道呢？”苏艺说，“我相信你对他不是没有感情的，不然也不会一直来这里，除非、除非你嫌弃成永哥，嫌弃他现在变成了这个样子……”

“我没有！”时容急忙说，怕她误会，“我没有，真的没有，我只是不敢见他，怕他讨厌我。”

“只要不是嫌弃他就好了。至于别的，你都没有试，怎么知道呢？你又不是不知道成永哥就是那样的人，总是把真心藏得很深。”

其实不是的。

时容想，他曾经把真心都放在了她的面前，那或许是他做出的最勇敢的事情，可她那个时候并不知道，竟然将他的心丢在一旁，不屑一顾。

她究竟做了多少伤害他的事情……

时容忍不住眼泪，又掉了下来，她现在来挽回，还来得及吗？

苏艺将一样东西放在桌上朝她这边推了过来，说：“这是成永哥家的钥匙，我要回家了，所有的机会都握在你的手里。”

时容许久都没有抬头，等她终于抬起头来，苏艺早就离开了，留下的只有桌上的一把钥匙。

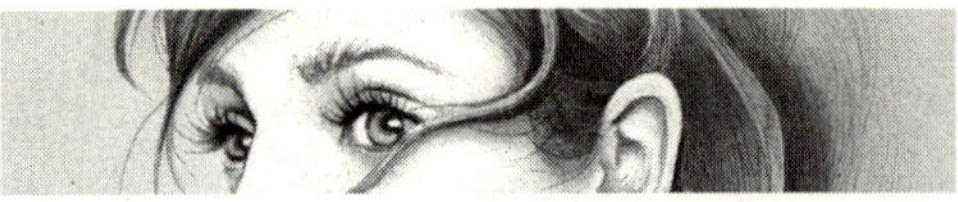

第九章

我是爱你的，我爱你到底

时容鬼使神差地将钥匙拿了过来，终于起身离开。

她重新来到了韩成永家门口，看着手中的钥匙，一时间难以决断，可最终情感打败了理智，将门打开。

屋里很安静，外面漆黑一片，只有卧室隐约有灯光。

她轻手轻脚地进去，幸而来过，所以还算熟悉，她很轻易就来到了他的卧室外。

她站在门口偷偷地看进去，他正躺在床上，大概是睡得不好，一直皱着眉头轻哼，脸色异常苍白。

所有的话语都不及这一幕有杀伤力，时容好不容易忍住的眼泪再一次掉下来，她到底对他做了什么，让他变成了现在这个样子……

她悄声走进去，站在床边，一低头就能看到他的脸，他一直皱着眉头，满脸的汗珠，唇抿得紧紧的。

她心疼得难以自已，去卫生间洗了毛巾出来坐在床边，轻轻地替他擦去脸上的冷汗。

他睡得很熟，她的接近并没有让他醒来，嘴里依旧低哼着什么，只是她听不清楚，一次又一次地替他拭去汗珠。

她的手指放在他的眉心，轻轻地抹平，希望他不要一直皱着眉，他慢慢松开来，眼中却有泪落下来。

对不起，韩成永，对不起，我不知道你会变成这个样子。

如果早些知道，我会对你好一点儿，我会珍视你对我的心意，不会随意将你的心扔在脚下。

可是，韩成永，现在还来得及吗？现在来拾起那颗被我扔掉的真心，还来得及吗？

韩成永睫毛轻颤，喉咙深处传来声音，迷迷糊糊地说："苏艺？"

尽管知道苏艺和韩成永没什么，可时容的动作还是微僵，有些尴尬。

韩成永睁开眼睛，适应了会儿才看到了坐在床边的时容，一怔，立刻皱起眉来，冷声道："你怎么在这里？出去！"

时容微微一怔，下意识就俯身下去拥住了他，阻止了他的下一步动作："我不出去，韩成永，当初我要给的答案你还没有听到，我不出去！"

原本还在挣扎的韩成永忽然安静了下来。

时容察觉到了机会，忙柔声道："你不想听了吗，那个答案？"

韩成永忽然抬手抓住了她的肩膀，说："是，我不想知道了，所以请你出去。"

他的力气居然还是那么大，直接将她甩了开去。

她坐在地上，愣愣地看着床上那个形容憔悴的他，哑声说："你不想知道，可我一定要说，你说你想要一个机会，可我现在想要给你，只想给你，韩成永，你还愿意喜欢我吗？"说着，眸中逐渐模糊，她眨了眨眼，眼泪落下，滑过面颊，她低声重复着，"韩成永，你还愿意喜欢我吗？喜欢这个一无是处，只会给你带来坏运气的我。"

"时容，你只是在同情我，我不要你的同情和愧疚，走吧。"韩成永躺下来，背对着她，不愿意说话。

时容看到了放在床尾的假肢，心中更疼。她起来，依旧走到床边俯身拥他："那你呢？你之前对我难道不是同情和愧疚吗？我依旧愿意给你机会，你为什么不肯？"

时容用了力气，他竟然挣脱不了："时容！放手！"

"我不放，如果你不愿意让我在你身边，我就绝对不放手，我不放手！"时容哭着，"你不知道你不在的时候我有多想你，我想你，你听到了吗，韩成永？你问过我你为什么不可以，那我也想问你，为什么我不可以！"

韩成永忽然安静下来，时容抽噎着抬起脸来看他。

他一把将被子掀开，将他身体的残缺展示在她的面前，毫无遮掩，脸上有一瞬难堪的表情："因为我变成了这个样子，这个理由可以吗？"

韩成永穿着睡裤，可还是那么明显，他的右腿从大腿以下是空的，那么健壮有力的腿，如今空空荡荡的。

听到是一回事，看到又是另外一回事。

时容怔住了，并不是因为害怕，只是因为震惊，没想到会是这个模样。

这种残缺感让她由心底洋溢出疼痛来，她宁愿受伤的那个人是自己。

韩成永很快就把被子盖上，深吸一口气：“这样，你还想问为什么不可以吗？时容，走吧。”

时容没有辩驳，只是看着他问：“你真的希望我走吗？”

“是。”韩成永没有丝毫犹豫。

时容只能笑了笑，点头说好：“那我走，我会走的，如果你这样希望的话。”

她转身，踉踉跄跄地出门，还不忘给他关好了门。

韩成永靠在床头，看着时容那瘦削的背影逐渐从视线中消失，发着愣，忽然伸手，狠狠地砸向了床铺，是硬板床的缘故，他的手被砸得生疼，他却像是丝毫未察觉，只是苦笑一声。

时容走了吗？她当然没有走，她怎么可以走。

她只是出了卧室，将就着在客厅里的沙发上躺了一晚上，自然是一夜没睡，冷是一方面，另一方面是有太多思绪在脑中打转。

尽管已经下定了决心，但依旧有许多关卡需要一一突破，不是嘴上说说就可以的。

她一早就起来了，去厨房的冰箱看了一下，居然有不少食材，她便拿出来煮粥。

她虽然做菜的水平不佳，但煮个粥还是没问题的，她熬了很久，看上去十分浓稠，她自己十分满意。

看看时间也不早，只是卧室里还没动静，她便又煎了两个蛋。

香味逐渐蔓延开来，韩成永坐在轮椅上推门出来。

虽然闻到了香味，但他还以为是幻觉，可这会儿实实在在地看到厨房里有个人，而那个人正是昨天晚上说要走的时容，心里说不出是什么滋味，他推着轮椅来到厨房门口，冷声叫：“时容。”

时容刚把鸡蛋盛到盘子里拿起来，听到他的声音吓了一跳，差点儿就把盘子给掉到了地上，好不容易拿稳，冲他温柔一笑：“你醒了？”

从前她一直都需要仰视他，他很高，她向来都只到他肩膀以下的位置，而现在，他坐在轮椅上，比她还要矮。

她扫去心中的疼痛，直接把盛出来的早饭拿了出去，还对他说：“你洗漱好了吗？来吃早餐吧。”

韩成永推着轮椅来到她面前，眉头紧皱：“你为什么还在这里？”

“我说过，我不会走的。”时容也十分认真地对他说，“我会留在这里，留在你的身边，我不会走。”说完，她便又露出笑容，走到韩成永身后将轮椅推到了桌边，把碗筷等等移到他面前，“你尝一下。”

韩成永看着时容十分顺其自然地坐在了对面，笑意盈盈地对着他，心肠一硬，直接甩手将桌上的东西全都扫到了地上，一时间哐啷哐啷的声音回荡在客厅里。

时容愣了一下，没有说话。

韩成永瞪着她，脸上眼里没有别的表情：“我说了，让你走，你是听不懂人话吗？”

时容的眼中有些润湿，却忍了下来，依旧笑了下，走过去蹲下来收拾地上的碎片和粥。

“你不喜欢吗？那你说你想吃什么，我帮你做。”她依旧说得温柔婉转。

“时容，你还记得当初你的心情吗？”韩成永说，“现在我就是当初你一心想要推开我时的心情，我不希望你在这里，一点儿也不希望。你在我面前只会一遍又一遍地提醒我自己只不过是个残废，什么都给不了你！所以，离开这里！不要让我更难堪！”

时容蹲着，手里拿着碎片，不知不觉就攥紧，戳到了掌心也没有在意，殷红的血液就这样滑落下来，与白色的粥混在了一起。

她几乎都快要被他说服，可疼痛让她更加清醒，她转过身，像从前一样仰望着他，眼中湿漉漉的：“以前我并不知道我究竟做错了什么，直到现在我才明白，所以韩成永，对不起，我对不起你很多，甚至不知道该怎么样才能弥补。可我发誓，我想留在你身边绝对不是因为同情你，你不可以这样想我。”

她将脸颊贴在他比之前消瘦不少的左腿，感受着他的温度和力量：“韩成永，让我留下来吧好不好？让我照顾你好不好？”

韩成永低着头，眸中满是痛色，这是他期待了多久的画面，可偏偏却是在这种时候……

他抓住她的肩膀：“时容……”

时容抬起头来，忽然以迅雷不及掩耳之势吻上了他的唇。他僵住，怔在原地，大概是绝对没有想到她会有这种动作。

他下意识就要将她推开，可她紧紧地抱住了他的脖子，死都不肯松开，她没有任何接吻技巧，只是学着当初的他，不管不顾地印在他的唇上，让他退无可退。

时容缓缓闭上眼睛，眸中的湿润便化作泪水滑落，经过紧贴的唇瓣，淡淡的苦涩味道渗入，蔓延在两人的唇齿之中。

韩成永终于顿住，原本抓着她肩膀想要推开她的手忽然用力，难以抑制地将她揽在怀里。

时容小心翼翼地没有碰到他的腿，弯着腰在他的怀里亲吻他。

喘息着分开，时容双眼迷离地看着他那熟悉冷峻的眉眼：“韩成永，你还喜欢我的不是吗？为什么要推开我呢？”

韩成永十分难堪，抓着她的手臂想要拉开，却看到了她满手的血迹，眉心一皱，心里却顿时软了下来，轻轻地放下，自己推着轮椅走开。

时容不知道他要去哪里，只当他要冷静一下，便继续蹲下来收拾地上的残局，将碎片捡起来扔掉才发现手心里都是血，刚想用水冲一下，却听见韩成永在叫她。

声音不似之前的冷硬。

她心头一喜，也忘记了洗手，连忙跑出去应他：“是，我在。”

韩成永的腿上放着一个医药箱，冷着脸说：“坐在沙发上。”

时容在这种时候当然不会违背他，连忙坐下去。

韩成永来到她面前，将她的手抓过来仔细地看，看到了那道不算大却很深的伤口，都已经有肉翻在外面。

他皱了眉，打开医药箱帮她处理伤口。

时容小心翼翼地看着他的表情，他一脸的认真严肃，却又那么细致，像是又回到了当初，她微微勾唇。

放松下来也有坏处，原本不觉疼的伤口被他一碰就觉得痛得钻心，“嘶”的一声就要缩手。

幸好韩成永抓得紧，没有让她逃开，他看她一眼，训道：“不要乱动，会碰到伤口。”

她莫名就矮了一头，乖乖地应声说好。

韩成永也没有再说话，只是耐心地替她处理伤口。

她依旧觉得疼，咬着牙没有叫出来，看着他的脸色问：“韩成永，你是答应了吗？”

韩成永忽然抬头瞪她。

她马上低下头，嗫嚅着：“不说就不说，瞪我干什么？”

韩成永在她看不到的地方露出了清浅的笑意。

这是在他受伤之后第一次露出笑容，一年多来他自己都不知道是怎么度过的，曾经那么痛苦那么绝望，恨不得干脆死了更好，他讨厌自己这残缺的身体，厌恶难以再有幸福的人生，却没有想到她还愿意留在自己的身边。

可他怎么可以？

她的未来那么光明，那么美好，而他只不过是一个残废，又有什么资格让她留在他身边？

“时容，”韩成永替她包扎之后，握着她的手，低声说，比起冷硬更多了一份柔情，“如果是以前，我会求之不得，可是现在，就当是为了我，不要再留在我身边，你不是喜欢傅北易吗？听说傅清瑜病重，你……”

时容没想到他依旧拒绝她，竟然还拉出了傅北易说话。

“你当我是什么人？难道我可以喜欢着一个人再去追求另外一个人吗？你就这样看我的吗？就算傅清瑜……那也和我没有关系，我对傅北易早就……你又何必再来羞辱我。既然我会找你，那就已经做好了所有的准备，所以不管你怎么说，我都不会放弃的，我已经错过一次，我不想再错过第二次，韩成永，我一点儿都不嫌弃你现在这个样子，我想要的是你这个人而已。”

时容说得这般真诚，让韩成永一时之间竟然不知道能说什么。

他差一点儿就要将她拥入怀中。

可下一秒时容的手机铃声就响了起来，见是傅倾城的电话忙接起来：“青青，怎么了？”

“阿瑜她……”傅倾城带着哭音，哽咽着没办法说下去。

时容怔了一下，像是浑身的力气都被抽掉了一般，蓦地靠在了沙发里，好一会儿都醒不过神来。

时容去参加了傅清瑜的葬礼。

来的人很多，傅北易在回礼，没有任何表情，像是失了魂魄，她走过去的时候说了一句：“节哀。”

傅北易没有说话，只是点了点头。

傅倾城也在，看到她的时候艰难地扬了扬嘴角，走过来和她说话：“你来了？”

时容已经不知道说什么，只是叹了一声：“没想到……会变成这样……”

傅倾城微微垂头，有泪水从眼中滑落：“阿瑜还这么年轻……”

“你也不要太伤心。”时容拍拍她的背脊。

傅倾城颔首，抬起头来忽然看到有熟悉的人进来，微微皱眉：“他怎么来了？”

“谁？”时容顺着她的视线看过去。

时容看到了一个高大的男生，面容冷峻没有表情，倒是有点儿眼熟。

“陆泽成，也是个舞者，和阿瑜曾经……”傅倾城顿了顿，“阿瑜从始至终都是把北易哥当成哥哥的，她一直喜欢的只有陆泽成，可没想到……”

时容有些意外，却也觉得在情理之中，她早就看出傅清瑜对傅北易没有那份心了，不然傅清瑜也不会经常想要撮合她和傅北易，没有人会心胸宽大到将自己的爱人双手奉给别人。

她正在神思，忽然听到里面忽然传来一阵喧嚣，她和傅倾城对视一眼，连忙冲了进去。

傅北易不知道怎么居然抓住了陆泽成的衣领，满脸的怒意。陆泽成微微仰头，却是十分镇定。

旁边还有一个女人在拉着傅北易，时容听到她在说：“傅北易，你想让傅清瑜看到这一幕吗？不为别人想也为她想一想！”

时容觉得那人眼熟，看向傅倾城：“那是林珑吗？”

傅倾城一脸担忧，点头应道：“是林珑，她和北易哥的关系好像很不错。”

时容和林珑不算熟悉，只知道她曾经和秦年还有傅倾城一起录过节目，她看了那期节目，所以还有些印象。

傅倾城和时容也走了过去，不过傅北易已经松开了手，压低声音，咬牙切齿地说：“滚，你没有资格来看她！”

陆泽成低头理了理衣领，没有说一句话，就这样直接转身离开了。

时容看着陆泽成转身离开的背影，不知道为什么竟然看出了些许失落的感觉。

这算是一个插曲，傅北易很快就冷静下来，继续恢复了面无表情。

林珑走了过来，看到傅倾城还点点头：“我还有事就先走了，你好好安慰傅北易。”

傅倾城点头：“谢谢，我送你出去。”

时容便孤身一人，她又来到傅北易身边，犹豫着不知道该不该说，可大概还是没办法看他变成这个样子，轻声说：“傅清瑜她不会希望看到你这个样子的，傅主播，我相信她会希望你开开心心的。”

时容并不是只是安慰他，如果她是傅清瑜，她也会这样期望，期望对自己好的人可以安安稳稳快快乐乐地活下去，而不是一辈子都无法自拔。

傅北易低着头并不作声，时容一抬头却看到他的眼眶泛红，她知道他不会希望被别人看到他软弱的样子，悄声离开。

其实人的一生多么短，还可能会遇到各种无法预测的危险，为什么还不在有限的时间内去和自己爱的人好好在一起呢？

时容出来的时候正好碰到傅倾城，她同样是一脸疲惫，时容抱一抱她：“我先走了，想去看看韩成永。”

傅倾城知道她和韩成永的近况，自然点头应允：“去吧。”

时容转身走了两步，傅倾城忍不住叫住她：“阿容，你一定会得到幸福的。”

她扬眉笑起来，眼中却有泪：“是，我知道。”

时容打车去了韩成永的公寓，直奔他家，钥匙并没有还给他，所以她轻而易举地开门进去。

韩成永不在客厅，她寻了一下才发现他正在复健室里努力锻炼，浑身都是汗，却依旧坚持着做锻炼。

时容不顾一切地跑了过去，从身后拥住了他，不管他身上的汗渍，将脸贴在他滚烫的肌肤上：“韩成永……”

韩成永浑身一僵，手都不知道该放在哪里，有些别扭地叫她：“时容？”

“是，是我……”她依旧紧紧地抱着不松手，热泪盈眶。

她是多么感激，多么感激她的人生里出现了一个韩成永，多么感激他没有离她而去，而是再一次出现在她的面前。

“韩成永，你知道吗？”时容的眼泪落下来，触到他的后背，仿佛灼烧，滚烫滚烫的，“我曾经有多害怕你就这么离开再也不回来了，我又有多希望出事的那个人是我……韩成永，我不管你是怎么想的，反正我已经下定了决心，我绝对，绝对会留在你身边的，绝对会的！”

韩成永拿她没办法，能做的只是不回应。

时容倒也习惯了这样，她只要有空就黏在他的身边，他知道根本赶不走她，所以也已经由着她了。

时容相信只是时间的问题，随着时间的过去，她相信总有一天韩成永会重新接受她的。

宋姐也明显感觉到了最近时容的情绪比之前好了不知道多少，忍不住还问了句：“最近有什么好事吗？你看起来很开心。”

时容果然抑制不住自己的笑容：“嗯，是有好事。”

“这样才好，比从前那个沉闷的样子好多了。”宋姐点点头，忽然又想到什么，忍不住问，“阿容，你该不会是谈恋爱了吧？”

原本就没有说过不能谈恋爱这种事情，所以时容对宋姐也一向很坦白，摇摇头：“还不是。”

“还？”宋姐抓住她的话势，“那就是有那么一个对象了？”

时容笑笑，也不隐瞒：“是的，我喜欢的人回来了，正在倒追中。”

“你居然还要倒追？”宋姐做出一副不敢置信的模样，“有多少人追你，你都视而不见，清高到得罪了不少人，居然还有人能让你心甘情愿去追？”

时容看着她：“那不是清高，那只是我没有遇见他。”

宋姐点点头：“也是，你的粉丝都比较理智，应该也不会管你的恋爱问题，毕竟你年纪也不小了。”最后一句话倒是故意在开玩笑。

时容却顺势说道：“我的确不年轻了。”

这话便惹得宋姐要打她，聊了几句之后，宋姐才想起正事：“对了你还记得之前你得罪的那个制作人吗？”

时容皱皱眉，她自然不会忘记。

“真是太难相与。”宋姐摇着头叹气，“太小心眼也太记仇，把你给恨上了，你要小心点儿，他说不定会给你使绊子。”

时容不以为意，只说知道了，却没有真正往心里去。

傍晚她又去超市买了菜便往韩成永家里赶，路上看到有时誉打来的电话，不情不愿地接起来：“又有什么事情？要钱没有！”

时誉“啧”一声：“你怎么不加一句要命有一条？”

“有什么事快说，不说我就挂了！”

时誉知道她做得出这种事情来，忙说：“我说我说，时容，你从来都没有跟我说过我们的爸爸妈妈叫什么。”

时容微微蹙眉，没料到时誉竟然在问这个。

“有什么关系吗？”时容说，“反正都已经不在了。”

“我看到有新闻说我们的妈妈是时音，是真的吗？”时誉小心翼翼地问。

时容的眉头锁得更紧：“你听谁说的？有心思关注这些没影的事情，还不如好好学习，我有事先挂了。”

挂了电话之后，她依旧有些不安，刚好宋姐又打电话来，直截了当就说："阿容，时音是你母亲？"

"怎么了？"

"不知道哪个记者居然拿你的身世做文章，已经上了头条，我们事先完全不知情，压都没办法压。"宋姐说，"你得和我说清楚，我们才能应对。"

时容微微侧头，从车窗里看到了自己的脸，和母亲隐隐有着相似之处，其实她都快记不清楚母亲长什么样子，如果不是她依旧留存着许多照片的话。

那是一个她不愿意对任何人说起的秘密，除了她无人知晓，连她唯一的亲弟弟都不知道。

时容长叹一声："是，她是我母亲。"

宋姐早就觉得两人有些相似，那会儿是时容不肯说，她怀疑但没多问，没想到真的是。

只是新闻里却写得很不堪，说时音当初做了第三者，破坏别人家庭，孩子也都没有父亲，甚至还将时容小时候的一些事情给扒了出来，不知道幕后操手究竟是谁，这明显是要把她往脚底下踩。

宋姐犹豫一下："要不你回一趟公司，我们商量一下？"

时容看一下放在一旁的袋子，想到今天早上和韩成永说晚上会做饭给他，坚定地拒绝了："应该怎么样就怎么样吧，宋姐，我相信你。"

仿佛什么都没有发生一样，时容如同往常一样回到韩成永的家中。

这个时间点他一般都会在沙发上看书，果然，刚开门进去就看到他坐在沙发上，侧身靠着，她进门他都似乎没有察觉，连头都没有抬起。

时容已经习惯韩成永这样的姿态，故意动了动手中的塑料袋发出声响，然后便笑着说道："今天吃红烧肉。"

韩成永微微抬头瞥她一眼，她便洋溢起更大的笑容："等一下就好。"

时容将外套脱在沙发上，戴了围裙便进了厨房，为心爱的人做饭的时候总是开心的，可以忘记所有的不愉快，她哼着歌，有条不紊地进行着。

韩成永的眼神不知道什么时候开始已经从书本上移了开来，一直定在时容身上。

他看着她长长的头发在脑后松松扎起一个马尾，随着她的动作还会晃动，他看着她消瘦的背影轻快地移动着。

这是他从未想象过的幸福画面，如今却真实地出现在他的眼前，似乎又那么不真实。

他的右腿忽然一阵疼痛，微微低头便看到了空空荡荡的裤腿，他知道这是幻痛。

只有在出门和锻炼的时候他才会戴上假肢，在家的时候通常都用轮椅，所以一低头就能看到自己身体的残缺，他从没有比这一刻更加痛恨自己的伤。

如果他可以站起来，那么他可以在她回家的时候迎上去，接过她手中的东西。

如果他可以站起来，那么他可以在她精心准备晚餐的时候偷偷地走上前去，从身后拥住她，给她一个温柔的吻。

如果他可以站起来，那么他可以重新走上赛道，拿下一枚金牌作为求婚的礼物。

可他不能了，有些失去的东西是再也找不回来的。

韩成永那样的落寞又失意，正想把视线收回来，他便听到了时容外套里的手机铃响。

他不过犹豫了一秒就挪动着身体将她的外套扯了过来，拿出正在响铃的手机，上面显示的名字是宋姐。

韩成永看了一眼厨房里的时容，他能看到她的侧脸，嘴角微微扬着，似乎很开心的模样，他便不想叫她，接通了放在耳边。

“阿容？你真的没空吗？我觉得你需要来一趟公司，事情有些严重，除了你母亲的事情，还有报道说你小时候遭遇了……侵犯，现在网上的消息一团乱，就是上次你得罪的那个制作人，故意在给你使绊子呢。”

韩成永抬头，看向厨房里依旧十分欢快的时容，她想必已经知道出事了，可居然还能笑着给他做晚饭？

“阿容？”宋姐等不到回答，又问一声。

“我会和她说的。”韩成永沉声说道。

宋姐没想到接电话的是一个男人，有些发愣难以回神：“哦，哦好的，请记得和她说明一下情况，劝她来一趟公司。”

韩成永应一声挂了电话，他见她还在厨房里，便拿了自己的手机给华司打了个电话过去。

时容出来的时候韩成永已经结束了通话，正抬头看着她，她因为在厨房的关系有些热，脸蛋红扑扑的看上去很有精神。

如果不是他接到了那通电话，想必无论如何都不会知道出了这些事情。

被韩成永这样看着，时容有些不好意思，还是笑了笑，闪着眼睛问：“怎么这样看我？”

他一直都不肯多看她几眼，这样的视线自从他重新回来之后简直没有过，她有些激动又有些忐忑。

“你是不是有什么事情瞒着我？”韩成永说话，声音低沉。

时容一愣，脑中立刻就响起方才宋姐和她说的话，可她并不觉得那有什么，肯定能解决的，他也不至于会知道那些事情，不想让他替自己担心，所以笑着说：“哪有什么事？”

韩成永的神色顿时就更加凛冽。

时容当下就觉得有些不对劲，如果他什么都不知道的话怎么可能忽然问出这样的问题？她犹豫一下，凑上去，小声说：“如果我说的话，你会帮我吗？”

韩成永不说话，只是看着她。

她瘪瘪嘴，便一五一十地把事情都说了，然后十分委屈：“真的没了，我是不想让你担心，而且娱乐圈里这种八卦新闻也很多，我并不在意。”

韩成永若有所思地垂下了眼。

时容有些猜不透他的想法，便凑近了一些，故意去挽他的手臂：“你是在关心我吗？”

韩成永瞪她一眼。

她却觉得他是纸老虎，一点儿都不怕，依旧笑着。

韩成永拿她没有办法，只能轻叹一声。

时容干脆将脑袋靠在了他的肩膀上：“以后有什么事情我都和你说，我再也不瞒着你了好不好？”

她说得这样委屈和真诚，韩成永都不知道该如何回答。

时容却不让他退回壳里去，又往他脸边靠了靠：“好不好？”

韩成永拿她没办法，随意哼了一下。

时容却很高兴，捧着他的脸亲了他一下：“我不管，反正我就当你答应了。”

韩成永被她的突袭吓了一跳，可更多的却是甜蜜，难以言喻的甜蜜，眉角眼梢忍不住扬起，却又非得压抑下去，继续保持那一张冷脸。

他的一切都已经被时容看穿了，她也没有不开心，靠在他肩膀上说：“韩成永，以前的事情是我不对，我应该早点儿和你说的，那个时候我以为不和你说才好，想等我自己把一切都解决好了再和你说，可是没想到……以后不会了，既然已经犯过错误，那么以后绝对不会了。我们好好在一起，好不好？”

韩成永微微侧头看她，她的眼神真挚而清透，让人无法抗拒，可是他想得更多，第一件事便是他的腿……

时容却好像有读心术，她轻轻地将手放在他的右腿残肢上，缓缓地抚触着：“我不在乎你的腿，你也不要在乎，我只知道你依旧是你，只要你肯，你还可以像以前一样出色。”她将整个人都窝进了他的怀里，“韩成永，我听到了你的心跳声，一下一下那么剧烈。跟着你的心走，好吗？”

韩成永无奈地深深吐出一口气，这一辈子，她大概就是他的劫数，他无论如何都躲不过，也不想躲。

可是他能自私一回吗？自私地让一个那么好的女孩儿留在他这个残废身边？

这个决定实在是太难，太难了。

时容没有逼他，只是一直用温柔的眼神盯着他看。

他被看得越发无措。

幸好这个时候门铃响起，他似乎是松了一口气，忙说：“去开门。”

时容也知道不能急于求成，总有一天能等到他心甘情愿的回答，所以笑了笑，起身去开门。

没想到来人竟然是华司，他以往来的时候时容都不在，所以他倒是没有见过她出现在这里。

他依旧对她存在深深的偏见，所以一见到她就立刻换上一张怒脸：“你怎么在这里？”

时容只是笑着：“进来吧。”倒像是一个女主人。

华司还要横眉冷对，可看到韩成永便没有了脾气：“你被她害成这样还不够吗？还要帮着她？”

“华司……”韩成永只是叫了他一声。

华司叹一声：“好好好，我知道了，你电话里讲的事情我去网上搜了一下，果然很严重。”说着看向时容，“你打算怎么办？”

时容还有些蒙：“啊？”

华司真是气到不行，直接用手机点开新闻给她看：“网上铺天盖地都是你的新闻，你怎么还不去公司？”

时容这才发现居然还有说她小时候被人侵犯的事情，脸色不由得很差，那亦是她永远都不愿意想起的过往，此时就这样被所有人都看到……

韩成永不知道什么时候伸过手来，竟然握住了她的。

她愣了一下，所有的懊恼不满全都在一瞬间消失了，为着他那有力的一握。

华司看不过去，说要送时容去公司。

华司做了韩成永那么多年经纪人，也是有些资本的，有他帮忙出谋划策便更加轻松了一些。

正好再过一周就是她的首次演唱会，大家一致决定将所有的事情都放到演唱会上去解释说明。

时容这段时间白天一直在练歌，见到韩成永便缠着他必须得去她的演唱会。

韩成永从一开始的沉默到之后的拒绝。

时容也知道他担心什么，双手合十求道："这是我第一次演唱会，说不定也是最后一次，你一定要来好不好？"

韩成永被她缠得没有办法，只好点头应了下来。

时容开心得像个小孩子。

时间过得很快，马上就到了演唱会的日子。

因为宣传做得足够多，时容原本的粉丝也不少，所以人满为患，几乎到了一票千金的地步。

宋姐还谈下了电视台直播，让不少没法去现场的人也不用那么失落。

开头一直都是正常的演唱会模式，时容学不会跳舞，所以她就只是安安静静唱歌，氛围很好。

韩成永真的来了，就坐在她一眼就能瞧见的第一排的中间，她看着他便觉得浑身都是力量。

等流程结束，便到了她说明的时候。

她坐在高脚椅上，柔声说："我知道大家想必都看到了网上的消息，我曾经也是做记者的，娱乐八卦与新闻不同，存在一定的虚假性，通常都是真真假假，让人分辨不清。我的确是时音的女儿，我的母亲在我很小的时候就去世了，我和你们一样，对她的印象只不过是那一张张的相片和一首首的歌曲，我母亲的事情我并不清楚，我也没办法去评论她，因为她是我的母亲。不过我想现在也已经不重要了不是吗？她已经去世二十多年，所有的一切都可以被埋在过往了。”

这并不是宋姐帮她写好的新闻稿，而是她自己的内心话。

她继续说道：“而我的那些过去……我的母亲生完我弟弟之后难产去世，我不只要让自己活下去，更要让弟弟活下去，我曾经做过一些现在想来可能有些不可思议的事情，但我只是为了活下去。至于报道里说我小时候被侵犯，那曾经是我绝对无法言说的过去，因为实在太过黑暗，可现在我可以光明正大地说出来，因为我在黑暗中遇到了一束光，我相信这个世界上总归还是好人多。因为就有那么一个好人将我从地狱里拯救了出来，直到现在我依旧感谢他，想谢谢他。”

观众们忽然鼓起掌来。

时容低头一笑，发现有些事情说起来其实也不是那么困难：“在这里我还要宣布一件事情，这是我第一次也是我最后一次的演唱会。我踏入娱乐圈完全是意外，大家喜欢我的歌声我很开心也很幸福，但或许我并不适合这个世界，我可能还会去做回记者，然后偶尔唱几首歌，这段时间谢谢大家的喜欢。”

这并不是她一时兴起，早在之前就和宋姐说过，宋姐尽管惋惜也只能随她的想法，毕竟这是她的人生，别人不能强求。

底下一阵哗然，大概都想不到会听到这样一席话。

时容却还没有说完，她抬手示意大家安静下来：“我还有最后一件事，大家能帮我吗？”

听着底下齐声的“能”，时容笑着站起来，逐渐往台下走去，嘴里依旧在说：“曾经，有一份真挚的爱情摆在我面前，我没有珍惜，等到我失去的时候才后悔莫及，人世间最痛苦的事莫过于此。”她笑起来，笑得那么美，已经站在了韩成永的面前，“如果上天能够给我一个再来一次的机会，我会对他说三个字。”

她顿住，看向大家。

大家心领神会，齐齐呼喊：“我爱你。”

时容笑得更加灿烂：“如果非要在这份爱上加一个期限，我希望是……”

“一万年！”大家齐声喊道。

时容蹲下来，看着坐在轮椅上的韩成永：“我很后悔，后悔当初没有好好珍惜你对我的好，我现在还来得及吗？韩成永，我爱你，你还爱我吗？”

所有人都没有想到时容会做出如此举动，全都沸腾起来。

时容好像听不到，她眼里只有一个人，那就是韩成永。

韩成永也定定地看着她，无法移开视线。

“我爱的你是各种模样的，自信又强大的，脆弱又孤独，我爱你的每一面，我也相信你会再一次变得自信强大。”时容握着他的手，“你还爱我吗？爱这个懦弱又不懂事，迟钝又犯傻的我？”

韩成永一直看着她的眼睛，忽然像是回到二十年前的那个夜晚。

那时候，她的眼神是绝望又痛苦的，而现在，她的眼神是充满期待和憧憬的。

如果说他可以带给她美好未来的话，那又为什么要继续蹉跎下去呢……

他微微点头。

时容的眼睛瞬间亮起来，猛地起身将他抱住，在他的耳边轻声说：“韩成永，我爱你。”

韩成永还没反应过来，时容已经捧住他的脸吻了下去。

大家的欢呼声和掌声那么剧烈，可他们却像是听不到。

全世界好像只剩他们两个，再没有别人。

有些爱情总是会被云雾遮住看不清楚，只要拨开云雾才能看到真相。

韩成永，我拨开了云雾，所以我又找到了你。

我不会再错过你，那么爱我的你。

两年后。

“韩成永！韩成永！韩成永加油！韩成永最棒！”时容伸手在嘴边做了个小喇叭的模样，朝着赛场大叫。

身旁的老李有些无奈地点点她的肩膀：“时容，如果我早知道你会这么疯狂的话，绝对不会带你出来的……”

时容的脸已经被太阳照射得红扑扑的，她笑：“今天是我家那位这些年以来第一次走上国际性的比赛，我这不是激动了些吗？好啦我知道，比赛快开始了，我接下来会安安静静的。”

老李摇摇头，视线扫了一下她微凸的肚子：“等会儿你小心点儿，你家男人之前可是冷着脸交代我了，千万得把你看好了，要是出了什么事儿，我待会儿可不知道还有没有命在。”

时容下意识地摸了摸肚子，咧嘴笑了下：“别管他，凡事有我呢！”

时容依旧在 JNTV 工作，最近因为怀孕的关系基本已经不出外景，这次是她好不容易才求来的机会，毕竟她要在现场亲眼看着韩成永拿到又一枚金牌。

这是在残奥会的现场，韩成永经过过去一年的复健和一年的练习，终于又一次站在了跑道上。

两年里的诸多辛苦难以用言语说明，可时容从未有一次想要放弃，她知道韩成永亦如是。

就像是她离开电视台的时候如此怀念，韩成永也一样，一如既往地怀念着他的赛场，他的跑道，以及他奔跑时畅快的感觉。

时容和老李在终点线处，短短的一百米，她仿佛能看到起点处韩成永的脸。

她抬手摆了摆，做了一个爱心的姿势，而后她便看到他的嘴角微勾，她吐了吐舌头，比之前看他的任何一场比赛都要激动。

老李打开摄影机，时容拿起话筒，深吸一口气，对着镜头露出最娴熟的笑容："观众朋友们，大家好，这里是 JNTV 体育新闻记者时容从伦敦发来的报道。这次残奥会一百米决赛 T44 级的赛场上最引人注目的自然是中国选手韩成永。众所周知，韩成永曾是中国短跑届的传说和赛道上的神话。三年前他因事故离开跑道，而现在，他重新归来，为了成为王者。我相信，韩成永选手，一定可以获得冠军！"

选手们已经做好起跑准备，时容抿了抿唇，格外紧张，甚至能听到胸膛里自己的心跳声，怦怦怦，一声一声那么明显。

发令枪终于响起。

时容看到韩成永仿佛飞起来，如同以前一样在跑道上飞翔。

她浑身都起了鸡皮疙瘩，亲眼看到他头一个冲过了终点线，她惊叫出声："中国选手韩成永第一个冲过了终点线，11 秒 15，韩成永破了纪录！他取得了冠军，并且破了奥运会纪录！他依旧是以前那个赛场上的王！"

韩成永身上披着国旗，跑到她的面前，两人隔着栅栏，他冲她一笑，她明明想笑的，眼泪却落了下来，不是伤心难过，只是太感动。

比赛结束之后便是采访，时容作为地方台的记者，自然得排队等候。

韩成永一如既往，话少得可怜，明明应该激动，他却依旧面无表情，回答问题永远不超过五个字。

终于轮到 JNTV，时容来到韩成永面前，喉咙一哽，差点儿什么话都说不出来。

韩成永亦是什么话都没有说，跨步往前，一把将她搂在怀里，空开她肚子的位置。

她才知道，他其实比任何人都激动，他抱着她肩膀的手在轻轻地颤抖，她咬咬唇，好不容易忍住的眼泪差点儿又要爆发。

不过是轻轻一抱，他便松开她，看一眼她的肚子："孩子没事吗？"

她摇头："没事。"

在场的新闻记者朋友都知道他们的关系，也没有催促，倒是一个个全把这一幕拍了下来。

时容自然意识到，轻轻捶一下他的胸膛："还在采访呢，有话回去说。"

他愣一愣，而后笑："好。"

这个笑容，让所有人都为之一怔，原来韩成永，也会笑啊。

"首先恭喜你取得好成绩，你在赛前有信心会拿冠军吗？"时容朝韩成永眨巴眨巴眼睛。

"有……"韩成永见她依旧看着他，抿抿唇，继续说，"这是我三年后重新回到赛场，虽然有一点儿陌生，但是我生来就是该奔跑的，以前是，现在是，以后也是。"

所有人都张大了嘴巴，唯有时容一个人很满意，继续说："你能取得冠军，你最想感谢谁？"

"你……"他顿了顿，"我最想感谢我的妻子，是她鼓励我重新站起来，重新跑步，她说，我不会有做不到的事情，事实证明，果真如此。"

现场的人不忍地别过头去，这简直就是赤裸裸地秀恩爱！

采访终于结束，时容先去外面等他。

韩成永出来得很快，他换下了假肢，坐在轮椅上飞速朝她而来，在她面前停住。

她摸摸他的脑袋，笑："你今天做得真棒。"

他张开手臂搂住她的腰，将脸轻轻靠在她的小腹上："他今天没欺负你吗？"

时容笑着摇头："我也觉得奇怪，他今天一点儿都没闹，大概也知道他爸爸得了冠军吧！"

她要去推轮椅，他拉住她的手不让她推，自己伸手转动车轮，和她一起往前而去。

树荫底下只有他们渐行渐远的身影。

“痛吗？”时容问。

“不痛？”

“痛的话要和我说，千万别勉强。”

“我知道。你真的没有不舒服？你脸色好像有点儿差？”

“真的没有！小崽子可乖啦！”停顿了一下，时容叫他，“韩成永……”

“嗯？”

“我爱你。”

韩成永手上的动作顿住，仰头去看她，她身后有阳光，仿佛浑身散发着光芒。

他朝她招招手：“低头。”

她便俯身，脸凑到他面前：“干吗？”

他捧住她的脸，吻住她的唇。

她一怔，随后咧嘴。

时容，我也是，那么爱你，以我的全部的生命。

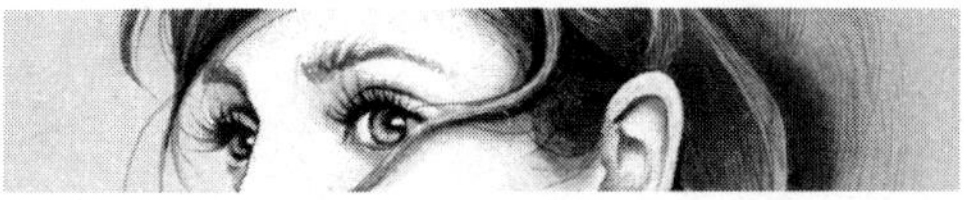

番外一

生平第一次我放下矜持

傅北易想，他大概从来都不清楚自己对时容是什么样的感情，或许只是错误的时间，遇到了对的人。

因为他明白，无论如何，他都不会放弃傅清瑜，年少的他曾经对这个亲爱的妹妹说过，他永远都不会离开她。

朝夕相处，兄妹间的感情很轻易就能变质，如果非要说一个契机，那大概是在傅清瑜十六岁生日那天。

傅清瑜的十六岁生日宴会办得很盛大，因为这年傅倾城刚刚来到傅家，母亲陆萍宜心气不平，便故意给傅清瑜举办了一个格外盛大的生日宴，用来挤对傅倾城。

尽管傅北易觉得母亲这样的做法太过幼稚，可那到底是他的母亲，而且他也略微能理解母亲的心情，毕竟傅倾城的母亲才是父亲真正爱过的人。

宴会马上就要开始，傅清瑜却还在房间里没有出来，陆萍宜叫住他："北易，去看看阿瑜，怎么还不下来，这都要开始了。"

傅北易略略点头，放下酒杯转身上楼。

傅清瑜的房间在二楼，他站在门口轻敲房门，里面没有动静，他微微皱眉，有些担心，她没锁门，他很轻易地就开门进去。

他刚想出声，话语便都梗在了喉间，因为他亲爱的妹妹背对着他，裸露着整个光滑的背脊，正在艰难地穿着母亲让人专门为她定制的小礼服。

乳白色的灯光洒在她光裸的皮肤上，好像蒙上了一层薄纱，闪着珍珠色的光泽，她就这样回过头来，略一诧异之后便笑："哥，帮我拉一下拉链。"

她丝毫都不忌讳，因为她只将他当作哥哥，亲哥哥。

傅北易怔了一下，轻应一声之后才缓步进来，将门带上，慢慢走到了她的身后。

他抬起手，小心翼翼地捏住了她腰间的拉链，而后慢慢慢慢地往上拉，她的裸背逐渐消失在他的面前，他的呼吸总算开始顺畅。

傅清瑜丝毫没有察觉，笑眯眯地回过头："是不是妈妈让你来叫我的？我们下去吧。"她一把抱住了他的胳膊，小小的胸撞在他的手臂上，他身体一僵，手都握成了拳，微微侧脸看向身边这个笑得纯洁无瑕的女孩儿，心口仿佛被人狠狠地打了一枪。

他知道，他沦陷了。

可是他的沦陷在这样纯洁的傅清瑜面前，显得如此肮脏不堪，他也明白母亲将傅清瑜当作亲生女儿看待，绝对不会允许他的私心，所以，他难以言喻的爱全都藏在心底的最深处，从来都不想要让任何人知道。

他渐至婚龄，所有人都以为他要求太高，却不知他心里唯有那一人而已。

大概是因为同病相怜，傅北易一眼就看出了时容对自己的不一样，不过和他比，时容段数还是太低，太不会隐藏自己的心，所有的情绪都写在眼里。

他以礼待人，从不给她任何多余的期待和想法，直到发现傅清瑜对他们显而易见的撮合。

傅清瑜将自己演出的票给他，眨着眼睛说："哥，周末要来看我的演出哦，不过不能一个人来，必须带女伴！要是不带，我就一个礼拜不和你说话！"

傅北易正在烦恼傅清瑜的硬性指标，正好看到时容在他的办公室偷偷摸摸的，她说帮傅倾城给他带生日礼物，简直把他当成傻瓜，不过他并没有戳穿，也实在是没有戳穿的必要。

而在看到时容的时候，他发现，他并不反感将时容带到傅清瑜的面前。

时容的小心翼翼、战战兢兢，他一点一滴都看在眼里，觉得有些好笑又有些无奈，她到底是喜欢他还是将他当作敌人？连话都不敢好好说。

这么多年追求他的人自然不在少数，他连对方的脸都没有仔细看过，他却趁时容不注意的时候偷偷看了她。

她一直红着脸，白净的脸上带着两朵红云，竟然意外地让人觉得心情愉悦，一直未起涟漪的心竟然也有些波动。

去布鲁塞尔出差并不是意外，是他主动申请，那天他刚和傅清瑜吵架，他难得和她吵架，为的是她的个人感情问题。

他知道她有喜欢的人，心气不平，以她还小为理由不许她谈恋爱。

傅清瑜便生气，骂他小老头，气得抓了他的手就咬。

他气："你以为我不知道你和陆泽成的事情？他根本不是真心喜欢你！"

"不要诬陷我们的感情！你知道什么！你什么都不知道！"

"那苏艺呢？苏艺是怎么回事？"

傅清瑜气急败坏："他们是曾经的搭档，仅此而已，你管得太宽，我的事情不用你管，我长大了，你不过就是我哥哥，凭什么管我那么多！"

两人不欢而散，傅北易不知为何就想到了时容，正巧有去布鲁塞尔的名额，他便去了。

在机场看到时容，傅北易的心情还算不错，他替她埋单，她一脸惶恐的样子让他实在无奈，他故意送她巧克力，他想看她诚惶诚恐的模样。只是他没想到，她会那么珍视他送的巧克力，当她后来在车上小心翼翼拿出一块递给他的时候，他的心微微一动，原本并不吃甜食，他却还是接过放在了嘴里。

甜腻又泛着苦涩，并不是他的喜好，可他的余光看到她脸上露出小心翼翼的笑，眼角微敛，带着不明显的笑意。

时容在西藏出事的时候，傅北易是直播的主持，出来之后他就买了机票前往西藏，他说不出自己的心情，这是除却傅清瑜事情之外，他第一次担心，他想要明白这种担心究竟是为了什么，想要确定自己的心情。

他在医院遇到了同样匆匆赶来的韩成永，他正诧异韩成永为何会出现在这里，韩成永已经来到他面前，沉声说："跟我过来。"

韩成永的不喜显而易见，傅北易实在不知道自己是哪里惹到了韩成永，直到韩成永对他说："时容是我的。"

傅北易微微皱眉。

"时容不是真的喜欢你，她只是把感激当作了喜欢，她产生了错觉。"

傅北易不明所以："感激？"

傅北易终于从韩成永口中得知时容儿时的故事，韩成永走上前抓住他的衣领："我不介意你和我争，可最后赢的那个人，一定是我！"

傅北易到底还是去病房外看了一眼，看到那个在他面前一脸凛然的韩成永正用温柔无比的表情看着时容，那么的不和谐却又让人觉得本该如此。

他忽然不想弄清楚了，不过是一丁点儿的担心而已，他并不是势在必得，又何必搅乱一池春水。

他转身离开，就当作自己从来没有来过这里。

傅清瑜出车祸之后，傅北易在病房外听到傅倾城和傅清瑜的对话，知道傅清瑜前一晚去找陆泽成了，就像傅北易知道傅清瑜喜欢陆泽成一样，傅北易知道傅清瑜从来没有将他当作男人看待过。

他去找了陆泽成，那个时候陆泽成和苏艺在一起，笑得满面生风，他气不过，冲过去一拳将陆泽成打倒。

苏艺惊叫："你干什么！"

"你该问问你的男朋友做了什么事情！"傅北易冷声道，"如果不是去见你，阿瑜怎么可能会出车祸！"

"傅清瑜？"苏艺不解。

"看来你还不知道，你的男朋友为了那个比赛和阿瑜在一起了……"

"住口！"陆泽成抹着嘴角的血迹站起来。

苏艺咬着牙："到底是怎么回事？"

傅北易只是冷眼瞧着陆泽成："我来的目的只有一个，希望你不要再去打扰阿瑜。"

他转身就走，听到后面苏艺的怒骂："陆泽成，你无耻！"

陆泽成到底还是去看了傅清瑜，傅北易到的时候他刚好离开，傅清瑜用被子遮住了脸，没有什么声音，可傅北易知道她在哭。

他坐在床边，弯腰连着被子将她拥住："别哭，阿瑜。"

"北易哥，我很难过。"傅清瑜的声音嘶哑。

"不用难过，他不识货，他不知道，你是真正的宝贝。"

傅清瑜缓缓将红肿的眼睛从被子里露出来："北易哥，我最放心不下的人，是你……"

傅北易心口一疼，什么话都说不出来。

“你喜欢时容的对不对，你喜欢时容的……”傅清瑜满眼祈求地看着他，“你一定喜欢时容的，对不对？”

傅北易怔怔着忽然明白了什么，而后笑出来：“对，我喜欢她。”

傅北易想，他大概是知道的，知道时容绝对会答应他的请求，所以他才会说出那样的话。

他这样光明正大地利用她，她也不生气，笑着说好。他有那么一瞬间想要放弃，可看到傅清瑜的眼神，他没有办法。

订婚那天他没有等来时容，其实他松了一口气，有些庆幸，当时容哭着对他说傅清瑜的车祸因她而起，其实他并不恨她，只是他想，或许这样放开她也好。

她不用被束缚，他也同样。

他可以安心陪在傅清瑜身边，直到她的最后一刻。

后来傅清瑜已经连话都说不清楚了，却在最后的最后用并不清晰的语调在他耳边断断续续地说：“北易哥，不要喜欢我了……”

傅北易抚着她消瘦的脸颊：“我怎么会不喜欢你，你是我最亲爱的妹妹。”

傅清瑜忽然笑了笑：“嗯，妹妹……”

是啊，妹妹。

傅北易看着她的双眼缓缓合拢，他微微俯下身，在她的额上轻吻：“我最亲爱的妹妹。”他的眼角，分明有泪水。

如果说时容于他而言，是错误的时间遇到对的人。

那么，傅清瑜于他而言，便是错误的时间，遇到了错误的人。

那个对的时间对的人，傅北易想，自己这辈子，大概是没有机会再遇到了。

番外二

可惜没如果，只剩下结果——傅倾城

1

傅倾城被人绑架，从二楼跳下去，并且昏迷不醒的时候，时容正满身疲惫地从新闻现场回到电视台。

一周里，时容去看过傅倾城好多回，每每有空就会去，可每次都是带希望而去，失望而归，第一个发现傅倾城醒过来的是秦年。

秦年每晚都守在她病床边，握着她的手，总会在有意无意间趴在那里睡过去的时候，这天昏沉沉的时候，却感觉到她的手指略略一动。

本来就睡得不熟，察觉到之后他立刻惊醒，他一直看着她的眼睛，看着她的手指。

终于，又过了一会儿，她的手指再一次动了动，秦年兴奋地将她的手捧在手心，而后紧紧地盯着她的眼睛看，今天她的睫毛颤得尤其厉害，眼珠在眼皮下面不停地打转，总让人觉得下一秒她就会醒过来。

她的眼皮动了动，他能看到她的眼珠，心都快提到嗓子眼。

她顿了顿，终于缓缓地睁开了双眼，她呆呆地眨着眼睛，像是没有反应过来发生了什么，双眸空洞而干净，里面什么都没有。

秦年已经忍不住站起来，俯身将她拥入怀中，脸颊贴着她的，万分感动："青青，你终于醒了。"

她没有动作，只是木木地任由他抱着。

他终于抬起身子，双手去抚她的面颊，温柔唤她："青青……"他叫她，嘴边含着难以抑制的温柔的宠溺笑容，"谢谢你醒过来。"

傅倾城眼中却有些莫名和不安，看着他的时候竟然还有躲闪，她张嘴想说话，却发现嘴里只能发出“啊啊”的声响，语不成句。

秦年低头吻了一下她的额角：“等一下，我去找医生。”

医生过来检查一番之后说没有什么大问题，既然已经醒过来，那就只能等她慢慢恢复。

病房里再次只剩下他们两人，秦年目不转睛地盯着她看，傅倾城却惴惴不安地看着周围，有些瑟缩。

“青青……”他叫她。

她依旧怔忡地看他，像是根本不认识他一样。

他总算觉出些许不对来：“青青？”

傅倾城眨一眨眼睛，费尽力气终于说出话来，声音喑哑，还带着颤抖和哭音：“外婆呢？青玺哥呢？你是谁……”

秦年如遭雷劈，一时之间没办法接受，他自然也知道脑部损伤可能会有的一些后遗症，替她治疗的医生也和他谈过这个问题。

医生再一次被找来，一系列的检查之后，站在门外对秦年说：“目前这个状况你也应该看出来了，刚刚了解了一下，她的记忆好像只到十六岁。”

秦年从窗户看进去，傅倾城在床上缩着身体，对一切都有些害怕：“那……”他的声音有些干涩，“什么时候才有可能恢复……”

“这个说不准。”

秦年重新走进病房，坐在床边看着她留给他的背影，她甚至在微微颤抖，她很害怕，很紧张。

秦年伸出手去，手刚刚碰到她的肩膀，就感觉到她一个震颤，身体缩得更紧了。

他只能柔声叫她：“青青……”叫了一遍又一遍，让她知道他没有恶意。

傅倾城终于肯转过身来，身体却全都埋在被子里，只露出一双眼睛：“你是谁，为什么会认识我……”

秦年从一开始的无奈到现在的接受现实。“我是秦年。”他认真地介绍自己。

“秦年……”她默默地念叨，好像很顺口，却一点儿印象都没有，“叔叔，我想见外婆，还有青玺哥，我在哪里，你是好人，带我去见好不好……”

她有些急，眼巴巴地看着他。

他虽然比她大上几岁，过去的时候她也就叫他一声哥哥，可是现在，她居然叫他叔叔？

他一瞬间想笑出声来，不过想想她如今当自己十六岁，他已经三十几，可不真的担得起她一声叔叔？

她还一脸渴盼，像是把所有的希望全都寄托在了他的身上，他不想去做那个戳破她美好梦境的人。

这样的她，好像让他忆起了最初见到她的模样，一过已经十年，原来她在心中印刻得那么深。

“叔叔……”见他不说话，傅倾城又轻声唤他。

秦年长叹一声，忽然说起风马牛不相及的话来：“我那么老？”

“啊？”她眨着眼睛，不明所以，不过很快反应过来，尴尬地笑了笑，“哥哥，你认识我，那就帮帮我，好不好？”

“你叫傅倾城。”他说。

她点点头。

“今年几岁？”

傅倾城觉得他问了个愚蠢无比的问题：“十六岁呀。”

其实傅倾城和十年前的确也差不了很多，穿一套校服去装装中学生倒也不是不可以，不过看着她认真地回答，他却还是忍不住想笑：“不，你已经二十六岁了。”

傅倾城的瞳孔顿时放大，不敢置信地看着他，而后伸手去摸自己的脸，她怎么可能已经二十六岁了！他不会是大骗子吧？

她便皱了眉头：“叔叔你真的不是骗子吗？你真的认识我吗？”

居然又叫他叔叔，他倒是没有再介意：“当然认识你。”

他忽然觉得这样的傅倾城也很好，那么单纯可爱，没有任何不好的记忆，想什么就说什么，不像是曾经的她，忍受了那么多痛苦，所以变得畏怯，变得隐忍，不管是什么样的她，都是他心头的人。可是如果可以，她可以活得更轻松一些，也并不是一件坏事，不是吗？

就当那些不好的事情全都没有发生，她来到J市，一直都在跳舞，认识他，然后在一起，结婚，其实也不是不可以。

“你叫傅倾城，最喜欢……跳舞，母亲早逝，从小和外婆还有赵青玺一起生活……身高一米六三，体重，你大概也不知道自己现在有多少，穿三十六码的鞋，胸围80，腰围 58，臀围 86……”

“够、够了！”她连忙制止，捂着自己的胸口，不敢置信地看着他，“你、你是怎么知道的？”

“因为……”他觉得这样的她实在太可爱，想逗她玩玩，凑近，在她的耳边低声说，“因为我是你的丈夫。”

“什么？”她猛地抬头，额头撞到了他的脸，不顾额头上的疼痛，往后退了退，“你说什么？”

“我说，我是你的丈夫。”秦年说，“你已经二十六岁了，我们结婚好几年，你因为出了意外事故才会受伤。”

“那……”她满脸震惊，嘴巴都快合不拢，“那，外婆呢？青玺哥呢？”

对于这两个人，秦年有些不知道该如何解答，毕竟他知道对于目前的她来说，最为重要的肯定就是这两个人。

“他们……”秦年微叹一声，“外婆是因为身体不好才把你送到 J 市来的，所以早就去世了，至于赵青玺，他患有心脏病……”

傅倾城怔怔地点头：“所以……”她已经猜到了点儿什么，但是却不肯相信。

“对不起，青青……”

傅倾城根本听不清楚他后来还说了什么，脑中满满的都是：外婆去世了，赵青玺也去世了，她在这个世界上便成了孤身一人，无依无靠。

眼泪悄然间落下来，沾湿她雪白的面颊，睫毛微颤，上面也沾了晶莹的泪珠。

秦年替她擦去眼泪，她抬眼看他，他满脸温柔，目光深沉，可以从他的眼中看到自己，头发散乱，额上还有创可贴，满脸都是泪，他的大掌正以一种温柔的姿势抹去她脸上的泪。

她还有一个丈夫。

“你……”她声音颤抖着，“你，真的没有骗我吗？”

“没有。”他说，坐到床边将她搂入怀里，“我不会再骗你了。”

她靠在他的胸口，耳边是他震颤的胸膛，心跳得很快，让她忽然觉得安心下来。

可她还是将他推开，抹着脸上的泪，说：“我不能只凭你的一句话就相信你。”

小丫头倒是有防人之心。

秦年也不觉得气，反而安心：“那你先休息。”

他看着她躺下来，见她闭上眼睛，过了一会儿才出去打电话通知该知道这件事情的人，打完一圈转过身，远远地就看见她居然打开门探出头在看他。

见被发现，她慌忙缩进去，把门关紧。

他无奈地笑出来，这才记起来当初第一次见她，她其实就有些古灵精怪，大晚上在路上转圈，如果不是太过压抑，她应该会活得很开心，再来一次的话，他希望她这次可以过不一样的生活，活得恣意畅快，而不用像之前一样小心地委曲求全。

他走回病房门口，却见到远远走来的丁香。

丁香也见到他，脚步便顿了顿，一时之间不知道该不该过来。

病房的门又被打开，一个脑袋又探出来，看到秦年的同时就想把头缩回去，没想到一转头就看到了丁香。

傅倾城愣一下，也不管秦年了，直接开门出来，惊喜地叫她：“阿紫！”

她还没什么力气，声音也虚虚的，其实站不太稳，所以只能扶着门框，要不然大概已经跑过去了。

丁香怔忡，没想到还能从傅倾城嘴里听到这个名字，一时间不知道该如何反应。

“阿紫，”她又叫一声，“你是来看我的吗？”说完便看到了她身上的衣服，“你当医生了吗？”

原本还有些不相信秦年的话，怎么可能一觉醒来就过去十年，可如今看到丁香，却有些相信了，只是丁香和以前不一样，说不出来哪里不一样，但就是不一样，可傅倾城依旧很开心，因为在她彷徨无助的时候看到了丁香。

傅倾城和丁香从小一起长大，除却赵青玺最熟悉的就是她了。

丁香醒过神来，第一反应就是看向秦年。

如果可以，秦年不希望她们两人遇见，但既然已经如此，也只能走一步算一步，所以他对丁香点了点头。

丁香小步走过来，看向她，有些艰难地叫出她的名字：“青青……”

傅倾城看了秦年一眼，拉着丁香的手，小步小步地进去，让她一起坐到床边：“他说，我已经二十六岁了，是真的吗？”

丁香原本并不知道傅倾城的状况，但是听到这句话之后略有所悟，点了点头。

“到底发生了什么事情？我怎么会在这里？你怎么也来了？你当上医生了吗？我记得你以前就说以后的梦想是当医生的，还有外婆呢？青玺哥呢？他们真的……去世了吗？”她有好多好多话想问。

丁香又看向秦年，秦年给了她一个眼神。

她和他同事的时间不短，更何况她喜欢他那么多年，对他的每一个表情、每一个动作都能清楚地理解是什么意思，她其实可以说出真相，但如果那样，她大概再也没有可能在这家医院出现。

她没有“宁为玉碎，不为瓦全”的勇气，所以只能顺着傅倾城的话说下去：“你出了意外，所以失去了一部分的记忆，你真的二十六了。”

从丁香口中说出来的话，傅倾城还是相信的，她伸手抱住了丁香，将脸埋在丁香的肩窝，闷声道：“幸好还有你，阿紫，幸好你还在我身边……”

丁香微微地抬头，看向秦年。

秦年没有说话，朝她点点头。

丁香犹豫着抬起手，轻轻地拍了拍傅倾城消瘦的背脊。

秦年也没有让丁香多待，没一会儿就以她还有工作为由送她离开。

秦年送丁香出去，走得稍微远了些才停下来，脸色冷冷地看她。

丁香低着头：“我没有乱说话。”

秦年轻轻应了一声：“说话小心点儿，她把十六岁之后的事情全都忘记了，你依旧是她的好朋友，不要让她看出来，有些事情你应该知道该不该讲。”

丁香没有反驳，秦年便要转身离开。

“可是，”她忽然说，“总有一天，总有一天她会重新记起来的。”

“那就到时候再说。”秦年说完，大步离开。

他并不是想骗她一辈子，只希望她可以无忧无虑的，开开心心地过上一段时间，或许也就是他之前说过的，那个“重新开始”。

她现在就像是一张白纸，他不愿意那么快就在上面画上一道道污渍。

秦年重新回到病房，傅倾城对他略微有些戒备，靠在床上，见他进来，说：“我虽然相信我已经二十六岁了，但是我不相信你是我的丈夫。”

秦年也不气恼：“好，那这次就让我来追你。”

咦？这和她以为的场景好像有点儿不一样，她还以为他会生气，没想到却听到这样一句，不过，什么叫这次就让我来追你？

她微微皱了皱眉，还没来得及问。

秦年已经轻轻地笑了："你大概也不记得了，当初是你先喜欢我的。"

傅倾城瞪大了眼睛，像个小孩子，他不免笑出声来，觉得畅快。

傅倾城不相信，努着嘴说："不可能，反正我现在什么都不知道，你怎么说都可以啦。"

秦年笑得更厉害。

原本得知消息赶过来的赵珊心里还十分着急，可刚刚到门口就听到秦年的笑声，心顿时放了下来。

秦年从来都不会在外人面前露出什么特别大的表情变化，这样畅快的笑声，赵珊几乎也是第一次听到。

她敲敲门，里面的笑声便逐渐停下来，她推门进去，一眼就看到了坐在床上满脸恼怒的傅倾城和脸上还带着笑意的秦年。

"青青，你没事了吧？"她走过去，拉着傅倾城仔细看了看。

傅倾城当然不认识她，不过因着她是长辈，乖乖地让她查看。

赵珊知道傅倾城的记忆有些混乱，也从秦年那里知道了他的想法，见她果真好好的，便松一口气："醒过来了就好，我都快担心死了。"

傅倾城怔怔地看她。

"不记得我了吗？"赵珊问，"我是阿年的母亲，是你的婆婆。"

傅倾城一时间有些受宠若惊，又有些不解，更加不知道自己应该怎样和婆婆相处，讷讷地不知道说什么。

赵珊拍拍她的手："因为不记得所以生分了吗？以前可是和我很亲的。"

赵珊还要去看望老太爷，所以待了一会儿就走了，虽然相处时间不久，傅倾城对她的感觉却不错，就像是母亲一样温柔体贴，虽然她从未感受过母亲对她的爱。

傅倾城知道她在J市有个父亲，以前不知道，也就近几个月，应该说是十年前的近几个月才知道的，外婆开始无意间提起，而且会试探她是不是想到J市来，她还记得那个时候她的回答是："我不要去J市，我要陪在外婆身边一辈子的。"

可是看来她还是来了J市，如果照秦年那般说法，那就是外婆在发现自己病重，或许没办法再继续照顾她的时候便有了将她送来J市的心。

秦年见她一直低着头愁眉苦脸，便道："你才刚醒过来，需要多休息。"

她乖乖地躺了下去。

他替她盖被子，在即将把手撤出的时候，她忽然抓住他的衣袖，他有些意外，低头看她。

她缓缓抬起眼睛：“等我出院了，你能带我去看看外婆和青玺哥吗？”因为是请求，她难免压低了声调，看上去可怜兮兮的。

他反手抓住她的，轻轻一握：“好。”

这是给她的承诺。

时容得知情况后也赶了过来，秦年在门口拦住她：“在电话里我和你说过了，青青她，不记得十六岁之后，来到J市之后的事情。”

时容点点头。

“所以，她也不记得你了。”他说。

时容庆幸傅倾城可以醒过来，虽然她可能不再记得她们曾经的友谊，但是没有关系。她想，既然她们过去可以做朋友，那么，也可以重新开始，所以她对秦年笑一笑：“我知道的，没关系，就算她不记得了，我想我们还是可以继续做好朋友。”

“青青她……我希望她可以快乐地度过一段时间，而不是……”

“我明白，我有分寸的，她过得很辛苦我也知道，如果她可以轻松快乐地生活，我也希望这样。我也相信就算她记起了这十年的事情，也不会生气的。”

时容终于进入病房，傅倾城刚刚一觉睡醒，正呆呆地望着窗外那灿烂的阳光。

她走近一些，傅倾城便看到了她：“你是……我的朋友吗？”

时容笑一下，比了个OK的手势：“恭喜你，答对了！”

傅倾城虽然不记得，但却有莫名的熟悉感，脸上也露出了笑容：“你坐啊。”

时容坐下来，轻哼一声：“真是不够义气，居然把我给忘了，我们可是最好的朋友呢。”

“我也不想的，就是记不起来了。”她敲了敲自己的头。

时容忙去抓她的手：“别乱敲。”

傅倾城便要她说她们认识的经过，时容笑着把两人之间的一些事情说了一遍，当然省去一些不好的不说。

傅倾城有些困惑：“我去当记者了吗？”

时容一时间有些不知道该怎么回答。

幸好秦年进来，时容忙把这件事情推给了他：“青青在问呢，她为什么不跳舞，反而当记者了，这件事情你清楚吗？”

秦年心甘情愿地接了这个话茬，给时容倒了杯水：“这种事情当然是当事人才最清楚的，你这个决定当时做得很突然，具体我也不是很清楚，你也没有说，或许是不喜欢舞蹈了吧？”

傅倾城连忙摇头：“怎么可能！我怎么可能不喜欢舞蹈？”

“那也没事，等你恢复了就再去吧。”

傅倾城欢欢喜喜地应下来。

时容陪了她很久，傅倾城很快就与时容熟识起来，时容走的时候还有些舍不得。

等到晚上只剩下他们两个人的时候，秦年问她：“为什么相信别人的话，却不相信我的？”

傅倾城抬着下巴：“因为你是男人呀。”

这和男人女人又有什么关系？“你还性别歧视？”秦年笑。

“外婆说了，不能随便轻易相信男人的话，尤其是嘴甜的男人，会骗人，一不小心就会把你的心也骗走了。”她说得一本正经。

秦年觉得更加好笑，她外婆说了那么多，她怎么还对他一见钟情？

“那我要怎么样，才能把你的心给骗走呢？”

她皱皱眉：“无赖！”

秦年又笑起来。

当初那个怯怯地叫他秦年哥哥的人，如今却敢叫他叔叔，还敢骂他无赖。秦年忍不住感激，可以让她找回本来的自己。

“这样就是无赖了？”他说，忽然站起来，双手撑在病床边，慢慢地俯下身去，“那，这样是什么？”

傅倾城蓦地伸手抱住胸，瞪他：“无耻，流氓！”倒是有些像她刚刚从大马士回来时候的模样。

他继续俯身，脸几乎要碰到她的脸，甚至能感觉到她灼热而急促的呼吸：“我不是流氓，青青，我是你的丈夫。”

“虽然、虽然你是我的丈夫，”她有些语无伦次，“但是我根本不记得你了，你不能随便就对我做什么，不然、不然我就……”

“你就怎么样？”他不撤开，继续这么靠近她。

“我就……”她一时竟然想不出来可以怎么办。

秦年忍俊不禁，笑得更加温柔，趁她皱着鼻子想办法的时候已经低下头，在她的鼻尖轻吻了一下。

她顿时怔住，鼻尖上似乎还停留着他唇瓣的柔软和湿润，一时之间没有任何动作。

他再一次俯身，直接就吻住了她的唇。

傅倾城有点儿不想理秦年，因为他不经过她的同意就亲了她。

傅倾城继续骂他流氓，他都笑着受了，然后还冲她挤挤眼睛：“你都这样说我，如果我不做点儿流氓的事情是不是对不起这个称号？”

所以傅倾城就更气了，一句话都不想和他说，心里也觉得莫名其妙，自己怎么会喜欢上这样一个男人，还嫁给了他。

秦年见她闭上眼睛休息，倒也不吵她了，坐在一旁拿着报纸慢慢翻看。

傅倾城过了一会儿没听到声音，就悄悄地睁开了眼睛，眯成一条细缝，偷偷去看秦年，她思来想去，如他这般性格的人，她怎么会喜欢上他？

可结果就是头痛欲裂，她皱了皱眉，便不愿意想了，又去看他。

没想到他却忽然抬起头来看她，她根本来不及闭上眼睛或者移开头，就已经和他的视线对上，她呆了一下，便以“我就是看你了，你能奈我何”的表情瞪着他。

他只是笑了下，柔声问：“怎么了？”

她没有说话，只是看着他，他眼中有两个光点，散着氤氲的光，似是蒙着一层薄薄的雾气。

这样子的他其实很能让她动心。

她轻哼一声转了个身：“没什么，就是看看你有什么好的，我怎么会喜欢上你？”

“怎么？后悔了？”他笑。

“有点儿吧。”

“可惜，不退货。”秦年说。

傅倾城噘噘嘴，没回话，过了好一会儿忽然想起来：“你说我们是夫妻，那我们没有孩子吗？”

秦年略略一怔，随后轻轻地“嗯”一声。

幸而傅倾城没有看到他的表情，还松了一口气：“这还差不多，如果我一觉醒来，不仅多了个丈夫，还多了个孩子，未免就有点儿吓人了。”

秦年没有说话，眼神看向窗外不知名的地方，许久都没有回过神来。

傅倾城只能吃点儿流质的东西，晚上的时候是赵妈煮了汤汤水水过来给她。

傅倾城倒是想自己喝，可手却没什么力气，用勺子舀起来便会洒掉一大半。

秦年看不下去，伸出手去抢了她的勺子："照你这么个吃法，得浪费一大半。"他舀起一勺，送到她嘴边。

她抿着唇没有张开。

秦年"啊"一声，示意她张嘴。

她看着他的眼睛，里面满满的都是温柔，其实他这个时候还是很好的，她想，所以傅倾城乖乖地张开了嘴，一口一口地喝下去，味道很好，她敛着眉眼都喝完了。

秦年还抽了纸巾替她擦嘴："这么乖乖的多好。"说着轻叹一声，"你以前总是很听话。"

明明知道他说的还是自己，傅倾城却有些气不过："我现在不好吗？"

看着她气鼓鼓的脸，秦年笑出声来，伸手捏了捏她鼓着的脸颊："好，都好，只要是你，就都好。"

他这话说得有些腻味，傅倾城一时之间都不知道该接什么话，有些尴尬，又有些受用。

因为怕她闷，秦年便弄了辆轮椅过来，趁着太阳下山推着她出去走走。

她昏迷一个星期，早就想念外面的新鲜空气，竟在外面不愿意回去。

秦年把她的轮椅放在长椅边，自己坐着，一手抓住，而后便百无聊赖地看她，她一直微微仰头看着天空。

这会儿夕阳刚刚落下，西边的天空处有泛红泛黄的亮色，而天很蓝，蓝得澄澈，上面还有一道淡淡泛着银光的弯月，很美。

傅倾城看了一会儿之后忽然说："我家乡的天空才最美，那么蓝，蓝得像湖水。"

秦年只是笑一笑。

傅倾城回过头来看他："你答应我了的，等我出院会带我回去。"

"是，我答应你了。"秦年点头。

见他没耍赖，这才放下心来。

昏迷那段时间，一直都是秦年陪在身边，连看护都没请，所以说连擦身什么的这些贴身的事情全都是由他亲自动手的。

等如今傅倾城清醒了，他居然还习惯性地要给她擦身体，她吓一大跳，捂着胸口骂他："又耍流氓！"

傅倾城坚持自己擦洗，其实她更想洗个澡，可身上还有伤，洗澡不方便，怕秦年耍流氓，她进了卫生间之后还锁了起来。

秦年过去敲门："青青，不要把门锁上。"

她在里面喊："不。"

"乖，别锁门。"

"谁知道你会不会进来！"

秦年叹一声："乖，我不会进去，别锁门，要是出事我进不去。"

傅倾城在里面静默了一会儿。

秦年以为她听不进去，还想继续说话。

她却忽然闷声说："你确定不会进来。"

他笑："嗯，是，我确定。"

她这才犹犹豫豫地将锁给打开了。

秦年当然没有进去，他也得在她面前有点儿公信力。

傅倾城对于他说话算话这点还算满意，出来之后便让他扶着躺到了床上。

他也去卫生间洗漱，她便躺在床上，因为身体差的关系，躺了没多久竟然就觉得困倦，本来是想等他出来的，可后来神志迷迷糊糊的，竟然就这样睡了过去。

半梦半醒之间，傅倾城觉得床忽然挤了起来，耳边似乎有人在说话，低低沉沉的，她听不清楚在说什么，但觉得耳郭热乎乎地痒，也觉得吵，便伸手推过去，随口说："秦年，别吵……"

迷蒙中，觉得自己被一个温暖的怀抱拥着，她却觉得舒服，没有一点儿想要离开的想法。

这个怀抱很舒适，让她记起了小时候被外婆搂着睡觉的时候。

她小时候并不乖，赵青玺总宠着她，她有些无法无天，不可一世。

不过外婆总是对她很严厉，信奉棍棒教育，所以她的无法无天在外婆的打击之下很快就消失无踪。

外婆曾经狠狠揍她一顿，她哭得不行，连赵青玺的安慰都没办法治愈她。

最后还是外婆将她搂在怀里，粗嘎的声音慢悠悠地说："是不是很讨厌外婆？"

傅倾城摇摇头，然后又点点头。

“等你长大了，长大了就能明白了。”

“为什么一定要长大了？”

外婆不说话，只是将她搂得更紧。

现在，她又是在谁的怀抱里，被人轻轻地搂着哄，她想知道，却睁不开眼睛，干脆就不看了，笑着睡了过去。

她睡得早，所以醒得也早，有意识的时候就觉得不对劲。

不小的病床怎么变得这么挤？她的脸颊上为什么总会有灼热呼吸扑面而来？

她缓缓地睁开眼睛，就差点儿被眼前的这一幕吓到，眼前秦年的脸很大，凑得很近，她只能看到他的眼睛紧紧地闭着，睫毛又长又翘。

她想要从他的怀里挣脱出来，没想到他的力气那么大，她根本就挣脱不开，想了想，她干脆伸出手来，轻轻地从他的睫毛上掠过，指腹上酥酥麻麻的，她看到他的长睫微颤，突发奇想，伸出手指直接捏住他的睫毛，用力一扯！

他轻呼一声，不醒也得醒，装睡也装不下去。

傅倾城得意扬扬，看着手指间的那几根被她扯下来的睫毛，有些莫名的得意。

他捂着眼睛，简直无话可说。

她随手将那几根睫毛扔在地上，然后问：“你怎么会在床上？”

疼痛已经缓过去，他又能淡定非常：“我昨天不是和你说了，你可是点头答应了的。”

她高声道：“怎么可能！”

“怎么不可能？”他悠然自得，“我可是征求了你的同意。”

她欲哭无泪，他却又将手伸过来，将她揽在怀里：“乖，还早呢，再睡一会儿。”

她总算想起昨天夜里的一些场景，迷迷糊糊的时候，他似乎的确躺到她身边，将她搂到怀里，唇抵着她的耳郭，轻声问她：“我和你一起睡，嗯？”

她不作声，他便继续说话：“不好吗？”她觉得烦，一手把他的脑袋给推开了……

哪里想到一早上就看到他把自己抱在怀里睡得好好的！

“想起来了吗？”秦年循循善诱。

傅倾城坚决不认：“没有，完全不记得！”

“好吧，那就当我昨晚上要流氓了。”

秦年在赵珊过来看她之后，他便找了个借口出去了，倒是让傅倾城有些不习惯。

赵珊见她的眼神依旧追随着秦年，不免笑笑："青青，有时候记忆虽然消失了，可是感觉却依旧在的，你难道不觉得和阿年之间有熟悉的感觉吗？"

其实她很依赖他，她知道的。

赵珊怕说多错多，所以一直在听傅倾城说话。

傅倾城觉得赵珊这个婆婆格外亲近，也愿意说那些旧事，一些小时候的搞笑事情，是她从来都没有说过的。

她说得有些累，赵珊还倒水给她喝，她捧过杯子，喝了一小口润了润，而后低声说："虽然我从小身边就没有妈妈，但是你好像我妈妈啊……"

赵珊笑着抚她的头发："你以前也这样说过呢，以后继续叫我妈吧，就像之前一样。"

"好。"傅倾城用力地点头。

秦年并没有离开很久，重新出现在她面前的时候，她不免眼前一亮。

他大概是回家好好梳洗了一下，脸上的疲惫消去不少，嘴边的胡楂儿也没了，换了套清爽的衣服，如果他是以这个样子出现在她面前，那么之前她应该也不会叫他叔叔了。

赵珊见他来了，便起身要走。

傅倾城本来说不用这么快走，可刚想说话，就见秦年一个眼神扫过来，话就梗在了喉咙，不知道为什么说不出来了。

秦年手背在身后，大步走过来，坐在一旁，看着她。

她被看得有些不好意思，尴尬地笑笑，别开头。

他说话："怎么？不敢和我单独相处？"

她哼："才不是！"

"怕我？"

"当然没有。"

"那你刚刚那个想挽留别人的眼神是为了什么？"

"我……"她顿了顿，"我和妈很投缘，所以想和她多聊一下，不行吗？"说完不免得意扬扬。

没想到秦年轻笑了一声："是吗？妈？她可是我的母亲，你叫她妈的话，那就是承认和我的关系了？"

她愣一下，想要反驳。

“没关系，就算你还不想承认也没有关系，我不是说过，这次换我来追你，我会让你心甘情愿留在我身边的。”他笑。

他曾经说想和她重新开始，说要等他的负面新闻过去，但是现在他不这样想了，时间太有限，他不想因为别人的看法而放弃自己的幸福。

他是因为没有时时刻刻陪在她身边才会让她遇到危险，这一次，绝对不会再发生这种事情了，他会把她好好地护在身边，不让任何人伤害。

傅倾城一时之间不知道该说些什么，嘴巴张开了又闭拢。

秦年只是笑笑，温柔地说：“把眼睛闭上。”

“干什么？”

她不听话，他只能伸出手去，将手捂住了她的双眼，轻笑：“乖，闭上眼睛。”

她好像被下了蛊，他怎么说，她就怎么做，乖乖地把眼睛闭上了。

秦年感觉到她的睫毛轻动，双眼微合，便扬着唇，将手缩了回来。

一直背在身后的左手也伸了出来，手里竟是满满一捧花，右手从衣服口袋里掏出一个本子放在上面，随后双手捧花，送到了她面前。

傅倾城有些战战兢兢，不知道他为什么忽然让她闭上眼睛，心中的猜测不少，还想着他会不会又忽然耍流氓亲她，可是过了一会儿，她却没有感觉到他的接近。

她隐隐闻到了一阵熟悉的香味，她好奇，皱了皱鼻子，用力闻了一下。

秦年看到她这个样子，心里颇为痒痒的，笑：“睁开眼睛吧。”

她睫毛轻颤，而后慢慢将眼睛睁开。

眼前是一片蓝光，直到睁开眼睛，她才发现面前居然是一束美丽的绿绒蒿，花梗上的刺都已经被清理干净，她有些惊喜，不敢置信地看他：“绿绒蒿？你怎么知道这种花的？”

这种花并不多见，她却十分喜欢，家乡有许多，只是没想到秦年居然会知道。

“说了我们是夫妻，我有什么不知道的？”他有些得意，“等你出院，还有更大的惊喜。”

她翦水般的眼睛眨啊眨，异常动人，他心脏跳得有些快，轻咳一声说：“你就只看到花了吗？”

“哎？”她低呼一声，终于看到了花里那个不大的暗红色小本子，拿起来一看就窘了。

秦年挑着眉眼：“你看，没有比这更有力的证明了。”

这是一本结婚证！

傅倾城翻开来看，果然是她和秦年的，居然那么多年前就已经结婚了，照片中的她是印象中的她，有些青涩，只是没有笑容，她便问：“当初不会是你强迫我去结婚的吧？我怎么苦着一张脸？”

他当然还记得当初结婚时候的场景，她不情愿，自然就没什么好脸色，此时只能低笑着回：“大概是在闹脾气吧。”

傅倾城觉得这个理由没什么说服力，可秦年太会插科打诨，居然就这样硬生生地把话题给转移了。

“你看，结婚证也有了，你难道还要抵赖？”

傅倾城早就信了，只是一时无法接受而已：“哼，谁知道是不是假证！”

“……”

他难得也有说不过她的时候，她便有些得意扬扬，把结婚证递给他，反倒是低头看那束绿绒蒿。

她最爱蓝色的绿绒蒿，靛蓝色的花瓣中间是浅黄色的花蕊，又艳丽，又清纯，美得让人移不开视线。她伸出指尖去抚触那些柔嫩的花瓣，开始怀念在家乡时候的日子。

秦年好像也看出来：“我说过的，等你出院之后就陪你回去。”

“好。”她扬起头，冲他微微一笑。

在医院的时间着实很无聊，她问过秦年究竟是怎么受伤的，秦年没有半分隐瞒全都说了。

她听完之后便觉心惊肉跳，抓着他的衣袖问：“那个凶手被抓起来了吗？”

“当然，”秦年的眉心微皱，眼中闪过一道凛冽的光，“他不会再伤害你，放心。”

秦年管得她挺严的，不让她做这做那，就是要她在养病期间做到完全的静养。傅倾城有点儿闲不住，等过了几天身体好上一些，能靠着自己走路还可以做一些事情的时候，便想让秦年放松对她的管制。

只是，得到的却是秦年的坚决反对。

经过几天的相处她已经大概了解了秦年的性格，他很宠着她，惯着她，也喜欢逗她，但关键时刻，却不会让着她。

傅倾城虽然觉得恼怒，却也没胆子发动政变。

她的行动被限制，便只能在网上看自己的一些视频，从最开始的舞蹈视频到后来当记者之后的一些新闻视频，她的心里有些不是滋味。

原本舞蹈是她最爱，她以为一生都会和它相伴，但事实上，她早就放弃了舞蹈，而且选择了记者这个她一点儿都不熟悉的职业。

傅倾城也问过秦年，想知道自己为什么会选择记者这个行业。

秦年略一思忖之后，虽然有些不愿意承认，但不得不说："大概是受傅北易的影响。"

傅北易她是知道的，来看过她一次，他虽然性格有点儿冷淡，但骨子里对她还是不错的，那次来看她，话说得不多，但字字句句里都透着关心，甚至说到之后她如果想再回到 JNTV，他也会帮忙。

可这个时候的她，满脑子都是她的舞蹈，根本没有想过自己还会回到电视台。

当傅倾城看到她曾经去大马士一年的时候，她更多的是吃惊和震撼，不知道自己为什么会在婚后做出这样的举动，这样的质疑当然是得问秦年。

秦年只是不管不顾地搂着她的腰，说："那时候我们在吵架，你一气之下就离开了。"

她便噘着嘴哼："看来我们的夫妻关系也没有很好嘛，说不定我受伤之前都准备和你离婚了呢。"她也就随口一说。

秦年眼眸深沉，有些黯然，沉声说道："不要胡说。"

她推着他的胸膛："干吗对我那么凶？"

他回过神来，将她搂得更紧，唇便贴着她的额际："好，对不起，我错了。"

他这样乖乖认错，她也就不知道该说什么了，她也有点儿知道他为什么情绪变化，因为她说到了"离婚"这两个字。

这段时间以来，他对她的好，她都是看在眼里的，撇去那些耍流氓的事情不说，他对她真的是好得没话说，只不过是她一直没敢把自己的真心交付。

第二天，傅清瑜来看她，傅北易解释："阿瑜正好来医院检查，所以非要过来看看。"

"你好，阿瑜。"傅倾城叫她。

她说话也有点儿困难，有些听不清楚："……"

傅倾城为难地看她，是傅北易翻译："她说你终于叫她阿瑜了。"

"啊？"

“你以前都叫她清瑜，”傅北易说，“她说这是你还和她隔着一层。”

傅倾城不知道自己和傅清瑜之间有什么，只是如今看着坐在轮椅上的她，觉得自己应该不是不喜欢她。

傅清瑜不能在外面待太久，过了一会儿之后傅北易便要带着她走。

走前，傅清瑜却看了一眼傅北易，不知道说了些什么。

傅北易：“阿瑜说想抱一下你。”

傅倾城立刻下床，走到了她面前，微微矮下身，轻轻地拥住了她，本来不想说什么的，可感觉到她骨瘦如柴，心里便有点儿疼，忍不住说：“你会好起来的。”

傅清瑜在傅倾城直起身子之后，尽量清晰地发出一个音调，她说：“好。”像是已经费尽了她所有的力气。

在傅清瑜离开之后，傅倾城的情绪一直不好，看着秦年，她说：“我和阿瑜，关系不好吗？”

她现在想知道什么，也只能求助于秦年了。她不知道他会不会骗她，但是如今和她最亲密的就是他，她倒是想找丁香聊天，可是却从来不见丁香来看自己。秦年说医院里太忙，丁香过来的时候她正好睡着了。

“不是不好，只是不够好。”秦年坐在一旁给她剥荔枝，剥好之后送到她嘴里，见她吃完还伸手过去，她自然地将核吐在他的手心，他便继续剥，“你那个时候很像刺猬，对所有人都不敢给予真心，傅清瑜，其实对你一直很不错。”

她想说话，没想到他的荔枝又送过来，她吃下，吐掉核之后才说：“所以你是说都是我不好吗？”她这话有点儿兴师问罪。

他却依旧笑嘻嘻的，等她说完才塞一颗荔枝进去：“是啊……”见她表情突变，马上继续说道，“只是那个时候做一只刺猬，才是最安全的。”

就像他当初一样，也是刺猬，只是一直都用笑容来掩饰他内心的刺。

现在的傅倾城不是刺猬，她是一只山林里狡黠而单纯的兔子，扑通一下就跳到了他怀里。

傅倾城有些不明所以地看着他，他却已经把手掌放到了她唇边，示意她把核吐出来。

她醒过神来，微微低头，红唇微张，褐色的核便从唇间滑下来，落到他的掌心，甚至还打了几个转。

她一时之间没有移开视线，他的手掌略微有些粗糙，手指上还有些不明原因的伤口，而现在，这样的手却在接她吐出来的荔枝核。

她心头忽然猛地跳动了几下，心脏都快从喉咙里跳出来。

他丝毫不觉，只是继续用那只会帮人做手术，上面有无数伤痕的手，给她剥荔枝。

傅倾城呆呆地看着他，竟然忘记把视线收回来。

秦年再次抬头的时候就看到傅倾城用那双和兔子一样的眼睛盯着自己瞧，偶尔一眨，长长的睫毛便也扑闪一下，异常勾人。

他笑："怎么了？"

她忙移开眼神，莫名尴尬："没什么。"

他笑得更开心："是忽然觉得我长得很不错，所以看入神了吗？"说着把荔枝塞到她嘴巴里，拿过手机照了照，"唔，我这边角度好像的确好一点儿。"

她直接翻了一个白眼。

他笑着捏她的鼻子，她忙躲开了去。

她还要吃，他却不剥了："不能吃得太多，今天就这样。"

傅倾城哼一声，眼馋地看了一眼那一串鲜红鲜红的荔枝，嘴巴馋得要死，她看着他用湿巾擦手，忍不住问："北易哥和阿瑜……不是亲兄妹吗？"

"嗯。"他随口应，"我没有告诉你吗？"

"原来如此，我总觉得，北易哥对我虽然也不错，但没有这么贴心，可是对阿瑜就完全不一样呢。"

"他不贴心？"秦年皱皱眉，"你有我这个贴心人不就行了吗？"

她真想拿胶布把他的嘴巴给贴上。

2

一个月之后，傅倾城可以出院了。

出院那天，丁香穿着医生的白大褂来送她。

她有些不开心："你这么久都没来看我。"

丁香的说辞和秦年一样："医院里太忙了，我也来过，你正好在休息，也就不吵你了。"

“好吧。”傅倾城也没怎么特别在意，毕竟是好朋友，总要相互理解，“那以后，等你周末有空，我们一起去玩好不好？”她眼睛亮亮的，“你还记得我们小时候吗？瞒着奶奶和外婆，还有青玺哥，偷偷跑到集市去玩。”

丁香轻轻地笑了笑，说记得。

秦年走过来，伸手揽住她的肩膀：“她还要忙，你放过她。”

傅倾城喊一声，目送着丁香走开，然后转头瞪他：“你不也是医生吗？为什么不用工作？”

他笑：“不是说了在休假吗？”

前期不是休假，后来医院也已经派人请他回去，他往常难得有假期，干脆就请了假，可以好好和傅倾城相处。

医院方面其实也有点儿郁结，秦年在医院的地位不低，之前也是为了平众怒才做出那样的处理。

而且原本秦年没有澄清，是因为想以此来对傅倾城道歉，但当后来发生了那些事情之后，他的想法便改变了。

在傅倾城昏迷的时候他去参加了一个采访，把当年的事情全都说得清楚明白，同时也道歉，因为当初没有将白苓的失误公布，与此同时他也保证除了那一次，绝对没有别的手术失败是因为医生本身的失误造成的。

秦年让傅倾城在病房里等他，自己先将她的东西拿下去，因为东西太多，必然要拿上两趟，他又舍不得让傅倾城这个大病初愈的人拎东西。

傅倾城在病房里百无聊赖，正好看到秦年的手机放在桌上，便拿过来玩玩，玩了一会儿便有人打电话进来，可是只显示号码，没有名字。

她一时间不知道该怎么办，想着不接，可又想她是他的老婆，接个电话怎么了？而且要是紧急的事情怎么办？

傅倾城厚着脸皮接通了：“喂，你是谁？”

那边静了一下，是个略显沙哑的女生嗓音说话：“傅倾城？”

“哎？”她有些意外，“你认识我呀？你是谁？秦年现在不在，有什么事情我帮你转达。”

说话间，傅倾城已经看到秦年走进来，便叫他：“秦年，有电话。”

秦年大步走过来从她手里把手机拿走，看了号码就立刻掐断，然后拿起东西，对她一笑："走吧。"

他这一串动作太过利落，她还没反应过来："你怎么就把电话挂断了？那个人知道我的名字，还是个女人……"她顿了一顿，猛地叫他，"秦年！"

"怎么了？"他面色很正常，没有一丝异样。

"不会是你的外遇吧？"她一字一句地问，"怪不得连号码也没存！"

秦年笑出声来，用没提东西的手捏她鼓鼓的脸颊："想什么呢？就是一个骚扰电话而已，觉得没必要接。"

"骚扰电话？那她怎么知道我名字的？"傅倾城不让步。

他没有正面回答："是以前的一个病患，走吧，手续都办好了。"

傅倾城总觉得有些不对劲，但又说不上来，心里便觉得可能是秦年的追求者，过不多久便抛到了脑后。

秦家自然也是完全没了印象的，傅倾城有些小心翼翼，幸而赵珊很热情，秦斌虽然不怎么说话也在她回来之后的饭桌上说了句恭喜出院。

饭后，秦年带着傅倾城去散步，等逛了一圈之后，便已经天色昏暗，傅倾城觉得累，想回去，秦年却忽然说带她去一个地方。

她有些好奇，到底还是任由着他拉着手，走到了那个他想去的地方。

还离得很远，秦年便站在她身后捂住了她的眼睛，她觉得有些无奈："那边能有什么宝贝？还用得着这样？"

秦年却半点儿不透露，只说："惊喜。"

他一步一步地领着她过去，她看不见，却一点儿都不觉得彷徨不安，好像不知道从什么时候开始，她已经习惯了依赖他，相信他。

秦年终于停下来，唇就贴在她的耳郭处，每说一个字便有热气扑出来，她微微缩了缩脖子。

他说："好了，就是这里，把头低一下，慢慢睁开眼睛。"说完，秦年将手拿开。

此时天色已黑，只有不远处的路灯带来昏黄的光，暖暖融融，像是能触及人的心，而傅倾城就在这温暖的光线下，看到那角落里满满的几簇绿绒蒿已经盛开，那一朵朵靛蓝色的花在晚风中摇曳，仿佛是最优美的舞姿。

她惊喜异常，猛地蹲下身去，指腹轻轻地抚过花瓣，花茎上有些或软或硬的刺毛，她也不觉得扎手，双眼像是扎了根一般，无法离开。

秦年依旧站在她身后，双手插在口袋里，低着头看着她，唇边含笑，那样的温柔和宠溺。

傅倾城看了一会儿，抬起头来看他，脸上是欣喜的笑容："这是怎么回事？"

他也微微蹲下身："当初你来的时候，我和你一起在这里种的。"

只是后来她那么恨他，直接就全部踩烂了，一棵都不剩，他后来无意间又见到了这种花，便鬼使神差地带了回来，独自一人默默种下，现在长得那么好。

这些事情不用提起，留在记忆中的，只要是美好的就够了。

傅倾城眨眨眼睛："真的吗？"

"我难道又骗你？"

她便不怀疑，仔仔细细地一朵一朵看过去："长得真好。"

"嗯，是啊，长得真好。"他却没有看花，而是看着她的侧脸。

她也意识到了他的视线，尴尬地瞪他一眼："你看什么呢？"

"看你。"

她脸红，那股热烫都到了耳郭，她却强装镇定："有什么好看的。"

"当然是，好看才看。"他声音里带着令人荡漾的笑意，他的手抬起来，抚过她的面颊，还有那泛红的耳郭耳垂，"害羞了？"

她怎么肯承认，偏过头："才没有。"

走的时候，傅倾城摘了一枝绿绒蒿。

当初秦年摘的那一束在医院的时候就已经枯萎，她又舍不得多摘，只摘上一支，说要拿回去插在花瓶里。

他自然不阻止，只是淡淡地笑着看她。

回去的路上她便开心了许多，连脚步都轻盈起来，甚至还因为无人而转了几个圈，她穿着白色的连衣裙，转起圈来的时候裙角飞扬，像是一片薄薄的云，她的笑容更加美丽。

让他想起了第一次见她时候的场景。

和今天的夜色差不多，深蓝色的天空里还点缀着钻石般的繁星，他走回来，百无聊赖，却远远地看到有一个女孩子正带着满脸的笑意，不停地转着圈。

他被她吸去了眼神，一时之间竟然忘记要离开，直到她像是一只翩跹的蝴蝶一样，来到了他的面前，撞入了他的怀里。

他眼神微暗，大步上前，走到了她前面。

她果然没看到，直直地就撞进了他的怀里，在还没有反应过来就已经被他用手揽住了腰，她无法退却。

她只能用那只空着的手抵着他的胸膛，微微地推拒："你干什么？"

"没什么。"他说，声音也有些深沉，没像第一次见面那样，很快就放开她，掌控欲极足地将她搂住，不让她逃开。

她抬起头来看他，发现他的表情格外认真，只有眼中微微带了笑意，他的眼睛那么好看，比天空还要干净，比海水还要澄澈，不过是眨眼间，就能将人的神思掠走。

傅倾城感觉到自己的心脏狂跳，却极力压制，眼睛却离不开他的双眼，好像已经沉入他如深井一般的眼眸，再也没有办法脱困而出。

秦年说话，眼中笑意更甚："我们第一次见面，你就这么扑到我怀里来了。"

她从他双眸的蛊惑中挣扎着逃出来，"哎"一声，低声喃喃："怎么可能？"

"你不记得了当然会抵赖，可我还记得清清楚楚的。"他低头在她的额角轻吻一下，"你，赖不掉。"

他用一只手揽着她的腰，另外一只手则是抚过她的脸颊，将那些粘在她脸上的发丝全都理到她耳后。

她有些痒痒的，缩了缩脖子。

没想到他的手指直接就插进她脑后蓬松的头发里，微微一用力，她便已经往他怀里靠得更紧，他的唇舌也很快下来。

秦年灼烫的嘴唇印在了她微张的嘴，原本星眸半掩的她在一个震惊之后，竟然忘记了任何抵抗，反而轻轻合上眼帘。

他像是一座大山，紧紧地将她拢住，她没有任何可以逃的机会，一切都在他的掌控之中，可奇怪的是，她对这种掌控并不觉得反感，反而有那么一些小小的眷恋。

她的呼吸越发急促，感觉到他同样灼热的脸颊磨蹭着她的，热度明显，她觉得尴尬，却又觉得亲近，一点儿都没有排斥的感觉，好像他们两人本来就该这样，本来就该这样相濡以沫，不分彼此。

他的手不知道从什么时候开始，已经离开她的后腰，转而变成捧着她的脸，那张红得不像话的脸。

他撤开，说话间的灼热气息依旧让她觉得赧然，不禁微微垂下眼眸，睫毛轻颤，却不知道自己这副模样，在别人眼中却更加诱人。

她嫩白如玉的脸上泛着桃花一般粉嫩的红，长而翘的睫毛在眼下画下一道半圆的阴影，轻轻颤抖的样子好像蝴蝶在轻扇着自己的翅膀，唇上水光潋滟，微微嘟起，似是在引人采撷。

他捧着她的脸，让她抬起头来，又在她泛着水光的唇上轻轻地咬了一下。

呼吸交缠间，他笑，让整个世界都要颠倒。

她呆呆地看着他，看着他清冽却又热情的脸庞，看着他畅快恣意的笑容，看着他温柔缱绻的眼神，她入迷了……

忽然就想通了自己怎么会对他一见钟情。

有着这样一张诱人的脸，不一见钟情大概也是一件很困难的事情吧？

她想要移开眼神，没想到他却开口，带着喑哑和低沉："是不是忽然被我吸引了？"这话由他说出来，这样天经地义，不容置疑。

傅倾城，你感觉到了吗？

我的心脏，正在为你而跳动，在庆幸你死里逃生，就这样活生生地陪伴在我的身边。

虽然并不排斥秦年，但傅倾城一时间还是没办法接受和他同床共枕，虽然在医院里有好几次，秦年都死皮赖脸地爬上她的病床。

没想到秦年倒是没有反对，直接去了隔壁房间睡。

对于这个房间傅倾城当然觉得意外，毕竟有哪对夫妻会搞这种房间？她倒是也没仔细问，因为至少她不用和秦年同床共枕！

她将花插在花瓶里放在床头，睁眼便能看到，大概是累了，躺下去不多久就睡了过去。

她做了一个模糊不清的梦，梦中有个孩子叫她妈妈，从婴孩儿到会写字的小孩子，长得异常可爱，会抱着她的腿叫妈妈……

有一个名字像是要脱口而出，可偏偏说不出来。

整个梦中，这个孩子一直缠在她的身边，她也觉得喜欢，只可惜脸却看不清楚，和梦一样都是模模糊糊的，可转眼间，孩子却凭空消失了！

她莫名地觉得惊慌失措，哭着惊醒，坐起来的时候满头满身都是汗，睡衣湿嗒嗒地贴在身上，很难受，可她满脑子都是刚刚在梦中出现的孩子。

她满眼都是无措，一时间竟然不知道自己身处何地。

隔壁的秦年听到她的声音，慌忙跑过来，便看到她呆呆地坐在床上，两眼无神，好像是在看着什么地方，又没有焦距……

秦年大步过去走到床边坐下，抓住她的手一把将她揽在怀里，轻抚着她的长发："怎么了？"

他的心脏跳得比她还要快。

因为她刚刚醒来的时候惊叫了一声，他听得一清二楚，她叫"晗晗"。

傅倾城没有推开他，任由自己靠在他的怀抱，眼睛一闭，原本在眼眶里打转的泪水便掉下来，她慢慢地平复情绪，哑声道："我，我也不知道……"

"傻丫头。"他低声地笑，可笑意不达眼底，有些失措。

"我刚刚……"她说话，"做梦了，梦到了一个孩子，可是我看不到他的脸，他很乖，叫我妈妈。可忽然之间，他就消失了，我也不知道为什么，我觉得心好疼好疼……"

秦年只是轻轻地抚着她的背脊："没事，没事，只是做梦而已。"

她却忽然从他怀里抬起身来，直起身子："我的小腹上有一道疤，那不是因为生孩子吗？"她的眼神灼灼，死死地盯着他。

他抬手抹走她脸上的泪："嗯，你曾经有过孩子，"他顿了顿，"是宫外孕。"

傅倾城微微皱眉："宫外孕……"她喃喃自语。

她对这个名词不熟悉，但却不代表她不知道，她心里阵阵揪疼："这样啊……"

"嗯。"他说，抚着她的头发，"别想太多了，本来不想告诉你，就是不希望你太伤心。"

她低着头，闷闷地说："你看，你会隐瞒我，其他的事情大概也会瞒我，所以我才会不相信你。"

他搂住她，将她的头压在怀里："青青，你忘记了很多事情，有些或许我一下子没办法告诉你，但是你只要知道，我一直都在你身边。"

他一直都在她身边，不管是十年前，还是十年后，他永远都不会离开她。

傅倾城听到这句话，鼻子莫名地就一酸，软下了身体，浅浅地倚在了他的怀里。

此时天还未亮，她从窗户向外望去，月色和灯光似是融在了一起，那般的美妙而和谐。

不用傅倾城吩咐，秦年已经订好了两张去云城的票，像是献宝一样送到她面前。

她开始整理行李，秦年又开始耍赖："要不我的行李，你也帮我整理一下？"

“当然……”她刚想拒绝，可眼珠子一转，忽然想到了什么，转口就答应，“可以啦，你有事就去忙吧，我自己整理就好了。”

对于傅倾城这么的……善解人意，秦年觉得肯定是有什么阴谋在等着他，可想想，整理个行李还能有什么阴谋，正好医院打电话过来，他就起身出去接电话。

傅倾城见他出去，急忙先打开他的行李箱，把他的东西收好了，行李箱关好上锁，然后才慢悠悠地收拾自己的。

秦年回来的时候果然吃惊于她的速度：“你确定整理好了？”

傅倾城拍着胸脯保证：“当然，你是不相信我吗？那干吗还让我帮忙？”

她把话说得这么严重，他都不敢检查一下，只好继续坐在一旁看她整理自己的东西。

“等你回来，要去一下舞团吗？”秦年问她。

因为是正经事，傅倾城也不和他开玩笑，手里的动作顿了顿，摇摇头：“你不是说我这些年都是在当记者，已经很多年都没有跳舞了吗？我原本以为，我怎么可能把舞蹈给忘掉，可是……”

可是，她在没人的时候偷偷试过，和她想象中的完全不一样了，她的思想跟不上她的动作，甚至还会出神。

“我这样的功力去舞团，大概会被赶出来的吧。”

看到她的表情落寞，他马上说：“生疏了而已，多练习练习就好了。”

她轻应一声：“我也这么希望。”

傍晚去搭飞机，晚上的时候就到了那边，因为太晚，秦年便打算在机场附近找酒店住下。

一直到进了酒店，傅倾城在发现秦年只订了一间大床房的时候才能真正地骂上一句：“居心不良！”

秦年却偏偏十分无辜：“我哪里居心不良？只是游客太多，没有别的房间了。”

这话说出去谁信？

即使傅倾城万般不信，却还是和秦年一起走进了那间大床房。

酒店不算太差，房间也不小，房间好像是刻意布置过一样，到处都能看到玫瑰，而整个房间里最引人注目的大概就是那张巨大无比的床了，洁白的被子上面是玫瑰花瓣组成的一颗巨大的爱心。

傅倾城越看越觉得不对劲，这房间怎么那么像是夫妻度蜜月才会用的？

她转头看向悠然自得地坐在沙发上的秦年，忍不住问：“这是怎么回事？”

他摊手，一脸的莫名其妙：“什么怎么回事？”

“这个房间怎么这样？”傅倾城皱着眉。

秦年耸耸肩：“唔，或许这里本来是帮一对新婚夫妻布置的？那对夫妻取消了，所以就轮到了我们？”

反正傅倾城是不信的，走到他面前，咬牙切齿地低声问：“究竟是怎么回事！”

秦年笑起来，伸手环住了她的腰，轻轻一揽就让她坐到了自己怀里，不顾她的挣扎将她禁锢住，在她的脸颊上亲一下：“怎么？不喜欢吗？”

傅倾城瞪他：“真的是你干的？”

“你不是说忘记了？”秦年又亲了一下她的脸颊，“那我就补给你一个新婚旅行。”

她再次环顾整个房间，对秦年的想法从无奈到接受，颓然说：“好吧，可是你不觉得玫瑰太多了吗？”

于是秦年被傅倾城指挥着把所有的玫瑰都收起来，叫客房服务拿走了，只剩下床上那个孤零零的“爱心”。

傅倾城觉得碍眼，过去弯下腰想要打乱。

手才刚刚伸过去，就感觉从身后探过来一只大手，握住了她的，她回身看，秦年对她笑。

她居然被那个笑容给蛊惑，有一瞬间的失神，然后秦年就趁着她失神的一刹那，搂住她的腰，直接倒在了床上，打了个滚。

那些玫瑰花瓣沾满了两人的身体，连发丝上都有不少。

秦年将她压在身下，看着她惊魂未定，呼吸急促，脸色惶然的模样，心头猛跳，唇边带着笑容。

他的手抬起来，抚过她有些热烫的脸颊，将她的乱发握在手心，而后轻轻一吻：“青青……”他叫，声音微哑。

傅倾城眼睛眨得很厉害，对于他的呼吸扑在脸上的灼热感觉有些不知所措。

他不是第一次这样靠近，但却是第一次让她觉得危险，她有些紧张，微微地挪动身体。

他怎么会感觉不到，低声笑着：“怎么？害怕了？”

她不肯认输，瞪他一眼：“怎么会……”声音陡然低下去，因为他靠得越发近了，让她浑身都僵住了，“你，你干什么？”

“不怕？”他眼中笑意荡漾。

她梗着脖子，不愿意认输。

他也不说话，只是低着头，呼吸掠过她白嫩纤细的脖子，那是她的敏感地带，她忍不住战栗，呼吸中透露着紧张和不安。

“真的……不害怕？”他说这话的时候，唇在她的脖子上轻轻一吻，感觉到她整个身体都僵直了，忍不住低声闷笑。

“怕什么？”他又抬起头，用下巴去磨蹭她的脸颊。

他当然没有对她怎么样，他不希望在她不愿意的时候和她发生什么。

这种事情，本来就要顺其自然，等到她真正放开心怀，真正将他放进她心里的时候，那才是他真正想要的瞬间，而他也相信，总会有这样一天的。

傅倾城看着秦年站在床边细致地将那些散乱在各个地方的花瓣都一一收拢起来扔进垃圾桶，忍不住笑起来。

床很大，两个人躺着都不会轻易碰到对方。

傅倾城躺在床沿，背朝他，他在床上没什么动静，安静得她以为他已经睡着了。

坐了几个小时的飞机，的确够累，不久之后困意便席卷而来，她闭上了眼睛，神志开始模糊，不知不觉，一只大手揽住了她的腰，她觉得别扭，动了动身体，嘴里习惯性地叫：“秦年，干什么……”

“睡在那么边上，不怕摔下去吗？”他低声说，随后手臂一揽，就将她搂了回来。

她被迫换了个方向，眼前就是秦年那张熟悉的脸，她半梦半醒，却还记得要和他保持距离，想要躲开。

他的手臂那么紧，死死地搂着她的腰，让她动弹不得，他说：“不会碰你，乖乖睡觉。”

她哼一声，大概是不信他。

他低头在她额上吻一下：“你要是再动来动去，我可不保证了。”

果然，她听到这话，马上乖乖不动。

他抚了抚她的头发，轻声说：“乖……”

他的怀抱其实很舒服，所以她很快就忘记了身处何地，沉沉地睡了过去。

醒来的时候已经是第二天一早，她依旧靠在他的怀里，以最亲密的姿势。

他已经醒了，感觉她睁开眼睛，便低声笑着对她说：“早安。”

她从他的胸口抬起眼睛，有些莫名地眨了眨，总算反应过来。

两人起床之后便在酒店吃了早饭，一大早就租了车赶往傅倾城的家乡。

傅倾城看似没什么表情，其实心里很紧张，放在腿上的手都绞在了一起。

虽然她早就已经认清了现实，知道已经过了十年，物是人非，可她还是存着一丝的希望，希望回到家的时候会看到外婆坐在门口，会看到赵青玺从屋里走出来……

她忽然就有些鼻酸，忙低头掩去，眨眨眼睛，深吸一口气让自己清醒过来。

车子终于来到她家门口的院子，还没下车，她就已经看到了冷落的门庭，大门紧紧地关着，上面甚至已经有了蜘蛛网，已经很多年没有打扫过了，尽管早就知道自己的希望是奢侈，可看到的时候还是抑制不住，泪水倏地从眼眶掉下来。

秦年轻叹一声，伸过手去替她拭去泪水："别哭……"

她的脸颊在他手上蹭了蹭，声音有些喑哑："我只是，有点儿伤心。"

"没事，一切都会过去的。"

两人从车上下来，傅倾城走在前面，秦年跟在后面，看着她站在门口，有些怯怯的，不敢开门。

秦年伸手搭在她的肩膀上，给她勇气，她回头看他，他对她露出一个笑容，让她原本动荡不安的心平静下来。

在门边那个已经空了的花瓶下拿出一把钥匙，傅倾城终于站到门口，伸手开锁，锁都有些生锈，她用了些力气才打开，是老旧的木门，打开的时候还有嘎吱的声响。

扑鼻而来的是浓重的灰尘气息，已经多年无人问津的房子里一股霉味，傅倾城想去开灯，可灯已经坏了，幸好是白天，屋子里还算亮堂。

她走到了自己曾经住过的房间，是朝南的一个小房间，此时阳光照进来，能看到屋子里飞舞着的尘土。

她站到窗户前，那张她曾经用过的书桌前，桌上没有别的东西，只有一个被压倒的相框，她拿起来看，里面有张照片，是她大概十岁的时候和外婆还有赵青玺一起照的。

家里很难得有合照，这几乎是唯一一张，她看着差点儿又忍不住落下泪来，抚过相片上的人，指腹上积起了一层薄薄的灰尘，她轻轻捻一下，有些涩意。

秦年一直陪在她的身侧，默默不语。

离开家里，秦年带着她去了她亲人的墓地。

来之前买了一些白菊，每个坟头都送了一朵，墓碑上的照片依旧那么鲜活，可他们却早就已经不在，在那幽湿冰冷的地下，再也见不到了。

秦年没有打扰她，远远地站着，看她蹲坐在那里，轻声细语不知道说些什么。

傅倾城在那里坐了许久，秦年到底看不下去，不希望她太过伤神，所以还是走上前去将她扶了起来。

她的腿脚已经发麻，站都站不住，只能倚着他。

她脸上是潮湿的，他将她一搂，让她靠在怀里，而后把她打横抱起："我们走吧，他们应该也不希望看到你这么伤心。"

她不作声，只是将头埋在他的怀里不动弹。

他抱着她走过难走的山路，却好像如履平地，没有一丝不稳，将她好好地护在怀里。她慢慢缓过来，微微抬起头看他，他没有看她，眼睛只看着路，生怕踩不准，站不稳让她觉得颠簸，认真严肃的神色看上去却那么动人。

他忽然低头看过来，她却慌忙收回视线，不敢和他对上，只偷偷地躲在他的怀里，任凭心脏一下又一下，剧烈地跳动着。

秦年开车和她一起离开，却没有回市区，而是到了古镇的景区外。

傅倾城有些意外，秦年说："我们曾经来过这里。"

"故地重游？"她眼睛依旧红红的，嘴边已经有了些许的笑意，"可是我不记得了。"

"就是不记得才带你来。"他伸手捏捏她的脸，"下车吧，我们先去旅馆。"

傅倾城觉得这一趟都是秦年刻意准备的，从一开始傍晚的飞机，到那间刻意布置过的房间，还有现在已经订好的旅馆……

她本来以为这只是一趟简简单单的旅程，看过她的亲人们就回 J 市，没想到他竟生生把整个行程变成了蜜月旅行。不过傅倾城心里还是甜滋滋的，他对她的好都表现在明处，像是温暖的阳光，躲不开，也不想躲，整个人都暖融融的。

已经是傍晚，两人先把行李拿到旅馆，而后才出来找东西吃，秦年有备而来，直接带她去当地一家老夫妻开的川菜馆。

上菜的时候阿姨笑着说："你们又来了啊？"

秦年笑着回应："阿姨您还记得我们？"

"怎么能不记得，两个人都长得那么好看，见过了就忘不掉。"阿姨笑，"既然是熟客，等会儿再给你们加一个菜。"

"那就谢谢阿姨了。"

傅倾城等阿姨走了之后才问：“我们以前来过这里？”

“当然，难道阿姨还记错人？”

傅倾城吐吐舌头，故意说：“那可说不准，谁知道你是不是带着别的女人来过，阿姨记错人了呢！”

秦年笑着夹了鱼送到她嘴边：“就知道乱说！”

这个场景似曾相识，她张嘴吃下，里面一点儿骨头都没有，鱼肉软嫩鲜辣，她笑起来，或许真的曾经来过，所以才会有这种感觉。

秦年看着她吃，看着她笑，这种实实在在的感觉很好，他不用担心她什么时候又会离他而去。

3

傅倾城已经恢复得差不多，而秦年也重新回到医院工作，她嫌待在家里有些闷，便想找点儿事情做。

她最先想到的当然是舞蹈，没过几天就去了舞蹈团，是赵珊陪她一起去的。

当年的老师如今已经五十几了，却还在教学生，看到傅倾城居然还认得出来，她惊喜地迎过来：“这都多少年了，居然还能在这里看到你？还以为你不会回来了呢！”

赵珊把傅倾城的情况解释了一下，老师点头：“原来是这样，那现在身体还好吗？想回来了？”

“我只是……”傅倾城有些忐忑，“我能先来看看吗？已经那么多年都没有跳舞了，我怕……”

“当然可以，就在一旁看她们练习吧。”

赵珊陪着傅倾城在舞蹈室的角落坐着。

傅倾城看着那些年轻又有活力的身体轻盈地舞动，心中有些羡慕。

“想回来吗？”赵珊拉着她的手问。

傅倾城点点头，却又摇摇头：“我不知道这些年发生了什么，但是我想我现在离她们已经太远太远了……”

练习告一段落，学生们都在一旁休息，老师便过来问她要不要试试看。

傅倾城犹豫了一下，还是答应了。

老师说等一下，去电脑处找音乐。

那是傅倾城最后演出的那段舞蹈的音乐，她不记得了，但是却依旧觉得耳熟。

老师冲她招手，笑着说："来，试一下。"

在大家的注视下，她缓缓地闭上了眼睛，眼前浮现出来的是小时候外婆教她的一点一滴，除却身体略微有些僵硬，她的舞姿还是很美好的，一侧身，一旋转，都那么的美丽动人……

一曲结束，虽然当中也有些瑕疵，但瑕不掩瑜，整体还是不错，她跳完之后便累得喘气，额头上也渗出汗珠。

老师走过来，拍拍她的肩膀："其实你要是回来的话，也不是不行的，考虑一下吗？"

傅倾城笑着摇摇头："我会经常过来玩的。"这也就相当于拒绝了。

老师有些失落，轻叹一声："你们傅家两个小姑娘我是印象最深刻的，你有天分，又努力；清瑜呢，比不上你，但是胜在刻苦，一步一步往上走，也那么成功。可惜啊，你不跳了，清瑜她又得了那种病……"

"对不起……"傅倾城不知道为什么，心里有些酸酸的，那是曾经的她，曾经将舞蹈视为生命的她。

赵珊和她离开，问她："真的不会后悔吗？"

"不会的，我觉得喜欢舞蹈也不是一定要进舞蹈团不可，这样已经很好了。"傅倾城笑着说。

有时候梦想这种东西，也不一定是要抓在手里的，就这样远远地看着，也是一件很美好的事情。

傅倾城去了一趟电视台，她站在门口，仰头看着这个陌生又熟悉的地方，不知道为什么心情紧张，她先给傅北易打了个电话。

傅北易刚刚录完节目，助理就把手机递给他说有电话。

他看到名字，接起来，眉眼间有浅淡的温柔笑意："嗯？"

"北易哥……"她有些小心翼翼的，"我在电视台的门口。"

"想回来？"他说，"你上来吧，我在电梯口等你。"

她说一声好，挂了电话，深吸一口气，昂头挺胸地走进去。

傅北易果然在电梯门口等她，看到她进来还难得露出了一个笑容："来了？"

她有些赧然："嗯，我这样来，没事吧？"

“嗯，你是想回来上班？”

“我就是想，熟悉熟悉……”她说，“总不能我记不起来，那就什么都不做了，我想我当初选择做记者应该也有我的理由吧。”

傅北易拍拍她的肩膀，带着她走：“时容应该在，既然都忘了，你可以先跟着她学一学，看看你是不是可以。”

她点点头，之前在医院的时候时容也来看过她几次，知道两人曾经是好朋友，所以也没有什么负担。

时容果然在。

傅倾城跟在傅北易的身后，见时容听到声音转头的那一瞬间，脸色有些僵硬，随即又恢复过来，浅浅淡淡地一笑。

傅北易往后看一眼，示意傅倾城站出来：“她想回来看看，你有空的话就带着她，让她学学。”

时容点点头，一直保持着很好的礼仪。

等到傅北易离开，时容才笑着拉过傅倾城：“你怎么也不早跟我说你要来？”

傅倾城有些不好意思地笑了笑：“我也不知道我能做什么，我先跟着你看看吧，好不好？”

“当然了，我们之间客气什么？”她哼一声，“你以前可不是这么和我说话的，感觉有距离了。”

“我只是，一时间还不适应……”

“好啦，我开玩笑呢。”她抱了一下傅倾城，“我相信，青青，我们会是一辈子的好朋友的。”

傅倾城忍不住笑起来，嘴角勾起，眉眼弯弯的。

事实证明，时容这样的才是她的好朋友，而丁香，却早就在人生的道路上和她越走越远了。

她也觉得不舍，但人生就是这样，总是会失去一些，但也总是会得到一些，只要得到的依旧比失去的多，那么人生就是无悔的，就是幸福的。

下午的时候时容要出去跑新闻，傅倾城也跟着她一起去了。

是郊外一栋老居民楼发生了煤气爆炸事故，时容需要在现场和电视台连线播报新闻。

傅倾城就站在摄影机旁边，看着时容面色沉稳，一丝不乱地张口就来，每句话都那么恰到好处。

拍摄的地方离楼不远，傅倾城抬头看了一下那栋已经呈现半坍塌状态的楼房，只能庆幸里面住的人不多，如今大部分已经被救了出来，听说还有一个小孩子在里面。

她刚刚收回眼神，却隐隐地听到一声响动，还来不及做出别的反应，就已经听到又一声巨响，楼里又爆炸了！

傅倾城第一时间看向时容，只见时容就在她面前倒了下去。

她慌忙冲过去，扶住已经倒在地上的时容，仔细一看，竟然看到她满头的鲜血，刚刚爆炸的时候有石块飞过来砸中了她的头。

时容的神志已经有些模糊，眼前一阵阵发黑，已经不能再继续做下去，但偏偏还在现场连线中，她能听到主持人焦急紧张的声音在她的耳边响起。

时容猛地抓住了傅倾城的手，抬眼看她："青青，你来。"

傅倾城有些仓皇："我？"

"你可以的，青青，你可以！"时容看着她，满眼的坚定。

别的工作人员只知道傅倾城受伤，却不知道她失去了这十年的记忆，看到这种情况，最好的选择就是让傅倾城上。

傅倾城被迫无奈站到了摄影机面前，耳边是主持人在节目中的解释，她深吸了一口气，心脏跳得很快，也很紧张。

她看了一眼被扶到一旁休息、脸上还有血迹的时容，时容冲她点点头，她舒出一口气，笑了一下，这才看向了摄影机。

正式切换到她的时候，她不再有刚刚的怯懦和不安，背脊挺直，唇边含笑，像是她从来都没有离开过这个岗位一样。

"观众朋友们，刚刚出了点儿小意外，我的同事时记者被爆炸引发的石块砸中了头，不能再继续连线。现在请看具体的情况。从镜头中大家可以看到刚刚那一场爆炸的影响是不小的……"

她临时上场，表现却不比时容差，直到结束她才松一口气，腿都有些发软，她没有想到自己可以做到。

刚刚站在摄影机前，她的胸腔里像是被熊熊大火燃烧着，身上的每一处，四肢百骸都被点燃了，都是热血沸腾的，她本来就应该站在这里的，这才是她的主场。

她的心中燃起了新的火花，这个战场，这个舞台，更加适合她。

时容休息了一下，已经好转许多，这会儿用毛巾捂着头上的伤口走过来，对她笑着说：“你看，青青，你可以的，我就说你可以的。”话里还有些隐隐的激动。

傅倾城也很激动，不过她更在意的是时容的伤，看着那块被血染红的白毛巾，不禁皱起了眉头：“我们快去医院！”

时容一直说没关系，傅倾城瞪她一眼：“怎么没关系？都流了那么多血！你的脸都白了。”

“好好好，我们去就是了。”她说，“青青，我等着你回电视台，我们继续一起奋斗，好不好？”

傅倾城点点头：“好，我会回去的，和你一起！”

时容到医院检查的时候，才发现被划了一道大口子，血流了不少，伤口缝了几针，贴上了纱布。

时容还能开玩笑：“幸好不是在脸上，不然就破相了。”

“以后这么危险的地方，你要小心一点儿。”

“都是意外。”时容说，“你忘记了，你当初还去了一年大马士，那边战火纷纷，我每天都提心吊胆的，生怕你出事。”

因为他们去的是秦年所在的医院，时容便问她要不要去见一下秦年。

她尴尬地笑着：“回家就能见到，现在见什么？”

时容还在劝她，却听到不远处一阵骚乱，两人对看一眼，走了过去。

是在医院的大厅，已经围了一圈人，她们好不容易才挤进去，却刚好看到一个年纪大概五十几岁的女人猛地对穿着白大褂的医生扇了一个巴掌。

傅倾城惊了一下，看过去，没想到那个捂着脸颊抬起头来的，居然是丁香！

“你这样的人还算是医生？我女儿差点儿因为你死了知不知道？你开的是什么药！”那个中年女人气得不行，还想打过去。

旁边明明那么多人看，却没有一个人去帮忙。

傅倾城有些犹豫，那是丁香，是她曾经最好的朋友，也是说尽狠话的陌生人。

时容看了一眼傅倾城的神色：“我们……走吧？”

傅倾城最终还是大步上前：“住手！”

时容轻叹一声，有些无奈，也马上跟了上去。

那个中年女人皱了眉：“你是谁？”

“我是她的……”傅倾城还没说完，丁香已经冷哼一声：“不要你多管闲事。”她站出来，“我不知道你女儿是怎么回事，但我开的药的确是没有问题的，你可以去找别的专家教授询问。”

“狡辩，要是没有问题我女儿怎么会又晕过去了！”她怒道，直接抓了旁边的一个花瓶就砸过来。

傅倾城这次毫不犹豫地就挡了上去。

那个玻璃花瓶砸在了她的背后，哐啷一声，碎了，她的背脊闷闷地疼，站不住，扑倒下去。

时容慌忙蹲下去：“青青！”

保安过来维持秩序，看热闹的人被请走了，那个中年女人也被带走。

秦年匆忙过来的时候，傅倾城已经被送去了急诊室。

时容和丁香都在外面等着。

秦年过来，站在时容面前：“怎么回事？她怎么了？”

“青青陪我来医院的，正好看到……”她看了一眼丁香，“替她挡了一个花瓶，有些碎片扎进背上了，在处理，说没什么事。”

丁香低着头，咬着唇，没什么表情。

秦年看都不看她一眼：“你先走吧。”

丁香顿了一下，转身离开。

等她走远，时容才问：“青青不知道她和丁香已经……”

秦年摇摇头：“嗯，不知道。”

在等傅倾城的时候，时容也说了一下今天傅倾城突破了自己，播报了那则新闻，说到这个，秦年的嘴角才有了些上扬的弧度。

傅倾城终于出来了，看上去没什么大碍。

秦年比时容的动作快了不少：“没事吧？”

傅倾城笑着摇头：“没事，就是有一点点疼。”

秦年瞪她一眼：“以后做事情之前先考虑一下。”

“我考虑了呀。”她说，有些无辜，“我只是不希望她受伤。”

“那你受伤就可以了？”秦年的声音提高了一些。

傅倾城缩了缩脖子，一时没有说话。

秦年冷静了一下，对旁边的时容说：“时间也不早了，今天就让青青留在这里，等会儿我送她回家。”

时容点头：“好，那我就先回电视台了。”

傅倾城瘪瘪嘴，朝时容摆手：“阿容，再见，嗯，明天见。”

时容笑一下，说：“好，明天见。”

秦年带着傅倾城回办公室，一路上都没怎么说话。傅倾城察言观色，等进了房间之后见他还不说话，便忍不住问：“秦年，你生气了？这有什么可生气的？”

“我当然没有生气，”他说，顶着一张明显生气了的脸，“你看不出来我有多开心吗？你这么舍己为人。”

傅倾城吐吐舌头：“好了，我知道啦，以后不会这么冲动了。”

他的表情稍微好了些：“我看你也就说说，该冲动的时候还是继续冲动！”

傅倾城不和他针锋相对。

他过了一会儿气就消了，拉了她在身边说：“我只是担心你。”

这话说得有些深情，傅倾城脸微微一红，有点儿不好意思。

他想抱一抱她，却听到有人敲门，他要去手术室了。

傅倾城想躲开他，他却长臂一勾，将她揽到了怀里，用力地抱了抱，这才松开，说：“不要随便乱跑，我回来的时候要看到你。”

这样的生活，其实也很好，不是吗？

傅倾城重新回到了电视台，以见习记者的身份工作了一段时间之后就又开始了她的记者生涯。

她和秦年的生活也在继续，他像之前一样，会逗她，也会宠她，护着她，没有人比他对她更好。

她重新进入这个行业，十分有激情，有时候回家甚至比秦年还晚，秦年因此说过她，她却只要笑嘻嘻撒个娇，他便拿她没有办法。

有时候撒娇也没用，他逼着她亲他，她没办法，快速地亲一下，没想到他会忽然转过头来，扶住她的头就用力吻上来。

他的吻是温柔的，和风细雨的，偶尔也会是霸道的，侵略的，她自己都没有发现，她已经越来越不排斥秦年对她一些身体上的接触。

他偶尔也会抱着她一起睡，偶尔也会动手动脚，但始终都没有跨过最后一步……

她知道他为什么不动她，因为他曾经说过，他要等她同意，还没等她放下矜持，真正与他的内心贴近的时候，她却需要出差。

她的家乡附近发生7.0级地震，因为是清晨发生的，很多民众都还没有起床，所以造成的影响不比在夜里发生的弱。

事情发生得太突然，她只来得及回家收拾了一下东西，和秦年发了个短信就直接上了飞机。

傅倾城原本是要给秦年打电话的，可偏偏打过去是无人接通，已经要上飞机，同事在旁边催着，她没办法，只好发了个短信："要去灾区一趟，到了联系。"

上飞机之后，傅倾城便关了手机，一到机场更是一阵混乱，因为地震的关系，来这里旅游的游客都要提前回去，挤在机场。

有同事留在机场做采访，傅倾城则是跟着另外一拨同事赶往重灾区。

她坐在面包车里往重灾区移动，同事们说着曾经在灾区的一些经验，她想起手机忘记开，忙开机。

一开机，手机铃声就响起来，她忙接通，小声地叫："秦年。"

"你在哪里？"他的声音有些急迫。

傅倾城有些没底气："我已经下飞机了，现在正在赶过去……"

"你胆子可真是越来越大了！"秦年叫一声。

她吓一跳，闷声说："那我本来就是干这一行的嘛。"

"台里没有别的记者了？非要你过去？不知道我会担心吗？大家都避之唯恐不及，也就是你，傻傻地撞上去！知道有多危险吗，你就过去！"秦年被气到了，话也说得有些冲。

傅倾城知道他是担心自己，可也不喜欢他这么质疑自己的决定："我之前不是也去过大马士？那时候我不也在那边待了一年！"

"你还跟我说过再也不会做这种危险的事情，一切都以自己的生命安全为重呢！"秦年气道，"怎么也不见你履行？"

"我不记得了。"她说，"你忘记我本来就不记得那些事情了吗？反正我已经来了，我保证我会好好照顾自己，不会让自己受伤的，真的，你别担心了，我不会有事的。"

傅倾城觉得所有人都在看自己，有些不好意思，匆匆地挂了电话。

旁边的摄影师大哥笑着问："你老公打来的吗？是不是不同意你来这里？"

她有些尴尬地点点头。

"他担心得也有道理，大家都怕出事所以不敢来，我们这些都是经历过的，所以也都有些经验了。要不是你当初在大马士待过一年，上面估计也不放心把你派过来，毕竟还是个小姑娘，这种地方多危险，到时候要是我们顾不上，你自己小心点儿，别往危险的地方去。”

傅倾城笑着说：“好，知道了，谢谢大哥。”

很快就到了灾区附近，因为是在山里，地震导致山路都有些坍塌，车子进不去，众人只能下车，徒步进去。

在外面感觉还不算很深刻，越往里走，感触便越惊心，他们要去的是地震影响最严重的一个地方，叫闵知县，平时几乎与世隔绝，只有一条不宽的山路进出，而现在，那里就像是坟场，埋葬了无数生命。

已经有很多家媒体都到了，正在争先报道着。

傅倾城他们在了解了具体情况，找了一个当地没出事的村委在一旁作为嘉宾之后，就开始了和台里的连线直播。

主持人的声音很遥远：“好，那么我们现在就从傅记者这边来了解一下闵知县现在的具体情况，傅记者？”

“主持人你好，观众朋友们大家好，我现在是位于闵知县松保村的村口，大家可以很明显地看到房屋受损的情况。我的家乡就在附近，这里原本是一个山清水秀的地方，如今却满目疮痍。闵知县和外界的通道有很多地方都发生了断层和破裂，需要徒步翻越。但是大家现在可以看到，已经有不少救援人员赶到，正在极力营救当中……”

连线结束之后，傅倾城也没有时间休息，和同事一起在废墟里到处采访，空余的时候也帮着进行救援，甚至连一杯水都来不及喝。

几个小时之后喉咙就已经沙哑了，可她却一点儿都不觉得累，转头看向四处，残破不堪的废墟让人的心里闷闷沉沉，连休息都像是罪恶的。

摄影大哥看到她不停咳嗽，替她要了一瓶水递过去：“来，傅记者，休息一下，喝口水。”

傅倾城感激地道了声谢，随便找了个地方坐下来喝了口水，原本刺痛的喉咙总算得以缓解，才坐了不到两分钟，就听到有同事过来说：“快，去那边，营救出一对姐弟，现在姐姐重伤，弟弟被她护在下面了。”

傅倾城马上把矿泉水瓶的盖子旋紧，往那边跑去。

两姐弟都被放上担架，傅倾城看过去，姐姐昏迷不醒，头上有一道很大的伤口，正在汩汩流着鲜血，医护人员正在进行应急处理，弟弟只是闭着眼睛，脸上是一层灰，看不清楚面容。

不知道为什么，傅倾城心头一动，像是有只手在她的心脏上捏了一下。

傅倾城想要去采访，可那家受了轻伤的妈妈却百般阻挠，伸手推着："采访什么采访，给我走开走开！"说着还死死地捂着男孩儿的脸。

她的反应有些奇怪，这里的村民都很淳朴，就算不想接受采访也不会用这样激烈的方式。

这里的医疗条件不好，所以这样的病患只能送去外面镇上医院，而偏偏去镇上的路都不好走，没办法，只能在紧急处理之后先徒步到可以坐车的地方。

傅倾城总觉得不对劲，便询问隔壁人家的幸存者，好些人都不肯说，只是摆摆手推脱着，最后是一个小孩子，天真无邪地说："你是说听不见，不说话的阿鹏吗？他是买来的呢。"

这话刚说完，他就已经被他家长辈抓了过去，随即赔笑："孩子在开玩笑呢，没有的事儿，阿鹏是他家领养的。"

"可是……"孩子还想说话，却被他妈妈给捂住了嘴巴。

傅倾城是知道有些地方的百姓没有法律知识，因为生不出男孩子所以还会买孩子的，她没办法置之不理，加之那两个孩子的事情的确也有新闻性，便和摄影大哥跟了过去，而别的同事则是留守在原地。

好不容易赶到了医院，姐姐受的伤比较重，幸好应急措施做得好，没有生命危险；弟弟的伤相对来说比较轻，只是检查出来腹部有积水，但是问题不大，脸上有少许擦伤，显得人很瘦弱。

原本孩子的妈妈反抗很激烈，但看采访也没有仔细拍孩子的脸，所以也就作罢。

傅倾城在关了摄影机之后站在男孩子的病床旁看，耳边都是家属的哭声、病患们的喊痛声，她却像是进入了一个真空的世界，眼里只有这个瘦弱的孩子。

孩子长得很可爱，和他的姐姐一点儿都不像，头发短短的，脸很俊秀，尽管看上去有些营养不良，可依旧让傅倾城的心中微动。

她心里头的某一块地方，像是被人用刀割去了一样，血淋淋的，很疼，但是说不出来，只是闷闷的。

可是，为什么会这么疼呢？不只是心，还有脑袋，阵阵发晕，耳边像是有鸣叫，搅得她头昏脑涨，连站都快站不稳……

“他叫……”傅倾城低声问，“阿鹏？”

孩子的母亲对她还是很有戒心，只是点点头：“你也看得差不多了，是不是该走了？”这就是在赶人了。

傅倾城知道自己没有什么资格和理由再继续待下去，但却怎么也迈不动步子，愣愣的，只是站在原地，最后还是手机铃声叫醒了她，她猛地回过神来，转身出去接电话，却没看到孩子已然微微睁开的双眼……

电话是秦年打过来的，声音很急：“你在哪里？不是说在松保村吗？”

傅倾城还有些混乱：“我刚刚到外面镇上的医院去采访了，怎么了？”

他顿了顿，说：“好，那你就不要再进来。”

傅倾城缓了一下才意识到：“你难道在那里？”

秦年低低地应一声：“嗯，这里是重灾区，需要医生，你的采访在外面也可以做，不要再进来。”

她没有答应秦年，在镇上采访了之后，她又重新和同事赶回了松保村，回到松保村的时候，天都已经黑了。

越过后来那些山路的时候，路都有些看不清楚，她一个不小心就被石块绊倒，扑了出去，身上穿得不多，所以摔在地上之后被擦出了伤口，尤其是手心和膝盖，刺刺地痛，她却只是拍拍手，笑一笑，说了声没事之后就继续走了。

只是她也没想到才到松保村就会见到秦年，正好从废墟里营救出一个受伤严重的病人，她远远地就看到有人抬着担架往一个帐篷跑去，而担架旁边正跟着秦年。

他穿着一身白大褂，脸有些脏，眼神专注，表情认真，只盯着担架上的病人看。

她看到他的侧脸，忽然心头一跳，他的模样，一点一滴地在她的心口镌刻。

她忽然低低地笑出声来，那就是她的丈夫啊，是她从前就爱着，现在依旧爱着的男人。

摄影大哥顺着她的视线，也看到了逐渐远去的秦年：“傅记者，那不是秦教授吗？他也来了？”

“嗯。”她嘴角还有隐约的笑意。

“大概是担心你吧，傅记者你可真有福气，老公对你那么好。”

傅倾城带着温暖的笑意：“嗯。”

只是她并没有时间直接去找他，因为一赶到松保村又被叫去进行各种采访报道，等可以休息的时候，她便走到了医疗队的帐篷附近。

刚刚她已经听说，秦年所在的医院派了不少医生出来救援，本来是不放秦年的，他却硬要争取，所以才在第一时间赶了过来。

她在帐篷外走了走，知晓秦年大概很忙，便不想打扰，转身想要走，只是没想到有人忽然从帐篷里出来。

傅倾城一转头，看到那人便顿了下，表情算不上好，也算不得不好，只是略显尴尬地笑了笑："丁香，你也来了。"她没有再叫她阿紫，这样亲昵的称呼已经不再适合她们。

丁香只是淡淡地瞟了她一眼，表情算不上好，身上有些血污，脸上也是。

傅倾城觉得越发尴尬，想走，却听到她叫住了自己："傅倾城。"

她顿住脚步，回身去看："你知道他是为了谁来这里的吗？"

傅倾城眨眨眼睛，看着丁香坚定而又执拗的眼神，忽然像是明白了什么。

她一直不知道为什么她们之间原本深厚的感情会如此不堪一击，一直不愿意去相信她们的感情已经破裂，甚至还想过要寻找原因，可是找不到，她无论如何都想不出来，她想不出来究竟是因为什么事，才会让从小一起长大的好朋友如今形同陌路……

直到现在，她才像是忽然开窍，一切的为什么，都在这一刻有了结果。

"你……"傅倾城有些不敢置信，"你喜欢秦年？"她知道，只有这一个可能。

果然，丁香在深深地看了她一眼之后点头："是，我喜欢他。"

"原来是这样啊……所以我们不再是朋友了？"

丁香没有回答，只是静静地站在原地。

"我们从小就是最要好的朋友，丁香，从小时候开始，有什么好吃的好玩的，我们都会分享，你还记得吗？可是，他不行。"傅倾城说，那样坚定，"我想我以前应该也跟你说过这样的话吧，什么都可以，就是他不行。"

丁香微微垂头，许久之后有低哑的声音从她口中传出来："是，其实你一直都没变，变的是我。"

"你问我知不知道他为什么到这里来，丁香，你大概喜欢他，却又不了解他，我为你感到悲哀。"

傅倾城不再迟疑，转身就走，没想到会听到那个熟悉的声音叫她："青青？"

她嘴角顿时扬起笑容，一瞬间之后是被发现的赧然，不好意思地转头，看他一眼："秦年……"

秦年就站在丁香身后，和丁香一样，衣服上也有血迹，看上去有些脏污，他脸上有欣喜，也有不悦，两种极端的表情让他的表情看上去有些奇怪。

秦年根本没有理会站在他身前的丁香，大步地朝傅倾城走来，一把抓住了她的肩膀："你怎么又回来了？"

她笑一下，扬起头来："嗯，因为你在这里。"

她说这句话的时候脸上带着甜甜的依赖的笑容，让秦年的责备说不出来，长长地叹了一声，最后无奈地揉了揉她的头发："知道这里有多危险吗？"

她点点头："知道。"

她的确知道，因为白天已经发生过余震了，而且也有可能会有传染病蔓延，可是她不怕，或者可以说，她之前是怕的，是觉得孤单的，但是在这一刻她不怕了，因为不管发生什么，他都会在她的身边，还有什么好怕的？

秦年拿她没有办法，拉了她的手，刚想说话，却摸到了她手心的粗糙，放在眼前一看，才发现伤口表面的血已经凝结，她居然没有处理过！

他立刻皱了眉头："怎么回事？"

傅倾城心中懊恼，忙道歉："我不小心摔了一跤，太忙忘记处理了。"说着可怜巴巴地看他一眼，"哪，你有时间吗？要不要帮我？"

秦年也舍不得骂她，长叹一声将她带回了帐篷，让她坐在一旁，拿出医药箱替她处理伤口。

他又发现了她膝盖上的伤口，已经连责备她的力气都没有，只是一点一点，耐心地替她处理，而后贴上创可贴。

傅倾城低头看着他蹲在她脚边专心致志的模样，心中有些暖洋洋的："谢谢你，秦年。"

还没完全帮她处理完伤口，又有患者被送了进来，患者胸口心脏附近被钢筋戳了进去，秦年起身稍稍抱一下她，话都来不及说就已经转身去看了。

傅倾城也很有自知之明地出去了，只是最后还是回身看了一眼，秦年认真专注的表情那么让她着迷……

她嘴角勾起了笑容，迈步离开。

晚上也没什么时间可以休息，半夜的时候有一场余震，那会儿她刚刚浅浅睡了过去，似乎还隐隐约约地做起梦来，可是梦境模模糊糊，像是在一场雾中，她漫无目的地走，总觉得她面前是有一个人影的，矮矮的，她却看不清楚……

想要追上去，可却怎么都追不上去，人影依旧是人影，怎么都抓不到手心里。忽然，那个人定住了，她欣喜地急忙追上去，猛地抓住了那人的肩膀，将他翻转过来。

那是一个小孩子，她目不转睛，想要看清他的脸。

他缓缓转过来的脸上有着凝结的血迹，有着厚厚的灰尘，脏得快要看不清楚他的面容。

可傅倾城却一眼就认了出来，那是阿鹏，是那个被姐姐护在身下的小男孩儿，他却忽然张嘴，在叫：妈妈……

她出了一身冷汗，忽然感觉一阵震动，吓得顿时醒过来，坐起来抱着腿，依旧心神未定。

傅倾城满头的冷汗，心跳那么快，小男孩儿的脸照旧还在眼前，那么清晰。

她不知道自己为什么偏偏对这个小男孩儿印象这样深刻，她长长地吐出了一口气，只能把这件事情归结于莫名其妙。

傅倾城披了衣服出来，救援行动还在继续，而且因为余震的关系更加艰难。

有一队救援人员一直住在一户家庭旅馆，那里住的人不少，但是偏偏建筑又不牢固，余震发生的时候很快就倒塌了，逃出来的只有主人一家，住在里面的房客没一个逃脱的，依旧在紧急救援当中，已经救出来一些，有大难不死的，也有伤重去世的。

看多了这些，傅倾城心里很不好受，纵然已经有了强烈的心理建设，但还是很不舒服。

4

凌晨的时候又进行拍摄，全程都在关注家庭旅馆，因为据老板的说法，里面至少还有十个人没有出来，而且还有一对母女，听说小女孩儿才五六岁的模样，大概撑不了许久。

好消息很快就传来了，那对母女被找到并且营救出来，和昨天那对姐弟一样，母亲护在了女儿的身上，那瘦弱的身躯承受了无比大的重量，母亲被救出来的时候已经只剩下最后一口气。

年轻的母亲脸上都是凝固的血，孩子只是晕了过去，没有大碍。

那个年轻的母亲在送往救治的时候忽然睁开了眼睛，满眼都是血色：“小雪……”

她说话的时候，声音哑得几乎听不到，嘴角又溢出了血液。

傅倾城总觉得“小雪”这个名字那样熟悉：“小雪是你女儿吗？她没事，但还在昏迷中，还没苏醒。”

年轻母亲没有焦距的眼神忽然看向傅倾城，眨了两下之后，瞳孔猛地缩小：“傅……”

傅倾城心中有些奇怪的感觉。

年轻母亲来不及说完就猛地咳嗽起来，大口大口的血往外喷……

傅倾城拿了手帕替她擦，她却忽然抓住了傅倾城的手，不知道她怎么有那么大的力气！“你……是不是很开心？”她说，咬牙切齿，“救我的小雪，我告诉你晗晗在哪里。”她一边咳血，一边说话，那样困难。

可晗晗是谁？

她愣愣地点头，年轻母亲手上的力气忽然松了下来：“晗晗，他就在……”话还没说完，她忽然大口地吐出血沫，一句话都说不出来了。

傅倾城呆呆地站在原地，直到同事拼命示意她才记起来还在拍摄，忙回过神来，把拍摄继续下去。

拍摄结束之后，她远远地看到秦年走到担架旁，也看到了他的微一愣神，她总觉得那个女人的声音很熟悉，这会儿忽然想了起来。

之前她曾经接过秦年的一个电话，那个声音和这个声音重叠起来，那个女人，是他们的旧识吗？

傅倾城去看了下那个叫作小雪的小女孩儿，小女孩儿已经醒过来，一直在哭，旁边的小护士正在安慰她。

听到傅倾城进去的声音，小雪抬起头来，忽然跑下床，跌跌撞撞地跑过来，拉住她的手：“阿姨，我妈妈呢？我妈妈没事对不对？”

傅倾城不大会说谎话：“她在治疗，你别担心。”

小雪非要去见她妈妈，小护士和傅倾城都没办法，只好带着她过去。

秦年正好从帐篷里出来，原本拉着傅倾城手的小雪顿时放开了她，猛地跑过去抱住了秦年的腿：“秦叔叔，我妈妈呢？你救救我妈妈，救救我妈妈……”

傅倾城看过去，心里有些不舒服，却还是走过去，小心翼翼地问：“那个，她怎么样？”

“昏迷中，还是要送到外面医院，这里的医疗设施不够。”他说，然后将小雪抱起来，“别担心。”

小雪将脸埋在他肩膀上呜呜地哭，秦年拍拍她的背脊，给了傅倾城一个安抚的笑容。

傅倾城还不至于和一个小女孩儿争风吃醋，露出了一个笑容给他。

小雪和那个年轻的母亲都被送了出去，小雪拉着秦年，秦年便亲自送她们到了医院。

秦年没有想到会在这里遇到白苓和白雪，他对她们其实没有什么特殊感情，只是究竟相识一场……

他重新回到灾区，傅倾城在等着他，问他的第一句话就是：“刚刚那对母女，我们认识吗？”

他不知道如何解释，只能点头说是。

她犹豫了一下问：“她，是你的前女友？”

秦年不敢再骗她，也不想再骗她，于是点头，说：“是。”

傅倾城点点头哦了一声，怪不得她说“你现在是不是很开心”，只是，傅倾城将那个一直萦绕在她耳边的名字说了出来：“可是秦年，晗晗，是谁？”

秦年身体一僵，看向傅倾城那张懵懂的脸，一时之间竟然说不出话来。

傅倾城没有注意秦年的神色，自顾自地继续说下去：“刚刚，她说，她要告诉我晗晗在哪里，可是，晗晗是谁？”

这是秦年最怕傅倾城问出来的问题，也是最不敢碰触到的禁忌，她不是在逼问他，他却觉得紧张。

幸好这个时候有护士来叫他，他松一口气：“等事情忙完，我和你解释。”

傅倾城点点头，不想打扰他，说一声好。

只是傅倾城心里终究还是在意着，傍晚去医院进行采访的时候看了一眼白苓，白苓伤得很重，依旧昏迷不醒，而且随时都可能去世，在重症监护室里靠着呼吸机活下去，小雪一直坐在病房外的长椅上，低着头，神情颓然。

看到她来，小雪的眼睛亮了亮，叫她：“傅阿姨。”

她坐过去，坐在小雪的身旁：“你还好吗？”

小雪却不敢看她，许久之后讷讷地说：“我没事……傅阿姨，对不起。”

傅倾城不解地看向她。

小雪抬起头来，圆溜溜的眼睛盯着她看：“傅阿姨，对不起，我知道错了，我之前不该把晗晗推下去的，你能不能原谅我？”

再一次听到晗晗这个名字，傅倾城心头一跳，看着小雪。

“我知道晗晗因为那件事情听不到了，我……我也想亲自说对不起，我只是……那个时候我只是觉得他太幸福了，傅阿姨，你不能原谅我吗？”

听不到？

傅倾城的心跳越来越快，像是要蹦出来一样：“哦，好，好……”

记忆中像是有什么要拨开云雾……

“傅阿姨，你能借我你的手机吗？”小雪像是个小大人，问她。

傅倾城把手机给她，信号比较弱，她拿过去拨出一个号码，走远了一些开始讲话。

她声音很轻，傅倾城听不清楚她在说什么，没一会儿她就走了过来，把手机还给傅倾城：“谢谢傅阿姨。”

原本要离开医院，可傅倾城却忍不住走向阿鹏所在的那个病房，阿鹏父母并不在病房里，所以她毫无顾忌地站到了阿鹏的病床边，低头看着他。

他还在睡觉，俊俏的小脸上眉心皱起，傅倾城忍不住坐到床边，伸手抚上了他的脸，又转到他皱起的眉心，她想要替他抚平，却忽然看到他睁开了眼睛。

他就这样睁开了眼睛，大而清亮的眼睛没有半点儿蒙眬，静静地看着她。

她也看着他，他的瞳孔像是一汪深不见底的湖水，慢慢地，被吸了进去，而那双又大又亮的眼睛里，缓缓地蓄起湿雾，一滴澄澈的泪水从他的眼角滑下去。

眼泪正好滑到她那只贴着他脸颊的手，那样的灼热滚烫，让她心头一疼，之前那种心疼的感觉又冒了出来，他忽然张嘴，就像她梦中的那般，无声地讲话：“妈妈……”

她心里一跳，手倏地收了回来，不敢置信地看他。

他的眼神是眷恋的，渴盼的，也是失落的，绝望的。

傅倾城说不出来是什么感觉，她总觉得和眼前这个小男孩儿可能有什么关系，可她有点儿害怕。

傅倾城想要说话，病房的门却被推开，阿鹏的妈妈忽然走进来，看到她便顿时紧张起来：“你在这里干什么？”

“我……”她站起来，不知道该怎么解释。

“出去，阿鹏需要休息。”

傅倾城反抗不了，被她推得步步后退。

看向病床上的小男孩儿，他依旧盯着她看，满眼的祈求，她心头一紧，猛地站住："不，我不走，他不是你的孩子，他不是！"

阿鹏妈妈愣一下，瞪她，不管不顾地吼："他不是我的孩子，那是谁的？难道是你的吗？你还不出去！"

傅倾城说不过她，可看不下去那个小男孩儿绝望的眼神，不管旁人的指责，依旧说："不，他不是，他肯定不是你的孩子。"她说不出别的理由，只有这句话在她的心里，脑海中徘徊。

小男孩儿拔掉了手背上的针头，挣扎着坐了起来。

"大家都评评理，怎么会有这种人？不要以为我们家阿鹏听不见，不怎么会说话就可以随便乱说！"

听不见，傅倾城忽然想到刚刚小雪说的话，晗晗因为那件事情听不到了，她一个晃神，竟然被那个女人一把推倒在地，她听不清楚那女人骂什么，脑海中只有那个名字：晗晗……

傅倾城恍然抬头，看向已经踉跄着朝她跑过来的小男孩儿，低声叫他："晗晗？"

他听不到，却看到了她的嘴形。

她在叫他晗晗。

他猛地跑过来，用尽了所有力气，一把推开那个所谓的母亲，而后扑进了傅倾城的怀里。

"妈妈……"他的声调怪怪的，却又无比清晰地叫出了这两个字。

傅倾城像是被一支箭射中了内心。

他这样扑在她的怀里，软软的身体紧紧地抱着她，叫她妈妈……

"晗晗？"她叫。

眼前好像有画面一帧一帧地闪过，过往那些好的、坏的、幸福的、悲伤的，全都在瞬间涌进她的脑海里。

晗晗？

她低声喃喃，脑海中有一个影像，与面前这张清俊又瘦了太多的小脸重合在了一起，眼泪毫无预警地落了下来，淌过白皙消瘦的脸庞，她低头看着晗晗扬头看她的模样，心头一阵阵地抽痛。

她居然把她的晗晗忘记了，她紧紧地将他抱住，呜咽着："晗晗！晗晗！晗晗……"

那个自称是阿鹏妈妈的中年女子没料到这一幕，心里有些慌，忙上前去将两人分开：“你认错人了！他是我的阿鹏！你放开，放开！”

“不！”傅倾城哭叫着，“他是我的儿子！他是我丢了的儿子！”她用力地将晗晗护在怀里，从来都不曾有那么大的力气，这个时候，她是一个母亲！

“什么你的儿子！他是我的儿子！”

傅倾城紧紧地护住晗晗：“如果他是你的儿子，他又怎么会把你推开！他又怎么会扑到我的怀里！”

病房里不止他们，事情到了这一步，已经有许多人在指指点点，傅倾城便趁机将晗晗抱了起来：“他是我的儿子，我不会再让你碰他一根手指头！不管他是怎么到你家里的，现在，我都要把他带走！”

傅倾城抱着晗晗转身就冲出病房，感觉到晗晗死死地搂着她的脖子，心里又软又疼。

中年女人要追出来，幸好这个时候摄影大哥找过来，看她匆忙地跑便问什么事，她也来不及细说，只急急忙忙地喊道：“帮我拦住那个人。”

傅倾城抱着晗晗跑到了车里，终于没有人再追上来，长长地舒了一口气。

她低头看着怀里的晗晗，眼中又开始泛起湿意，她低声叫：“晗晗……”

“妈妈……”他低声哭着。

方才的一切来得太突然，她还没有缓过神来。

她记起了所有，包括那些让她觉得开心的和伤心的，刚刚的一瞬间她也恼过秦年，可她马上就释怀了，秦年是在隐瞒，但是她相信他的痛苦大概不比她少，也正因为他的隐瞒，她度过了那段轻松快乐的时光，在她无忧无虑的时候，他却一直承受着各种的压力。

傅倾城将晗晗抱紧，找到了晗晗，那一切都不要紧了。

“晗晗，妈妈找到你了……”

摄影大哥已经回来了，看到傅倾城的模样，有些不解：“这不是昨天那个小男孩儿吗？怎么了？”

傅倾城抬起头来看他，脸上带着笑，又有泪：“他是我的儿子。”

摄影大哥愣一下：“啊？和秦教授的？”

傅倾城点点头：“他是我的孩子，是我丢了很久的孩子，是我好不容易才找到的孩子……”

因为身旁有晗晗，傅倾城知道再回到灾区有些不大安全，可如今也没有别的地方可去，至少应该和秦年说一声。

晗晗的身体还很虚弱，又昏了过去，傅倾城有些担心，医生检查之后确定没事才放下心来。

她要把这件事情告诉秦年，所以看着晗晗稳定，又还没醒过来，便让人帮着照看一下，自己去找了秦年，她知道秦年正在进行一场手术，所以等在外面，她想和他开开玩笑。

所以等秦年出来的时候，她满脸都是恼怒冷淡："秦年。"

秦年愣一下："怎么了？"

她一句话都不说，转身就走。

秦年不解，不知道她怎么出去一趟回来就变成这样，忙追上去抓住她的胳膊："青青。"

她停下脚步，却不肯回头，声音冷冷的："你骗过我。"

秦年心头一跳："青青？"

"我给你机会，你说，你究竟有没有骗过我！你又骗了我什么？！"她的语气冷冽严肃。

"发生什么事了？"

"你回答我的问题！"听着他有些仓皇的声音，她差点儿忍不住笑出来。

"我……"秦年有些不知所措。

傅倾城作势要甩开他的手，他忙从身后将她抱住："是，你想知道什么，我都说！"

"晗晗呢？你也会跟我说，他到底是谁吗？"

他心头在跳，这会儿却只能点头："是，我说，我全都说。"

傅倾城抿了抿唇，挣开他："跟着我。"

他果然亦步亦趋地跟过去。

傅倾城走到了晗晗所在的帐篷外，感觉到秦年跟在身后，便掀开来走了进去。

秦年也进去："青青……"

傅倾城却忽然转过头来看他，脸上笑意盈盈："嘘。"

秦年微一愣怔，便已经顺着她的视线看到了躺在床上正在输液的晗晗，一瞬间涌上心头的便是不敢置信！

看向傅倾城，秦年依旧心头起伏。

傅倾城只是朝他柔柔地笑："是，我把我们的晗晗找回来了。"

"你……青青，你记起来了？"

"是，我都想起来了，所有的，包括你一直都瞒着我的事情！"

谢天谢地，除了这几个字，秦年几乎不知道还能说什么。

大概是上苍依旧眷顾他，眷顾他的家人，所以在经历这么多事情后，依旧将他的妻子、他的孩子全都送回了他的身边。

秦年坐在了床边，低头看着久未见到的晗晗，傅倾城就站在他的身边，微微俯下身子，从身后抱住他："秦年，你看，我们的晗晗回来了，我们一家人还在一起。"

晗晗睁开眼睛的时候，便发现秦年和傅倾城都在眼前，他顿时湿了眼眶，张嘴叫："爸爸……"声调不准，却情真意切。

秦年从来没有那样感动，他抱住晗晗："嗯，是爸爸，爸爸在你身边，以后再也不会离开你。"

秦年不一会儿便被人叫走，只是临走前也不忘说："现在这种状况，你还是带晗晗先回去，也好让家里人放心。"

傅倾城知道，但也需要报备一下，而后等台里再派别人过来。

晗晗在失踪之后就没有戴过助听器，听力退化得厉害，而且在那个"家"里他又不肯说话，所以到现在，他已经急需去医院进行新的检查和治疗。傅倾城和晗晗的交流也有些困难，好在晗晗会写字，傅倾城看着他慢慢地写下这段时间他所经历的一切。

傅倾城庆幸，她想大概冥冥之中都是有安排的，一切都是上天的旨意，她总会在合适的时机得到她想要的所有。

她伸手将晗晗抱在怀里，紧紧的，像是要将他嵌入自己的身体里，她知道他听不见，但她还是说，在他的耳边说："妈妈不会再离开你，再也不会！"

她是在保证，也是在发誓。

除了是一个母亲，傅倾城更是一个记者。

这个工作让她不可能一直陪在晗晗身边，就连夜晚，她也不能睡觉，而是跟着同事们一起战斗在第一线，将所有的第一手资料全都传回去。

她很忙，很累，却一句话都没有抱怨过，因为她已经得到了她想要的一切。

凌晨的时候她有些许的时间可以陪陪晗晗，晗晗睡得浅，她躺到他身边的时候竟然醒过来，抬手也将她拥住。

她低头亲一下他的额角："晗晗，妈妈爱你。"

只是才躺下去不久就被叫起来，她安抚地抱抱他，对他说："等妈妈回来。"

晗晗看懂她的口型，乖乖地点头。

没想到她出去之后就碰到了丁香，丁香看到她，就当作没看到，转身走开。

傅倾城犹豫一下叫住她："之前我把我们之间的不愉快全都忘了，以为我们还是十年前最好的朋友，希望这段时间没有惹你不愉快。"

丁香知道晗晗被找回来了，也猜到傅倾城恢复记忆，淡然说一句："是吗？我还没有恭喜你，把晗晗找回来了。"

"谢谢。"她没有时间和丁香多说，匆匆离开。

丁香站在原地看着她走开的背影，想走，却又停住，而后转身，走进了晗晗所在的地方。

晗晗还没睡着，见有人进来还以为是傅倾城回来，猛地坐起来，脸上还有笑，待看到丁香的时候顿了一下，把笑容收起来。

丁香知道他听不见，也不知道说什么，就这样和他大眼瞪小眼地尴尬了许久。

刚想说话，帐篷的帘子忽然猛地被人掀开。

"谁？"丁香转头看去，便见一个人影倏地冲了进来……

傅倾城刚刚采访完，地面忽然一阵晃动，她自然知道是余震，所以也并不怎么担心，只是没想到这次格外厉害，她竟然站不稳摔倒在了地上。

不远处那原本就岌岌可危的楼房轰隆一阵响动，居然倒了下来！

一阵浓厚的尘雾弥漫过来，傅倾城咳嗽了几声。

幸好那栋楼里的人全都疏散了，应该也不至于有危险，只是她担心晗晗，毕竟他一个人留在帐篷里，可因为这次的余震程度比较大，附近又发生了房屋倒塌事件，她根本不能回去，只能继续进行播报。

刚刚结束拍摄，她便匆忙想赶回去看晗晗，还没来得及过去，就见她拜托照顾晗晗的小护士匆匆跑了过来："傅记者！"

小护士满脸的焦急，见到傅倾城才停下来，大口地喘气："糟了，晗晗不见了！"

"不见了？"她大惊。

傅倾城忙跑回去，帐篷里果然空空如也，什么都没有。

她摸了一下晗晗睡过的地方，已经有些冰凉，大概不在很久了，可是他能去哪里？

他会去哪里？

傅倾城焦急异常，心都提到了嗓子眼，除却焦急便是愧疚，她才刚刚和晗晗说过：她不会再离开他！

傅倾城漫无目的，只能先去找秦年，秦年刚做完手术出来，看到失魂落魄的她便心头一惊："怎么了？"

"晗晗又不见了！我就是出去了一下，他就、他就不见了！"

秦年揽住她，拍着她的背脊："别担心，晗晗不会有事！"

他正在问小护士具体情况，却见一个同行的医生过来说："秦教授，你看到丁医生了吗？她之前说出去一下到现在还没回来。"

丁医生？

傅倾城一怔，猛地看向那个医生："丁香？"

那人吓一跳，回过神来便点头："是啊，好久没见到她了。"

傅倾城想到什么，抓着秦年的衣襟："刚刚我从晗晗那里出来的时候见到她了！和她说完话我就走了，没注意到她走了没！会不会、会不会是她……"

秦年皱了皱眉，嘴里却是在安慰："没事，她应该不会……你放心，我们让人去找找。"

傅倾城越发急，眼泪直流，她好不容易才把晗晗找回来，好不容易才把她的美梦找回来，难道这么快就要破灭吗？

不！绝对不！她绝对不要再经历一次失去晗晗的痛苦！

可是，她的晗晗究竟去了哪里？

灾区也有不少义务来帮忙的学生和社会人士，大家都是热心肠，听说他们在找孩子之后忽然有人说："刚刚看到有人跑向那栋塌了的楼那里去了，不会是……"

傅倾城差点儿没站稳，秦年扶住她，仔细地问："什么时候？是什么人？"

那人抓抓头发有些不好意思："天色有些黑我也没有看得特别清楚，隐约看到两个人追着跑过去了。"

"大人？"

"是啊，前面那个好像抱着个孩子，后面有个人追着，跑得特别快，一下子就不见了，就从我眼前晃过去，我还以为看错了，不过记得是跑到那个方向去的。"

两人都不愿意放弃，便追过去看了，还没到那里就发现了不对劲。

因为已经有救援队伍在那里聚集。

傅倾城原本还不愿意相信，可这会儿看到这阵势，心头一痛，死死地忍住眼眶的泪水。

不会的！她在心里一遍一遍地对自己说，不会是晗晗！老天爷不会那么残忍，把她刚刚才找回的珍宝又收回去！

秦年比她要镇定一些，去问具体情况，便听到他们解释说刚刚看到有人跑到附近，结果遇到余震，楼倒了下来，正好埋住了他们。

“是什么人？”

“听说是两个大人还有一个孩子，因为掉下来的砖块有些多，现在正在进行救援行动。”

听完这句话，傅倾城便软了下去，秦年将傅倾城抱得紧一些，再紧一些。

有专业的救援人员，他们便只能在一旁等着，等待总是格外漫长和可怕。

傅倾城双眼灼灼地盯着那堆废墟，她的晗晗，就在里面。

救援行动虽然在有序而快速的进行中，但对于傅倾城来说，却觉得太慢太慢……

晗晗刚刚才从废墟中被解救出来，身体原本就虚弱，谁知道这次会出现什么意外？

天色已经慢慢地亮起来，黎明的曙光逐渐地将这片废墟照亮……

她的晗晗就是在这样的时刻出生的，她是难产，从前一天的晚上痛到了第二天的黎明时分，痛得她以为自己要死掉，终于在黎明前将晗晗生了下来，那一声微弱而又清脆的哭声让她的心顿时发软。

对这个孩子她从来都没有倾注特别多的爱，可那个时候她却觉得心酸，那是她十月怀胎生下来的孩子，与她血脉相连。

她曾经也害怕面对他，所以不敢好好地抱他，如今她后悔得一塌糊涂，只恨不得一直将他护在怀里，替他遮风挡雨，给他足够的爱。

所以，晗晗，请你再给我一次机会，留在我的身边，留在妈妈身边，让妈妈可以赎罪，可以好好地爱你一辈子。

傅倾城的眼中泪意泛滥，终于推开秦年的禁锢，冲了过去，疯了一样地去挖那些石块，她已经疯过一次，所以这次更加无法忍受。

秦年想扶她离开，她却不肯，哭着喊：“我也要救我的晗晗！我也要救他！”

这样的声嘶力竭，秦年根本没办法拒绝，只能陪着她一起，可她这样做是无济于事的。

傅倾城哭得脱力差点儿晕倒，秦年才将她扶到了一旁，她的手指有些擦伤，秦年长叹一声，知道这会儿也不可能让她离开这里，只能先让人拿医药箱过来替她处理一下，刚刚把伤口处理完，就听到有人叫：“快，在这里，我看到了！”

秦年和傅倾城都匆匆跑过去，两人其实都很紧张，手都在微微颤抖，谁都不敢说话，那里的石块已经被翻开，可以看到里面有一个穿着白大褂的人蜷缩着，原本洁白的白大褂上晕开了暗红色的血迹。

只看了一眼，傅倾城就知道那是丁香。

丁香被抬了出来，大家才发现她怀里居然还有一个人。

不是别人，正是晗晗！

傅倾城的眼睛都红了，忙扑上去。

晗晗还有意识，没有昏迷，而丁香的整个后背被砸伤，外伤无数，更别说是内伤了，头部也有伤口，流血不止，看上去很可怖，气息奄奄。

晗晗在看到傅倾城的第一眼就哭了出来，扑进了她的怀里。

他的脸上也有血迹，不是别人的，正是丁香的。

丁香被送往急救，晗晗也需要进一步检查。

傅倾城要跟着一块离开，在那之前却听到又有人说找到了人，她回头去看，被救出来的居然是曾经将晗晗买来当作阿鹏的中年女子！

“啊，这个人没呼吸了！”

晗晗检查之后也没有别的问题，丁香伤得重一些，却也没有生命危险了，所有的伤其实都不是致命的，唯一有一处比较厉害。

是她的右手，被石头砸伤，粉碎性骨折，食指伤得尤其严重，基本没有复原的可能，作为一个医生，谁都知道那是多么严重的摧毁。

晗晗睡着后，傅倾城不肯再让晗晗一个人独处，所以抱着他来到丁香在的地方，秦年也在，见她进来，便找了椅子让她坐。

“丁香她……”傅倾城犹豫着问，她有些过意不去，她曾经怀疑是丁香将晗晗带走。

“没有生命危险，就是她的手……”秦年顿了下，没有再说下去。

没多久，来接替她的记者就已经过来，傅倾城没想到会是时容。

时容来看她，给了她一个拥抱：“你辛苦了，接下来就轮到我了。”

傅倾城瞪她一眼：“你不知道这里多危险吗？”

“既然危险，你怎么又会来？”时容笑，“好啦，难道我还不会照顾自己，你好好带着晗晗回去就好。”时容已经知道傅倾城已经恢复记忆。

傅倾城无可奈何：“那你一定要小心。”

时容当然点头说知道：“你等着我回J市。”

“当然，我还要找你算账，居然联合秦年一起骗我。”

时容做出害怕的模样：“你大人有大量，可不能斤斤计较。”

傅倾城叹一声，抱住她。

临走之前，傅倾城让时容帮忙看着晗晗，自己却是去看了丁香，丁香醒了，也知道自己右手废了，从醒来之后几乎没有说过一句话。

“丁香。”傅倾城站在病床旁，叫她。

她没有声响。

“不管你是因为什么救了晗晗，我都谢谢你。不管你是怎么定义我们之间的感情，我总归都不会忘记，我们曾经有一段，只属于我们之间的青春。丁香，谢谢你。”

丁香自始至终都没有说话，直到傅倾城离开。

她一直用背脊面对着所有人，傅倾城离开的脚步声响起，她缓缓闭上了眼睛，眼角分明有一滴泪滑过。

傅倾城带着晗晗离开，秦年却还要继续留在这里，秦年送他们离开，晗晗倚在秦年的怀里不愿意走。

他到底还是将晗晗送进傅倾城的怀抱：“走吧，到家了记得给我短信。”

她说好，可是却抱着晗晗不动弹。

秦年微笑，走近，将两人都抱住：“等这里的事情结束，我也会很快回去。”他说，声音温柔。

她说好，却依旧不动。

秦年笑，揉她的头发，扶着她的肩膀送她进了车里。

晗晗被放坐在里面，傅倾城坐在外面，依依不舍地看向门外的秦年。

秦年只是冲她笑。

傅倾城眼眶有些湿热，忍不住探出身来，抱住了他的脖子：“我在家里等你！”她咬着他的耳朵，一字一顿地说。

秦年说：“好，我很快回去。”

晗晗还在，她不好意思，却依旧轻轻地在他唇上掠过，泛红了脸颊：“我，等你回来。”

他继续说好。

傅倾城终于坐回车里。

车子开动，她回身看一眼站在原地摆手的秦年，而后张开手臂将晗晗抱住：“没事，晗晗，短暂的分别，是为了更美好的重逢。”不是说给他听，她是在说给自己听。

傅倾城笑，抚摸着他的头发，晗晗将脸倚进了她的怀里，全心全意地依靠着她，她又回头，秦年的身影越来越小，车子转弯，他便彻底离开了她的视线……

她拿出手机，给他发短信：“怎么办？才刚刚分别，我就已经想你了。”

他回得很快，说：“你可以多想我一点儿。”

傅倾城笑起来，回：“如果你也一样想我的话。”

“我会想你，比你想我更多。”

傅倾城将手机收起来，那点儿离别情绪忽然被冲散了，就像是她刚刚说得那样，短暂的离别，是为了更好的重逢。

一路都是她很熟悉的风景，因为这是她的家乡。

十年前，她从这里离开，来到千里之外的傅家，从此开始了她的一段新的人生，所有的悲伤快乐、无奈绝望、希望失落她全都经历过，而这大概就恰恰是所谓的人生吧。

上苍还是厚待她的。

因为她遇到了秦年，因为她生下了晗晗。

她将晗晗搂在的怀里，对他说：“晗晗，我爱你。”

晗晗抬着头，似懂非懂，回过神来便也笑，声调怪异地说：“妈妈，我爱你。”

傅倾城笑，拿出手机，再一次给秦年发短信：“秦年，我爱你。”

随之而来的不是短信的声音，是电话铃声。

她接起来，他说：“我也爱你。”

这样的人生，大概就是美好的了吧。

后记

相信自己真的可以深深去爱你

《可惜没有如果》上市之后，许多读者都问我会不会有第二部，所以现在，它来了。

准确地说，这不是《可惜没有如果》的后续，而是它的姊妹篇，因为这次的女主角不再是傅倾城，而是她最好的朋友时容，当然为了让《可惜没有如果》的故事更完整，我加了几万字的番外。

在最开始写傅倾城故事的时候，我就已经构思好了时容的故事，其实很简单，我爱的人和爱我的人究竟要如何选择。

时容一直以为她会选择她爱的人，并且坚定不移地相信自己的选择，可是她到底还是被韩成永温暖，一步一步沦陷在他给的美好之中。

我曾经想过这个故事的很多结局，时容和傅北易在一起，那就是一个暗恋成真的故事。时容孤身一人，那就是一个励志故事，可我最终让她和韩成永在一起了，也可以说不是我让他们在一起的，而是写着写着，他们的故事便不受我的控制，自然而然地就这样继续了下去。

时容大概是注定要和韩成永在一起的。

就像是我们最终会遇到那么一个人，然后在一起一辈子。

我们和时容一样，都会遇到这样的选择，当我们遇到，请让我们把选择权交给心，不要像时容一样，差一点点就错过人生中最美好的存在。

这个世界没有如果，所以无论是谁，都要在该勇敢的时候勇敢，毕竟人生，一辈子就只有那么一次。

错过，就再也没有了。